我们阅读
WOMENYUEDU
魅丽文化
花火工作室

U0923579

车厘酒　著

图书在版编目（CIP）数据

疑是满天星 / 车厘酒著 . — 南京 : 江苏凤凰文艺出版社，2021.12
ISBN 978-7-5594-6236-7

Ⅰ. ①疑… Ⅱ. ①车… Ⅲ. ①长篇小说 - 中国 - 当代
Ⅳ. ① I247.5

中国版本图书馆 CIP 数据核字 (2021) 第 172330 号

疑是满天星

车厘酒 著

出版统筹　曾英姿
责任编辑　张　倩
特约编辑　朵　爷　肖云梦
装帧设计　殷　舍
出版发行　江苏凤凰文艺出版社
　　　　　南京市中央路 165 号，邮编：210009
网　　址　http://www.jswenyi.com
印　　刷　人民今典印务有限公司
开　　本　880mm × 1230mm　1/32
印　　张　10
字　　数　326 千字
版　　次　2021 年 12 月第 1 版
印　　次　2021 年 12 月第 1 次印刷
书　　号　ISBN 978-7-5594-6236-7
定　　价　46.80 元

目录

CONTENTS

喜欢有迹可循，已是满天星。

目录

CONTENTS

喜欢有迹可循，已是满天星。

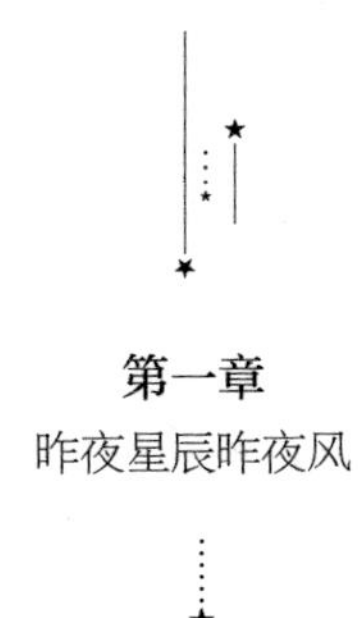

第一章

昨夜星辰昨夜风

六月中旬，还未到真正的酷暑，C 市的气温已经连续几日居高不下，整个城市燥热而闷人。

千星国际的试镜厅外。

“洛小棠。”

“前面那个，洛小棠？”

“叫你呢！喂！洛小棠？！”

男人叫到第三遍，前面正准备拐弯往外走的两个女孩脚步同时一顿。

“棠棠，叫你呢！”

感受到胳膊上传来的力度，洛棠有些无奈，小声道：“我又给忘了……”

上次用化名，还是很久以前的中学时代。

时隔多年，洛棠一时没能适应回来。

她当即回过头，看到叫她的中年男人是刚才那个剧组的副导演。

“副导，不好意思，没听到您叫我。”洛棠干脆地道了歉，又笑了一下，“您找我有事？”

副导李希叫了一路，也气了一路——刚才在试镜厅里也是这么个情况，别人都一叫一个准，就这位，喊都得喊好几遍。明明是个从来没演过戏的纯新人，怕是以为自己顺利拿到个小配角，就觉得今后星路能一片平坦。

尾巴翘上九重天了！摆上架子了！

李希本来一肚子火，正皱着眉准备教训两句，却在正面对上这翘尾巴的新人的时候一下子愣住。

刚才喊了人试镜之后他就去忙别的事儿了，也没注意看这新人的长相。

女孩看着很年轻，脸上干干净净，没有丝毫的脂粉气息。皮肤细嫩透亮，在室内的光线下也白得惹眼。

那双眼睛最吸引人，眼瞳是纯粹的黑色，剔透得像玻璃珠，眼尾带着些微上翘的弧度，狡黠、俏皮，笑起来平白令人心生好感。

脸很小，脸型也十分标致，更别提过分出色的五官。

一看，就是在超清镜头下完全无死角、最能打的那类长相。

李希跟剧组多年，干这一行更是整天对着好看的脸，见过无数美女，但对着少女明晃晃的笑靥，还是看愣了三秒。

别的不说，就凭着这张脸，要是不作妖老老实实拍戏……八成还真能星途坦荡。

不自觉地消了大半的火气，李希把教训的话都咽到肚子里，但架子还是得端着："嗯，我来通知你一声，下周进组之前有个开机晚宴，导演说你也要来，到时候时间和地点会发到你助理的手机上。回去准备准备。"

"好，谢谢副导。"洛棠点头答应。

副导没再说什么，摆了摆手，一副还有一大堆事儿要忙的样子转身走了。

"唉！"程橙目送着人远去，啧啧感慨，"自从我上个带的艺人混成了三线，这种待遇我也是很久没经历过了。"

"待遇这玩意儿就是看咖位嘛！"洛棠也看得出这副导掩饰不住的烦躁，但她觉得这太正常了，"人家凭什么对一个毫无背景、第一次演戏的新人捧着供着呢？"

看着身边这位背景大破天的真"公主殿下"，程橙眼角抽了一下，心道你可真好意思说"毫无背景"这四个字。

两人出了千星国际的大门，朝着保姆车走过去。

不过就目前来讲，也的确只有极少数人知道，刚沾上娱乐圈的边儿、十八线都算不上的洛棠，还有另外一个身份。

那就是知名富商洛城之女，自出生以来就高居年度"你最想成为的人"女性榜榜首的人。

"您说得没错，"程橙说，"所以，您要是能红就好了。"

"等我红呀——"洛棠跨上车，声音轻快，"那是不可能的。"

“……”

“我爸不知道我到底是来干吗的，你还不知道吗？”

“知道，”程橙了然地点点头，“为了三百六十度全方位无死角近距离接触偶像。”

想到之前跟亲爹的约法三章，洛棠小声叹了口气：“而且，真红了我就完了好吧……”

程橙在当“公主殿下”的经纪人之前，已经被其父母——也就是“陛下”和“皇后”召见过了。

洛富商很和蔼地说：“小橙子，你俩是这么多年的朋友了，叔叔阿姨相信你。我们虽然同意让她进圈，但是不可能给她什么好资源的，你就负责让她安安分分地就行。”

总而言之，主旨就是：“你看着来吧，别红就行，要是红了就别怪叔叔打你们俩的狗头哟！”

程橙也是万万没想到，她经纪人生涯运作的第二个艺人，唯一的目标居然是“千万不能红”。

车子上路，洛棠突然问：“咱们是不是下周之前都没事儿了？”

“嗯。”

“今天下午也是？”

程橙一愣：“嗯。”随后她好奇地问道：“怎么？‘公主殿下’有什么安排？”

一提这个，洛棠的眼睛“噌”地一亮，整个人都挺直起来了：“你不知道吗？今晚有苏延的生日会啊！”

盼星星盼月亮，总算盼来了这一天！

苏延出道至今也有六七年了，红透半边天的时候也没有办过类似的活动。当这次生日前一个月官方突然发布生日会的消息时，粉丝群都轰动了。洛棠当时人还在国外，票都是让程橙帮忙抢的。

“哦……苏神的生日是今天啊！”程橙至今还心有余悸，“你家粉丝真的太可怕了，之前抢票的时候直接把平台给弄崩了，后来重新开售，我这手速也差点儿歇菜。”

苏延在圈子里很特别。他跟偶像派的演员不同，跟男团出身的艺人不同，他没有背景，起初两三年默默无闻地跑龙套，在走红的那部电影里饰演的也并不是男主角，而是幕后反派。

电影上映后，苏延一炮而红，一举拿下了当年含金量最高的“金鹿奖最佳男配角奖”，也拥有了自己的粉丝“火焰”。

自那之后的两年间，他又陆续接演了《围歌》《夺龙》两部大制作电影，后期精良，演技爆棚，口碑一路飙升，直接把他炸成了男演员里独一份的顶流。

今年上半年，苏延作为主角的第三部电影杀青，他最近都在忙前期的宣传活动，整天行程不断地飞往各地。

洛棠刚在微博超话签完到，就刷出来一条苏延刚下飞机的接机九宫格图片。照片是一个站姐发的，像素很高，只见苏延穿着一身黑的常服，白鞋，戴着鸭舌帽和口罩，只露出了一双眼睛。

其中有一张近照，他正好望向镜头的方向。苏延皮肤白，很容易看出来眼下有一圈淡青色。长长的睫毛根根分明，浅褐色的眼瞳剔透无比，每个看了照片的人都会觉得苏延好像是隔着屏幕在看自己。

这是什么盛世美颜！

洛棠觉得心脏被击中了。

她点开评论，果然评论里也都是一群尖叫着的“土拨鼠”。

“天哪！七姐一出手就知有没有！太好看了这角度！我可以！第五张他是不是在看我？！”

“睫毛精吗？呜呜呜——我这短睫毛不配做一个女生。”

洛棠刷完评论，又翻上去把九张图都默默保存了。

这窄腰！这长腿！这浑身上下无时无刻不散发着的帅气！

万般激荡之下，洛棠也忍不住评论了个表情包：“我也真的可以。”

这边，“公主殿下”金光闪闪的美貌一览无余，却全数展现给了手机屏幕，笑得比花儿都好看。

程橙靠在车座上，看着她这副样子直摇头。过了一会儿，程橙开口问：“棠棠，你有没有听过一句歌词？”

洛棠还笑眯眯的：“什么呀？”

程橙悠悠地道：“爱情这杯酒，谁喝谁上头。”

“……”

苏延生日会的地点在 C 市市中心体育馆。

因为洛棠高中毕业后就一直在国外，隔着国度关注了苏延这么久，现场见面这还是第一次。

下午六点，喝了爱情这杯酒并且上头到六亲不认的洛棠到了目的地。看着眼前堪比春运的场景，她深深地被震撼了。

这队排了有没有两百米？离入场还有一个多小时吧？今天也不是周末，姐妹们你们都这么闲的吗？不知道的人路过，估计还以为这是在排队等发钱，数量有限先到先得的那种。

洛棠腹诽，但还是老老实实排在了队伍后面。等终于排到进场，已经是一个多小时后了。身边的人也纷纷躁动起来。

“啊——我看到他了！”

“呜呜呜……我也看到了！”

“苏神——啊啊，好激动！前面那个是不是？那个很瘦很高穿着西服的——天啦，他好像往这边看了？他在看我！”

耳边响着一个女生异常高分贝的尖叫声，洛棠也开始心跳加速。然而她才刚刚踮起脚，还没来得及找到苏延人在哪里，就感到自己被一股极大的力道给顶出了队伍。洛棠的左脚狠狠地崴了一下，右半边身子“咣当”一下直接撞到了旁边的护栏上。

洛棠听到自己的脚踝骨撞到铸铁护栏之后发出清晰无比的碰撞声，随之而来的是尖锐而剧烈的疼痛。

洛棠连叫都没来得及叫出声，就完完全全被这飞来横祸给打击蒙了。

这是撞了个会移动的人形武器吗？自带反弹身边障碍物的功能？

洛棠两边的脚踝都疼得不自觉开始发抖，被不知名武器戳到的腰也难受得要命。

洛棠转了个身，几乎是半靠在护栏上，一边缓解着身上的疼痛，一边看那些满手抱着应援物激动地排着队往会场进的女孩们。她们似乎都看到了刚才那几个人所说的身影，每个人脸上都洋溢着过分开心的笑。

洛棠咬咬牙，万分不甘心地把一直悬空着的脚放到地上，结果刚着地没过一秒，立刻就又抬了起来。

疼死了……

要不是有意识地憋着，洛棠的生理泪水都要冒出来了。

洛棠缓了缓，用没崴到的脚拖着受伤的脚勉强移动着。她观察了一下身后，众多护栏中间有个不怎么显眼的缝，过人应该是没问题。

洛棠慢吞吞地穿过栏杆后，找到一个带台阶的地儿，她解脱了一样，直接席地而坐。现在她丧失了行动能力，如果打电话给保镖，那么就对家里人暴露了她在追苏延这颗星的事实……那可不行。洛棠快速否定了这个想法，觉得还是等散场了联系程橙比较靠谱。

体育馆分两层，入场的队伍都去到了一楼看台处，主持人开场，粉丝尖叫欢呼，被困在二楼的洛棠能清楚地听到一切声音。

官方微博说了今天会全程直播，所以没抢到票的“火焰”们也能在“播播 App”上看。洛棠坐在冰凉的台阶上，打开“播播”，看着手机屏幕上逐渐清晰的人影，心酸不已。

她大概是唯一一个明明有票入场却还要看直播的人吧……

洛棠调整了一下坐姿，发现屏幕上不断跳跃着用户赠送道具的提示——用户“题太难了”送出三十个荧光棒。于是她快速注册了账号。刚打开礼物栏，眼前弹出一行字：

“生命不息，学习不止，想要获取道具吗？快根据提示前来答题吧！”

嗯？答题？

洛棠阅读了一下详情，原来这是本次直播新推出的活动，如果用户要想送出虚拟道具，只有一个办法——在开播之前和开播过程中不断参与“有奖问答”，答对的问题越多，获得的道具越多，这也是唯一一个能够给直播送礼物的途径。

这些题目有难有易，知识涵盖许多领域，有的角度刁钻，有的只是生活常识，洛棠答得不亦乐乎，攒下了不少道具。除此之外，她还答对了几道极为冷门的知识题，解锁了几十个最高级别的奖励——“火箭”。

随后活动便开始了，屏幕上出现了苏延放大的脸，洛棠准备操作的手指一顿。

与此同时，一楼响起近乎掀翻屋顶的尖叫声。

摄像机镜头拉得极近，刚好对准了苏延看过来的视线。男人微微阖着眼帘，眼眸有光闪过，薄唇勾了一个很淡的弧线，一如既往的开场白："大家好，我是苏延。"

苏延只给自己的电影唱过一次片尾曲，加之他本身不是唱跳出身的艺人，所以生日会并没有持续太久。

在生日会结束之前有个现场观众的抽奖环节，主持人在台上组织，苏延则去了后台。没了美颜欣赏，洛棠百无聊赖地看着屏幕。

没多久，耳边却突然传来有节奏的脚步声，而且，离她越来越近。

然后在她身边……停住了。

洛棠心中一凛。

像是感应到什么一样，她立刻抬头。

最先看到的是明显属于男人的纯黑色裤腿，莫名眼熟。随后，她的视线从笔直修长的腿一直往上移，很瘦，但身材极好，腰线很窄，衬衫最上面的扣子开着，露出精致的锁骨窝。

再往上……

男人身后是微弱的从楼下散射过来的光，脸部轮廓清俊而深刻，眉眼深邃，薄唇微抿成直线。穿着偏正式的衣服，尽管面无表情，但他整个人只是站在这儿，就透着一种致命的诱惑。

这是她手机屏保、壁纸、微博小号头像、占据相册百分之八十空间的那张脸。

洛棠的心跳直逼一百八十迈，她看着这张脸，一时间不知道是自己是不是活在梦里。

"……苏延？"她试探着，小声叫他。

隔了大概三秒钟，他点头："是我。"

声音低沉，极富磁性，跟刚才从麦克风里传来的有些微的差别，但又似乎更加悦耳。

洛棠又听见他用这性感迷人的嗓音叫她的名字，并且语速很缓慢："洛棠。"

呜呜呜，太好听了！

洛棠大脑一片空白着，"嗯"了一声。

"你——"苏延才说了一个字，身上传出手机振动的声响，他拿出来看到来电显示，微微皱了一下眉，接起来，“怎么了？”

“延哥！哥！”电话那端的人十分激动，“我刚才趁着空当儿看了眼直播间收到的礼物，天啦，我不敢相信我的眼睛！”

“嗯，说。”

“你有个粉丝，一小时之内给你送了好多个道具！你不知道这玩意儿多难获得吧？得答对那些大部分人完全没听说过的题才能解锁，办这个活动的人都惊呆了，说怎么来了个‘题王’，哈哈哈！”

苏延愣了一下，而后也只是淡淡地道：“知道了。”

挂了电话，他复看向一直看着自己，似乎在发呆的洛棠。手指不自觉地捏着手机，越来越紧。

“洛棠。”苏延又叫了她一次。

天……这嗓子！

洛棠再次心潮澎湃地应了一声：“嗯。”

下一秒，她看到面前颀长的剪影又朝着自己靠近了一段距离。而后修长的腿弯曲，他突然跟她到了平视的高度，男性气息扑面而来，俊美的脸近在咫尺。

救命！她快要不能呼吸了！

这个角度，苏延能看清她微微颤抖的睫毛，也看到她眼睛里带了点儿茫然和怔愣。他再次出声：“你在这里干什么？”

短路的大脑重新连接。

“啊，”洛棠眨了眨眼睛，声音清甜软糯，老实巴交道：“我给你送礼物呢！”

苏延：“……”

中心体育馆总共有两层，在二楼能清楚地听到此时下面的抽奖活动在如火如荼地进行中，洛棠的话音刚落，主持人倒数“三、二、一”的声音就传了上来。

随后不知道选到了哪个幸运儿，起哄声、掌声一片。

苏延看着面前微垂着脑袋，脸上写满了“我好后悔”的人。

有王林打电话来跟他汇报“题王粉丝”在前，这个“送礼物”在后，实在不难把二者联想到一块儿。

苏延垂了一下眼睫，嘴角轻撇，心头生出了股啼笑皆非的感觉。他轻飘飘地“嗯”了一声，就像没察觉她的窘迫，答应得十分自然。

两人高度持平，垂眸的时候，他的视线自然而然地落在她的腿上。

二楼没开灯。微弱的光线照到洛棠身上，雪白的裙裾有些凌乱地摊在光滑的大理石地面。

她的踝骨处通红一片，一眼扫过去，就能看出来有一边的脚踝肿得厉害。

空调温度这么低，洛棠坐在这里也不知道冷。苏延微不可察地蹙眉，几秒后又舒展开来，直截了当道：“怎么弄的？”

“我不太会穿高跟鞋，所以就不小心崴脚了。”实际早早开始接收“母后大人”传授穿高跟鞋技能的“洛公主”面不改色道。

“嗯。”苏延重新抬眼跟她对视，“还能走吗？”

洛棠立刻摇头：“不能了。”

她话音刚落，脑子里便浮现出一个在网上很火的表情包：“你的小可爱跌倒了，要抱抱才能起来。”

洛棠脑补了某些画面，脸骤然一热。

好在苏延并没有察觉。

他点了点头，语声淡淡：“等我一会儿。”说完，手肘撑在膝盖上，动作利落地起身，笔挺的背影融进阴影里。

五分钟后。

洛棠从直播界面看到苏延重新回到了台上。他跟抽到的幸运观众合影、签名，再次对所有人道谢，粉丝们齐声为他唱了一首生日歌，生日会便圆满结束。

待在二楼角落处的洛棠虽然不在观众席，但也跟着唱得格外来劲儿。

一直到今天的主角重新出现在她面前。

他的打扮没变，只是手里多了件外套。

瘫靠在墙边的洛棠瞬间直起上身，嘴巴不受控地叫他的名字：“苏延！”

苏延没答，他一言不发地走到她身边，手里的西装外套展开，直接铺在她腿上，严严实实地盖住膝盖上下的部分。随后俯身向下，两人的距离骤然拉近，洛棠闻到了淡淡清香。

预料到了接下来要发生什么，洛棠的心怦怦怦跳得胸口发疼。

洛棠眨了眨眼，感受到他把胳膊放在她的背后，看样子……是要把她抱起来的。

动作却就此停住。

苏延放低了声音，听起来微微有些哑："可以吗？"

他，在征询她的同意。

洛棠被男人清淡好闻的气息包裹住，耳朵接收到这话的一瞬间，好像有一股电流从头顶传遍身体各处的神经末梢。

当然可以！

——她在内心咆哮。

但——绝对不能这么毁形象，于是洛棠非常淡定又自然地点头："嗯。"

得到她的回应，苏延另一只手穿过她的膝弯，稍微一施力就把她给打横抱了起来。这种时候作为被抱的一方，也不能太过僵硬，所以洛棠就顺势——真的只是顺势，悄悄把胳膊环在他的肩上。

之后，除了鞋与大理石碰撞发出的清脆响声，一路无话。

苏延似乎对体育馆很熟悉，带着她七拐八拐，乘电梯直达地下停车场，最后停在一台车前。

苏延发动车子上路，拐出体育馆之后，终于出声打破了这诡异的尴尬气氛："你搬家了？"

"……搬了。"她反应了一会儿，才意识到他指的是她八年前的家，"四五年前搬到仙碧了。"

苏延看了一眼路况，将车掉头："嗯。"

洛棠突然觉得有些失落。

从他们见面开始，因为她的特殊情况，她的行动不便，一切的一切似乎都异常流畅。然而提到了曾经，那种丝丝缕缕带着旧时味道和记忆、无声无息纠缠而来的东西，似乎在这一刻遮掩不下去了。

更令她失落的是——仙碧作为唯一位于市中心的豪华别墅区，距离中心体育馆只有十五分钟的车程。

跑车缓慢停在门口，洛棠率先出声："我刚刚发了消息让人在门口接我，只有几步远，你就别下车啦，这个时间段附近也经常有人散步的。"

以他的知名度，被看到难免又是一阵骚动。

苏延准备解安全带的手停住，他“嗯”了一声，摁键开了车锁。

洛棠“啪嗒”解开了安全带的扣，拉开车门下车，却没立刻走，回身又叫了他一声：“苏延。”

他回过头，没说话。外面路灯的光亮照在洛棠的脸上，她弯唇，绽开了一个特别灿烂的笑容，清清甜甜地道：“生日快乐呀！”

苏延怔了一下，喉结微动。

她似乎也没想要他回应什么，依然双眼弯弯的，抬手跟他挥了挥：“我走啦，拜拜。”

苏延把车停得离门口很近，他看着她单脚蹦了几步，输入密码进了别墅大门，纤细的身影完全消失。

良久，车内响起短促的轻笑。

一周后，洛棠的腿脚利索之时，也终于到了剧组开机宴当晚。

洛棠本以为这就是剧组提前的见面会，随随便便穿个短袖长裤就能去了，结果程橙来接她的时候，又拽着她换了一身稍微正式一点儿的裙装，配饰也一应俱全。

下了保姆车，洛棠看到不远处扎堆的摄像头，才突然觉得这开机宴还挺像那么回事儿的。

“你看什么呢？”眼前晃过来一只手，随后是程橙的声音，“‘公主殿下’，我和你不在一桌，反正你就记住，多吃饭，少说话。”

洛棠比了个“OK”的手势。

从小到大，洛棠参加过多少次宴会了，这次唯一的不同，大概就是一个人她都不认识。

之前在车上，洛棠被程橙说了一通，也没记住女主角、男配角、女二号的扮演者是谁，好在也没有人认识她，大家就彼此点头以示礼貌。路过媒体区，洛棠目不斜视地往前走，也不用摆什么拍照姿势。

等她找到写着自己名字的桌落座，看着“洛小棠”三个字，不知道为什么，她有点儿想笑。

五秒钟后，她的笑僵在脸上。

“……苏延？”

为什么……洛小棠旁边的位置会是苏延呢？

为什么、为什么、为什么？

不是导演、不是女主……是洛小棠吗？！洛小棠何德何能？！

洛棠看着身边男人玩味的视线，开始思索自己有没有把悄悄进了他主演的电视剧剧组这件事告诉他。

好像……没有。

他依然穿着合体的正装，衬衫领口微微敞开，半靠在椅子上，似笑非笑地看着她：“真的是你。”

洛棠眨眨眼：“啊？”

“我以为还有人真的叫这个名字……”苏延突然伸手，抽走了她拿着的写着“洛小棠”三个字的名牌，缓声道，“所以坐过来看看。”

原来还是你。

中学时代一直用着这个名字的人，此时大脑一片空白。

“你想演戏。”苏延用的是陈述句。他细长的手指摆弄着卡片，一字一顿地问她：“有理由吗？”

洛棠嗓子突然干得厉害。那套说辞，在她爸妈那种厉害角色那儿都能顺畅无阻地倒背如流，到了他面前……却像是喝了什么封喉毒药被毒哑了一样完全说不出来。

“没什么特别的，就是觉得好玩，”撒谎让人心跳飞快加速，“这么多职业里，我觉得拍戏肯定很好玩。”

苏延的手一顿。

跟她熟悉的人都知道，她的确玩心很重，这个理由，其实十分令人信服。

面对撒谎对象，他越沉默，洛棠就越是心虚。一心虚，就想要找点儿话来说，她再次重申自己的宏伟目标：“我吧，真的就想做一个低调的小配角，体验一把当演员的感觉。”

话音刚落，洛棠敏锐地观察到苏延轻轻挑了一下眉：“低调？”

“嗯。”怎么了？低调有什么问题吗？

洛棠底气不太足地点了点头：“就是默默无闻，完全没有知名度的那种。”

闻言，苏延嘴角翘了一下。不那么明显，但是薄唇的确弯了一个弧度。

他线条俊美的侧脸在光影明灭间实在好看得过分。平时对着他的视频都能截图截个几百张，现在对着比手机里还要好看的会动会笑的真人，她完全无法保持理智。

因此，洛棠也丝毫没察觉到对方的视线微移，落在了她的手腕间。

余光扫到有东西发光，苏延本来只是随意一扫，却在看清之后骤然顿住。她纤细白皙的腕骨边，是难掩绚丽光芒的表盘，虽不能一眼确认具体型号，但不难辨认出是高奢品牌。

洛棠等了一会儿，他突然的沉默让她有点儿摸不着头脑。

他……不信？

或者是……她的目的指向性太明确，已经被看穿了？

洛棠正胡思乱想着，苏延蓦地抬眸跟她对视。

“你用化名，你不想被认出身份，想默默无闻，”苏延的语速很慢，声色迷人，像个循循善诱的老师，“对吧？”

洛棠有些愣，但他总结得十分到位，她点了头：“……对。”

苏延垂下纤长的眼睫，手指很轻地敲了一下她的手腕，嗓音里带着不易察觉的笑意：“那就最好别把几百万戴在手上。”

“……”

大意了。

洛家一共四口，人人都有那么点儿爱好，洛棠是喜欢表。

今天时间紧，洛棠没仔细看，只是挑了块色泽与裙装稍微搭一点儿的表就出门了。

一个名不见经传的小新人戴这种东西，的确不太正常。要是只知道牌子的，觉得她戴假表倒还好；但被懂的人见着了，认出这是定制款才麻烦。

洛棠没想到苏延会这么细心。

空气凝滞三秒，洛棠干咳了一声，而后迅速把手腕上的表摘下来扔进手包里。

人差不多到齐的时候，洛棠看见当初给她试镜的导演和另外一个陌生男子轮流上台发言，媒体“咔咔”照相，随后晚宴正式开始。

洛棠左手边的苏延一直都没再离开，右手边坐了个女人，名牌上写的“梁子月”，姗姗来迟，好像是最后一个到场的。

洛棠虽然记不住配角们的名字，女主角的名字还是印象很深刻的——毕竟新剧即将开拍，最近这名字频繁在苏延超话里被提及，对她的印象想不深刻也不行。

洛棠就这么尴尬地坐在了男女主角中间。

这一整晚，跟几个剧组的人打过招呼之后，洛棠就开始埋头吃东西，间或用手机跟程橙交流一下对于食物的不满，不断降低自己的存在感。

好在左边的男主和右边的女主都是大忙人，这场开机宴她稀里糊涂地就糊弄过去了。

结束的时候，洛棠看了一眼苏延身边围着不少人的盛况，想了想，还是先走了。

先送了程橙，洛棠半小时后才到家。

“哟，有人下班回家了啊！”

洛棠一推开自家大门，就听见了这声迎接。她抬眼望去，正厅里开着电视，洛舟正瘫在沙发上，跟没骨头一样，眼风斜斜地扫过来。

这阴阳怪气的。

洛棠把包交给用人，换了鞋快步走到沙发边，自上而下地看他。“怎么，我下班你哪里不满意？”她加重语气，“我明天还要进剧组了呢！”

洛舟无言地跟她对视。

洛棠脸上的妆挺淡的，裙子也没太张扬，生气的时候，眉眼都生动异常。

这小姑娘到底哪根筋搭错了？非要进什么娱乐圈追梦？

洛舟紧了紧腮帮子，翘起一边的唇角：“洛棠，你还挺骄傲？”不等她回，他又道：“你演戏就演戏，挑的什么破角色？我看了看原著，怎么，你喜欢恶毒女配啊？脑子叫驴踢了？”

事实上，洛棠因为进娱乐圈这事儿跟洛舟吵了好几回了。兄妹俩最近刚有缓和，但看来今晚注定要战火再起。

洛棠：“你说话怎么这么难听！”

洛舟淡淡地答：“本少说的是实话。”

洛舟站起来，用身高优势碾压她：“你要想成名，何必这么大费周章，家里情况如何，你不了解吗？”

洛棠不屑地撇撇嘴：“谁想着成名了……”

洛舟：“那你为什么想不开？”顿了顿，他补充道，“别扯你要体验演员生活那套鬼话来糊弄我。”

这个人怎么这么烦！

洛棠一仰头：“我早说了原因，你不信是你的事！你管我呢！”

这句话之后，两人之间僵持了几秒。

端详了她一会儿，洛舟像突然明白了什么：“我刚才一查，你们剧组的男主是那个苏延啊！”

洛棠心里一紧，面上却装得波澜不惊：“……苏延怎么了？”

“苏延很火，我知道，我这么多年一直没怀疑过。”洛舟突然凑近她，眼里带着探究，“爸妈不知道，我可知道——你别告诉我，这就是你十多岁那会儿要死要活满城找的苏延？”

洛棠推了他一把，没推动，睁大眼睛喊道：“你瞎猜什么呢！我……怎么可能认识苏延啊！重名而已，根本不是一个人！”

“哦，”洛舟撇撇嘴，“那你说，你为什么一回国就非要进娱乐圈？”

洛棠：“……我都说了！是你自己不信！”

洛舟看着她这副样子，嗤笑了一声。

“小屁孩，”他转身上楼，留下一句轻描淡写的警告，“你可藏好了，千万别让我知道原因是什么。”

洛棠：“……”

洛棠从小到大都很羡慕别人家温柔型、妹控型的哥哥。她看的小说里好哥哥更是多，虽然腹黑，但对妹妹都非常宠溺。

只有她不同。

洛棠被戳中心事的心跳还没缓过来，喘着粗气，狠狠地瞪了一眼洛舟懒散高瘦的背影。

她的哥哥大概是魔鬼型。

洛棠平复了一下情绪，上楼洗澡。

想到明天就要开始拍戏，做完苏延粉丝群里的日常任务、超话签到、发表白微博之后，洛棠又重温了一次剧本，才踏踏实实地睡去。

第二天一早，在开机仪式举行完毕之后，“我们的年少时光开机”就已经上了热搜第五位，其中苏延的粉丝“火焰”们自然占了头功。

苏延出道以来，除却最开始演的是几部电视剧里不起眼的小角色，自从拍了成名作一炮而红之后，他接下来几部作品都是知名导演的大制作电影。而对于他这次接演偶像剧的决定，一时间冒出来不少极为恶毒的言论，说他这是觉得自己火了，稳了，感觉非常掉价。

可苏延现在咖位摆在这儿，就算他想接着走以前的路子，可适合他这个年龄拍的、大制作的电影实在太少，演员本来就靠演戏吃饭，谁还能非电影不演吗？哪儿来那么大谱？

“火焰”们据理力争，洛棠对于口水战并不擅长，很多时候只会干生气，这会儿便不断给这些优秀评论点赞。

《我们的年少时光》是根据小说改编的校园题材的电视剧，是偶像剧性质没错，但原著本身是个大 IP，书红极一时，热度极高，本身就带着话题讨论度。听说自家偶像要接演轻松美好的校园剧，“火焰”们都挺开心的。

“其实我不太满意女主，但是无所谓了，苏延的脸足够撑起这部剧！哥哥冲呀！”

“书粉表示……在看小说的时候其实就代入了苏神的脸，呜呜呜，没想到最后真的是他拍！”

…………

那些挑刺的言论瞬间被淹没。

拍摄地点定在明希中学，C 市校园比美大赛第一名获得者。此时高三考生已然放假，教学楼空出来整整一栋，取景足够了。

洛棠站在熟悉的校门口，叹了一口气。

明希中学有初中部和高中部，她在这儿度过了四年时光，对这个校园印象可太深刻了。

因为这里不仅是她的母校，也是苏延的。

《我们的年少时光》将是国内首部采用即拍即播模式的电视剧，每周播两集，剧情可能会根据观众反馈来稍作调整，这也是为了剧的质量考虑。

故事整体的脉络其实很简单，男女主互有好感，身边各有男二女二作为神助攻。而洛棠饰演的施音是标准的“明面上找女主碴儿实则推动男女主感情线发展”的工具人。

施音的设定是千金大小姐，骄纵跋扈，被家里宠上了天，学校里也有一群小姐妹跟在屁股后边捧她臭脚。而她从小到大喜欢的东西就一定要得到手。

——可以说是教科书式的女配了。

洛棠第一集和第二集就有不少的戏份，比如在男主和女主阴差阳错地成为同桌的时候，人家两人对视，她施音就是那个不要脸、不要皮，要求女主把座位让出来的人，诸如此类。

开始拍摄之前，先是换装和上妆。

再次温习了一遍剧本，洛棠跟着程橙进了剧组安排的化妆间。里边已经有不少人，有些昨晚已经认识了，洛棠一一打了招呼，在一个微笑着的化妆师的带领下坐到了空位处。

化妆师把工具都摆了出来，然后手指抬起洛棠的脸，微微惊了一下：“呀！”

洛棠吓了一跳：“……怎么了？”

“不是不是……不好意思，”化妆师有些发窘，“我刚才没仔细看……姑娘你长得真好看啊，是……新人？”

“对对对，我是第一次演戏，”洛棠对着她笑，杏眼微弯，“姐姐，麻烦你啦！”

“不麻烦，不麻烦。”化妆师看她一点儿架子也没有，忍不住一直跟她聊天。

程橙站在一边看着，时不时插一嘴，余光注意到门口来了人。

梁子月在助理的带领下到了化妆间，她被带着坐在化妆镜前，趁着化妆师拿东西的时候环顾了一周，最后，视线骤然停在离她最近的那桌。

“小季，”她叫自己的助理，压低声音问，“那边那个女生，就是我隔壁桌坐着的是谁？”

“欸？”小季惊讶，“子月姐你不知道吗？你们昨晚不是在同一桌吃饭吗？她是施音的扮演者啊，我记得她叫……哦，叫洛小棠！”

梁子月：“……”什么？！那个是施音的扮演者？！

是那个在剧本里，把她衬托成一朵清纯高洁小白花的那个女配、那个嚣张跋扈大小姐？！

昨晚梁子月去晚了，宴会黑咕隆咚的，就只跟洛棠打了个招呼，也没放在心上。之前梁子月特地上网搜过这个洛小棠是谁，结果完全查无此人，她还觉得导演组也太不把配角当回事儿了，万一找了个新人演技太差怎么办。

她看着那边闭着眼笑着却掩不住惊艳的少女，不自觉咬紧了牙。

开什么玩笑？这种角色为什么找一个长得这么好看的人来演？！

小说里的描述，女主是偏清纯柔美的长相，女配则是十分张扬、有个性的美，单比脸不看气质的话，女配应该是比女主好看的。

但是谁家真的这么选角？选配角的时候，不都是本着“虽然跟小说里一样夸你，但你实际并不好看”的原则吗？太扯了！

梁子月看着洛棠那边，她还在打淡色眼影，本就小巧的脸上都夺目的五官越发出色。

…………

洛棠两只眼睛刚化完没多久，一睁眼，就看到镜子里倒映出另外一个人影——梁子月。

洛棠之前在微博上看到过梁子月的照片，真人长得跟照片倒是没差太多，气质型美女，跟这次女主的形象很符合。

梁子月的声音跟昨晚打招呼的时候听到的一样柔和悦耳，她好像跟化妆师认识，寒暄了几句，话题扯到了洛棠身上：“欸？姐姐，这是在给小棠上我们一会儿要拍的妆吗？”

“是啊，这姑娘底子可真好。”

洛棠听得一愣。

小棠……她们已经这么熟了吗？

她还没反应过来，就听站在身后笑着的女人又是一句：“哎呀，好像有点儿太浓了吧！”

洛棠愣了一秒，随后，明显感到化妆师也怔住了。

一阵寂静过后，最先有反应的是程橙：“嗯……她们其实还没化什么呢，你也看到了，眼线化完，阴影才刚开始打，这好像没什么浓的吧？”

这妆还叫浓……那干脆素颜得了呗？程橙还不知道这女人想的是什么！

不就是怕自己被比下去嘛！

梁子月像是没听见一样，接着跟化妆师道："我觉得这个妆不太适合学生吧，你给她卸了重化比较好。"像是在商量，但语气又带着不明不白的强硬。

洛棠笑着跟化妆师说："她说得对，无所谓啊，姐姐，你把眼线卸了吧，反正刚化到这儿。"

洛棠是发自内心地想笑，她是真的完全不在乎，完全无所谓，就算素颜上镜又能怎么样呢？

化妆师有些无奈地拿出卸妆水。

梁子月也是新一代较有实力的女演员了，二十三岁的年纪能混到二线，如果在出演这部剧的女主后会火一把，能挤进一线也说不定。梁子月演的是女主，跟导演也熟稔，对比洛小棠，她说的话的确更有分量。

程橙皮笑肉不笑地看着梁子月回了自己的座位开始化妆，看了十分钟后，"呵呵"了两声。

哦，您化得就不浓？您还戴美瞳呢！

谁不知道镜头滤镜都吃妆，不管什么场景什么角色，上镜前的打底化妆是必需的环节。

虽然之前想的就是不能红，不能出风头，但程橙还是越看越气。

半小时后，所有人收拾妥当。

因为是第一次定妆，往后的妆容基本也都按照这个标准来，造型指导最后挨个看，挨个给意见。到了洛棠和梁子月的时候，她骤然一愣。

造型指导语气有些冲："你们这是怎么回事儿？"

两个化妆师也摸不着头脑："……什么？"

造型指导皱着眉盯着梁子月的妆容："这两个角色是不是反着来了啊？梁子月演清纯女学生，现在这是什么跟什么？眼线、口红赶紧卸了重新化。"

哈哈！这是什么神仙？程橙差点儿没憋住笑出声来。

"还有这边的，"造型指导指了指洛棠，"这脸上怎么什么东西都没有啊？人家小说里写着呢，施音是天天化妆的，都不看的吗？都不知道吗？"

洛棠眨了眨眼。

"赶快把这个也重新化，十分钟搞定。口红记得用正红色，人家书里写得明明白白的。”造型指导又伸手把洛棠扎起来的马尾辫给松了，拨弄两下，“她披着头发就行，把发尾稍微卷卷，卷好看点儿。”

洛棠突然觉得……这个恶毒女配当得，好像有点儿爽？

洛棠的脑袋被控制着，一直没能看到梁子月的卸妆现场，但全都被程橙一字不落地在事后转达了。说是脸黑成了锅底，谁看到了都能瞧出梁子月的坏心情。

洛棠其实被这反转搞得心情不错，她忍不住道："这造型指导是个人物。"

程橙点头："是个狠人。"

接下来的化妆过程就轻松了，不用刻意往朴素来上，当然也不会太浓，就简单粗暴上个美美的妆。

妆容完成之后，化妆师很满意："这可真是我化过最轻松的一回。"毛孔不用遮，没有痘痘和斑，没有细纹，没有唇纹，五官还好看得不得了，再也不能找到比这更省事儿的了。

洛棠挺喜欢这个姐姐，笑着道了谢。

化妆师走后，程橙说出了自己揣了一早上的担心："我说，你是真新人上阵，但一般的新人跟你也不太一样，人家都是电影学院出来的。"程橙压低声音，"你之前没想过，万一重拍太多次闹笑话怎么办吗？"

没想到洛棠完全不惊讶："我当然想过了。"

程橙："……啊？"

作为一个完全没演过戏的人，洛棠早在一周之前就开始读剧本，腿脚没好利索的时候，有事儿没事儿地就在家里搜《演员速成记》《如何掌控微表情》等一系列的片子，然后对照着镜子练习。虽然总是对着镜子里的自己笑场，活像个傻子一样，但在这段过程里，她还真对演戏生出了那么点儿乐趣。

大概讲述了一下自己的修炼历程，洛棠兴致勃勃地说道："来来来，我给你现场来一段儿！"

程橙："怎么来？"

洛棠清了清嗓子，没答，看着就像是在找感觉。

"小橙子。"洛棠再开口的时候，音调突然……高贵冷艳了起来。

"……"

程橙看了一眼她的动作，翻了个白眼配合："奴才在。"

洛棠慢慢悠悠地伸出一只手，唇角微挑，把后宫妖妃的那股邪劲儿学了个十成。

"扶本宫出门，"她说话也端足了架子，拖腔带调、恶狠狠道，"待本宫去做了那个……"

小橙子："……"

这就开始了。

十分钟后，一群穿着校服、在化妆师巧夺天工的降龄大法下重回十几岁的少女们出了化妆间。

外边已经一切就绪了。

最前面几幕跟洛棠没什么关系，但她是第一次拍戏，难免有些紧张，就一直离着摄像机不远不近的距离看着特写，看群演如何入镜。

导演拍完梁子月扮演的女主背着书包进教室，跟女二成为朋友这段剧情之后，就到了要拍苏延近景的时候。洛棠更是看得聚精会神。

跟小说微有不同，在剧里，男主顾誉是个学神。他是课上学、课下玩，篮球唱歌样样牛，高智商校园男神人设。顾誉男生缘、女生缘都特别好，身边总是围着一群人，他对兄弟们偶尔腹黑毒舌，对女生则是格外冷淡。而家境有些困难、出淤泥而不染、性格坚强外表柔弱的女主自然就是那个唯一的例外。

你是我唯一的例外——好看就好看在这儿，就是得这样，读者和观众才会喜欢。

现在正在拍的这一幕是老师进教室之前，顾誉跟兄弟们谈笑的场面。

本剧男二是个跳脱的性子，一边勾搭着顾誉的肩膀，一边从教室后门进去坐到座位上。

"誉哥，今年奥运会看了没？"

"没怎么看。"

"这不是吧，奥运会你怎么能落下呢？"好兄弟惊讶过后，又说，"誉哥，你一个暑假都没信儿，忙什么呢？"

"去参加了个外省数学竞赛。"

“得！你停停停啊，别说了——”男二夸张地抬手扶额，“你知道的，我有病。”

“嗯，”顾誉点点头，嘴角的笑意明摆着嘲讽，“一个一听到数学就脑壳痛的病。”

这幕就到这儿结束。

短短两三分钟，两个少年的形象就展现得格外鲜明，一个活泼夸张的学渣，一个外表高冷却也会开朋友玩笑的学神。

“咔！”陈导及时打断，“很自然，不错，继续保持。来，下一镜。”

下一镜是其他同学的近景。

程橙叹为观止：“要不说苏延牛呢！你看他平时那么高冷一男的，刚才简直了，演了一个活的顾誉啊！”

洛棠有些出神，慢吞吞地跟着“嗯”了一声。

苏延本人是一个话很少的人，而且洛棠很清楚，他的中学时代跟顾誉可以说是截然相反。可刚刚，他把一个十六七岁的内心明朗、家境良好的男生演得格外传神，每一个眼神、每一个动作都无可挑剔。

也不知道过了多久，她额头一沉，头顶传来清清凉凉的嗓音：“发什么呆。”

“……嗯？”洛棠吓了一跳，一抬头，刚才戏里的男神已经站到了自己眼前。

校服是最经典的蓝白色相间，跟他们那时候几乎一样的款式。看着穿着校服的他，洛棠又是一愣。

她磕绊了一下：“啊……没有没有，我刚刚在看你拍戏。”

“嗯。”

“你……”洛棠在微博学的一波又一波彩虹屁此时全都放不出来，眨了眨眼，干巴巴道，“真的厉害。”

苏延顿了一下，也没正面回应她这句夸奖，看样子像是准备跟她聊两句的样子。

“还有两三镜就轮到你了。”苏延垂眸，“紧张吗？”

洛棠立刻否认：“没有，不紧张。”

苏延没说话。

“嗯，好吧……”洛棠实话实说，“其实是有一点儿……”

不知道为什么，洛棠突然觉得要是洛舟在的话，听到这话一定毫不犹豫地怼她："叫你作，非要来拍戏，活该！"

她十分庆幸苏延不是这种人。

"施音对你来说不难。"被叫走之前，苏延安慰她的声音莫名带着安定人心的力量，"别担心。"

洛棠的紧张一瞬间飞走了百分之九十九！

呜呜呜，这就是她的偶像啊！洛舟那种魔鬼哪配跟他相提并论！

跟沉浸在偶像关怀里的某人不同，听墙角的程橙有些纳闷。

苏神说什么？施音怎么就好演了？

而且……什么叫对洛棠来说，演好施音不难？

因为设备挪动不方便，拍戏并不全按照剧集发展来，而是按照地点。这部戏会集中拍完前两集在教室的场景，再到其他地点进行新一轮拍摄。

洛棠接下来这场戏是在第一集的结尾处，也是她和女主的第二次交锋。

高一开学就是军训，军训期间的取景要在操场，所以此时时间已经来到了开学后一周。

起因是老师下课前宣布的"给你们机会自由选座位，有商量好的下课就可以搬东西了"。

洛棠饰演的女配施音一直暗恋顾誉，最开始一周里，顾誉跟他兄弟坐在一起，她没有机会，可现在重新排座位，居然被她看到女主齐月搬着书到了顾誉旁边的位子。

到手的鸭子飞了，大小姐施音炸了，立刻去挑衅女主。而她并不知道，此时女主已经跟男主在校外见过面，两人因为某些不可抗力的因素，已经说好要成为同桌。

——所以，一场大型打脸等待着施音。

这场戏，洛棠的台词不多，十分好记。

开拍之前，陈导特地嘱咐了两句："一会儿你从自己位置上站起来，走向他们座位的时候，先撩一下你的头发，然后抬头看着正前方的镜头。记住了，这段儿会放慢动作，所以你眼神千万不能飘。"

洛棠点头："好的，导演。"

一切就位。

“开始！”陈导看着监视器。

施音身姿笔挺，头微微扬着，撩头发的手势很自然，看镜头的时候，本以为多少会有点儿紧张，却没想到居然异常地稳当。

陈导刚才没告诉她得演出那股大小姐的范儿来，是想着大概不能一次过，这遍就当熟悉流程。他听到助手在旁边有些惊讶地道：“这新人……眼神不错啊，陈导！”想了想，用了个准确的词：“感觉起范儿了？”

陈导没说话，却也没反驳。

另一边的程橙看着洛棠第一次的特写，本来还为她捏了一把汗。

没想到……这条一遍过。

她算是明白苏延话里的意思了。

普通人演千金大小姐，可能要么演不出那种感觉，要么演过头太夸张。可她“公主殿下”演一个千金大小姐，怎么能不容易？眼风一扫的事儿。

大家都没想到这新人居然能一遍过。一番准备，紧接着就是下一场。

——重头戏来了。

洛棠站定在男女主面前。

洛棠台词都快背烂了，她看向梁子月，慢悠悠地道：“齐月，跟我换个座位。”

莫名其妙被找碴儿，齐月先是楚楚可怜地一愣，然后肯定是要问一句为什么的。

洛棠挑唇笑，蛮不讲理的话张口就来：“因为我要做顾誉的同桌啊！”

“你也看到了，”此时齐月不卑不亢地回了她，“我跟顾誉同学已经说好了。不好意思，凡事讲个先来后到。”

“你不愿意啊？”恶毒女配施音继续恶毒，笑成了一朵花儿，完全不知道之后自己即将被打脸，“那……不然我们问问顾誉吧！”

而后，她把脸转向站在一边旁观的顾誉，扬了扬下巴：“呀，顾誉，我想做你的同桌，可以吗？”

这个“呀”百转千回，说得要多气人有多气人。

洛棠松了一口气，她的部分说完了。

她看着苏延的眼睛，等待着接下来苏延那句结束语——“同学，没听她说吗？先来后到。”

看看，多么帅！多么宠！

然而苏延跟她对视后，却迟迟没说话。

苏延从刚才洛棠戏份开始的时候，看着她穿校服走近，有些恍惚。好在顾誉本就该是没什么表情的样子，走个神也没关系。

但现在不是走个神的问题了。

同样的学校，同样构造的课桌，甚至是几乎一样的校服。现在她说这句话，七年前……她也问过他。

那时候……

那是高二开学没多久的某天，他在课上睡得不知今夕是何年，一觉醒来已经到了中午放学。蒙眬间，教室过道几个女生叽叽喳喳讨论的声音传到他耳朵里。

“欸，你们听说没？上午班主任说的那个转学生，其实是那个初中部可有名的女生，她跳级了！”

“跳级？这么厉害吗？她怎么有名了？”

“哦！我听我弟说过，她是初中部的小女神，当时咱们明希论坛评校花的时候，不是直接从高中这儿选的嘛，我弟他们还觉得不服气呢！”

“哈哈哈！妈呀，那这小美女跳级到高中部，可是要把现在这齐校花给换了吧……”

“我记得她好像叫……”

苏延听得云里雾里，被吵得不行，没往下听就走了。

下午苏延来得太早，教室里稀稀落落三两个人，他坐在自己的座位上，雷打不动地趴下睡觉。一直到校服袖子被一股轻轻柔柔的力道给揪了揪。

那时候，少年苏延在学校的代名词是孤僻、独来独往、阴沉。整天不说话，看人的时候眼神又冷，久而久之也就没了朋友，在学校里活得像个透明人。

所以，当感受到有人拽他校服，他心里生出的第一反应是诧异。

他抬起头，身边的座位旁站着一个女生，穿着初中部校服，红白相间。

“同学你好，我叫洛小棠。”她小幅度歪了一下头，对着他笑，“你叫什么呀？”

小姑娘漂亮的杏眼里盛满细碎的光，长长的头发垂下来，嘴唇弯弯，笑得露出贝齿。看得出来年纪还小，却已然格外清纯可爱，像是初春第一朵含苞待放的花，带着无限美好和朝气。

那瞬间，苏延的眼睛像是被刺了一下。

他联想到中午那几个女生的话，跳级……初中部……

居然是她。

手指捏紧，他喉结动了动，而后听见自己的声音僵硬异常："苏延。"

面前的人与他完全相反。柔软，温暖，声音像是浸过蜜一样的甜。"苏延苏延，"她叠声叫他，"我看你身边的位子是空的呀，那我可以做你的同桌吗？"

依然是僵硬的："可以。"

见他答应，小姑娘兴高采烈地把书包放下，拿出一包纯白的纸巾开始擦桌椅上的灰。

少年直起身，趁着身边的人没注意的空当把自己的桌子收拾得整洁了一些。她丝毫不知道，他冷静自持的外表下，胸腔里的跳动声响有多么剧烈。

…………

此时此刻，仿佛午夜梦回，时光倒流，记忆里的每一帧居然都是清晰的。

说实话，洛棠演得很出色，大小姐的范儿，高高在上的语气拿捏得也到位。

施音的台词是："呀，顾誉，我想做你的同桌，可以吗？"

而顾誉该说："同学，没听她说吗？先来后到。"

苏延端的是面无表情的冷酷学神，眼皮子耷拉着，居高临下地这么看着洛棠。

少女眉眼灵动，肆意鲜活，一如当年。

苏延微不可察地动了一下唇角，睫毛稍稍掀起来一点儿，薄唇轻启，缓慢而清晰地吐出两个字："可以。"

"……"

洛棠："？？？"

导演："？？？"

梁子月："？？？"

苏神！你怎么窜改剧本呢？！

最怕空气突然安静。

陈导一脸蒙："……咔？"

令人叹服的颜值和出神入化的演技，是"苏神"外号的来历。在苏延的演艺生涯里，说错台词的情况不可能没有。但一般也就错几个字，或者发音有问题，再不济就是忘了。

哪能这么错的？

"同学，没听她说吗？先来后到"和"可以"之间——大概差出了透明人洛小棠和洛富商女儿洛棠那么大的距离。

此时，教室里是谜一般的氛围。

洛棠盯着苏延，简直不敢相信自己的耳朵。

本来一切都是正常的啊？他可高贵，表情可到位了，怎么突然就说串台词了呢？而且错得这么离谱，到底是不小心还是……

"苏延？"一旁陈导的声音从喇叭传出来，洛棠也赶紧结束了自作多情。

"陈导，我的错。"苏延很干脆地回头，"不好意思，再来一条。"

他回过头来的时候，视线刚好跟洛棠对上，瞳仁依然是好看而通透的浅褐色，皮肤被校服的蓝衬得格外白。

苏延以前的戏多是生在乱世或背负着复杂使命的角色，此时干净的校服穿着，像漫画里走出来的美少年。只是不知道为什么，苏延的眼神里带着些洛棠看不懂的意味。

"洛小棠，准备好的话就抬一下手。"

洛棠闭了闭眼，深深吸了口气，对旁边的摄像比了个手势。

…………

这镜过了之后，接下来拍了更近距离的角度供后期剪辑用，洛棠今天的任务就圆满完成了。

苏延和梁子月还有不少戏份要拍。

出了教室，洛棠的胳膊立刻被迎上来的程橙挽住："棠棠！"

程橙的声音是压不住的激动："我刚才觉得你跟苏延可带感了！活脱脱的骄纵大小姐和腹黑男神啊！怎么办，我本来是书粉，但现在我想站你们！"

洛棠斥责鄙夷："你怎么能这样？还书粉？你对得起男女主吗？"

程橙挺起胸膛："对不起！但我对得起我颜狗的身份！"

洛棠："……"你好骄傲哟！

"真的真的。"程橙回想了一下刚才的画面，还止不住地想姨母笑，"你俩站一块儿，相貌、气质谁也不压谁，反而 CP（情侣）感特别强。"

洛棠这回也真心实意地道："谢谢你这么说我和我的偶像。"

程橙有别的事要忙，看洛棠这边基本结束，没扯两句就走了。洛棠暂时闲得慌，走到了一旁的空教室，双手一撑坐在了桌子上。她百无聊赖地刷着微博，时间不知不觉地过去，不知道什么时候眼前投下一片阴影。

洛棠抬头看到来人的一瞬间，心情像是阴雨天见了太阳："苏延！"她连声音都高了不少，"你拍完啦？"

"暂时。"他走过来，十分配合地坐在了她旁边的桌子上。一样的动作，一样的桌子，只不过，她的腿是悬空的，而他则是整个鞋底都稳稳地放在地面上。

洛棠目测了一下两人腿的长短差距，笑容突然僵在脸上。

……打扰了。

她晃晃悠悠的腿变得安分起来。

"你之前不是一直在看别人拍戏吗？"苏延转过头，"怎么现在不看了？"

"……就是不想看了。"洛棠的声音降了八个度。

她是看过小说的人好吗？让她看他跟梁子月卿卿我我、暧昧生花、互相暗恋吗？她才不要看。

小姑娘上一秒还雀跃的表情一下子就蔫儿了，杏眼垂着，微微鼓着脸，好像有无形的毛茸茸的小耳朵在她脑袋上也耷拉了下来。

"那，"苏延看得有点儿想笑，"为什么不想了？"

"因为我不太喜欢梁子月，所以……"洛棠其实对她没到不喜欢的地步，她只是胡乱扯了个理由，"……我反正不想看你跟她亲热。"

苏延眼皮一跳："亲热？"

"是啊，就男女主的那种感情戏啊！"

"……你看过男女主的戏份吗？"苏延说，"在剧本里的。"

洛棠摇头："没看。"也是怕给自己添堵。

"……"洛棠感到他微不可闻地叹了口气，"没有感情戏。"

洛棠："啊？！"

苏延往后靠了靠，看着她的眼神带着点无奈："这部剧，我是提前看过剧本才决定出演。"

洛棠不懂，她眨眨眼："什么意思……"

"意思就是——"苏延顿了顿，唇角翘了一点点弧度，声线清润，"如果需要跟别的女人亲热，我不会接。"

留下这颗炸弹，身为男主的苏延又被叫走了。

洛棠看着蓝白色校服的笔挺背影，坐在桌子上跟傻了一样。

半晌，她打开微博登上小号，带上了苏延的超话标签，发了条微博。

——两百个毫无意义的"啊"。

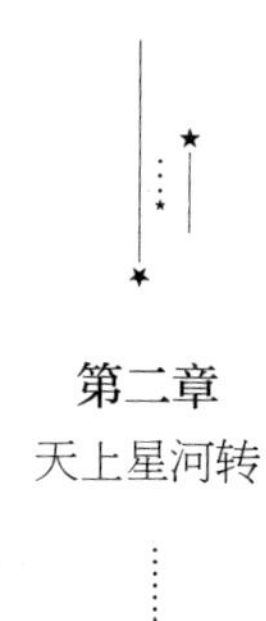

第二章
天上星河转

历时一周的拍摄后，《我们的年少时光》将于这周六晚八点整，在目前流量最大的彩虹台首次播出，线上官网将和电视同步。

洛棠其实是没费什么劲儿演的。她边学边演，交了几个朋友，还有偶像可以看，而且还能跟偶像演对手戏！她这恶毒女配在剧组里一天天的，可快乐了。

但是——今天就要播出了啊！

演是一回事儿，播出给观众看又是另一回事儿。洛舟之前讽刺她，让她等着被网友追着骂，她当时满心都是对进圈儿的憧憬，丝毫没往心里去。

周六一早醒来，躺在床上，看着“皇后”和“陛下”给她亲自挑选的造型繁复的水晶灯，洛棠突然惆怅不已。

呜呜呜……她会不会真的被全网追着骂啊？

算了，拍都拍了，想再多也没用。追着偶像的脚步，付出点儿代价不是应该的吗？

就算要骂，骂的也是洛小棠！

洛棠这么想着，心里莫名好受了不少。她一个鲤鱼打挺起床进了浴室，美好的一天从护肤开始。

——美好的一天终结在餐桌上。

这星期洛棠基本天天泡在剧组里，吃晚饭的时候，白女士和洛富商询问了洛棠的近况。

晚餐临近结束，洛舟突然出声道：“爸，妈，咱们‘公主’这星期忙的成果今晚就能看见了。”

哪壶不开提哪壶！

“嗯？”洛城先是一愣，随后记忆回颅，“哦，对对对，棠棠那个电视剧是吧，叫什么时光的那个。”

洛棠连忙道：“欸，爸，那个没什么好看的，小年轻的故事你们也不喜欢看，都是高中校园生活——”

“你说的什么话！”白女士很不满意，皱了皱秀眉，“你拍的戏，我们肯定得看。”一家之主白相宜高贵冷艳地下了死命令：“一会儿阿舟也不准回房，跟着一起看。”

洛舟扯了扯唇角：“我巴不得。”

洛棠：“……”演个炮灰女配有什么值得全家观摩的！她一定是上辈子欠了这个魔鬼的！！一定是！！！

用人准备好饭后解腻的茶放在茶几上，大到足够当作家庭影院大屏幕的电视开着，正是彩虹台。

晚上八点整，洛家别墅，一家四口在茶香袅袅中开始……看电视。

洛棠本来想跟他们聊天打岔让他们少注意剧情，后来看了一下爸妈和洛舟的反应，他们还挺认真，她也就没好意思实施这个计划。

看着自己拍的剧播出，真是一种……十分奇妙的感觉。洛棠看到一半的时候，也不觉得尴尬了，还开始跟洛城讨论：“爸，我跟你说啊，我这个女配后来啊，还对齐月……”

洛城：“这么坏？！”

洛棠：“就是！可坏可坏了！”

洛城笑：“演戏好玩不？”

洛棠也笑：“可好玩了，嘻嘻。”

父女俩抱头讨论剧情，那边“皇后”和“太子”高贵冷艳地喝着茶。四个人的风格差异简直不要太明显。

…………

这一集有五十分钟，加上广告大概是一个小时。拍的时候的确散乱，洛棠也没想过真正剪辑起来会是什么样，但就这么看，不得不说，后期十分给力。

《我们的年少时光》对原著有较大的改编，这块儿书粉们还是表示很能理解。

——我们看颜值就好，您能请到苏延演誉哥我们已经做梦都能笑醒了。

开拍第一天，洛棠在跟苏延进行了心跳对话之后，回家从头到尾仔仔细细地看了一遍剧本。不得不说一句，编剧实在是鬼才，整个故事青春向上，搞笑温暖，十分正能量。

一集播完，最后卡的地方是施音问顾誉的话。施音抬着下巴问对面面无表情的少年："我想做你的同桌，可以吗？"

少女一脸势在必得的样子，像只漂亮骄傲的小孔雀。

画面就此定格。

一共三个人的脸，齐月在旁边微微皱着眉，顾誉和施音对视，一个冷一个笑。

第一集结束。

洛棠茶喝多了，电视一播完就去了趟洗手间，没来得及听洛家众人发表观后感。她正在洗手的时候，放在一边的手机一振。

洛棠擦干净手，解锁进到微信。

程橙："你上热搜了棠棠！快去看微博！！！"

手机差点儿掉到水池里，洛棠连忙点开微博，又点开热搜榜。

热搜第三：洛小棠是谁。

洛棠心脏跳得巨响。虽然早上都做好准备了，但她本来只是觉得会被骂而已，现在事实摆在这儿——不光被骂那么简单。

她、她、她居然被骂上热搜了？！呜呜呜呜！施音真的有这么讨厌吗？

洛棠站在洗手台前，咬着嘴唇抖着手指点开了"洛小棠是谁"那几个字。

看见的第一条赫然是：

"@娱乐八卦姐：蹲点了一晚上的《我们的年少时光》，我现在就一个问题，洛小棠是谁？？？三分钟之内给我这个女人的所有信息，你们就是我的姐妹，OK？"

配的动图，是她走近顾誉和齐月的一个慢镜头。角度问题，施音整个人周遭带着光晕效果。头发撩起来的那一下，纤长白皙的脖颈一览无余，她的眼睛看着镜头，整张脸完全露出来。

……欸？好像没骂她？

洛棠又往下看热评，全是十分钟以内的。

“有谁是为了苏延看的这部剧，结果全程眼睛贴在施音身上扒不下来的？反正我是。”

“这哪来的极品小仙女啊？我其实都没注意她说了点儿啥，全程看脸！所以洛小棠到底是谁？？”

“别的不说，找来一个长得这么好看的人来演女三号？导演组，你们怎么回事？！”

“这个富家千金演得很合我胃口，不知道为什么啊，感觉特别……高贵？？我疯了，来打醒我……”

洛棠本来想往下翻，手指一划，不小心点进了这条热门评论的回复楼里。

“我看小说的时候一天骂八百遍这施公主，我现在……我现在不太想骂人，就想说一句……这演员长得也太好看了吧？”

“排楼上，特有那股范儿，原著施公主是趾高气扬、骄纵型烦人精吧，这演得就是真公主没毛病啊？（除了台词还是那么傻）”

“哈哈哈，把‘心机千金’演成真‘公主殿下’是不是也算崩人设？”

“这人设崩得好！”

她整个人都还蒙着，程橙又弹过来一条消息。

程橙：“我之前给你建了个账号，你记得吧，弄了个公司认证了的微博，十几个粉丝的那个，名字叫“洛小棠 ta 重拍”的微博。”

程橙：“现在十万粉了……”

洛棠：“……”

洛棠就点进来刷了几分钟评论的工夫，再点出去的时候，“洛小棠是谁”已经到了热搜第一。

能上热搜必然不可能是一条微博的功劳，几乎是在播完第一集的同时，就有一大批人找到《我们的年少时光》电视剧官方微博，翻看演员名单看到施音的饰演者名字，然后开始发微博询问洛小棠是谁。

“追剧是生命唯一的乐趣：怎么办？诸位《我们的年少时光》书粉、剧粉，短短一集，别的问题倒是没看出来，我就觉得施音人设崩了，哈哈哈……”

“嗯，骄纵无脑富家千金崩成“公主殿下”，什么神仙崩人设？我爱了。”

“爱了这个！我宣布！以后洛小棠是我新崽崽！！”

“这脸好看到我觉得整不出来……”

“那个撩头发又看镜头的慢动作演得太棒了！施音！来做我同桌！做我同桌！”

洛棠独自一人在洗手间里笑出了声，微信的对话框再次从上方弹出来。

程橙：“啊啊！我眼看着你那个粉丝数字往上涨！公司那边叫我催你发条微博，棠棠，你在吗？你看到我说的话没？？”

洛棠这才连忙到微信界面回复她：“看到了、看到了，刚刚在看热搜，没来得及回你。”

微博号这东西，洛棠有四个。有两个是专门追星的小号，一个是她本职工作的大号，还有一个……暂且称之为专门为了兼职开的小号，也就是“洛小棠 ta 重拍”。

微博上不少用户的名字都跟“洛棠”有关，比如——“改名叫洛棠之后我会转运吗”“洛棠保佑我发财”，等等，应有尽有。毕竟洛棠虽然没在公众视线里出现过，这些年人也在国外，但好像一直是一个什么女性榜榜单第一来着……

所以“洛小棠”这个网名也理所当然地被人给用了，程橙就建议她在后面加个“tang”。

洛棠手机上是登录过那个号的，但是觉得粉丝只有十几个，还都是工作人员，实在太凄惨，所以基本不会切换到那个账号。

程橙：“我昨天不是还在说这周末得给你买几万粉丝吗？”

程橙：“这下可好！棠棠真争气！省钱，不用买了呢！”

“……”洛棠回复了她一串点点点。

她没再看热搜里的微博了，直接切换到洛小棠认证账号。由于她并没有发过任何一条微博，是一个评论都没有的，但是在“提醒我的”和“私信”那两栏，通知消息都已经多到看不到具体数字了……

洛棠稍微扫了扫网友们的私信。

“小仙女来做我同桌吧！咱不跟男主抢女主，你跟我做同桌，我养你！！”

“仙女！请问需不需要粉丝后援会？！”

…………

因为私信还在不断刷新着，很多很快就刷到了后面去。

洛棠眨了眨眼，突然忍不住想笑。

其实刚才在热搜底下，她看到了几条诸如——“这新人有点东西啊？第一集就开始买热搜？”“一个女配而已，别再炒作了哈！”“评论吹的都是认真的吗？怎么觉得这是个营销好手？”诸如此类的不好的评论。但这也算是合理怀疑。到目前为止，她收获更多的还是网友们欢乐和格外夸张的善意称赞。

洛棠在搜索框里输入了苏延的名字，跳出来他的账号。点进去直接开始划屏幕，一直往下翻。翻到最底，总算找到了苏延发的第一条微博。

时间是三年前，他第一部电影上映后。

“@苏延：大家好，我是苏延。”

一个简洁得过分却又一本正经的自我介绍。

退出苏延的主页，洛棠打字编辑微博，而后点击发送。

“@洛小棠 tang：大家好，我是洛小棠。”

发完之后，评论和赞飞速增长。

洛棠则看着这句话，满意地笑弯了眼。

嗯，第一条微博也要跟偶像同步才行！

周末播了两集《我们的年少时光》，微博热搜榜有两个高居不下的话题，分别是“顾誉苏延”和“洛小棠是谁”，基本一直在前十徘徊。而网友们对这部剧的评价也很高，电视剧官方微博怒涨几万粉，下面留言也是异常整齐，纷纷说想要赶紧把三十集都放出来。

别藏着掖着了！我们要看大结局，谢谢！

官方微博回应了一条，带了个“笑哭”的表情道：“大家好像忘了我们采用边拍边播的模式，所以官官这边也没办法呢……”

于是评论又是一片哀号。

彩虹台是公认流量最大的电视台，除却周末的黄金时间段给了《我们的年少时光》，周一到周五也有在播的电视剧，但不比不知道，同期一对比，热度高下立现，几乎营造出了一种全网追《我们的年少时光》的氛围。

苏延的一个粉丝又出产了一句风靡一时的“金句”：“万万没想到，有一天我会在彩虹台疯狂放‘彩虹屁’。”

…………

“洛小棠是谁”上热搜这事儿在“洛皇宫”里也掀起了一阵小风波。单看热搜名，洛城还不知道是夸是骂，点进热评才发现大家都在夸自己女儿长得像天仙一样好看，越看越合不拢嘴：“哎哟，这些小年轻可真会说话，哈哈哈，我女儿能不好看吗？”

后来，洛城翻到一个与周围画风格格不入的骂洛小棠买热搜炒作的言论，十分火大。

洛城在微博上是很出名的。他身为洛市一把手，又是名人，却十分平易近人——主要表现在爱发微博，并且偶尔回复评论。洛城的评论区通常都很和谐。

在洛城准备用自己几千万粉丝的微博大号回复那个喷子的时候，洛棠急急忙忙给劝了下来。

白“皇后”没说什么，高深莫测的表情好像早就料到了这一遭。

而洛舟，嘴上一刻也不闲地嘲讽她：“就进去玩玩？洛棠你可真行，进去一星期，玩上热搜第一了啊？”

洛棠没脸没皮地怼回去：“长得好怪我吗？”

兄妹俩唇枪舌剑一番，结局就是谁也不理谁。

然而当天下午她进书房拿书，刚好经过正坐在电脑前的洛舟身边的时候，一不小心扫到了他的手机屏幕。曾经嘴上说着“你就是被网友骂死我也不会给你收尸”的洛总，正专心致志地举报骂她的评论，理由：垃圾信息。

洛棠：“……”怎么有那么一瞬间，居然还有点儿感动。

过了周末，新的一周要开始接下来的拍摄。

在国内，《我们的年少时光》剧组是边拍边播模式的首次尝试，好处是能及时得到观众的反馈，但比起全部拍完一起播，这样其实承担了一定的压力和风险。

剧的反馈好，所有成员自然是大受鼓舞。

由于题材原因，选角年龄也有意地往二十五岁以下的方向靠拢，所以剧组里的人都挺年轻。一周的时间，洛棠跟大部分人都能打成一片。

周一一早，走到化妆间，洛棠这一波热搜收到了一阵调侃，大家纷纷恭贺她这怕是要火，只有一旁的梁子月当她是透明人。

洛棠已经习惯了。透明就透明呗，你把我当透明人，那我也拿你当透明人，大家一起透明，谁怕谁。

可能正因为看彼此都不顺眼，她和梁子月的对手戏演得格外顺溜，针锋相对，火花四射，几乎每次都能一条过，还总受到陈导的表扬。

洛棠今天有跟苏延的对手戏——虽然是不怎么和谐的对手戏。

摄像就位："开始！"

在教室外的走廊，苏延提着水杯，从水房的方向走来，洛棠三两步跑上去挡在他的面前："顾誉！"

苏延看了她一眼，不说话，准备直接绕过去。洛棠又一次小跑着追上去，瞪大眼睛，也生气了："顾誉，你不用这样，顾叔叔都跟你说了吧？这周末的宴会你也要去。"

"而且……"洛棠笑了，眼睛弯弯，灵动而狡黠，拖着她独有的那种带着点儿小傲慢的语气，"你不光要去——你还得跟我跳舞呢！"

少年垂眼看着她。

美色当前，不为所动，神色冷漠。

现在前两集结束，故事到了展开各个人物身后故事和背景的阶段。跟很多小说里的女配一样，施音"家里有矿"，有钱有势，而她的父亲就那么刚刚好跟顾誉的父亲是朋友，而且就那么狗血，双方家长有联姻的想法。

——要不怎么能叫教科书式女配呢？

而顾誉是从头到尾都讨厌施音的。作为男主，就是要毫不犹豫表达对女配的厌恶才行！所以顾誉的台词自然也十分男主——

苏延开口，声音很轻，吐字清晰："你做梦。"

就是这句！被狠狠拒绝的洛棠捂着自己的小心脏，默默疗伤。

"咔！"

陈导在一旁道："洛小棠没什么问题，苏延，你说得不到位，你再来一遍。"

——这话的意思是，洛小棠不用说话了，她就站在这儿，等着苏延说"你做梦"就行。

洛棠面上不显，心里一万个不乐意。

我被他说一次“你做梦”还不够！还要承受二次伤害吗？陈导，你是魔鬼吗？

闻言，苏延也有些怔愣。但他没说什么，对着导演的方向点了点头：“好。”

第二次——苏延：“你做梦。”

“咔！”陈导在喇叭里说，“怎么回事儿？苏延，顾誉很烦施音，你得把那种烦给演出来，不够不够，再来一次。”

洛棠：“……”我跟偶像说跳舞，偶像跟我说做梦。

说一次就算了！一连说三次！心被扎成筛子！这谁扛得住……

“苏延……”洛棠忍不住了，小声道，“你就说狠一点赶紧过了它吧！”

两人靠在走廊处，这儿光线特别好，洛棠看着高冷男神脸的苏延淡淡“嗯”了声，眸色很浅，白皙修长的脖颈上喉结滑动，看得她心里骤然一跳。

这第三回的“你做梦”，总算是过了。

…………

晚上七点。今天男主戏份多，苏延是最后一批离开剧组的。陈历跟往常一样，在他走之前跟他快速顺一遍明天的剧情。

“然后到顾誉和施音跟着各自父母去参加宴会……”顾誉本身的确厌恶施音，但最后迫于家里人的说教，想着也就是一个礼仪意义上的舞，从小接受绅士教育的顾誉还是妥协了。“这段舞就按照咱们之前商量好的，给剪掉，就拍一幕你伸手邀请她就完事，然后接下——”

“等一下。”苏延突然出声。

本来苏延看到这段剧情，联系剧组改掉了具体的跳舞过程。说好的修改版，是他做出一个弯腰的邀请动作，画面就停在那儿，意思到了就足够。

但现在……“我觉得那段舞可以加上。”

“啊？”陈导先是一愣，而后回忆了一下，“我记得……不是你之前说你觉得演跳舞太拖沓了？而且，你也不想跟女演员有过密接触？”

“我又考虑了一下，”苏延淡淡道，“不跳舞的话，切换场景会显得很生硬，所以还是按照原来的吧！”

因为各方面都得藏好，洛棠天天坐的所谓的保姆车其实也是洛城给安排的。结束戏份离开剧组，洛棠到家之后没多久就接到了程橙的电话，她边进门边接起来："喂？"

"棠棠，你到家了吗？"

洛棠笑了一下："我怀疑你掐着点儿来的电话，我正换鞋呢！"

"明天的剧本你提前看过了吧？"

"看了呀，"洛棠整个人陷进沙发里，伸展了一下身体，"从开机到现在我就一直在顾誉面前作死，明天可算是等到跟苏延最和谐的一幕戏了吧！"

"是是是，恭喜'公主殿下'。"程橙调侃完，接着说，"我给你打电话是因为明天施音参加晚宴那条裙子有点儿问题。"

"嗯？"洛棠接过用人递过来的水，道谢后心情很好地回她，"什么问题呀？"

"刚才后勤负责的小姑娘给我打电话，说是不小心把裙摆那块儿弄坏了。她平时跟我关系还行，这会儿慌了，一个劲儿问我怎么办。"

程橙语速很快："我看她吓得不轻，就说先别着急。'殿下'，你看要不从你衣柜里挑一条用一用？"

那小姑娘洛棠也有印象，腼腆害羞，挺讨喜的。洛棠没觉得这是多大的事儿，点点头道："好啊，那你安慰安慰她，我明天带条裙子去。"

程橙的语气也并没有多大的惊讶，她语调稍微上扬："遵命，谢'公主殿下'救命之恩。"

"你少来，"洛棠笑着打趣，"整天'陛下''皇后''公主''太子'的，宫斗剧看多了！"

两人跟往常一样贫了一会儿，程橙挂电话之前嘱咐她："那裙子颜色是裸粉，带着点儿闪，我相信您的衣柜里大概有百八十条这样的还没穿过的裙子，但是——"

程橙话锋一转："'公主殿下'，我希望您能选一条最便宜的，不然你带条几十万高定出来，我还真没法儿圆这个弥天大谎。"

这一下子就让洛棠想到了苏延提醒她的那晚，自从那之后，她去剧组再也没戴过表。

洛棠嘴角一抽："知道了。"

次日一早。

上午，洛棠并没有什么戏份，只需要在班级里做一个低头写作业的过镜，或者是跟施音的小姐妹们趾高气扬地从女主身边走过之类的镜头，但她的心情奇差无比。原因是刚才在餐桌上，她随口跟白相宜提了一嘴礼服的事儿，然后说一会儿让她帮着选个最便宜的。

洛舟这就开始了。

“你何必呢洛棠？”“怎么？真假公主啊？”“灰姑娘玩上瘾了是吧？还选个最便宜的？真是要笑死我，哈哈哈哈。”

——诸如此类的屁，从他嘴里一个一个地往外蹦，络绎不绝。

那副吊儿郎当的样子！太欠揍了！

忍无可忍，洛棠跟他吵了个天翻地覆，两人纷纷黑着脸出门。

一整个上午，这种坏心情只有在看苏延的时候才能稍微被治愈一点儿。

下午，轮到了施音和顾誉那场舞的拍摄，一个消息彻底把她的心情带明媚了。

“棠棠！”程橙把她拉到一边，压低声音道，“我刚才被副导叫住，让我跟你说下午那个舞有改动，改成跳完全过程。”

洛棠睁大眼睛，喃喃道：“可是剧本上……”

“他们改了啊！”程橙也很激动，“你要跟苏延跳舞了！啊，妈妈激动！妈妈落泪！”

洛棠狐疑：“……妈妈？”

“你不懂，我现在是施音和顾誉的双人粉丝，这冷门CP（情侣）我站定了。”程橙昂首挺胸。

洛棠：“……你要是敢在微博上说，等着被书粉喷死吧！”

程橙也是的，什么冷门情侣都敢站。

拍摄地点最开始依然是在学校，而后转移到早就定好时间的五星级酒店宴会厅，布景和群演也都准备完毕。换完裙子化好妆，洛棠接收到化妆间众人毫无保留的彩虹屁，到最后都有点儿飘了。

临出场之前，因为款式经典，有人认出了这是某名牌价值十万左右的仙女裙。洛棠被问到的时候，慌忙道：“是我经纪人！我经纪人可牛了！也不知道怎么就给我借到了这条裙子！”

程橙：“？？？”

丢下众人拥簇着的程橙，洛棠径直溜走。

苏延正站在宴会厅一边，洛棠去找他对了一遍台词，寥寥几句结束之后，剧本后面一段写着“此处演员自行发挥，做出交谈的口型即可”。

“我昨晚就不懂这个，”洛棠指了指，“自由发挥是要我们做口型还是……”

“我问过了，你得一直说话。”苏延说，“但我不需要。”

意思就是，施音一直在说话，但顾誉并不搭理她。

行吧，卑微施音，在线犯蠢。

洛棠“哦”了一声，又转过头去看场景。以前总在电视剧里看这种宴会，她自己也参加了不少，此时看着这个新鲜出炉的布置，不得不说还挺真实。

全部准备就绪，在拍完施音跟父母和顾誉一家子打照面、碰杯寒暄的场景之后，才轮到他们俩单独跳舞。

站在舞池最中间，洛棠听见熟悉的开拍指令，苏延正在她对面三步远的位置。头顶上的灯光给他笼罩了一层柔和的光晕，像是某种滤镜。纯白色修身剪裁的西装穿在他身上，衬得人面如冠玉，清瘦挺拔。只是简简单单站在那儿，就像是会发光一样。

洛棠跟他对视，免不了地心跳加速，倒是刚好演出了施音那种面对心上人邀请的兴奋和喜悦感。

舞步在三拍子舞曲中慢速进行，流畅而优雅。

尽管情绪特别激动，但好歹跟偶像相处这么多天了，洛棠对于美色的抵抗能力多少还是有一点儿，不至于理智全失，该干的本职工作还是记得的。

“喂，怎么样啊？”洛棠的杏眼弯弯，语气里尽是得意，“顾誉，我早就说了你会跟我跳舞的。”

苏延的所有动作都保持着男主那种拒人于千里之外的感觉，放在她腰间的手只是偶尔碰到她的衣料。他俊美深刻的五官也显得异常冰冷，冷淡道：“被逼无奈而已。”

“呀，你说话怎么这么难听！”施音是一点就着的性格，洛棠一下子变了脸色：“你不知道吗？今天好多人想跟我跳，我都早早拒绝他们了！你怎么能这么说我？跟我跳舞你就这么不愿意吗？”

台词和表现都十分傻气。

这场戏，顾誉的台词很少，苏延接下来就只剩下一个字：“嗯。”

然后是施音自己不停念叨：“我不知道该说什么呀……哎，你知道吗，今天这条裙子其实是我带来的，因为剧组准备的那条出了点儿事，程橙一直说……”

少女说话的过程中一直抬头看着他，眼睛里盛满了细碎的星光，她身上的裸粉色礼服裙带着许多细闪，显得她皮肤莹白，露在外的肩膀和手臂纤细柔美。

华尔兹舞曲继续进行着，他的手扣着她的腰，面前的女孩美得像是梦境里的公主。

说到这儿，洛棠蓦地想起之前他的忠告：“对了，我还记得你之前跟我说的，不能戴……那么贵的表在手上，”她忍不住微微翘起嘴角，“你看我再也没戴啦！我是不是很听话？”

声音软软甜甜的，像是等待夸奖的某种小动物。

苏延喉结不自觉地滚了滚，微微有些怔愣，却在这时骤然听到熟悉的叫停声——“咔！”

看最开始两人的表现，陈导本来觉得完全没问题，这条能一遍过。各个视角的监视屏幕上的画面都很唯美，不难想象后期加上点制作之后会是多么惊艳的效果。

看着看着，他就觉出来不对劲儿了。

“不是，你说你俩看啥呢？”陈导纳闷，“洛小棠看着苏延是对的，苏延你不能看她啊？顾誉讨厌施音，他巴不得赶紧跳完，但苏延怎么回事儿？你们俩怎么还深情对视上了？”

“……”

“重新来一条！对话结束之后，施音说什么你也不准往她那儿看！”

圈内风评极好，传闻几乎不发脾气、不爆粗的苏神，此时此刻，有点想骂脏话了。

以前觉得最难的动作场景、打斗场景，似乎都比现在容易一些。

这可真是……考验演技。

洛棠还在眼巴巴地看着他。

苏延退后一步，叹了口气。他微微弯腰，一手背在身后，重新做出邀请的姿势。

一晚上跟偶像跳了两次舞的洛棠觉得自己现在像是年轻了好几岁，心性都回归到了少女时代。

这样的状态维持了好几天，转眼间又临到这周末的前一晚。

在化妆间卸妆换衣服的时候，洛棠听到一群助理在闲聊。

“又到了要开播的时候啦，上周反响那么好，不知道这回呢？我觉得会更好！”

“是啊，上周才两集，你看咱们剧组占了热搜好几个位置呢！”

“话说……”一个人叫了洛棠一声，“小棠，你看没看有一个帖子在说，你长得这么好看，又叫这个名字，他们怀疑你是不是洛富商的女儿呢！”

洛棠停止了动作：“啊？”谁这么火眼金睛？！

但还没等她回，一旁低头玩手机的梁子月突然抬起头来：“洛城的女儿？”梁子月睁大眼睛，极为惊讶的样子，“洛城的女儿能进娱乐圈？人家需要吗？她从六七岁就没再在媒体前出现过了吧，这么多年消息捂得严严实实的，你们想什么呢？”

洛城进了娱乐圈的女儿：“……”

“我们就是联想一下，开个玩笑嘛……”几个姑娘也觉得这想法荒谬了，虽然洛小棠长得的确特别惊艳，名字也就差了一个字，但就这一个字……可是差出了九重天啊！

几个人不准备讨论了，梁子月反倒来了精神。“就算‘洛公主’真的进了娱乐圈，你们觉得……”说到这儿，视线转到洛棠身上，放慢语速道，“人家能看得上咱们剧组的女三号吗？”

洛棠也不知道现在是个什么心情。梁子月这波对比，说她被嘲讽了吧，的确是。但另外被变相夸了一波的那个，也是自己啊！

梁子月还没说够，给“洛棠”安人设安上瘾了：“要我看，‘洛公主’真打算拍戏的话，肯定直接空降好莱坞了，哪能眼界这么窄。”

“噗……”洛棠一直没说话，听到最后一句，是真的没忍住呛咳了一下。

梁子月“唰”地回过头，狐疑地看着她：“你怎么了？我说的吓着你了？”

“没有没有，我觉得你说得太对了。”十八线都够不上的小透明洛棠简直瑟瑟发抖。

看不出来啊姐妹，你这么看好我？

我没进军好莱坞可真是太辜负你的期望了。

傍晚六七点钟是下班高峰时间段，路况时好时坏，市中心几乎就没有不堵的地方。

车子走走停停，苏延看着手机屏幕，点到新的朋友，看到了一个很可爱的小动物头像。他点击通过，给她改了备注。

脑海里闪过刚才洛棠跑来找他的样子。

她支支吾吾地说想加他的微信，尽管夜色笼罩，也能看出脸颊粉嫩嫩的，好像有些害羞。

她身上有股香味，让苏延想起，之前跟她跳舞的那天好像也是这股香。他参加过太多晚会，有时身边坐着的女明星会喷那种冲劲儿很大、味道浓郁的香水，能让他难受很久。

但洛棠的不一样。清清甜甜，伴着夏夜晚风吹过来，格外好闻。

通过了她的好友申请，苏延看着车窗外，耳边一直回荡着王林念行程的声音：“……前两天有一个代言想找咱们，就上次我问你，你让我回绝了的那个，这回加钱了，你看我是不是……”

苏延“嗯”了声：“不接，你看着回吧！”

“我看也是，给的钱是多，但有点儿太没格调了……”王林絮叨了一会儿，又道，“延哥，后天要拍新一季的代言广告，时间到了我提前给你打电话。”

“然后明天我给你空出来了一天……”顿了顿，再开口的时候王林声音都低了半截，“到了每个月见周医生的时候了。延哥，你看，我给你约什么时候？”

“下午吧！”苏延手机一振，垂眸看过去，洛棠发过来一个很可爱的表情。他盯着那个表情看了几秒，又道：“你告诉周医生……这次时间可能会长一点。”

苏延动作没变，不仔细观察也看不出他的僵硬。

“好。”王林点头。

等王林再偏过头去的时候，刚好看到苏延靠在车后座上闭上了眼。外面的光流到他精致的脸上，十分赏心悦目，却掩不住满脸疲惫。

苏延不是他第一个带的明星，当初跟他的时候，苏延还没火。他是最了解这么多年苏延是如何到了今天这个位置的。别人都说苏延运气好得爆炸，连续赶上三部神作才有了今天。可只有他知道，延哥真的比圈内大部分人都辛苦得多，他经历的和付出的，绝对配得上他如今得到的。

唉……王林默默叹了口气，甩甩头，掏出手机给周医生发消息。

另一边，洛棠刚刚打完一个越洋电话，此时人靠在沙发里，有些头疼。

来电话的算是她大学闺蜜，也是合作伙伴，硬要说的话，还算是她老板。

洛棠大学就读于罗德岛设计学院，主修服装设计。

洛城年纪越来越大了，洛舟大学毕业后就开始慢慢接手洛氏一部分产业。“陛下”和“皇后”对唯一一个女儿很宝贝，虽然洛舟嘴上淬了毒针一样，从小到大种种行动却也很放纵她这个妹妹，所以洛棠当初考大学的时候，完全是依照着自己的喜好来选的。

洛棠选的是自己的所爱，所以也特别有干劲儿，认识这位闺蜜那会儿，得知闺蜜想创个自己的牌子，两人处得来，很多话题都合拍，洛棠二话不说就加入了。

虽然在国外这几年过程有些艰辛，但好在运气不错，又不缺钱，两人也的确弄出了点儿小名堂。

闺蜜刚刚打电话来就是告诉洛棠一声，要开始为秋冬秀做准备了。本来要到苏延微信的洛棠想放一百个窜天猴庆祝来着……没想到这就来活儿了。

回国到现在，才逍遥了几天啊！

洛棠虽然老大不乐意，却还是老老实实去了书房，开了视频通话。

次日是周六。

美国跟这儿有时差，昨晚洛棠熬到了凌晨两点多才睡，醒来的时候，习惯性地去苏延超话签到。这会儿距离晚上八点播出时间还有七八个小时，洛棠已经在苏延超话里看到好多人发微博说“等得好心焦啊”“等了一周怎么跟等了七年一样啊”，还有说已经循环看苏延前两集的个人剪辑合集第八十遍了，快更新吧！

看到这儿，洛棠立刻开着小号就去问了一下苏延个人剪辑合集的地址，然后美滋滋地看了好几遍。

虽然料到了这剧一播估计又要席卷一波热搜，但当晚这个热搜标题她是真的没想到——“神仙跳舞”。

“@吃瓜一姐：我首页没有没看过《我们的年少时光》的吧？我就请问这两位是什么神仙下凡？？ #神仙跳舞#”

博主的这条微博带起几万转发量，算是热搜头号功臣。

洛棠打开看，是从苏延弯腰邀请她跳舞，一直到最后音乐结束的那段视频。音乐明显是后期加的，光度、亮度，还有清晰度全都没得说。苏延在说完自己的台词之后，虽然一眼都没看她……但洛棠看着自己一脸傻白甜盯着他不断在说话的样子，再加上梦幻玛丽苏的白西装、小仙裙、宴会厅，莫名觉得这场景异常能够撩动少女心。

评论显然……

“刚看完！我就知道有人要说他俩！顾誉和施音的近景我真的！我真的窒息！啊啊啊——怎么这么好看！！！”

“上星期喊都喊累了……这星期继续……我可以！！！”

“顾誉不跟你跳我来，小姐姐你看看我。”

“这条裙子！谁知道这条裙子哪儿买的！还有吊坠那个小蝴蝶好好看啊！都好好看啊！呜呜呜呜呜，妈妈，我想要！”

“跟我男神跳舞……这是娱乐圈第一个跟我们苏神有这么亲密动作的女人吧？？？什么运气啊，我真的酸死了！”

最后这条，看得洛棠呼吸一窒。她想起之前那个下午，她说她不想看他跟梁子月拍亲热镜头所以在教室里坐着，苏延笑得很无奈。

他还很认真地说，如果需要跟女主有很多的感情戏，他根本不会接。

疯了、疯了！

洛棠手机一扔，满脸通红地下楼喝了杯冰水才缓过来。

重新上楼回房间，这么一会儿的工夫，她点了一下刷新，另外一条微博也随之蹦出来。

“@追剧大本营：好，《我们的年少时光》最新一集播出了，我又来吹洛小棠了。先来科普一下施音那套礼服（因为私信很多人问），项链是梵克雅宝蝴蝶母贝，价格 6 万左右。

裙子是华伦天奴秀款仙女裙，虽然没找到是哪一季的，但应该是近两年出过的系列，价格 10 万左右——找到了又怎么样？反正也买不起。

最后，我必须吹一下这个裙摆、这个纱，还有这个神仙裸粉色！我真的好吃洛小棠的颜，这段舞我循环了十几次吧也就？太好看了！！！”

微博下面第一条热评也是这位博主的，她似乎是刚才没打全，所以在评论补充完整。

“@追剧大本营：对了对了，忘了说！拒绝了仙女本仙 N 次并且面对这张脸的撩拨还能丝毫不动摇的苏神，我服气！苏神你定力和演技我也要吹一波！真牛！！！”

洛棠一愣。

定力……吗？

苏延应该是剧组平均被喊“咔”的次数最少的人，这没得说，而且很多时候他不是因为自己被喊“咔”，而是因为跟他对戏的人出了这样那样的差错。

但跟她……洛棠回忆了一下，好像……是他出错比较多？

这个想法一出现在她脑子里，她立刻就开始自动解释——就算苏延出错，那也是因为被她的差演技给影响了啊！

嗯！绝对是！苏延定力那肯定是好的啊！

冲浪网友快乐多，洛棠看完评论，又去看苏延超话里面源源不断的彩虹屁，最后居然就这么睡着了。次日一早醒来的时候，洛棠的手里还握着手机。她清醒了一会儿，这才意识到已经是第二天了。

罪过罪过！怎么没敷个面膜就睡了呢？

洛棠翻了个身，给手机解锁后发现还停留在微博界面。眼前都还朦胧着，但微博首页的搜索框下面，赫然有一个奇奇怪怪的词条上了热搜。

“音誉混剪”，后面跟了个“新”。

嗯？“音誉”是什么鬼？洛棠满头问号地点进这个热搜。

“@音誉我粉定了：昨晚看完顾誉和施音跳舞我其实就被萌得不行了，今天 b 站就给我推送了这个！这个神仙剪辑都进来给我看！吹爆剪刀手！！！”

洛棠脑子没转过弯来，继续满头问号地点进链接。紧接着，她一骨碌从床上爬起来，不敢置信地看着屏幕——

“洛小棠 × 苏延混剪，真爱之路，从无坦途！（情侣名：音誉）”

“？？？”

她！她和苏延的混剪？！

点进视频，最先出现的是满屏幕的弹幕。洛棠屏蔽了弹幕，看到的却不是剪辑画面，而是黑底白字，好像是 up 主打上去的类似前言的东西。

“写在前面的话，请大家看完再看视频的！”

“咳咳，最近《我们的年少时光》播出，看完之后我就一个想法：凭什么富家千金‘公主殿下’一定是女三号呢？我不乐意！我爱上了洛小棠演的施音！”

“不是，你们想想，一个娇生惯养追男神打直球的小公主，一个心里被球打得十分动摇面上却冷冷淡淡的腹黑男神，这搭配多萌啊姐妹们！”

“我不管，就算剪完这视频全网喷我我也要说！冷门又怎样？！音誉最强！”

“……”这什么人才？

洛棠还没打开看，最先想到的就是程橙那个整天把“我爱冷门搭配”挂在嘴边的傻子。于是直接分享这条微博到微信，手速极快地打：“我的妈呀，你的最爱来了！”

洛棠无语又好笑地放下手机，准备洗漱完回来慢慢看。等她洗脸、刷牙、护肤一套做完回来，却看到自己手机屏幕上显示着微信未读消息——

苏延：“嗯？”

洛棠：“？？？”

她打开微信，正准备问他什么事的时候，赫然看见自己刚才分享出去的链接。

程橙和苏延都是她的置顶，因为紧挨着，刚才一下就发错了，可——撤回时间早就过了。

洛棠：“[分享微博]-[洛小棠 × 苏延混剪] 真爱之路，从无坦途！”

洛棠：“我的妈呀，你的最爱来了！”

苏延：“嗯？”

洛棠一抖，手机“啪叽”掉回床上。

怎么办？现在死还来得及吗？

该说些什么？直接解释吗？——不好意思我发错了？其实是我经纪人热衷撮合你跟我？

还是——

洛棠大脑一片糨糊，还在思考对策，躺尸在床上的手机突然传来熟悉的微信电话声。

洛棠低头看过去。

“苏延邀请您语音通话”正在屏幕上跳跃，正中央是他的头像，一半黑一半白的一面墙——她前天刚加上的时候还在心里夸赞这头像可真酷。

洛棠手心冒汗，捞起手机准备接通，也不知道哪根筋搭错了竟点了挂断。

她瞪着“已拒绝”那三个字。

她刚刚做了什么？！居然挂了偶像打来的电话！！

洛棠手忙脚乱地重新拨回去，却又因为手抖，眼睁睁看着自己点成了“语音通话”上方的……视频通话。她还在愣神状态的时候，就看见自己的脸出现在了屏幕左上角的缩略图里，跟个二傻子一样的表情。

——而对方已经接通了。

洛棠手机屏幕很大，洛家网速也是飞一般的流畅，几乎是接通的一瞬间，她就看到了苏延放大的脸。因为脸离屏幕近，背景看不太清。他的黑发有几缕还在滴水，肩膀上留下一些水滴留下的水渍，睫毛也是濡湿的。

在苹果前置下这么好看的男人世界上还有第二个吗？绝对没有了！

苏延看她不说话，挑了一下眉：“洛棠？”

洛棠一下子回过神来：“啊！我刚才想打语音电话，但我不小心点错了，不然——”

“没事。”苏延表情很自然地接过话头，“就这样说吧！”

洛棠点点头：“哦。”

于是她开始想，自己打电话来是要说什么来着，而后脑子转了个弯——不对吧，她打电话来不是因为他先打来的吗？

“你先打给我的。”想明白之后，洛棠开口道，“你要……说什么吗？”

苏延那边屏幕微微抖动起来，他换了个姿势的间隙，洛棠看到他身后的落地窗，深色的地毯，宽阔的空间，装修格外简洁的样子。随后他说：“那个链接，你发给我的？”

“嗯……”洛棠非常羞愧地解释，“不好意思啊，我本来不是发给你的……”

“程橙，就是我的经纪人，她——”洛棠绞尽脑汁，避开“喜欢撮合我们的奇怪粉丝”这个形容，“她喜欢施音和顾誉……嗯，所以我想着要发给她。”

苏延眨了眨眼，他的睫毛特别长，曾经他在一部电影里闭上眼的特写被他的粉丝做成表情包传遍了网络，表情包上写着：“老板，请给我做一对这样的假睫毛。”

洛棠此时此刻好想捂心口，但她忍住了。可她忍不住——另一只手也扶上手机，两只手同时施力——截了一张图。

呜呜呜，真好看！这是什么绝世睫毛精！不光睫毛，还有他的锁骨、脖颈、喉结，怎么看怎么好看。洛棠看着他这副美人出浴的样子，又一连咔嚓咔嚓地截了三张。

“你在干什么？”所以当苏延清清凉凉的嗓音响起来的时候，洛棠着实有种小偷被抓包的心情。

“我没有截图！”于是她立刻条件反射般地澄清道，“没截图！真的没有！！！”

视频那端的苏延一愣，她也一愣。

死一般的寂静。

什么叫此地无银三百两？什么叫不打自招？

这就是！

空气都尬得不流通了，洛棠尴尬得快要跺脚了。

“苏延，”她急忙道，“刚才发错了，不好意思哈，我准备下楼吃饭了，那我就先挂——”

苏延突然打断她：“等会儿。”

洛棠一愣，准备挂的动作和停住：“……嗯？”

“洛棠。”苏延又叫了她一次。

他每次说“棠”的时候，会比前面那个“洛”字长半秒钟，从上学那会儿就是，带着鼻音，就算是正常的语气叫她，听起来也格外温柔。

“我看完了你发的链接。”顿了顿，苏延问，“你看了吗？”

洛棠微微睁大眼：“我……我还没看。”

苏延似乎觉得她这个反应很有意思，嘴唇弯了一个很浅的弧度：“那你记得看。”

他顶着这张盛世美颜，轻声说：“那个视频，剪得不错。”

说完这句，苏延挂了电话，视频通话结束。

洛棠还维持着拿着手机站在床边的姿势，只是面部颜色突然开始变粉、加深。

他说什么？！他说！他们两个的剪辑视频不错？！

他还笑成那个样子！

…………

五秒后，洛棠把自己整个人扔进被子里狠狠地滚了两圈。

而后洛棠翻身起来，拿起手机登录自己的小号，噼里啪啦打字发微博：“呜呜呜，苏延真的好宠粉啊！之前我扭到脚他抱我上他的超跑，我紧张的时候安慰我我很棒，还说给我合照签名，还加了我的微信！就在刚刚，他还跟我视频通话！呜呜呜，我幸福得螺旋七百二十度飞天！！”

可能是她带了超话标签的缘故，也可能是今天周末大家都很闲，很快这条微博就多了几个赞和几条评论，评论画风十分一致。

“这位妹妹一看就是新粉。”

“特地抬头看了眼，我寻思着这天还没黑呢？别睡了！”

“妹妹，这要是真的，姐姐愿意做个瘸子。”

“妹妹醒醒，这样的梦姐姐们天天做。”

洛棠：“……”你们才做梦！

洛棠愤愤地退出微博，看着刚才截图下来的四张两人通话过的证据。

呜呜，幸福！

她又美滋滋地点开赞过她的人那一列表，扫到某处，停住了。

有个叫作“我要嫁苏延”的人点赞了她的微博。

嗯？“我要嫁苏延”？这是什么神仙名字？

洛棠自己的账户名字还是粉丝群发配的，毫无存在感，叫“苏神后援团9982”，这个名字跟“我要嫁苏延”简直不是一个档次的啊！

洛棠一下子就心动了，她想了个对策，火速去私信了这位拥有神仙网名的人，并且以姐妹相称套近乎。

@苏神后援团9982：“姐妹你好！我跟你一样是苏神的粉丝呀！嘻嘻，有点儿事情想问下你！”

对方刚才就点赞了她的微博，此时秒回。

@我要嫁苏延：“姐妹你说！”

@苏神后援团9982：“是这样的，我超喜欢你的名字哇！请问你愿意把这个名字卖给我吗？价钱你说！”

@我要嫁苏延：“？？？”

@我要嫁苏延：“我以为你是单纯来跟我互粉的！别想了！不可能的！顶着这个名字，你知道我每天有多骄傲吗？！”

“……”洛棠觉得苏延的粉丝们……真是太忠贞了！呜呜呜，真好！

但这依然不能阻挡她想要“我要嫁苏延”这个网名的决心。

洛棠打下这些字，心中都有些愧疚了。

@苏神后援团9982：“姐妹不要这么绝情嘛，我出一万，你卖吗？”

@我要嫁苏延：“……”

一串省略号过后，那位忠贞的小粉丝沉默了十分钟。

洛棠等不及了，发过去一个问号催促之后，她才再次回复。

@我要嫁苏延：“你说真的吗？我卖。”

…………

可能是今天跟苏延的一通电话让洛棠打了鸡血，也可能是尝到了乐趣。如法炮制，继之前的方法成功之后，洛棠纷纷私信了其他人，并以同样的方式将这些账号纷纷收购名下。

一大早发生了这么件扰乱心智的事，搞得洛棠一整天的工作都没什么进度。桌上草图一堆，最后还是原地踏步。

剪辑视频倒是看了好多遍。

不得不说，这个剪辑视频的朋友手法十分娴熟，连背景音乐都配得极为合拍。神仙剪刀手下的滤镜、分镜、自创台词，活脱脱一部校园恋爱男冷女甜的爱情剧，简直让人忘了原片的程度。

而程橙在再次见到洛棠的时候，用自己超高的分贝展示了自己对这个剪辑视频的喜爱。

但理想是美好的，现实是残酷的。再怎么臆想，冷门情侣就是冷门情侣，在剧组里，她洛棠也还是那个被男主和女主合力鄙视的女三号。

说起来她这个女配多次在热搜提名的事儿，网上有不少嚷嚷着“洛小棠绝对是在炒作”“坐等洛小棠炒翻车”“这脸能吹成这样？热搜绝对买的”等一系列言论的人，点进他们的主页看，那画风立刻突变——

“我们月月宝贝真是太好看了，呜呜！”

“月月个人专辑什么时候出啊？真的好着急！”

——此“月月”，也就是当红二线唱跳歌手出身的梁子月。

发现这事的不是她自己，是洛舟状似无意地问了她一句：“你跟你们剧组女主角有仇？”

洛棠想了又想，梁子月自从第一天作了个小妖把自己给赔进去之后，好像跟她也没什么过节儿了啊？有仇那就更算不上了。于是她很中肯地道：“没有，怎么了？”

洛舟臭着一张脸，松了松领结：“那她的粉丝怎么都在骂你？”

洛棠对此其实没太多想法：“粉丝行为不应该是她买单呀，你想，她作为女主都没上热搜，平白无故让我给占了这么多次，粉丝肯定一肚子气，怀疑我买热搜什么的也是合情合理的吧！”

你一个小透明横空出世抢了我们宝贝的热度，凭什么？

洛棠自己虽然混粉圈时间不长，但要是换位思考苏延被别人抢了风头，对这些弯弯道道还是很能理解的。

没想到洛舟阴恻恻地笑了：“行啊洛棠，还挺圣母。”

说完，洛舟潇洒利落地起身，西服外套从她身边带起一阵风，仿佛连背影都在对她说“傻子”二字。

洛棠：“……”

洛舟到底是什么珍稀的傲娇物种？究竟为什么有人会把关心用这么山路十八弯的方式表现出来？！

尽管网上有一些争议，但《我们的年少时光》播放量仍旧一骑绝尘。见到这样的好势头，剧组也是一派朝气蓬勃。

只有一点和以前不同，洛棠注意到剧组似乎是安排了几个摄像，在拍演员们在剧组的日常，对于身边冷不丁冒出个摄像机这事儿，她别扭了半天才适应。

此时已步入七月中上旬，明希中学高中部高一、高二的学生们正在经历的——是美术课换数学课、音乐课换英语课、体育课换语文课的地狱时期。所以对于剧组来说，在操场取景简直不要太轻松。完全没有学生在上体育课，偶尔校队学生训练还能充当个群演背景板。

唯独令人烦躁的只有一天比一天高的温度——最可怕的是，在这样的温度下，他们还得穿着秋季校服。

上午是日常打酱油，戏份基本都在苏延和梁子月身上。

因为出汗，洛棠看着苏延和梁子月两人不断补妆，心中不免同情，其间梁子月助理有事脱不开身，她去帮着送了一次水。

梁子月喝了口，语气虚弱道："洛小棠，麻烦帮我看一下几点了。"

洛棠习惯性地抬手看手腕，空荡荡的。她想起自己牢记苏延的劝告，没再戴过腕表来上班了，于是又当着梁子月的面解锁了手机。

看到壁纸的一瞬间，她心中闪过一声——

"这是什么？！"梁子月一改刚才蔫巴的样子，高声道，"洛小棠，你手机壁纸是谁？！"

洛棠迅速看了一眼周围，瞪大眼睛："……你小点声！"

"你居然是苏延粉丝？！"

洛棠："我——"她话还没说完，就被打断。

"坦白跟你讲了吧，我是只看中苏神事业的那种粉丝。"梁子月一脸大义凛然的样子。

"……只看中事业？"

"没错，就是一切以他的事业为主，他拿到好资源我能开心得去蹦迪的意思。"

原来是姐妹啊！三观这么正的吗？

梁子月突然间格外严肃："你跟我说实话，难道你是那种女友……"

没等她把话说全，洛棠有点儿被她正经严肃的样子吓到，连忙否认："不是不是！！"

梁子月神情立刻松弛下来："这样啊……"

“那加个微信吧，你扫我。”她有些不好意思的样子，小声道，“壁纸原图发我一份。”

“……”

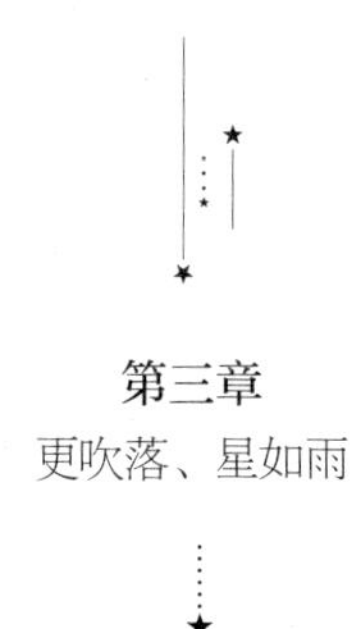

第三章

更吹落、星如雨

梁子月拉着洛棠絮叨了一中午。

众人迅速观察到，平常除了对戏和拍戏以外没有丝毫交集的梁子月和洛小棠，似乎在一顿午饭之后感情迅速升温。

下午一点半，吃完饭，因为炎热的天气，没有人愿意开工。陈导大发慈悲道："来来来，咱们派一个倒霉鬼去学校小卖部给大家买冰激凌吃，怎么样啊？"

众人当然是欢呼应和。几个年轻演员扛起重任："我们六个剪刀石头布就行！你们歇着！"

这六个基本算是剧里的几位主演，都是出现在宣传海报上的，洛棠也在其中。

第一轮，石头剪刀和布都有人出。

"再来再来！剪刀！石头！布！"

这回，四个人出了石头，两个人出了剪子——包括洛棠。她看着另外出了剪子的那双手，一眼就认出了是谁。

手都长得这么完美，还能是谁？

另外四人退出，起哄道："来来来！苏神跟洛小棠决一死战！"

洛棠举起手，都准备好了，苏延却迟迟没有出手的意思。她不解地望过去，对方淡淡道："我跟她一起去。"

洛棠愣住："……啊？"

众人也愣了。

“我输了无所谓，”苏延看了周围一圈，面不改色道，“她输了的话，你们要让她一个女生拎那么沉的东西回来吗？”

围观一圈儿群众：“……”

苏神，讲道理，十几支雪糕真的有那么重吗？你这样显得我们非常不怜香惜玉啊！

气氛沉寂一瞬。不过在座的大部分都是年轻人，这近一个月时间也混熟了，反应那是极快的。

在剧里饰演女主朋友的张蕴夸张道：“噢！苏神好绅士、好苏哟！”

顾誉的兄弟肖迎更夸张：“我可是苏神迷弟啊！有这好事儿，早知道我也出剪子了！”

“噗——”张蕴喷了，“你闭嘴吧肖迎，人家苏神照顾女孩子，你个大男人要脸吗？”

这边打闹了一会儿，看着两个极为般配的背影走远，有人觉出来一丝不对劲。

“话说，苏神刚刚那个逻辑，是不是哪儿怪怪的？”

“哪儿怪？”

“你想啊，他都这么说了，意思就是赢了输了他都会去买。”

“那他自己去不就得了？”

“……”

好像是这么个理啊！

…………

身后吵吵闹闹的声音渐远，现在是学生的午休时间，一路都是很清静的，洛棠跟身边的人搭话，说着说着，就聊回了明希中学。

毕竟也是待了好几年的母校，处处都是回忆。

走到小卖部的时候，洛棠突然回过头，循着记忆看到某处，她眼睛一亮：“哇！那棵树居然还在呢！”

苏延一路都没怎么发言。可能是跟年少时候的相处模式有关，他很喜欢这种她在身边叽叽喳喳说个不停的感觉，也已经很久都没有这样过了。

他顺着洛棠的视线望过去，怔了几秒，喉结滚了滚：“是啊，还在。”

“苏延，”苏延还没来得及转头看她，就听到她带着笑意的声音，“突然觉得我长这么大，好像最最丢脸的样子，都是被你看到的。”

洛棠从小到大哭得最丢人的一次，就是跳级上高二那年，在这棵树下。

那会儿好像是跟他同桌一个多月了。

虽然少年苏延平时显得阴沉，同学都避而远之，但在读书的时候，老师看重学生的成绩，所以苏延当时是英语课代表。

洛棠记得，苏延被老师安排跟隔壁班的英语课代表去批卷子批作业，每天下午第四节自习课出门批，放学才回来。而且洛棠眼尖地发现，他每次一回来，心情明显会变好。

其实这本来没什么。

直到有一天，洛棠发现那个英语课代表其实特别好看，有着一头自然美丽的棕色长卷发。

这样持续了一个礼拜左右，洛棠问他最近在干什么，苏延还是那句话，不是批作业就是批卷子，因为英语老师最近家里一直有事。

老师办公室跟学生教室不在一栋楼，从办公室回到教室的时候，肯定会经过小卖部。

洛棠挑了一天，临近放学的时候做贼一样等在小卖部对面的树旁。

没想到，还真的被她给蹲到了。

洛棠眼睁睁地看着苏延跟那个能去做洗发水广告的棕色卷大波浪女生并肩进了小卖部，隔了三分钟，又并肩出来。

苏延低着头看不清表情，可他身边的大波浪女生笑得摇曳生姿。她说了什么，苏延伸手递给她一个东西，女生又笑了。

洛棠忍不住了。

她从小开始就很少哭，她很乖，家里人都宠她，除了她上形体课被压腿之类的时候，她真的很少哭。可能少女时期总是太敏感，她看着两人走过来，鼻头一酸，眼泪吧嗒吧嗒就掉下来了。

她觉得苏延不是她的了。

虽然才同桌一个多月，但他会因为她提了一嘴“好想吃真知棒呀”，就借口上厕所实际去小卖部给她买。等回来的时候她问：“哎，苏延，你上厕所为什么带糖回来呀？”他会立刻变了脸色说：“不要的话我扔了。”

那个表面特别冷淡，实际上对她很好很好的少年，那个睫毛特别长，睡颜格外精致好看的少年好像不属于她了。

他不会再对她好了，他对别人好了。

他给别人买真知棒了！

少女的世界里，这种事情简直堪比天崩地裂、世界末日。

洛棠完全不顾自己初中部小女神、小公主的形象，也不管有没有人看，蹲在原地哭得很忘我。

连苏延什么时候走近的都不知道。

“洛小棠。”

洛棠的哭声被打断，虽然听出来这道声音是谁，但她脸都哭肿了，不肯抬头，齉声齉气道：“干吗？”

少年的语气很费解也很无奈：“这话该我问你吧！你不上课，在这儿干什么？”

洛棠又想哭了，他还凶她。可是他陪刚才那个女孩子去小卖部了！他居然还凶她！

小姑娘委屈死了：“我不认识你了，你走吧，我明天就跟别人换座位。”

少年耐着性子：“你怎么了？”

洛棠想了想，哭也没用，还是先问清楚到底是不是买的真知棒：“苏延，我刚刚都看到了，你给九班的英语课代表买什么了？”

“老师办公室没有红笔了，买了两只。”

红笔……吗……洛棠的心结突然解开了一点儿。

——但是也只有一点儿。还有很多、很多。

小姑娘依然埋着头：“那你们为什么每天都刚刚好放学才回来？”

“批卷子。”

“那你为什么一定要跟她一起去一起回来？”

“因为下课时间一样。”

“那你为什么每次回来都心情很好的样子？”

苏延顿了顿：“……因为批完了卷子。”

洛棠觉得自己心情好多了。

但是——还有一个最重要的！

“那……”她想起那个女生柔顺飘逸的棕色头发，蹭了蹭眼睛，“你觉得女生，棕色的头发好看，还是黑色的头发好看？”

话题跳得太快，苏延愣了一下，顿了顿，他说：“黑的。”

小姑娘吸了一下鼻子，想到女生漂亮的大卷，又问：“那你觉得，卷的好看，还是直的好看呀？”

他说：“直的。”

小洛棠满意了不少，可是她还是觉得不怎么放心。因为那个女生只比他矮了半个头，腿好长，可是她比他矮了好——多。

又怕自己说得太明显，洛棠就笼统地又问了一句：“那，你觉得高个子的女生好看，还是……”她不愿意用“矮个子”形容自己，换了一个说法：“——没那么高的女生好看？”

苏延：“……”

少年苏延很头痛。

这什么好看跟什么好看的，他不懂那些属于少女的弯弯绕绕的小心思，又从来都不会哄女孩子，只是隐约感到她这副样子与自己有关，也不想看她眼圈儿通红地蹲在这儿哭。

他伸手，从口袋掏出来一根刚买的糖，碰了碰小姑娘的头：“喂，起来吃糖。”

她蹭了蹭脸，蹲着没动。

少年不自然地试探着哄她：“别哭了。”

她还是吸鼻子。

大概隔了十秒。

少年的声音最后落下来，有些别扭的语气，清落落的，很好听：“……嗯，你好看。”

抽抽搭搭的声音戛然而止。

雪糕没有规定口味，最后是苏延挑的。他问洛棠想吃什么，她有些心不在焉地回了个“随便”。

付钱的时候，穿着校服的苏延还是一眼就被认了出来。在超市结账大婶儿热情的“哎呀妈呀，我跟我女儿老喜欢你的电影了啊”的吆喝声中，苏延略带无奈地给签了两个名。

其间，洛棠先出去了。

她刚刚起了个头之后，苏延跟她对视了一会儿，他眸色略深，很浅地笑了一下："没什么丢人的。"

是很温柔的语气，跟记忆里哄她的时候一样温柔。

她盯着小卖部对面的那棵树发呆，也不知道过了多久，身后再度传来苏延的声音："买好了，回去吧！"

洛棠立即回头，抬眼看着尽管拎着塑料袋也依旧清隽无比的男人，应了："……哦。"

除了最开始那一来一回模棱两可的对话，洛棠再也没有提及一句与过去有关的事。她重新找话题，恢复了来时的轻松自然，好像刚才的一切都没有发生。

其实一切都很正常吧！

正常的对话，正常的发展，只是她自己不小心触景生情回忆了一番往昔的甜蜜时光，而已。

想是这么想。

可不知道为什么，她总觉得心里空落落的。

好在这么多年过去，当初蹲在路边哭得昏天黑地、完全不会控制情绪的小姑娘，也早已长大。

到剧组发雪糕的时候，大家见果然是苏延拎回来的，纷纷挤眉弄眼。张蕴笑嘻嘻地道："回来了、回来了！开饭了、开饭了！"

肖迎边拿雪糕边说："我苏神买的雪糕！"

他生得清秀讨喜，性格跟剧里男二差不多粗神经，基本算是本色出演了。众人跟他都熟，也都知道他是苏延迷弟，调笑道："看看偶像买的一个雪糕就跟宝贝似的，啧啧啧，太可怜了。"

洛棠也跟着笑了一会儿。

程橙今天回公司处理事情，除她之外剧组的人基本都在。洛棠想着当着这么多人的面总不能凑到苏延身边去，于是她找到了新盟友梁子月。他们在大树底下的草坪上坐着，雪糕袋子正好传到梁子月那儿，洛棠去的时候她伸手递过来："还剩下几个，你自己挑。"

洛棠选了个普普通通的甜筒，把雪糕袋子传给别人。

就这么一会儿的工夫，苏延已经没影了，他好像没拿雪糕，也不知道去了哪儿。

梁子月边吃雪糕边说："其实我粉上苏神，很大一部分原因在于我从他刚出道就开始关注他了。"

洛棠看过去："嗯？"

"我跟苏神是一个艺术学校的，比他低一届。"梁子月说，"我那时候主要精力都放在唱歌上，是音乐系，他是表演系。"

"苏神那会儿看着比现在冷多了。"

洛棠一愣："……冷？"

梁子月想了想："也不能说是冷。他总是独来独往的，看着特别不好接近，也因为脸长得好……有点不太好的传闻。"

"不过苏神专业课成绩常年第一，从大二就开始接各种角色拍戏，学校来得很少，倒也没什么时间交朋友。"

"感觉很……"她下了个定论，"孤独。"

"我那会儿默默关注他，是真的觉得苏神走到今天实在是不容易，而且一切都是他应得的，我真心实意地替他高兴。"梁子月也有些感慨，"唉，就这么成了个事业粉。"

洛棠举着半个甜筒，好半天没回过神来，一直到被肖迎的一声吆喝打断了思绪。

"欸？这棒棒糖谁的啊？"肖迎正准备吃第二个雪糕，却无意间翻出了一根棍儿，他举起来笑道，"哟，还是真知棒，好久没吃过这玩意儿了。洛小棠，这是你买的不？不是我吃了啊？"

洛棠盯着那根糖。

雪糕是苏延去买的，她全程在一旁傻站着。红色包装的真知棒，荔枝味儿的。是谁买的，一目了然。

洛棠觉得嗓子有点干，出声道："我的、我的！"

洛棠起身小跑过去，一把抽出那根小小的糖果。

肖迎看着女孩子本来没什么表情的脸庞倏地生动起来，笑容嵌在莹白的脸庞上格外明媚。

“是我的，忘记拿出来，谢啦！”

因为梁子月的话，洛棠心神不宁了一整个下午。

梁子月寥寥几句带过的苏延的大学生活，让她止不住地想象某些画面。清瘦挺拔的少年独自穿梭在校园里，独自去吃饭，独自回宿舍，完成课业后还要去剧组拍戏。因为精致漂亮的脸，孤立独行的生活里，还要承受许许多多的非议和诽谤。

这么一想，洛棠心里跟得了病一样的，一抽一抽地疼。

她突然开始后悔。

为什么自己最开始出国那几年不去看国产电视剧，不早点儿看到他在哪部剧里面扮演了什么配角，为什么不早点儿回来找他。

为什么等到他火遍全国甚至在国外电影节被提名，而在看直播的时候看到“Su Yan”，看到他的脸，她才知道他去做了演员。

如果再早点儿……

那段时间，他会不会不那么难熬？

洛棠下午是基本没有戏份的，简单的几场都是她已经演得轻车熟路的套路，标准施音范儿拿捏好了就行。洛棠中途接了个电话，很罕见，是白相宜打来的。

洛棠在面对自家“皇后”的时候得打起十二分的精神来，她捏了捏脸颊，挑起语调说：“喂？妈，有什么吩咐吗？”

“棠棠，”白“皇后”的嗓音自带高贵特效，“你下周腾出三天时间来跟我去巴黎，沙龙的具体情况回来我再告诉你。顺便带你去订一条裙子，我看了 × 牌这季高定有几件不错。”

洛棠粗略想了一下自己的戏份，她其实大部分时间都挺闲的，最近剧本里施音也没怎么作死，挤一挤，三天应该轻松。

“行，下午我问下导演。”

“嗯，如果你问不下来，我再找你周叔叔跟他讲。”白“皇后”道，“早点回家，先挂了。”

洛棠收起手机，起身去找陈导简单说了说能不能压缩一下自己的戏份，陈导很爽快地答应了。

她看了一眼正在一旁跟摄像师说着什么的苏延，他的侧脸很认真，尽管这个校园剧对他来说基本没什么难度，但他也依然对每一帧、每一镜都极为认真。

洛棠看了一会儿，突然间又觉得心情好了不少。

偶像现在功成名就，粉丝千万。

她距离他这么近。

下周还有美美的小裙子要入柜！

人生这么美好！为什么要难过呢？

——这时候的她没有想到，五分钟后忙着逃命的自己将会到一个怎样的境地。

一切都起源于修复好自己小心脏的洛棠开开心心地去了最近的一栋教学楼一楼的卫生间。

由于之前有些抑郁，吃完雪糕和偶像给买的棒棒糖，她又喝了一瓶水解齁，自然而然就有了生理问题的堆积。

解决完生理问题的洛棠本来是十分开心的。现在是上课时间，她没觉得会遇到人，平常上厕所时的口罩、帽子那些都没戴，就这么来了。

一推开门——哟嗬！一整排！六个小姐妹排成一排搁这儿画眉呢！

鸦雀无声。

这些人进门都不出声的吗？还是自己太投入了？洛棠想到自己刚才响彻厕所的响亮的水声，十分尴尬。

面面相觑间，还是对方最先反应过来。

“洛小棠！”一个染着偏灰色头发的女生突然指着她道，“你是洛小棠！”

另外一个棕色头发的女生道：“真的是她！洛小棠！”

洛棠不知道为什么她们一个个……这么激动，指着她就好像在说：“那有钱！快去抢！”

但古往今来的道理告诉我们，当一群头发颜色各异并且妆容精致的女生出现在高中校园里的时候，那么格格不入的她们，一定是一方不得了的团体。

洛棠眨眨眼：“我不是，我是你们同学，你们认错人啦！”

“她撒谎！”绿头发对灰头发说，“这绝对是洛小棠！姐你看不出来吗？”

“我当然看得出来，”绿头发对灰头发说，“宝贝，你快回教室拿！快点！越多越好！”

洛棠：“？？？”拿什么玩意儿？

洛棠看了一眼她们想要关住厕所门的举动，整个人一下子都绷紧了——她从来都不知道自己还有这种爆发力，洛棠咬牙，眨眼间冲到门口，趁着几人还没来得及行动，撒腿就往教学楼门口的方向跑。

身后传来紧跟而至的脚步声。

果然是对着她来的！

洛棠跑得更快。

洛棠一边跑，还记得从口袋里掏出手机来求救，对方隔了十秒钟才接通。

“苏延、苏延！”在学校里，她第一时间想到的求救对象就只有他，洛棠声音极度不稳，“苏延！我被人追杀了怎么办？”

“……你说什么？”

“我现在——”洛棠回头看了一眼，声音急得不行，“我在被一群人追着跑！”

那边苏延的声音传入耳朵里，带着奇异的力量：“你别急，慢慢说，怎么回事？他们为什么追你？”

洛棠大脑飞速转动。

对啊，这是为什么？为什么认出来明星却想要把她堵在厕所，然后还要拿家伙收拾她？

是不是——啊！她们是苏延粉丝！！！

都怪上星期那个视频！肯定还是因为她们不满！不想苏延跟女人扯上关系！所以看到她就萌生了恨意！

洛棠立刻道：“我猜是因为上周那个视频！你记不记得我发错给你的那个链接？她们肯定是喜欢你，所以讨厌我跟你的视频！”

她又趁机回头看了一眼，呜呜呜，越来越近了！

“你确定？”

“呼……可要不是这样，我不知道她们为什么要追着我不放啊……”

明显能听到电话那端喘息声越来越重。苏延从接到电话就开始往操场外走，他出了操场之后，一个人影也没看到。苏延皱了皱眉：“你别说太多话，你现在跑到哪儿了？告诉我，别着急。”

“我现在在……啊……我看到前面……”洛棠的声音突然亢奋起来，“我看到那里了！”

“哪里？”

“就在我前面两百米！你还记得吗？我们以前去过的小树林！就是我们高中一起钻过的那片小树林！你难道忘——”

“我没忘。”苏延闭了闭眼，额角一跳，“但我们去过不止一个。”

“……”

“你说的是哪片？”

明希中学有初中部和高中部，占地面积很大，常年在C市“最美校园”比赛拿第一的那种，绿化环境自然是十分出色，小树林也是真的多。光高中部的食堂后方、教学楼C区后方、停车棚后方，再加上操场内部的，总共就有四片。

洛棠现在没有心情思考“钻小树林”这个“钻”字有多么的意义深重。她听到苏延问“哪片”的时候，结结实实地愣了一下。

哪……哪一片？

洛棠腿越来越沉了，她看了看周围，不太确定：“好像是，第一次去的那片？”

那边男声干净利落：“找个地方等我。”

洛棠听到电话挂断的那一声提示音，刚把手机从耳朵边拿下来，肩膀立刻被一只手给掰住了。

洛棠闭了闭眼。

完了完了完了……天要亡我！

她也跑不动了，认命般地停下，回头。

“姐姐……姐姐你跑什么啊？”灰头发看起来很像大姐头的女孩此时一脸的生不如死，叉着腰喘粗气，又问了一遍，“姐姐你跑什么啊？我们……我们想跟你照个相，然后我让我小姐妹回教室拿本子拿笔，好让你帮我们签名的啊！”

听完这位“不良少女”诚恳的话，洛棠的第一反应是：她没听错吧？什么？！

她愣了愣：“……你们是要让我签名？”

黄头发小黄委屈极了：“是啊是啊！我们几个可喜欢你了！你怎么一见到我们就……就跑了呢……”

呃，她居然也有被人追着要签名的一天！

她！一个恶毒女配的扮演者！不仅没有上街人人喊打！居然有了属于自己的小粉丝！！！

洛棠宣布，长到二十二岁，她这辈子闹过最大的乌龙就是今天这个把粉丝当成追杀者的傻子操作。

“你们居然是来找我要签名的啊……”彻底反应过来之后，洛棠高兴坏了。她问：“你们本子拿来了吗？”

“拿来了！”小绿掏出抱着跑了一路的一本粉皮硬壳笔记本和一支黑色中性笔，恭恭敬敬地递给她，“签多少张都行！越多越好！谢谢姐姐啦！”

洛棠笑了笑：“没问题。”

因为本子是硬壳的，她拿在手上就能写，洛棠没签多，看她们一共六个人就签了六张，每个名字后面还带着个小爱心。

洛棠一边签名，一边听着她们格外有活力的清脆嗓音在耳边不断响起。

“姐姐你长得太漂亮了！我们全班女生都把你当偶像呢，你知道吗？”

“我看男生也是，上次齐明豪他们几个上课偷偷看手机，我去上厕所的时候扫了一眼屏幕，他们就是在看施音的剪辑合集！”

“肯定是把姐姐当女神了！”

小姑娘们彩虹屁一个接一个，格外卖力走心，洛棠开心得快飞起来了，又听大姐头小灰说：“姐姐，你演的施音实在是太好了！就那股高高在上的劲儿，我们几个一直在学呢！”

小绿点头：“虽然还没掌握到精髓！但是上次我们去吓唬小芳的时候，她比上上次更怕我了呢！”

洛棠手一抖，画歪了一道：“……”

于是签完名，她又跟教导主任一样教育了几人一番“你们这么做是不对的”“施音是不对的”“怎么能恐吓同学呢？不能够的”“姐姐当年上学的时候可是‘三好学生’来着”——等一系列思想。

她拿着本子继续教育她们："你们把头发染成这样也是不好的，吓唬小芳也是不应该的，虽然我给你们签了名，但你们要是想拿到，必须得答应我，从今天开始把头发染回来，也不要再吓唬同学，以后好好学习，知道吗？"

小姑娘们齐齐愣了一下，小绿和小灰最先"噗嗤"笑出声来，然后洛棠便看到几个小姑娘抬起胳膊——把自己五颜六色的头发往后拽了一下，露出了里面黑色的发际线。

洛棠惊诧地睁大了眼睛。

她们一边把头发拿掉，一边解释道："对不起姐姐，我们太喜欢你了，都忘记介绍我们刚刚是在干吗。"

后来，在她们的解释下，洛棠才知道自己搞了个大乌龙——人家这些五颜六色的头发都是假发，化妆是因为话剧社排练演出，所谓的"小芳"也只是话剧剧本里被欺负的化名罢了。

误会解释清楚，几个姑娘又开始抓着她的脸不放："姐姐，姐姐！你想过开直播吗？或者出个视频教我们怎么护肤、怎么化妆？"

洛棠一愣："这倒没有……但我可以现在说几样你们这个年龄适合用的护肤牌子。"

小姑娘们埋头记笔记。

大概聊了有十分钟，洛棠猛然醒悟："呀！现在是上课时间吧！你们快别在这儿晃悠了，赶紧回教室啊！"

小绿撇撇嘴："我们这节课自习，没所谓的，所以刚才在厕所换了衣服，准备直接去话剧社。"

小黄开玩笑道："施音都不上自习课的！我们也不想上！"

洛棠："……"不是吧？这也要学？？

洛棠苦口婆心："你们不能这样啊！姐姐当年上学的时候可是一节课都没缺席过！你们听姐姐的话，该上课还是要上课的，现在赶紧回教室上自习。"

六彩斑斓的大家依依不舍地挨个跟她自拍了一番，一步三回头地回了教学楼。

洛棠看着几个小女生蹦蹦跳跳的背影，走了老远，她们还不时回过头来跟她招手。

原来出演了一个本以为不讨喜的女配，也能被人肯定，也能被这群姑娘喜欢。

怎么这么不真实呢？

深切感慨了一番，洛棠的兴奋劲儿一过，这才觉得腿都跑软了。她微微捶了捶大腿，然后直起身回过头的一瞬间，又被吓得往后一蹦："苏……苏延？"

不知道什么时候出现的靠在树干上戴着鸭舌帽的人，直起身朝着她走近。

他身上还是校服，戴着写着"顾誉"的校卡，明显是拍戏间隙过来的。

洛棠站在原地眨了眨眼："你……你来多久啦？"

苏延走近了，她才看到他鬓角边的汗，透明的，顺着线条尖削的下巴往下淌，棕色的瞳仁倒映着她有些呆滞的脸。男人身上的气息一瞬间把她笼罩。

洛棠刚才跑完步都没脸红过，此时却一下子觉得脸颊好像有火在烧。

闻得出来，他喷了香水，像是被碾碎的树叶或者青草，又或者是出芽的香气，格外明显的绿调。

Apsu？春日？雨后？还是哪款……

洛棠脑子里飞快地过着这些绿调香水。

她喜欢这种味道，所以收集了不少，曾经还公开发在自己的社交平台上面，说"喜欢清新调的草木男香，想给他买"。

很多人问她是不是有男朋友了，她没回复。

她从很早之前就想给苏延买好多东西，她喜欢的香，喜欢的颜色的衣服，包括她设计过的男装，她画过的画，都跟他有着这样那样千丝万缕的关联。

"洛棠，"苏延抬了抬帽檐，眉眼带着些揶揄，"谁追杀你？"

洛棠有些窘。"是我搞错了……"洛棠的声音软得没了底气，"她们是我的粉丝，找我要签名来着。"她想到自己的举动应该是打断了他的工作，连忙抬头道："我是不是打扰到你拍戏了？不好意思，我当时没想那么多——"

"没事，"苏延打断她，"当时刚好结束一镜。"

"哦。"洛棠松了口气，然而这口气没松完，下一秒——

尴尬的气氛也就持续了一会儿。

在回操场的路上，洛棠走着走着，还是忍不住跟他分享自己的好心情。"苏延苏延，"她一开心就会连着叫两次他的名字，"我给你打电话的时候，真的真的没想到她们是来找我要签名的。"

苏延偏过头，看着少女灵动的眉眼，脸颊因为刚运动过还有些粉，略微夸张的表情格外可爱。他又不动声色地收回视线，淡淡地“嗯”了一声。

她接着道：“因为我演的也不是什么讨喜的角色呀，我觉得我不被打都算走运的，她们居然说喜欢我演的施音……”

苏延认同：“施音的确不讨喜……”他的话停在这里，好像没说完，没了后半句一样，哪里怪怪的。

但洛棠也没仔细想，一边慢慢往前走一边喃喃道：“有粉丝的感觉原来是这样的……”

“哪样？”

“她们看着我，叫我姐姐，夸我的时候，眼睛里像有星星一样，亮晶晶的。”洛棠干脆停下脚步，用了不少手势跟他形容，末了，自我认可般地点点头，“我能特别真实地感觉到她们是喜欢我的，真的。”

苏延微微一怔。

这么多年，她好像长高了一截，可他长高的高度更多，所以她还是得像以前那样，仰着头看他。

苏延见过娱乐圈太多新人了，作为一个新人演员，洛棠是很有灵气的。

说实话，施音这个角色十分不好演。她能把施音身上的娇演得如此不令人讨厌就已经很困难了，除却长相，灵气也是一方面。陈导都跟他提过一嘴，洛小棠这小姑娘将来绝对能红。

虽然知道洛棠的目的不是红，但他也这样觉得。她现在的粉丝还少，但终有一天，会有更多的人喜欢她、爱她。

苏延突然想起他刚到树林的时候，看到小姑娘身边围着六只叽叽喳喳、五颜六色的小鸟，每一只都在很努力地夸奖她。

她杏眼笑得弯弯，站在最中间，那场景格外令人愉悦。

面前的人很久没说话，而且盯着她也不知道在想什么。洛棠有点儿受不住这种眼神，正准备出声的时候，苏延突然开口：“这么开心？”

洛棠一愣，而后快速点头：“是呀是呀！我刚才签名的时候，虽然你看我装得很淡定吧，但我其实开心得快飞起来了！”

苏延哑笑。

装得淡定？那她装得也太失败了。

洛棠一直盯着他看，所以一下子发现苏延的表情有了些微的变化。

“既然这么喜欢签名，那……”洛棠看见他微微上翘的唇角，眼角狭长，素来淡漠的表情变得极为勾人，“洛小棠，我也是你的粉丝。”

洛棠傻眼了：“啊？”

苏延把声音压低：“能不能麻烦你，也给我签个名？”

就在此刻，洛棠终于懂了什么叫作“在脑海里放烟花”。

理智告诉她：你难道听不出他在开玩笑吗？苏延就是说说而已，可能他心情好。

但是……这可是苏延说的啊！

曾经有个八卦小编搜集过许许多多的证据，发布了一条名为《拥有最多明星粉丝的男人——苏延》的长微博，论证了苏延拥有的一众明星粉丝。比如梁子月这样的事业型迷妹，肖迎这样的忠实迷弟，还有数不胜数仰慕他、私下看他电影二刷三刷的男女明星。

而这样的苏延，居然对她说了“我也是你的粉丝”这种话！

洛棠觉得她着实体会到了飘飘欲仙的感受。

她抖着嗓子：“你认真的？”

苏延反问：“不像吗？”

“没有不像！”洛棠否认完，立刻激动起来，“那我们交换好不好？我给你签名照！你也给我一张你的！”洛棠眨眨眼，“我也是你的粉丝呀，你的电影我都看过！”

什么时候“签名”被偷换概念成“签名照”了？

而且——这还要交换的？

苏延微微蹙眉，想了一下：“我没有照片。”

洛棠噎了噎，兴奋的感觉有点儿降下去了：“其实，你要是不想给我，也没关系的。”

大街上随随便便都是你的照片！电影院里全是你的立牌！你没有照片？！

——内心在咆哮，但表面她还是端的一个安安静静的小粉丝。

苏延看着小姑娘嘴上说着“没关系”眼睛里却写满了“你不给我就当场落泪”的样子，妥协：“那明天吧！”

要不是苏延拦着，洛棠差点儿录音为证。

当晚，洛棠一回家就让人去洗了自己百十来张照片，要最高像素、最清晰的那种。

经过一番审核，最终选定了一张两年前的照片。她穿着一条没有图案的白裙子，站在洛家别墅的花园里，角度好，光线好，笑得也不错。

嗯！代替我陪伴在偶像身边的信物！就你了！

深夜十二点，对自己的外貌挑剔了一晚上的“公主殿下”又趴在桌子上，找出一摞纸，一笔一画开始练签名。

次日一早。苏延刚下车，像是蹲着点来的，洛棠瞬间转移一般出现在他面前。

两人交换了信物之后，洛棠表示她会把他的签名照裱起来。

还没等他对此有所回复，她又小声道：“我不在你车前待太久了啊，怕被人看到。一会儿见呀！”

看着她蹦蹦跳跳的背影，想到现在离正式开机时间还有一阵，苏延又坐回了车里。

小王惊讶道：“嗯？怎么不下车呢，延哥？”

苏延：“等五分钟。”

小王没多问，“哦”了一声就低头玩手机了。

苏延低头看手里的照片，先是正面。

花团锦簇的背景，白裙少女在阳光下笑得明媚可爱。洛棠身上有种很奇异的能力，无关漂亮，她笑起来的时候会让看到的人心情莫名变好。

苏延不自觉地弯了弯唇，把照片翻过来，一下子愣住。

密密麻麻的字布满了背面的白色区域：电话、邮箱、地址、QQ、微博……

一行一个，每一行都工工整整地写了完整的答案。

“……”

这是签名照，还是给他投简历？苏延揉了揉鼻梁，无语又好笑。

他正准备把照片收起来，手指挪开的一瞬间，眼睛扫到某处，动作骤然停住。

刚刚一直被左手指尖盖住的地方，有一个格外醒目的、鲜艳的、小巧的口红印。

一瞬间，苏延觉得刚才盖住这块儿的指尖已经快要到了火烧火燎的温度。

与此同时，口袋里手机一振，是照片主人发来的微信。

洛棠："苏延、苏延！我要解释一下！那个、那个……就是那个口红印吧，其实它是个印章来着！不是我自己的，别误会哈，绝对不是我自己的！"

不知道为什么，看到这段话，苏延脑海里立马响起之前她那句"我没有截图"……

苏延回复了一个"嗯"，然后又照着她给的信息，一一把自己的电话、地址、邮箱给她发了过去。

五分钟时间到。

王林十分纳闷往常天天早到的苏延为什么今儿个赖在车里不走了，探头探脑地过去："延哥，什么东西啊，你看了这么半天？"

苏延一下子反应过来，速度极快地把照片收进口袋里："没什么。"

王林仔细观察了他一会儿，更加一脸狐疑。

没什么你盯着看了五分钟？耳朵还红成这样了？？

一周后，到了去巴黎的日子。

白相宜生平最讨厌浪费时间，跟她出行，从来没有"提前两个小时到机场办手续"这一说。提前十五分钟，留下走路的时间就不错了。至于行李、机票那些，都不是问题。

两人一番大排场上了飞机，刚进头等舱，人很少，洛棠一眼就看到了一个熟人，她回头跟白相宜说了声就去到了那人的座位旁边。

女生很年轻，穿着一身休闲的T恤和短裤，头发披在肩膀上，侧脸线条好看又柔和。

洛棠开心地戳了戳女孩的脸："周纤！"

洛棠能进娱乐圈，给她打掩护的最大功臣就是周纤的爸爸周文——千星娱乐董事长，娱乐圈元祖级大佬人物。他跟洛城是好哥儿俩，合作和私下交往都十分密集。连带着，洛棠跟周文的女儿周纤也算是彼此认识的青梅。

巧合的是，洛棠没有在商界发展的兴趣，而周纤也没有。两人一个去学了服装设计，一个去当了心理医生。

由于洛棠初、高中都在明希中学，她们中学时代没怎么见面，到了大学恰好都在美国读书才又重遇，回C市之后还没怎么联系过。

拉着洛棠坐下，两人叽叽咕咕地叙了一番旧情。周纤打趣道："对了，棠棠，我追了你的剧，不错嘛，恶毒女配？连着好几周上了热搜，你这人气牛啊！"

洛棠一提这个又来劲儿了，简单说了一下剧组里的事儿，她反过来问周纤："话说周医生，你也不错啊，听说你现在已经开始坐诊了？"

周纤点头："嗯。"

洛棠："那我以后哪儿有问题，免费给我看OK的吧？"

周纤挑眉："我可不是谁都给看的啊，我看的那都不是一般人好吧！"

"啊？"洛棠眨了眨眼，"什么叫不是一般人？"

"我给身份需要保密的那种人做私人治疗啊，比如达官显贵、明星啊什么的。"周纤说，"你知道，明星其实都有或多或少的……怎么说，心理向病症，因为不管是演员还是歌手，都属于高压职业。我去年才经手的一位，就是心理状态比较差的演员。"

说实在的，一提到自己不感兴趣的领域，洛棠就犯困。她强撑着一副"我好有兴趣你继续说"的样子："嗯？怎么差了？"

"他表面看上去其实是正常的，但其实心理层面算很薄弱了，早就塌了，只是靠着一根线撑到现在没有崩溃而已。"

塌了？地震吗？洛棠完全听不懂她在形容些什么，嗯嗯啊啊地应和："估计你得保密吧，反正你肯定不能告诉我是谁，我就不问了。"

"对，是不能，有保密协议的。"周纤顿了顿，又说，"但是我觉得特神奇的一点在于，他看上去完全不像是会被感情这种事困扰的人，后来我才知道，这人一直以来靠着的那股劲儿居然是一个女孩儿。"

洛棠哈哈笑了："周医生，小心呦，现在我知道你的患者是个男明星了呢！"

周纤："……"

"不过这种是不是还挺爱情故事套路的？"洛棠喝了口空姐送来的牛奶，问道，"那你们治疗的时候，他会告诉你那个女孩的名字吗？或者讲讲他们的故事？"

"完全没说，藏得特别深。"周纤感慨，"就只有第一次我给他深度催眠的时候，他透露了一点儿……嗯，我猜，那个女孩大概姓‘唐’。”

“唐？”洛棠揉了揉眼睛，粉嫩的唇弯成好看的弧度，随口漫不经心地夸道，“嗯，‘唐’是个好姓。”

C 市到巴黎，飞行时间十二小时。

洛棠下了飞机直奔酒店，次日上午，睡到自然醒，洗漱完毕后，跟着白“皇后”上了专车。

洛棠本来还有些奇怪为什么白相宜要特地带她来巴黎定裙子，到了定好的店，她便明白了。与前几季轻熟风的宴会礼裙不同，这季 D 品牌走的是小仙女最爱风。每条裙子纱质细腻，颜色偏温柔，层层叠叠的裙摆仙气十足，不难想象穿上之后的飘逸感。

洛棠选好了裙子之后，跟白相宜逛了一天的街，剩下一天，她来巴黎也是要确定下来秋冬季的设计主题。回程的时候，因为前几天跟她合伙人整天深夜洽谈，所以，洛棠一上飞机二话不说倒头就睡。

她一觉睡醒，习惯性地检查手机，就收到了程橙的微信：“棠棠，你在飞机上吗？你太幸运了吧，从你走了之后这边就在下大雨，虽然今天本来就是雨中场景，但是这雨也太大了啊！！”

洛棠一愣。她在剧组这么久，还真没赶上要拍雨中场景的时候，施音也没有淋雨的戏份。她立刻起身打字问：“今天谁的戏多啊？”

程橙：“那还用说？淋雨啊姐姐，电视剧里淋雨的都是谁？肯定是没带伞的男女主啊！”

洛棠回了一串省略号，然后又没忍住道：“他们雨中戏份多吗？要淋很久？”

程橙：“是的，已经好几个小时了，因为雨太大，有时候摄像那边儿也模糊，梁子月其实戏份少，最主要是苏延，要拍一段儿他在雨里跟小混混打架的镜头，不是这个有事儿就是那个不好，拍了好多次才过。我看苏神好像有点儿要生病的苗头，休息的时候都吃药了，因为雨太大，现在导演准备收工了。”

看到这儿，洛棠的瞌睡一下子消失了。

说起生病……之前高中那会儿，每逢 C 市阴雨季、换季，苏延都特别容易感冒。他虽然长得高，但是很瘦，身体底子也不好，一不小心生病了就总是拖着不能痊愈，有时候还会恶化发高烧，一连几天不能去上课。

洛棠记得特别清楚，每次生完病回来，他整个人就瘦一圈儿。然后她就天天中午拉着他去校外吃好吃的，逼着他把肉养回来。

苏延对她很好，他照顾她的时候什么都能想得到。但他是那种完全不会照顾自己的人。包括拍戏也是，不管什么场景，只要他能做到的就不用替身。之前还有几组动图，是苏延在片场因为打戏受伤的场面，很多人都心疼不已。

或者说，他是那种完全不在乎自己的人。就像现在，非要拍到最后满意，然后病倒在家里。

……好心疼啊！

洛棠咬了咬唇，给苏延发了消息问他怎么样，却一直没有得到回复。

洛棠下飞机的时候已经是国内的第二天下午了，白相宜在机场遇到了熟悉的老姐妹，洛棠在一边默默站着微笑的时候，手机在口袋里振动。她心思一动，立刻道："妈，周阿姨，我去接个电话。"

"去吧！"

洛棠掏出手机，来电显示：苏延。

她立刻接起："喂？"

"王林……"那边的声音异常低微沙哑，在嘈杂的机场里难以分辨，洛棠需要聚精会神才能听清他的话，"你帮我买点退烧药，我家密码1211，你直接进来就行。"

一段话说得断断续续，洛棠听着，心脏简直揪成一团。她想，苏延都烧成这样了，大概也不会听出来她是谁，于是大大方方地"嗯"了一声："你等我，我马上就去。"

挂了电话，她跟白相宜说了一声之后，快步走到打车的地方。从微信里翻出之前苏延跟她互换签名照时给她发的地址，立刻报给司机。到了地方，洛棠在附近买了药，又在小区做了登记，再上到十六楼，全程仅用了半个多小时。

一出电梯门就是他家，在密码锁输入"1211"进门之后，洛棠从鞋柜里找到一双新的男士拖鞋，顺着楼梯上去。

“苏延？”洛棠叫了一声，没人答应。转个弯，她看到一扇虚掩着的门，凭着直觉走过去。

“苏延你在——”洛棠一边小心翼翼地推开门一边小声问，“吗”字还没说出口，待认清情形，洛棠足足盯着看了十秒。

肌理紧实，劲瘦腰线一点儿一点儿地露出来，迷人十足。

等站在原地看完美男脱衣全过程，洛棠这才语气激动地发射一波马后炮：“苏延，你等等！！先别脱！”

洛棠眼前的确是一幅美景。落地窗照进来的阳光明晃晃的，肌肤在光下白皙如玉。

听到她的声音，这位美人缓缓回头，对视三秒。

已经脱了上衣的苏延，又面无表情地把手里的短袖给套了回去。

洛棠看着他转过身迈开修长的腿朝自己走来，心虚地吞了吞口水。

“我进来的时候你已经脱完了！”因为做了亏心事，在他发出疑问之前，洛棠抢先解释，“我真的什么都没看到！”

苏延依旧那样看着她，自上而下，没什么表情，却好像洞穿一切。

大写的尴尬，人家问了吗你就说？

以前怎么没觉得她自己是个这么傻的人呢？怎么这么喜欢此地无银三百两呢？

洛棠正卡在门口的位置，苏延往前走了一步，略带鼻音道：“进来。”

苏延在睡觉前已经跟导演打过招呼，他家里只有感冒药，吃了就睡了过去，结果睡醒发现头更昏沉。他刚醒来的那会儿，并没有完全清醒，只是凭借着记忆拨通了快捷键。

过去几年，他的快捷键“1”一直都是王林，因为足够方便。而自从那天存了洛棠的电话后，“1”就被换成了另一串号码。

于是才有了现在这一幕。

但洛棠显然没有纠结他给她打电话这事儿，而是仔仔细细地观察了一下苏延。

苏延没有她想象中虚弱到不能起身那么严重，尽管面色苍白，明显有着病态，嘴唇也有些干燥发白，但仍然好看到人神共愤。不过三天没见，他下巴好像更尖了点儿，洛棠还没表达自己的不满，苏延先一步问道："这是买的药吗？"

"嗯？"她顺着他的视线看过去，反应过来，"啊，对的，给你。"

苏延接过去："谢谢。"

洛棠看着他拆开包装，简单看了下说明就要拿出来吃，她连忙制止："欸？你吃饭了吗？不吃饭就吃药会胃疼的。"

"不会的。"没想到苏延语气十分肯定，他吞了药，从旁边的桌上拿了杯子喝水，"我习惯了。"

习惯了。

洛棠突然就不怎么高兴："我听程橙说，你本来可以不在那天拍完的，可以选一天用人工降雨，而且就算要拍，也不至于下那么大雨还一直坚持吧！"

"但是淋水、淋雨都是一样的，"苏延语气很淡，"都是要拍，不如一下子拍完。"

虽然不得不承认他说的是对的，但洛棠还是不想应声。

没几秒，苏延突然出声："你去洗个澡吧。"

洛棠不解："为什么我要洗澡？"

"你头发湿了不知道吗？"苏延手指点了点披在她肩上的湿发，"衣服也是。你先洗澡，然后把衣服烘干吧！"

刚才外面还有下小雨，但洛棠没怎么在意。现在感受了一下，应该是淋了个半湿。洛棠本来想本着矜持的原则拒绝来着，但他又提到衣服……

洛棠眼睛一亮："那我可以穿你的衣服吗？"

苏延愣了一下："可以。"

他转身去拿，洛棠在他身后叮嘱："我想要衬衫！"

小说经典套路！女主淋了雨去男主家洗澡，一定要穿男主的衬衫！

苏延走回来的时候，看见洛棠亮得吓人的双眼，有些吃惊，但他也没细问，径直递给她手上的衣服："衬衫不舒服，穿这个。"

棉质T恤，长裤。

……好吧。

"楼下有电视，隔壁有客房，"顿了顿，他补充，"没有人住过，你想睡觉的话可以过去。"

洛棠接过来，“嗯”了声。抬头间，发现就这么一会儿的工夫，他额头上的虚汗又多了一些，洛棠连忙先把衣服放到一边。

“你快点去睡觉好不好啊！我是来给你送药照顾病人的，你干吗呢？”洛棠把他拉到床边，也不知道以她的身高是怎么做到把人摁坐在床上的，她双手放在苏延的肩膀上，非常严肃地说：“病人就得有病人的样子！”

苏延坐下之后，就需要抬头才能看到她的脸。

苏延突然想起以前他还是她同桌的时候，每次生病请假回家几天，再回来就会被她拉着去校外餐厅吃饭，她也是伸手把他摁坐在座位上，鼓着一张微带婴儿肥的包子脸，指着一桌子的菜说：“吃！”

现在，她气鼓鼓的样子，莫名和以前重合。

洛棠瞪着他，正在她以为他依然不会听话的时候，苏延突然很淡地笑了一下，居然一句话也没说地就掀开被子躺了进去。

他的唇角一直没有放下。

苏延盖着被子，只露出来一张脸。黑发雪肤，淡淡的弧度，很软的表情。

……好乖。

心脏某个角落被击中，洛棠掩饰一般地咳了两声：“那我就先……下楼洗澡了。”

苏延“嗯”了一声，眨了眨眼，睫毛漆黑纤长又卷翘，像两把小刷子在人心上挠痒痒。

睫……睫毛精！

洛棠几乎落荒而逃。

洛棠在楼下的浴室洗了澡，换上大了好几圈儿的衣服，又倒了一杯温水上楼。随后她从自己刚才买回来的袋子里拿出棉签，轻手轻脚地走到床边。

苏延做了个梦。

洛棠来之前，在刚刚打电话之前，他也在做梦。这两个梦里不是以前那些经常见到的场景，反而一连两个都是温馨的梦境，是跟她有关的回忆。

可能是在生病时，人本能地渴望挖掘记忆里美好的东西。

苏延缓了一下，睡前吃的药，药效似乎还挺大，身上、脸上都有些汗。他冲了个澡，下楼的时候，先是听到电视里传出的对话声，随后，一眼就看到靠在沙发里抱着抱枕的洛棠。

电视里是有些眼熟的场景和人物，很容易就看出是他以前演的剧。洛棠肩膀一抽一抽的，背对着他，也不知道在干什么。

苏延看了她一会儿，皱着眉走过去，正准备询问的时候，猝不及防看见她脸上好几道泪痕。

洛棠听到脚步声，“唰”地回过头，而后眼睛明显一亮：“你醒了？！”

“烧退了吗？感觉怎么样？”

“退了点，”苏延在她身边坐下，“37.5。”随后苏延问道：“你……怎么哭了？”

这部是苏延成名之前演的电视剧，他在里面的角色是一个身世异常凄惨的配角，终其一生为了复仇而存在，最终却落得一个悲惨的结局。剧情需要，再加上他本来就瘦，在这里面的造型真是一看就觉得揪心。

洛棠觉得自己看这部剧简直就是自虐。但是因为是苏延演的，又忍不住想看。

“这就掉了一点儿眼泪，”洛棠皱了皱鼻子，“我第一次看的时候哭得更惨，超级惨。”

通常这种生在逆境却又没个好下场的角色会惹人怜爱一些。

同情角色，他懂。

过了会儿，画面又演到他，洛棠突然一下子直起上身，手指着屏幕：“你看你瘦的，呜呜呜，就剩一把骨头了！”

苏延：“……”

他实在是不知道小姑娘的眼泪怎么能说来就来，有些无奈地抽了张纸巾坐在她旁边，想要碰触到她脸的一瞬间，却停在半空：“擦擦。”

洛棠还盯着电视，接过纸巾毫不客气地开始擦眼泪。过了十分钟，她总算平静下来。

“苏延，”洛棠突然想起去巴黎之前梁子月告诉她的小道消息，“我听说，你下一部戏有意向要接《御剑行》啊？”

《御剑行》，大制作古装剧，导演是著名的闻越山，当初捧红苏延的那部电影导演也是他。

苏延沉默几秒，没否认：“在考虑。”他这样说，那应该就是有戏。

洛棠开玩笑一样道：“那万一我再和你在一个剧组的话，苏神你还是要罩着我啊！”

“你还没玩够？”苏延挑了挑眉，“拍完这部，还准备接第二部剧？”

洛棠眨眨眼：“是呀！我现在觉得演戏真的特别有意思。”

苏延看了洛棠半晌，少女的鼻尖和眼圈儿还红着，却一脸掩不住兴奋的样子。

“嗯，罩着你。”

苏延没坐太久，洛棠看他还是不怎么有精神的样子，急急忙忙就将他赶回楼上去睡觉了。而洛棠中午在飞机上吃得很饱，在偶像家的亢奋也让她无法入眠，她便开了电视开始重温苏延以前的作品。在苏延家里看他本人演的剧，也算是极为新奇的体验了。

洛棠在苏延这儿一待就待到了天黑。其间，她上楼去看了看苏延的情况，也用手试过他额头的温度，跟高中那会儿不一样，他这次发烧居然奇迹般地轻松退下去了，前后算算也不过一天时间。

于是彻底放心下来的洛棠准备为偶像洗手做羹汤！

苏延第二次下楼，正赶上洛棠在厨房里叮叮咣咣的时候。

“喂？喂？喂！我听不到你说话了！”她的声音带着慌乱，隔着一段距离都能听见，“为什么我这儿跟你说的不一样啊？我鸡蛋全都煳在锅底了！”

“……啊？我明明倒油了啊？”

苏延离厨房越近，她咋咋呼呼的声音就越清晰。

“小火，我关……哎呀，都有煳味了，我都闻到了！关小火还能有用吗？？！什么啊！连个鸡蛋都不能煎！”

苏延听到很响亮的“咣当”一声，他进了厨房，正好看到小姑娘一脸嫌弃地看着洗碗池。她盯着那口他天天用也没事，现在底部却漆黑一片煳成一团的锅，骂道：“这什么破锅啊！！！”一副气炸了的样子。

大多数时候，洛棠都是十分注重形象的。读书那会儿必须穿校服，小姑娘吃饭的时候不小心弄上一点儿污渍就会不高兴，苏延就会脱了自己的校服给她穿。

后来，她又弄脏了，于是他又借。次数实在太多了，苏延记得自己找了个中午，打算跟她好好聊聊校服这件事，他直接问洛小棠是不是故意弄脏衣服的。

她眨了眨眼，说："我是呀，你不觉得我穿你的校服比我自己的更好看吗？"

他当时好像回了一句——好看什么，像唱戏的！

小姑娘气得一下午没理他。

校园时代衣服受限制，后来她更新在微博上的，包括近一个月来他所见到的，都是从头到脚精致好看的搭配。

而此时，厨房里的灯光偏暖色，洛棠身上套着围裙，头发扎成马尾，鬓角却被蹭得毛茸茸的。这个造型他还是第一次见。

灶台前的奓毛少女好像火气降下来一点儿，对着电话那端说话的语气稍稍温柔了一些："那，你知道煳底的锅得怎么刷吗？"

苏延无声笑了。他走到她身后，伸手解了她身上围裙的带子。

洛棠受惊一样地回过头。看到来人，她一下子把耳边的电话也拿下来了，心里咣咣打鼓，也不知道她刚才那一系列蠢蠢的操作被围观了没有。

洛棠观察到他似乎心情不错的样子，唇角微微上翘，刚睡醒的头发柔软蓬松，笑意慵懒。

那应该是没看到吧！

洛棠放下心来："……苏延？你什么时候来的？"

心情不错的苏神好整以暇道："在你骂我的锅的时候。"

"……"

这顿饭后来由大病初愈的苏神来掌厨了。

他家里基本没什么食材，所以洛棠本意是想做两碗鸡蛋面，又觉得煎鸡蛋好像比直接打进去更好吃，这才远程咨询程橙煎鸡蛋的步骤。也不知道哪里出了问题，最后成了那个样子。

因为这东西好像没什么好打下手的，她对着自家偶像嘘寒问暖一番，就退回了观众席。之后接了洛城打来的电话，洛棠随意撒了个谎就盖了过去。

等饭的时候，依仗着苏延不会回头，洛棠掏出手机调成静音，对着他的背影也就照了十几张相吧！

毕竟是来探望病人的，而且洛舟的连环夺命电话实在是把她烦得不行，所以吃完了饭，她立刻表示自己该走了。

苏延也早注意到了她一脸不耐地接电话，点头：“我送你。”

“不用，我自己回去就行了。”洛棠的衣服应该早就烘干了，抬手指了指一楼的洗手间，“我去换衣服。”

话是这么说，等她换了衣服出来，苏延也已经换了一身打扮，口罩、帽子、墨镜摆在玄关柜子上，一副要出门的样子。

洛棠顿时泄气了。“你不用送我的……”她慢吞吞地走到他面前，“你刚退烧，再感冒怎么办？”

“雨停了，外面很热，”苏延帮她拉开鞋柜，“出门开车而已，不会感冒。”

苏延的家其实离仙碧比较远，即便现在不堵车，也要三四十分钟的车程。洛棠今天其实还没有倒好时差，苏延开得又稳，没说几句话她就头一歪，靠在车座上睡着了。

就这样，怎么让人放心让她自己回家。

苏延摁键帮她调了一下座椅靠背，看着小姑娘毫无防备的睡颜，微微张开的唇粉嫩莹润。

看得人心下一片柔软。

…………

洛棠悠悠转醒的时候，发现车子是静止的。她揉了揉眼睛，刚从巴黎买回来的包振得大腿发麻，她动作缓慢地掏出手机，来电显示还是洛舟，洛棠拒接，发了条短信过去：“我到楼下了，马上回去。”

把手机扔回包里，洛棠转过头，正对上苏延看过来的视线。

白天的阳光下，他的眼睛总是通透的浅棕色，夜幕降临的现在，却又显得格外黝黑深邃。

苏延一手扶着方向盘，一手随意地搭在一边，脸朝着她，莫名给人一种他这个姿势维持了很久的感觉。

洛棠微微愣了一下：“我睡了多久？”

“刚到。”苏延移开视线，“下车吧，你的电话响了三次。”

洛棠听到他开了锁，她慢吞吞地“哦”了一声。

“你记得随时量体温，要是反复发烧的话记得去医院。”洛棠解开安全带，不放心地叮嘱他，“不要自己硬扛。”

“嗯。”

“那我走啦！”

苏延把脸重新转向她：“嗯，明天见。”

“……见什么啊！”洛棠站在车外，皱了皱眉，认真道，“你今天刚好，要是不舒服可以明天不见的。”

其实洛棠走了之后，他突然不想再回去了，可是她也不能留下。

苏延失笑：“知道了。”

洛棠目送着线条优美的黑色超跑发动引擎，而后慢慢隐匿进夜色里，心里像是空了一块，揪扯着神经，有些发疼。

她家里什么都有，有人等她回家，有人会因为她晚上晚回家就从七点开始打十几个电话。

可苏延不是。

偌大的房子只有他一个人，生病的时候也只能凭借本能打给助理。她去看他的时候，她管着他的时候，包括她把他的厨房搞得一团糟的时候，他眼睛里都有很明显的开心。

人人都说喜欢苏延，喜欢苏延的电影，喜欢他的长相、外貌，指着他说，姐妹你看，这就是我的理想型。大街小巷的海报，光影繁华的都市，都看得到那张冷淡而勾人的脸。

他那么耀眼，又那么强大。

可除了她以外，没人知道，苏延一直都是孤零零的。

不管是年少，还是现在。

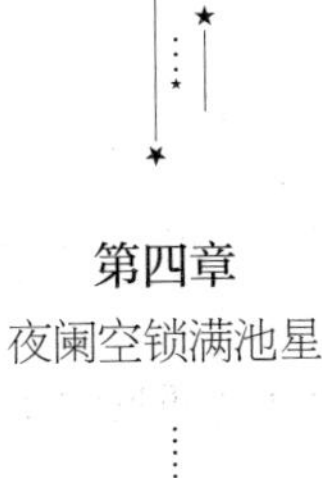

第四章

夜阑空锁满池星

晚上九点钟的洛宅依旧灯火通明，毕竟已经是二十二岁的大人了，洛城和白相宜并没觉得洛棠是那种没有脑子大半夜去危险的地方瞎逛的人。

但显然，有一个人不这么想。

“你真是长本事了啊洛棠，”洛棠一进门就看见坐在沙发上一脸阴沉的洛舟，用动听的声音说着刻薄的话，“就你这样被人卖了还得帮着数钱，有什么胆量九点不回家还不打个电话回来？”

洛棠：“……”

接下来五分钟，双方就着洛棠的智商和情商展开了一场世纪大吵，把正在厨房跟“皇后”卿卿我我的洛城都给吵出来了。

最近在尝试着下厨，戴着围裙的洛城“哎呀呀”地做和事佬。“你别跟你哥吵了，他从吃了晚饭开始就特暴躁。你刚才有两个电话没接，给他急得差点儿要出去找你，”洛城指了指沙发，“你看，他外套都拿出来了。”

洛棠瞪了洛舟一眼：“那你不好好说话！你看看你一进门就怼我！”

洛舟“哼”了一声：“谁要去找你了，我就是衣服皱了拿出来晾晾。”说完，长腿迈开，径直上楼。

“……”

“棠棠，”洛城对自家太子最近也很是不理解，“自从你要去演戏，你哥就这样了，别往心里去，他就是作。我那回还看见他投诉骂你的评论呢！”

洛棠心道：我也看见了。

她也准备回房间：“爸，跟我妈继续吧，我上楼了。”

“好嘞！”洛城一头扎回厨房，给“皇后”研究夜宵。

洛棠那点儿感伤被洛舟的冷嘲热讽搞得一干二净了，但他这死傲娇从小到人都这样，她也不往心里去。

洛棠翻了翻自己的手机，今天去苏延家照了几十张他睡着的照片，还有几十张他做饭的背影。她正美滋滋地看着自己的成果，手机上方跳出来程橙的微信。

程橙：“你这是什么体质？姐姐我服了您了。”

收到消息，好像自己做了什么坏事儿一样，满头疑问的洛棠从卧室里的小贵妃椅上惊坐起，啪啪打字回复：“我怎么了？我不是去了趟巴黎吗？我下午才回到这儿，连剧组都没回呢！”

程橙：“不是那件事儿，是剧组剪的一个类似花絮的东西，今天官方微博放出来了……唉，我盛世美颜的‘公主殿下’，我答应了‘陛下’不能让您火，可您的美貌怎么藏啊……”

今天是周日没错，也是播出日，现在距离播完新的一集才过去了二十分钟不到。

怎么就上热搜了？

洛棠一脸蒙地打开微博，热搜榜上前三赫然有两个与我们的《我们的年少时光》相关，“我们的年少时光 Vlog”“苏延”。剩下的那个就是她，“洛小棠施音”排在第十。

她略过了前两个，点进去洛小棠的那条，最先显示的是一个私服穿搭博主发的微博，大概内容还是给大家科普“洛小棠”的私服。

“私服穿搭科普：天啦，宝贝们，我回不过来了……别再问我了，统一说一下，视频里洛小棠那套私服的半裙看不出来，衬衫和绑带鞋都是比利时的 D 名牌，一会儿我找到官网的图给你们贴出来。（我个人特喜欢这个牌子，他们家有几季的秀超好看、超仙，我准备哪天做个集锦！）然后下面的图是视频里洛小棠的截图哟！”

这什么玩意儿？洛棠全程看下来都一头雾水，放大了看那张图片，的确是她没错，背景是从校园别门进剧组的路上。洛棠看了半天，直接打电话给程橙，等那边接通了之后一脸蒙地问：“橙子，我有点儿不懂，这视频是什么？什么时候的事儿啊？”

“就你那次不是还跟我感慨说，感觉有天开始，身边突然多了很多镜头，也不知道究竟在拍什么。”程橙有气无力地解释道，“那不是拍花絮，是拍这玩意儿，演员的剧组日常视频嘛……吸引眼球的。”

当初《我们的年少时光》剧组想要最大程度上还原原作的人物形象，但洛小棠这位纯新人能够引起那么大的讨论度，的的确确令他们十分惊讶。

《我们的年少时光》宣传组当即出了一个新方案，拍摄演员们在剧组里的日常视频。成果便是程橙刚才发给洛棠看的视频。

洛棠头疼地点进官方微博，开始观看时长 25 分钟的第一期视频。

剧组在拍日常，她一直知道，但洛棠当时以为是在录花絮一类，每当发现镜头的时候也会配合地笑一笑，不占太长时间，很快就会知趣地躲开让别人入镜。

万万没想到，这些琐碎日常是用生活视频的形式剪辑放出的。

剧组并没有偏心谁，基本上在剧里出现频繁的人物都有镜头，时间长短也差不多。最开头是每个人一早进剧组的混剪，大家或者没注意到拍摄的人，注意到的也会打个哈哈摆摆手打声招呼。

因为每天到了剧组都会化妆，不光洛棠，基本上大家都是素颜上镜。但后期处理得很好，应该是拍了一周，找了每个人某天最好的状态给剪到了一起。也有一些是和大家疯狂大笑的场面。

官方微博这边反响也十分不错。

“这个世界为什么有能把黑白穿得这么好看的男人！”

前面许多都是关于苏延的夸赞之言，反正洛棠正在用自己心爱的 ID，啥也不怕，顶着“我要嫁苏延”咔咔给他们点赞。偶尔，洛棠还能看到一些陌生人对自己的夸奖，比如——

“天啦，洛小棠这身也太好看了吧？！她化没化妆？她怎么这么白？简直比别人白了一个度！羡慕呀……”

但继续往下看，没多久，她便刷到了一些不好的声音，还带着自己的大名。

“那个洛小棠真的好奇怪啊……怎么三四个星期了，总能看到夸她的？”

后面还有更多难听的话，但不知道为什么，看到这儿，洛棠居然生出了一种“终于见到你们啦”的感觉。

又刷了刷，她算是看明白了，这回被讨论起来主要的原动力，就是大家赞美“施音”的颜值和洛小棠视频里的那身常服。另一方面，就是每次都要质疑她炒作的那群人给贡献的话题。

洛棠发现自己现在心态是真的无所谓。除了看着有人夸还会激动开心一下，看见内涵她的言论，其实还不如看见骂苏延让她生气。

洛棠看了看时间，从她回房间到刷完微博已经差不多半个小时。

她退了微博，打开微信，找到苏延的聊天框开始打字：“你到家了吗？”

那边隔了五秒钟回复：“在电梯里了。”

洛棠一下子就笑了，发自内心的那种，仿佛能想象得到他靠在电梯里看手机的样子，眼睫毛低低地垂着，在白皙的皮肤上投下一片阴影。

仅仅是收到他的回复，就能够轻而易举打败所有的不开心。

洛棠哼着歌去浴室放水，满了之后，她挑了个牛奶玫瑰味儿的浴球扔进浴缸里，继续跟苏延聊天。就这么断断续续地聊到十一点，洛棠催他去睡觉。两人互道晚安之后，她又像中邪一样给他发了条语音：“苏延，你能用语音跟我说晚安吗？”

那边却迟迟没回。

洛棠又等了一会儿，等来的居然是……视频电话。

鲤鱼打挺一般，她今晚第二次惊坐起，快速整了整头发，又低头看了一眼，身上的睡衣也美美的，这才拿起手机接了电话。

苏延的睡衣其实就是 T 恤，成熟的男人可能都这样吧，哪像洛舟，睡衣都成套成套的，闷骚得很。他看起来不像是太困的样子，靠着他房间的床头，神情很放松。

“你……”虽然很紧张，但洛棠还是先发制人道，“你干吗打电话？”

“你不是说语音吗？”

“我那……”洛棠本来想解释，我那是想让你发语音消息。但……视频电话比起语音消息，那简直是上升了八十八层台阶的进步啊！

她改口：“但我没想过你直接打了视频嘛！”

说完，洛棠又小声加了一句：“谁知道你还视频上瘾了……”做贼一样，生怕谁听见。

看反应，苏延果然没听见。他异常淡定地说：“点错了。”

洛棠点点头：“哦。”她也不是没点错过，正常。

苏延微微坐直了一点儿，突然语气很认真地问：“为什么要我发语音说晚安？”

“就是，这种……”洛棠咬了咬嘴唇，有些不知道怎么表达，“是一种属于粉丝的幸福。”

果然，苏延像看小傻子一样看着她。

洛棠据理力争：“真的，你不懂这种幸福感！”

“我不是说过了我看过你所有的电影，是你的粉丝吗？”洛棠郑重其事地看着苏延，一字一顿地解释，“我的愿望，也都和你相关呀！”

闻言，镜头那边的人像是一愣，眼睛里划过一道意味不明的光。

苏延顿了顿，开口：“比如，什么愿望。”

洛棠没注意这些细微的变化，回答道：“嗯？那可就多啦！比如跟你吃饭，加你的微信，去你家做客，听你说‘晚安’，跟你互关……”眼看着越说越多，洛棠及时停了下来，总结道，“虽然都是一些小事，但都是我的愿望。”

洛棠看起来面不改色，心里却暗暗想道：幸亏没再继续往下说，不然万一脱口而出一些不得了的想法可怎么办啊？

看着视频里对方十分漂亮的锁骨和脖颈，洛棠的嗓子莫名发干。她刚咽了口口水，就听到苏延有些疑惑的声音。

“所以你现在都有了，除了……微博互关？”苏延顿了一下，手机屏幕晃动，抬眼看着她，“要吗？”

洛棠傻眼了：“你这是在问我，现在要不要微博互关？”

苏延不置可否：“你刚刚不是说了吗？”

关注不过百而被关注人数足足好几位数的苏延！要跟她互关！！天知道洛棠费了多大的劲儿才没吼出那句“来啊”。

虽然很想，但洛棠也不傻。今晚刚被大肆讨论一番，这要是互关，会有多少关心着苏延动向的人冒出来说三道四。

“还是不了……”洛棠努力拉回自己的理智，“你还记得，你列表里有关注过几个女明星吗？”

苏延想了想：“都是合作过的，不太记得了。”

“只有四个女性呦，”洛棠伸出四根手指，“其中俩还是知名编剧，另外两个都是有名有姓拿过奖的。”而且一个影后、一个视后。

苏延靠回床头，也没有问她怎么把他的关注记得这么清楚，似笑非笑地微微挑了一下眉：“所以？”

“所以啊所以！你怎么会关注我这种剧组里的女三号呢？”洛棠睁大眼睛看着他，漆黑的瞳仁格外晶亮，清脆好听的少女音回荡在房内，掷地有声，“洛小棠怎么能让你关注呢？！”

苏延：“……”

互关的事就被洛棠这么给糊弄过去，不了了之。因为时间太晚，没说两句她就催着苏延挂了电话。临睡前洛棠还在想，其实她没告诉他，从第一天注册了这个微博开始，他的账号就已经躺在她的悄悄关注列表里了。

次日，《我们的年少时光》剧组很热闹。大家对于 Vlog 的事十分热情，而且因为苏延前一天的因病缺席，谁都没想到他第二天就跟没事人一样回了剧组。

苏延接受了一番众人的嘘寒问暖，尤其是他的头号迷弟肖迎，抱着苏延的胳膊就不松开了。

一直到苏延去换衣服，洛棠看见肖迎极为夸张地道：“那天苏神拍完那场雨中的戏，我是真的觉得他好帅啊！”他转头：“洛小棠，那天你不在吧？你没看到苏神打架揍人的时候有多帅！真的不是我吹，拳王再世啊！！”

比这个？洛棠不甘示弱：“我当然见过啦！”

肖迎愣了：“你在哪儿见过的？还没播出啊？”

“……”是在你苏神的高中时代。

而且说起来，苏延打架还是为了她，那可比拍戏的时候帅多了好吗？

洛棠知道自己说漏了嘴，不慌不忙地把锅扣在程橙头上：“哦，程橙给我录像来着。”

闻言，肖迎像是他自己被录下来了一样，颇为骄傲。他用一副“大家都是一家人”的样子看着她，了然道：“果然啊。”

虽然是周播剧，但剧组进程是要比播出进度快的，毕竟先拍出来总归不会有坏处，可以留出足够的时间进行修整和剪辑。现在拍摄进度已经过半，下一镜就要轮到洛棠跟梁子月，两人坐在阴凉地儿的长椅上看着不远处正在拍戏的苏延，有一搭没一搭地聊着。

“对了，我突然想起一个事儿。”梁子月拍了她一下，用了一副神秘兮兮的口吻道，“有个咖要进圈儿了，还是背景很给劲的那种。”

背景很给劲？

背景大户洛棠突然背后一凉。

“哈哈。”洛棠决定先发制人，干笑，“你不会又要说洛城的女儿吧？啊哈哈哈哈哈哈……”

“……你别笑了，你笑得好假。”梁子月翻了个白眼，“没‘洛公主’那么夸张啦！不过，跟洛家还真有点儿关系。”

洛棠这回惊讶了：“跟洛家有什么关系？”

“俞星颜，你知道吗？”

听到这个名字，洛棠一愣，还没来得及回答，梁子月就撇撇嘴：“啧啧啧，一看你就不知道。”梁子月吧吧地跟她介绍：“她是洛家二少的养女，就是那个洛老爷子的小儿子洛祁家的，据说还挺受宠？”

梁子月接着絮叨：“反正跟洛家沾边，养女不养女的，都来头不小。这不，一来就奔着大制作。”

“什么大制作？”

“《御剑行》啊，就我上周跟你说苏神在考虑男主的那部古装，也不知道这个俞星颜会空降个女儿号。”

俞星颜的确是洛棠叔叔的养女，也是她堂姐。她们从小一起长大，熟悉得不能再熟悉了。但她是学编导专业的，为什么突然进娱乐圈演戏？而且一来就选了这部？

洛棠愣神的时候，梁子月突然提起昨晚的热搜。“对了，我昨晚看到不少骂你的评论，都……”她尴尬地拨了拨长发，“都顶着我的头像。”顿了顿，她接着说：“而且我昨天大概搜了搜，不知道从什么时候开始，我的粉丝好像都觉得我跟你不合？”

洛棠没想到她这么直接地提出来：“好像是……”

梁子月眨眨眼：“没事儿，我们发张自拍合照就解决了。”

“……啊？”

“姐妹情深嘛，直接展示给大家看啊！”

梁子月说来就来，打开手机软件一把搂住她的肩膀，洛棠连忙找到她自拍相机的镜头，笑了一下。

“咔嚓”，梁子月把举起的手放下来，两人头对头一起看了半天，梁子月说：“这张挺好，但是我哪儿怪怪的？”

洛棠没看出来：“哪里怪？”

“好像大小眼了？”梁子月打开美图秀秀，“不行，我修一下。”

五分钟后，梁子月把手机递到她面前：“到你了。”

洛棠一脸蒙：“到我什么？”

“到你修了啊！”梁子月睁大眼，“开玩笑，我可不是那种把自己修美让姐妹独自一人丑的女人啊！要修就大家一起修！”

“……”这么仗义的吗？

洛棠于是接过手机。

其实她一直以来都是用滤镜调一下照片颜色就算是修图了，这类软件真的没怎么用过，洛棠象征性地戳了两下屏幕就还给了梁子月：“喏，修完了。”

梁子月仔细端详了一会儿这张照片，看着洛棠明显没有动过的脸，末了，咬了咬牙：“好，我懂了，其实是我自己一人丑。”

洛棠：“……”

梁子月的外表是那种气质型美女，很符合这部剧女主的形象，但她本人其实是个急性子。保存好修过的照片之后，洛棠就看她迅速编辑了条微博，嘴里催促着：“你还没关注我吧？你关注我，再转发我这条微博，咱们就盖章了。”

洛棠“哦”了一声，她搜到梁子月的账号点了关注，而后看到了她刚刚更新的微博。

“@梁子月：论有一个不需要修图都比你美的姐妹是种什么体验。@洛小棠 tang”

短短两分钟，下面评论已经破百。

“啊啊啊！两个仙女！！！”

“月月跟洛小棠是姐妹？？？”

“月月对不起，我骂过你的姐妹……”

“……惊了，月月跟洛小棠居然是姐妹……我这就去关注一波。”

“我的妈，洛小棠笑得好软啊，好想捏脸！月月这张也好看！仙女都是跟仙女做朋友的，呜呜呜！”

洛棠紧跟着转发，她粉丝是梁子月的几十分之一，但评论区也是一片和谐，两人涨粉速度都挺快的。

“好啦！”梁子月很满意，“我觉得我这边不会再有什么粉丝说你了。以前不知道你是家人的时候，看到我的粉丝顶着我头像说你，我就觉得有点儿不太舒服，但也没什么办法……”梁子月突然加重了语气，“但现在可不行了！现在咱们是姐妹！那我肯定不能让我的粉丝再吐槽你！”

你跟我在剧里是情敌，你演的角色抢了我的风头，这都没关系。只要你也喜欢我喜欢的人，那我们就是好姐妹。

洛棠很服气，做了个抱拳的手势。

梁子月跟洛小棠这对儿姐妹花的自拍照发出之后，两人时不时会在微博上提到对方。这种现象在接下来的一周里对月粉的冲击十分大。

什么？这是什么魔幻转折？说好的剧组内不合、剧组外扯头花内涵对方、化妆间斗嘴呢？我们一直以来内涵的洛小棠是月月的姐妹？你在逗我？？？

看客的心里全是问号，但是人家二位都表明姐妹情深了，她们总不能再说别的。

于是月粉们纷纷一副“你开心就好”的模样，接受了这个现实。洛小棠相关新闻下面质疑她的人一下子少了一大批，剩下的那些翻都翻不到，一派太平。

苏延最后终于确定要出演《御剑行》，官方还没有公布，但这是他亲口说的。洛棠觉得这是意料之中，但还是忍不住感慨：“一部接一部的，你都不累吗？其实休息一下也好呀……”

苏延喝了口水，语气很淡：“这部剧就挺轻松的。”言下之意，拍这部校园剧也是一种休息了。

洛棠长长地叹了口气。

作为粉丝就是这样吧，最想看见的是那个人在世人眼下发光发热，看着他被越来越多的人喜欢，看着他梦想实现，但又会心疼他繁重的工作，心疼他因为越来越多的事务眼下染上青色。

可这本身就是相互矛盾的。

苏延看着小姑娘皱着眉十分苦恼的样子，忍不住笑了一下。

两人站在教室外的走廊，洛棠转头，趴在栏杆上看着站在一边被阳光洒满一身的大帅哥。

“苏延……”洛棠语气哀怨，尾音拖得长长的，“我已经好久没有和你对过对手戏了啊……”

真的好久了！

因为——在剧本里，男主顾誉真的是太不在乎施音了！

连续这两周播出的剧集里面，施音都没能跟顾誉有什么正面交锋，网上的“音誉”粉也是呼天抢地，纷纷道“我做好了被骂的准备，没想到没被骂，粮先断了”“呜呜呜，官方不给素材，只能啃以前的老粮勉强维持生活了”。

洛棠现在甚至觉得她连挨顾誉的骂都可以接受，只要让她跟苏延有机会对戏！

“很快了，”苏延想了想，“我记得明天就有，你看下剧本。”

刚说完这句，他就被副导点到名字叫走，要准备下一镜。

洛棠瞪大眼睛，瞬间满血复活，也没再待在走廊，立刻去化妆间把自己的剧本拿到手里开始翻。

能跟苏延对戏，连生活都有了盼头！

…………

晚上七点。洛棠结束了今日份打酱油的戏份，赶到换衣间里换上自己早晨带过来的战袍，是某品牌新一季高定及膝连衣裙，她钟爱的仙气纱质裙摆。

洛棠在试衣间照了照镜子，看大家都还在忙着卸妆，趁着没什么人注意悄悄溜了。

出校门的路上，她给程橙打了个电话汇报。

“……对，我哥的一个朋友。认识好多年了，也算是我哥了，他今天在Star Bar开生日趴（派对），那我肯定得去嘛！”洛棠深呼吸了一下，“你看我！一回来就专心工作，我都多久没玩过了！”

“是是是，”程橙笑得不行，“那今晚，‘公主殿下’要穿着小裙裙去玩咯！”

眼看快到校门口，洛棠便没再闲聊，挂了电话之后又往前走了几步。门外停着好几辆各家明星的保姆车，洛棠一眼就认出苏延那辆。

车外立着一个人，微微垂着头，像是在等谁。

夜色笼罩的校门口，高挑清瘦的剪影辨识度一百分。

洛棠见到这人，高跟鞋也不影响她的速度，嗒嗒嗒跑过去，蹦到他面前挥了一下手，腕上的定制手链发出细微的金属声响。

苏延抬头的一瞬间，微微愣了一下。

小姑娘一身带着细闪的吊带纱裙，肩膀白皙幼嫩，四肢纤细，头发自然地散着，像是夜间突然跳出来的精灵。

“苏延、苏延！”她叠声叫他，脸上的神情十分惊喜，清甜的声音飘到人耳朵里，“你怎么在这里呀？”

尾音带着一点点不易察觉的撒娇意味，勾得人心里发痒。

苏延喉结滚了滚，咽下原本要说的话：“你……换衣服了？”

“嗯哼！”洛棠真是很久没穿自己的战袍了，再加上遇到了苏延，简直是十二分的开心。她原地转了个圈儿，笑嘻嘻地歪了一下头：“怎么样，好看吗？”

少女的杏眼亮晶晶，笑起来尤为耀眼，特别乖地等着他的回答，就差举个牌子，上面写着：求夸。

苏延喉咙发干，短促地“嗯”了声，随后清了清嗓子：“……你现在要去哪儿？”

“啊？我啊……”洛棠脑子里还在循环程橙的魔音，满脑子都是最后挂电话时程橙唱着的“浪里个浪”洗脑神曲。

于是苏延一问，她下意识抬高音调：“现在要去浪！”

洛棠一开始没觉得自己说了什么不得了的话，直到她观察到苏延脸上本来十分柔和的面部线条一点一点地变了，洛棠这才莫名心虚。她张了张嘴，一时间不知道该找个什么样的理由来搪塞。

面前的苏延微微眯起眼，在夜色笼罩下，他这个样子显得格外诱人：“去哪儿浪？”

洛棠实话实说：“……其实就是我一个哥哥的生日……”

苏延沉默了会儿：“嗯，你去吧，我也回去了。”

他说这话的时候没什么表情，也并没有掺杂什么情绪。

洛棠松了口气，她又摆摆手，手腕叮叮当当的：“那我先走啦！你路上小心！明天见！”

看了她一眼，苏延扯了扯嘴角：“嗯，明天见。”

Star Bar 虽然是叫作星吧，却完全跟酒吧挂不上钩。作为 C 市顶级私人会所，Star Bar 坐落于市中心最繁华的地段，外观却十分低调，大有一种大隐隐于市的意思。

晚上八点。

洛棠一进门，就听见齐刷刷的“洛小姐”，她笑着点了点头，跟着带路的侍者七拐八拐到了包厢。

今天的寿星是洛舟的发小，也算是看着洛棠长大的哥哥，安家的大公子安珩。

洛棠最先看到寿星，她从小就嘴甜，说完“安珩哥生日快乐”，后面又跟了一大串福如东海、寿比南山的祝福，包厢内众人纷纷笑起来。

洛棠跟其余几人依次打过招呼，最后扫了一眼靠在沙发上喝酒的男人：衬衫敞开两个扣子，高脚杯拿在手里，十分霸道总裁。

大概一个小时前，洛棠拒绝了洛舟要来剧组接她的提议，说自己有“陛下”给安排的保姆车，直接去就行。所以这人这会儿看见她，连招呼都不打一个。

谁能想象得到这么一副皮囊下面住着一个多么幼稚的灵魂呢？

注意到她的视线，安珩笑着拉开一把椅子：“棠棠来这儿坐，别理你哥，他一会儿自己就好了。”

洛棠正要反驳，敲门声骤而响起。

“嗯？”洛棠疑惑，“还有人没到吗？”

洛舟今晚第一次跟她讲话，拖着声调：“对，你姐，俞星颜。”

…………

在场的都是熟人，而且这帮子人，也不会逮着一个人就去唠叨“你知道那个洛小棠其实就是洛城的女儿吗”。人家化名还看不出意图，那就是傻子，所以大家连说都不用说。

这包厢一共才不到十个人，排座的时候，洛棠有意避开俞星颜，却没承想在这个小型聚会结束后的包厢外跟她正面遇上。

俞星颜挽着她的胳膊往外走，叫她叫得很亲昵：“棠棠，你学了这么多年设计，现在怎么样了？”

“没怎么样，不过认识了一个法国朋友，一起合作了个牌子，但是不太出名，我就不说啦！”

俞星颜倏地笑了：“出不出名，你不都去拍戏了吗？”

“而且，”她凑近了点儿，低声道，“你是看到苏延才去的吧！”

洛棠没搭话，听着身边的人继续说着。“你知道《御剑行》已经开始选角了吗？”俞星颜笑得很温柔，“男主据说是苏延哟！”

洛棠终于转过头：“星颜姐，你不会想说，你入圈的第一部戏就是《御剑行》吧？”

“为什么不会？”

前面就是门口，已经有好几个侍者为她们拉开门。洛棠停住脚步，看着女孩漂亮的脸，几乎都有些不认识她了。

“星颜姐，”她说，“我不知道你到底为什么要来演戏，不过，不管你因为什么，今晚我把话放在这儿说开了。”

“你从小到大，衣服、发型、穿着打扮、说话口气，什么都喜欢跟我一样，那些我都不在乎。路人甲这么做，我都不会在乎，更别提你是我姐姐。”

洛棠的脸被灯光一打，美得惊心动魄。她扬着下巴尖，一字一顿道：“但是苏延，绝对不行。”

说完，她抽走自己的胳膊，转身，带着细闪的精致裙摆在夜色里涌动着暗暗的流光。

看着少女远去的纤细背影，俞星颜面上的笑意早消失不见。

前一天洛棠看了剧本，本以为今天终于等来了跟苏延对戏的日子。谁知到了剧组，陈导突然下发通知：“刚才我收到消息啊，咱们这个月同时间段收视率破 2。这是好事儿，所以为了庆祝，今晚提前收工，来一顿庆功宴。”

剧组里一片欢呼喝彩声，在已经几个月没有大爆剧的情况下，收视率破 2 已经是极好的成绩了。

下午四点，剧组就早早收工。陈导点名了剧组里演员、副导等都得去，各位经纪人、助理、摄像、化妆师则是自愿参与。最后大部队也才二十来个人，三四个人坐一辆保姆车，足够。

仿佛是要补偿她的对手戏被截断一般，洛棠居然分配到跟苏延在最后一车——而且程橙今天生理痛没来上班，苏延的助理小王也一天没露过面。

天赐良缘！

洛棠一上车就兴奋了，叽叽喳喳说个不停。前面司机寻思着，这些小女明星怎么看到苏延就成了这样，人家苏神出了名的不近女色好吗？

直到红绿灯时，他从后视镜里瞄到不仅没有不耐烦，反而略带笑意有点儿享受的苏神。

司机一脸疑惑。

是我记错了？还是您中招了？

苏延听着洛棠从今天中午的饭菜讲起，一直到刚才上车前他们结束的最后一镜："苏延、苏延，你知道吗？这段剧情改编了，原著不是这样的。"

顾誉在剧中是一个很神秘的男孩，现在剧情过去大半，他身上的秘密也是吊胃口的一个点。就在刚才那镜里，女主齐月第一次主动问起男主身上的秘密，苏延在教室里对着齐月说："你什么时候做试卷快过我，我就告诉你。"

苏延只研究剧本，完全不了解原著，他顿了顿，很给面子地问："原著是什么？"

"原著男主其实不是个高冷男神吧，或者说，他好像在别人面前是高冷男神，在女主面前就变得特别——"洛棠顿了顿，像是怕司机听见，手放在嘴边小声道，"他其实就是闷骚。"

苏延额角一跳："……是吗？"

"是啊是啊！这是他粉丝给他的评价，还说他是嘴炮王什么的。"洛棠兴致勃勃地介绍，"今天演的这段，原小说里，他说的是'亲一口，全告诉你'，下一句更……"

苏延蓦地一愣。车内的空间有限，他转过头，恰好对上少女灵动的双眼，不间断地说话让她的双靥都染上了淡淡的粉。

他听到自己问："什么……更？"

洛棠张了张嘴，又好像带着点儿顾虑地闭上了，再次想要出声的时候，司机已经稳稳停靠在一边。

到了。

苏延没能听到闷骚的顾誉原本的第二句台词，耳边却循环播放着女孩刚才轻轻软软的那声——亲一口，全告诉你。

跟着众人进陈导订好的酒店，洛棠没注意到苏延的侧脸莫名闪过一丝诡异的红晕。

…………

一个小时后。

洛棠以为自己经历过不少劝酒的场合，但此时此刻，她发现这回的才是最难拒绝的一次。先是当初通知她去开机宴态度不好被程橙吐槽的副导李希，他举起酒杯道：“洛小棠，虽然我不知道为什么试镜那天你那么傲，但是后来我发现你真是挺好一小姑娘，长得更是绝了，”他夸大其词，“我第一次见你就觉着你绝对能火！来！干！”

肖迎：“为了共同的偶像！干！”

梁子月：“塑料姐妹花！干！”

陈导：“为了收视！干！”

…………

算下来，苏延是这晚被灌了最多酒的人，但他酒量很好，没怎么醉。他看向跟他离了老远的洛棠，头都埋在桌子上起不来了。跟她身边的梁子月醉成了一个德行，头碰头趴在桌子上，活似夫妻对拜。

每次聚餐，自然是不醉的把醉的送回家。苏延领了洛棠，让洛棠的司机开车，陈导依照着这个模式挨个先把女演员给安排明白。

苏延去捞洛棠的时候，没人注意力在他们这边。他从来没接触过喝醉后的她，看见她倒头就睡，也心安了一些。谁知刚扶起她的肩膀，洛棠一瞬间睁开了眼。

“苏延！”她的眼神居然还是清明的，仰着脸冲他笑得格外好看，“你终于来找我啦！”

这句话让苏延一愣。

随后，她又颇为苦恼地道：“为什么今天也没拍对手戏呀？”

“什么？”

小姑娘扶着桌子站起来，但是站不稳，直直地往他身上倒。苏延的手搭在她的腰间，明显感到她浑身都软乎乎的。

“我等了一整天——”她伸出一根手指，又颓然地把手垂下，十分伤感，

“为什么到最后，跑来喝酒了呢？”

苏延失笑，随后搂着她的肩把人往外带：“走，回家了。”

苏延刚带她出了包厢门，洛棠就像是某根神经苏醒了一样。

这段通往地下停车场的路是陈导吩咐过的，不会有别人经过，整个走廊很空旷。洛棠咋咋呼呼地叫他：“苏延、苏延！”明明软得像一摊泥一样，却还伸手去揪他的头发，“我要骑大马！”

苏延额角狠狠一跳：“你要什么？”

“嘿嘿……”小姑娘突然咧嘴一笑，小白牙整整齐齐地露出来，格外可爱，“我开玩笑哒！我才不舍得骑你呢！”

那真是谢谢你不骑之恩。

她整个人都贴在他身上，眼看着越来越难缠，苏延本想打横把她抱起来，洛棠却脚底生了根一样死死粘在地上，拔都拔不动。

他只能继续连抱带拖地把她往电梯里带。

“苏延、苏延！”

怀里的小姑娘不安分地拱来拱去，苏延也刚喝完酒，被她拱得浑身发热，没好气地“嗯”了一声。

随后，脸颊传来一块小巧细腻的柔软的触感。

“你怎么长得这么好看呀！”她眨眨眼，戳着他的脸，“你从小到大都长得好好看呀！”

洛棠喝醉后的声音格外甜腻，无时无刻不像是在撒娇。他被糖衣炮弹冲昏了头脑，还没反应过来，洛棠又趴在他肩上，喃喃道：“苏延，这么多年，你想我吗？”

缓速移动的两人蓦地停住。

苏延垂眸，盯着怀里朦朦胧胧的眸子。

想她吗？

跟她有关的时光，那曾是他人生最有希望的时候，也是最能看得到光的时候。

这么一个鲜活可爱的小姑娘，怎么可能不想？

小姑娘已经长大了，喝醉后的她却好像比以前幼稚得多，不依不饶：“你说啊，你想我吗？”

“你不说话……”洛棠打了个嗝，指着他，“你不说话是吗？好。”

“没关系，我知道你闷骚，我知道！”小姑娘突然揪着他的衣领，把他整个人推到了走廊的墙壁上，发出“咚”的一声巨响。

随后她大声道：“你肯定是想死我了！但你不会说的！”她原本似乎是想要做出恶狠狠的声音，一出口，却依然软软糯糯。

苏延有些头疼，还没等人站直，洛棠突然间像是被摁到了某个开关一样，手“啪叽”怼在了他背后的墙壁上。

苏延看着她认真的样子。

……没记错的话，这个动作好像叫壁咚。

洛棠没完没了，在壁咚之后，一手摁住他的肩膀，另外一只胳膊突然自下而上，细白的指尖捏住了他的下巴。

苏延一愣。

“呀，”她眯着眼笑，“你不是想知道我的秘密吗？”

什么秘密？

少女身上的奶味混着花香的气息不断地钻到鼻腔里，像是有意撩拨一样，她眼角眉梢都带着平时没有的媚意。

不等他答，洛棠挑了挑秀气的眉：“亲一口，全告诉你。”

苏延：“……”怎么回事？这不是顾誉的原著台词吗？

但之前在车上她只说了这一句，后一句没来得及告诉他，现在……好像有点儿要接着往下演的意思。

洛棠越过身高差壁咚了他，又仿佛有戏瘾一般，往上抬了抬他的下巴，十足的挑逗姿势。而后少女音字正腔圆、吐字清晰——

“嫁给我，命都给你。”

苏延：“……”

头疼，头特别疼。

洛棠还没睁眼的时候，满脑子就一个想法——她一定是半夜被人拖走给揍成脑震荡了。

但当她缓了一阵勉强撑开眼皮，视线最先触及纹路繁复的天花板以及艺术品一样的水晶灯，眼熟得很。

这是她的房间，不是在医院啊？

“嘶……”洛棠一边摁着太阳穴一边撑着上身坐起来，嘴里嘀咕，“我这头到底是——”

说到一半，骤然停住。某些片段像走马灯一样在眼前过了一遍。

她揪着苏延的头发说：“我要骑大马……”

她揪着苏延的领子说：“我知道你闷骚，你想死我也不会说出口的……”

她还说、说了顾誉那个闷骚男主的台词。

亲一口，全告诉你。

嫁……

天啊！嫁什么嫁？！

这是什么？！她干了什么？！

没有太多时间用来懊悔，洛棠迅速爬起来修正好心态，拍了拍心脏，掏出手机打开微信。几十条未读消息，好多都是程橙发来的，说陈导自己也喝得头疼，剧组进度不赶，大家今天休息一天。

洛棠粗略地扫了一眼就切了出来。

现在这些都无所谓！都靠边站！

她迅速打开跟苏延的对话框，手指快速编辑文字，点击发送的那瞬间，整个人像炮弹一样砸回被子里。

“啊啊啊，我要死啊啊——”

门外正准备叫“公主殿下”吃午餐的用人被吓了一大跳，想了想，敲门的手又缩回去了。

…………

洛棠：“苏延！你醒了吗？昨天真是谢谢你啦！我也不知道我不小心喝成那样……”

洛棠：“你不知道吧，我这人喝酒断片，我完全不记得有没有对你做什么过分的事，呜呜呜……有的话我道个歉，你不要跟我计较哈！”

苏延刚醒不久，洗完澡出来，就看见手机多了两条未读消息。理由、道歉态度都无可挑剔。

时间显示她刚发过来两分钟。

昨晚的一切都还历历在目，最后把她送回家着实费了好大一番功夫。

苏延扯了扯唇角，打字：“你做的事，是挺过分的。”

这话发过去，那边隔了三分钟才给了回应。

洛棠：“……”

洛棠：“我喝酒断片，真的！你千万不要放在心上，不要跟我计较啊！”

苏延坐在床边看完，久久没动，不由自主地回忆起这一个月来，她在不同场景下，说过的类似的话语。

——我没截图，真的。

——那个口红印其实是印章，绝对不是我自己的，真的。

——我来的时候你都脱完了，我什么都没看到。

包括现在的。

——我喝酒断片，真的。

苏延看着她后续发来一个接一个的显得尤为欲盖弥彰的表情包，捏着鼻梁轻哂了一声。

明希中学门口。

洛棠已经自我催眠了一整天，心情颇好地挨个儿跟剧组人员打招呼，遇到已经换上校服的苏延，她也没卡壳儿。

毕竟，一个失忆的人能有什么心理负担呢？不存在的。

作为一个周播剧，《我们的年少时光》的优势在于能根据网友们的反响做出调整，把他们喜欢看的突出，把他们不感兴趣的缩短。

电视上是看不出具体的反响的，但彩虹台官网上看直播的弹幕上还是很直观的。

剧组发现每次施音出场，不管是去找碴儿还是作为背景板，大家的评论重合度很高，几乎是“这公主范太赞了，演是演不出的”“我太喜欢施音小姐姐了”之类的言论。

女三号演员超出预料地受欢迎，于是有意无意地，剧组会偶尔增加一些洛小棠的台词，到她的戏份，与别的配角不同，尽量拍完整镜头，争取把施音的形象塑造得更立体一点儿。

下午的时候，洛棠有两场亮相戏份。不是那种一晃而过的写作业镜头，也不是小姐妹们捧她臭脚的浮夸镜头。

剧本里，女主齐月想要学校每年冬天下发给各年级第一的奖学金。

齐月虽然也是个学霸，但她不如顾誉，顾誉在校外了解了她的家庭经济状况，所以这两位学霸的故事大概就是“我亲自帮你超越我自己”的这么个路线。

施音现在终于知道了顾誉究竟为什么会同意跟齐月同桌，并且天天放学还留下帮她补习。

施大小姐既然知道了，那肯定要开始——作啊！

这是节体育课，各方就位之后，洛棠走向不远处在树荫下边乘凉边看书的梁子月。她步子迈得慢悠悠的，下巴微抬，被改造过的校服都被她穿出了别样的气质。

一路跟着洛棠的摄像心道，这集出了之后，估计又是一个颇受网友喜爱的施公主角度，能拿去做动图表情包的那种。

洛棠停在梁子月面前，镜头拉近。

她道：“喂。”

齐月客客气气地把书合上，抬头：“施音，有事吗？”

施音挑眉：“当然有。”

施音作死向来直奔主题：“我知道咱们学校财大气粗，一个奖学金也能设成八千块。”

“但——齐月，实话告诉你吧，我爸更财大气粗，他每年资助贫困生的钱不知道比这多了多少倍。”

齐月愣了愣：“所以呢？你找我是想做什么？”

“我没想要什么，”施音挑眉，“我是想给你点儿什么。”

“……”

“你缺奖学金，那我给你双倍奖学金，只要你别再整天缠着顾誉，也别再当他同桌，离他远点儿、自觉点儿就行，”施音眯着眼凑近齐月，笑了，“喂，你觉得怎么样啊？”

梁子月看着近距离的洛小棠，突然间就有些走神。

妆容原因，女孩的五官格外明艳动人，气势高高在上，可明明坏得这么明目张胆，却让人难以生出讨厌她的心思。

不是，这脸太有迷惑性了啊！

梁子月脑子里“咯噔”一声，在这一镜，一下子明白了那些嘴上说着“洛小棠长得太好看了”的网友们。

这是自带了什么光环吗？

刚刚洛小棠说什么？要给钱？？

“啊，”梁子月顺着自己的心意张开嘴就答，“行啊！”

洛棠：“啊？？？”

“咔！”

陈导在远处吆喝：“洛小棠！你是怎么回事儿？先是苏延又是梁子月！一次两次的怎么给他们带跑偏的？！”虽然是训斥的语气，却明显带着笑。

离两人最近的摄像早就在那句“好啊”之后原地开始狂笑，周围的剧组人员也都笑得不行。

洛棠也委屈：“陈导，我也不知道啊！”

梁子月尴尬地抬抬手，不想承认自己是被美色给诱惑的，扬声说：“陈导！是我的错！是我想要钱了！抱歉、抱歉啊！”

众人就着梁子月见钱眼开这个点笑了好一会儿才再次开工。

宣传组商讨一番，觉得这段视频简直是本周最佳花絮，于是把这段“梁子月被洛小棠的金钱和美色所迷惑”的花絮剪进了下期 Vlog 里，总共占了五分多钟的时间。再加上这周这对姐妹花关系突飞猛进，两人的剧组日常也总是被拍到同框。这周的 Vlog 播出半小时不到，继“音誉 CP”之后，另外一座大山异军突起。

Vlog 在周日晚上九点准时发出，九点半的时候，苏延刚结束一个晚场通告。在回程的路上，正靠在靠背上休息。一旁刷着微博的王林本来在跟他汇报收视情况很好，说着说着，突然道：“延哥！这回洛小棠跟梁子月有了一个新的双人话题！”

苏延本来在闭目养神，闻言睁了眼：“谁和谁？”

“洛小棠和梁子月啊，有网友给她俩组了个‘棠月’组合。”王林看得津津有味，“这些网友笑死我了，有个人说洛小棠是‘万物皆可 CP’的体质，可不是嘛！哈哈哈，简直真相了！”

苏延拿出手机，打开微博。因为她们在热搜榜前排，还是很好找的。他点进已经有了超话的“棠月 CP”，入目全都是洛棠跟梁子月的视频、动图、截图。

“仙女和仙女，太养眼了！”

“啊啊啊，月月、棠棠对不起，以前骂过你的小姐妹，呜呜呜！我错了！这就给你们剪仙女视频！”

“这是什么神仙花絮，哈哈哈，笑死我了！梁子月这表情明显是花痴啊！”

“我爱了！洛小棠在剧里好有气场，在日常视频里又好软，这是什么小仙女下凡了啊？！”

王林看得停不下来，还在那边“哈哈哈”，突然听到苏延有些沙哑的声音：“我怎么没有 CP ？”

王林一愣：“啊？你？ CP ？”

苏延点头：“我怎么从来没有……”顿了顿，他接着道：“这东西。”

王林又愣了。这是什么问题？谁能跟他组？换句话说，谁敢跟他组？

他很诚实地道：“延哥，你不可能有的啊！”

苏延依然看着手机屏幕：“我记得之前播跳舞那集，不是有个‘音誉’上了热搜吗？”

“是啊，”王林道，“但那是‘音誉’，那是剧里的角色 CP 好吧，你没看这起名都叫‘音誉’，没带你跟洛小棠的名字吗？谁能跟你组 CP 啊？不可能的。”

苏延刷微博的手一顿：“你说，不可能跟我组 CP ？”

王林琢磨了一下自己的话，没错啊，就是不可能，于是点了点头。“对啊，你看你现在不觉得，是因为你拍的戏都跟女明星没什么接触。要是将来真有谁想跟你组 CP，这人内心得比金刚石都硬。”他下了定论，“所以不可能的。”

苏延能有这样的名气，在于喜欢他的人覆盖范围之广，每个人喜欢的明星可能不止一个，但要是问起来，苏延绝对是重合最多次的那个答案。

正因如此，刚才在话题里发帖的，不少都顶着苏延相关的 ID。

苏神的手机挂件、苏神后援团 13098、苏延今天发微博了吗、我这辈子能等到苏延发自拍吗……

苏延瞪着“棠月 CP”里那些个花里胡哨的名字。

顶着这些名字……在这里发什么帖？能开除粉籍吗？？

苏延转向还在“哈哈”的王林，声音异常冰凉：“为什么不可能？”

“不是，哥，你——”小王还没问出来“你今天没事吧”，就被苏延给打断。

苏延看着微博登录界面，皱着眉道：“微博怎么建小号？”

洛棠泡在嵌入式圆形按摩浴缸里，一只手玩水，一只手打电话。

“……我八百年没在头条出现过了，”那边的梁子月情绪有些高亢，语气里掺杂着几分复杂，“没想到再出现是跟你的CP，我看到的时候都服了。”

“洛小棠，”她话锋一转，“不是，你到底什么体质啊？我经纪人刚才跟我说什么你知道吗？说我跟你姐妹不崩，说不定后续还有戏。”

这话里的哀怨听着有点儿小可怜。

洛棠跟梁子月更熟一步之后，发现她不光是个急性子，还是个话痨，一天到晚能一直跟你聊八卦，不带停的那种。好好一个气质型美女，当初也是选秀节目人气第一名出道的，谁能想得到粉丝们口里的“月月女神”私下是这副样子？

因为太能唠叨，洛棠连她的所有备注都给改成了“唠唠月”。

唠唠月又说：“对了，我又有小道消息，是我学编剧的一个师哥告诉我的。”又是小道消息，一天说八百条小道消息。

洛棠：“嗯……你说。”

“苏神那部《御剑行》，他确认出演男一号，但是我师哥说，男二好像来势汹汹，就……我说白了，他的戏份可能会调整很多。”

“什么？！”洛棠没想到唠唠月这次带来的消息这么劲爆。这要是真的，那——

“你确定吗？”洛棠坐直了问道，“你师哥现在跟着《御剑行》编剧组？”

“他的确在组里的……但男二是谁目前他也还不知道，没定下来的事儿，只是听说了风声。他知道我粉苏延很多年，刚知道就来告诉我了。”

洛棠想了想，又靠了回去，语气重新轻松起来：“没事儿，咱们先等官宣，要是真的有什么戏份上的大改动再说。”

另一边的梁子月听蒙了，这运筹帷幄、胸有成竹“让他来吧，老子一个杀十个”的底气到底从哪儿来的？

洛棠跟梁子月又说了两句就挂断了电话。

配角压主角戏份这种事以前也不是没有过，哪次不是让人焦头烂额。不过洛棠觉得没等到正式消息，现在说什么都没用，还是先等等看，“听到风声”而已，希望不是真的。

敷了体膜、身体乳，又进行了一系列的护肤之后，洛棠贴了个面膜走到卧室隔间的电脑桌前，坐下打开屏幕和数位板。她把之前已经润色好的图修了修小细节，最后检查了一遍，叹了口气。

洛棠靠在旋转椅上转了个圈儿，在电脑上打开微博，登录自己本职大号，一百万出头的粉丝——暂时领先于洛小棠。

洛棠点了发送，直接分享长图，而后重新发了一条纯文字微博：“@LoryLory：很抱歉告诉大家这个消息，秋冬秀的缘故，条漫要停更一段时间了。最初发出来也没想到你们会喜欢，无论如何我会画完，谢谢大家一直以来的留言和支持！”

这条微博刚发出就涌出许多评论：

“太奶奶你关注的L大发博了！……嗯？等等，停更？我哭了。”

“我被L大的语气萌到了，L大一定是可可爱爱的女孩子！”

“赌五毛是男孩子，设计的衣服太酷了。”

…………

评论就“L大是男还是女”又展开了一番讨论。

洛棠学过画画，画条漫纯属心血来潮，挑着的都是记忆里的片段在画，按照时间顺序，有灵感了就更一发。刚才发出去长图的那条，下面评论更多，都离不开“甜”字。

“啧。”看着满屏的号叫，洛棠轻轻笑了一下。

她怎么没觉得甜呢？

日有所思，夜有所梦。刚发完条漫的当晚，洛棠做了一个梦，可不就是自己画的那个片段。

那是高二某天，下了第三节课，第四节是自习，少女时期玩心很重的她拉着自己孤僻高冷的同桌一起往外跑。

“你又要去哪儿？”少年一脸不耐，步伐却紧跟在她身边。

“我找到一个好地方！”洛棠说，小姑娘年纪比同级的人都小，说话声软萌软萌的，“比凉亭好多了！特别隐蔽，这次一定没有老师能抓到我们的。”

少年看了她一眼，面色稍有犹豫。但到了所谓的“隐蔽的好地方”，少年的脸又有些臭了：“树林？”

“嗯！”洛棠说，“我今天想画树啦！”

洛棠整天自习课嚷嚷着出来画画，美其名曰“写生”。

苏延本就只是为了陪她，便没说什么，找了个地方坐下，靠在树上看书。

洛棠靠着另一棵树，抱着自己的速写本开始勾勒描边，时不时地看一眼隔着几米远的少年。

描边之后，她很投入地开始勾画细节，头也不抬，更不知道苏延什么时候来到了她身边。

“喂。”头顶突然传来他声音的时候，洛棠吓了一跳。

她瞪大眼睛，本子忘记遮，仰头看着站直的人：“怎……么了？”

从从树木在初秋还散发着好闻的草木香气，洛棠总觉得自己是在这些时候渐渐爱上了绿调香。

因为每每闻到，都能想到这样的场景。

“洛小棠，”少年苏延扬了扬下巴，“不是说好的来画树吗？”顿了顿，他突然屈膝蹲在她面前，一只手撑在膝盖上，一边的唇角高高挑起。好像觉得格外好笑，他笑得痞气而肆意，声音也带着十足的戏谑：“嗯？怎么画上我了？”

那时候，洛小棠被眼前少年脸上的笑给迷得半天说不出话。但在反应过来之后，她用本子“啪叽”打了他的头，转身撒腿就跑。路上，洛棠红着脸，在心里骂了少年一万次。

笨蛋！大笨蛋！有脑子吗？！

…………

有些少女心事是用来藏好的。

哪能戳破呢？

眨眼过去了半个月。洛棠自从跟唠唠月被组了 CP 之后，戏份就不多，没找到机会在女主面前作死，每天基本充当背景板。

但很快迎来了她为数不多的一场较为重要的戏。

两个多月的拍摄，现在整部剧已临近收尾阶段，男主知道了施音居然妄图用钱去侮辱女主，侮辱奖学金！这可太不能饶恕了。

看在跟女主的关系以及两人家里是世交的分儿上——男主决定教训施音一番。

然后《女配花样作死集锦——施音手把手教你如何作死》大戏落幕。

在摄像组准备的时候，洛棠在一边听苏延说："这条，你一会儿争取一次过。"

"啊？"洛棠下意识问，"为什么？"

"看过剧本了吧？"

洛棠点头："嗯。"

"这条是顾誉骂你，"苏延微微挑动眉峰，微微压低的声音格外有磁性，"不一次过，想挨骂？"

洛棠这才反应过来，当即头摇得跟拨浪鼓一个频率："当然不想！"

演戏嘛，被别人骂也就算了，但这是她偶像啊！就算是在他面前说错一句什么话都要捶胸顿足老半天的啊！

被他骂，这谁扛得住？

"所以一次过，"苏延淡淡地看了她一眼，"别给我骂第二次的机会。"

闻言，本来内心活动极为丰富的洛棠蓦地一愣。

半晌，她点点头："……哦。"

怎么总觉得，他省略了什么话没说。

苏神就是苏神，说到做到。演技爆棚，没有丝毫失误——果然没给她第二次挨骂的机会。

洛棠全程就只有一句话，剩下的全是苏延说。

她只负责最开始的时候傻兮兮地笑着看他："顾誉！你找我吗？"带着满满的期待和兴奋感，是她最擅长、最好演的那种状态。

而顾誉骂施音的台词其实很重，苏延背台词水准也是一流，根本没卡壳过："要不是你爸爸，我才懒得管你。每天拉帮结派，威胁同学，不学无术，施音，你以为你的生活很光鲜亮丽吗？"

"我告诉你，一点儿都不。"

“你在自甘堕落。”他语气凉到极点，仿佛真的一点儿都瞧不起她，“没有你爸，你什么都不是。”

洛棠记得剧本里的要求是，委屈而带着点儿愤怒地咬紧嘴唇，看着顾誉的背影说不出话来。

她本来记得很牢固的。

但……不知道从哪句话开始，洛棠突然鼻头就开始发酸，等苏延说完、转身，到她的近景，一滴泪水恰好流出眼眶。

陈导本来看洛小棠情绪不对，想着再来一条，但喊“咔”之后他看了一遍重放，觉得居然挺好。于是他又叫了苏延来，怎么看怎么觉得还是这版即兴发挥得好一点儿。

“OK，这镜过了！”陈导对着洛小棠道，“发挥得不错！”

苏延看着监视器，有些愣怔。

跟她面对面的时候，并没有那么直观的感受。在监视器里，他看到自己转身的一瞬间，一直瞪着他的小姑娘眼圈儿直接红了。

陈导觉得这个反应很好，还在跟他夸洛小棠有灵性，这样反应大点儿也好，毕竟眼泪可不是想流就能流出来的。

苏延有些心不在焉地点了点头。

陈导喊人准备下一场戏，苏延走到刚才的地方，看着洛棠身边围着梁子月和肖迎，她笑着擦了擦脸，语气也有些郁闷：“欸……好丢人呀，我也不知道为什么就哭了……”

肖迎上蹿下跳地：“肯定是我苏神演技太好了！对吧，洛小棠？”

梁子月白了肖迎一眼，安慰了她什么，苏延没听见。

想了想，他下一场戏还有一段时间。

苏延戴上口罩，转身出了教学楼。

施音挨骂这集的完整版花絮也剪进了Vlog里，包括洛小棠蹲下抹眼泪的片段，剧组里众人去安慰她的场景温馨又莫名好笑。

事后洛小棠还对着镜头调侃自己：“苏神很棒很厉害，抱歉让大家见笑啦，我是新人，第一次演戏，还不太会控制情绪，以后会加油的。”

小姑娘红着眼圈的样子都好看得一塌糊涂。她对着镜头笑了笑，摄像旁边一道女声问："小棠喜欢吃棒棒糖吗？"

洛小棠明显一愣，随后她笑得比刚才还要灿烂："对的！我最喜欢的真知棒，安利给大家呀！"

她叼着棒棒糖露出粉色的棍，笑容又软又可爱，这一幕简直萌化了观众们的心。

为了宣传，演员们都会定期转发官方微博微博，苏延也照例转发了官方微博发的 Vlog 视频。

小王啧啧称奇："延哥，你今晚热评怎么回事儿啊？！哈哈哈，怎么这么好玩？"

苏延打开微博看了一眼，最新发的那条微博热评，画风跟往常属实不太一样。

"@苏神今天发动态了吗：哥哥……哥哥最近休息得好吗？你演的顾誉超级好看，我每周蹲守！就是……就是你能不能不要对小仙女那么凶啊？呜呜呜，她好可怜……"

连续几条都是差不多的意思，还说什么"你对她稍微温柔点儿好吗"。

苏延气笑了，他切换了自己刚注册的小号，挑了一个人回复。

"@洛小棠和苏延的 CP 粉"回复"@苏神今天发微博了吗"："剧情需要而已。"

没想到短短一分钟，手机振个不停，他收到了十几条回复，全是以问号开头，以感叹号结尾，例如：

"？？？兄弟你这个名字？过了啊，劝你改名！"

苏延："……"

之前在片场莫名其妙掉了眼泪之后，洛棠觉得自己好像太矫情了，于是没过多久就调整好了状态。

梁子月、肖迎他们纷纷半调侃半安慰地跟她聊天，这两人一副"我很懂你"的样子，毕竟被喜欢的苏神骂——就算是在戏里，那也是不好受的。

后来陈导也注意到她，过来慰问一番走了之后，洛棠一转身的工夫，苏延就不知道去了哪儿。

明明待会儿这场戏他不用参演，却不知为何不见了人影。

当时她心里有疑惑，也没太声张着找他。没多久，洛棠正安安静静坐在一个角落里刷微博呢，面前突然笼罩下来一片阴影。

她抬起头，正是穿着校服戴着口罩和帽子的苏延。

因为刚才那场赤裸裸挨骂的戏，洛棠一时间不知道该找个什么开场白。

显然苏延也不知道。

僵持了十几秒，苏延率先有了动作。他摘下帽子、口罩，逐渐露出原本的脸，在这过程中，洛棠的思绪也跟着一点儿一点儿地飘走。

怎么会有人长得这样？从下往上看的死亡角度也这么好看？这是什么神仙啊？

洛棠看到他的那瞬间，刚才的委屈全都不见了。毕竟刚才那个是顾誉，这才是他啊！

苏延随手拨了拨头发，又把手伸进口袋，随后掏出了一根红色玻璃纸包裹着的棒棒糖。

洛棠还在盯着他修长白皙的手指，头顶传来熟悉好听的嗓音："吃糖。"

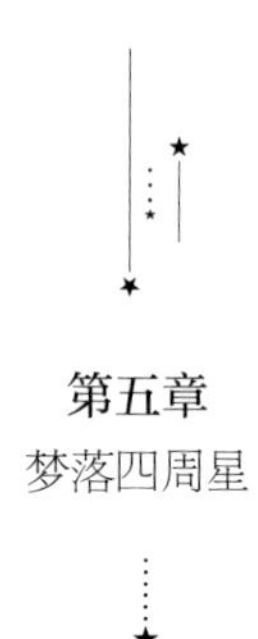

第五章
梦落四周星

洛棠并不是那种哭了之后眼睛一肿能肿好几天的人，只是掉两滴眼泪的话，十分钟就看不出她哭过了。所以后来宣传组来找她录像的时候，她通红的眼圈儿根本就不是拍戏那会儿遗留下来的。

——而是来自当时嘴里叼着的那根苏延亲自买来哄她的棒棒糖。

这该死的魅力。

洛棠配合着录视频的时候也觉得自己有点儿丢人，她没想到自己这一哭，居然还有挺大的反响。

播出这一晚最大的收获，大概就是一夜之间多了好多因为洛棠的演绎而喜欢上她的人。

打开自己转发官方微博的那条动态下面，翻到评论最底，说她做作、给自己加戏的不是没有，甚至不在少数，但都被淹没在人海中，前排全都是新面孔。

"多可爱的棠棠小公主啊，哭得我心都碎了，呜呜呜呜！"

"哇，施音看着苏延的背影的时候，那个眼神真的演得好好哇！尽管是第一部戏，也能看出我们女儿的潜力超级大呢！"

"棠棠不准哭！这种喝露水长大的仙女儿！不允许你为男人掉眼泪！！"

"噗——"洛棠看到这条，直接笑喷了。

每周的剧集播出，洛家人都会围在电视前看完，非常给面儿。这么久下来，洛棠发现不管是高冷白"皇后"、傻白甜洛"陛下"，还是毒舌"太子"，全都对苏延的好感度不低。

而且洛棠也是现在才知道自家三口居然看过苏延演的所有电影。每次听着他们变着法儿地夸苏延，比如“没想到苏延演校园剧也像模像样的啊”“他那个《夺龙》演得真好，我现在还记得剧情呢”等言论，她嘴上特淡定地说着：“嗯，挺好的，我也看过。”心里却是极度雀跃——夸得好！继续夸！

这周最后的结尾卡在洛棠最后看苏延的那一镜，洛舟刚才看完了，不咸不淡地飘来一句：“顾誉骂得挺好。”

洛棠当时正在看 Vlog，就当没听见一样翻了个白眼。

骂得好？那网友骂我你投诉个屁？！

等她刷完微博，洛舟又开口道：“洛棠，你快杀青了吧？”

“……可能吧！”洛棠看他一眼，“怎么了？你干吗？”

“这部拍完了，你也差不多了吧！”

“……什么差不多？”

“不是说去玩玩儿吗？”洛舟一双狭长的眼眯了眯，“差不多该退圈儿了吧！”

洛棠一边观察他的脸色，一边慢吞吞地说：“可是我……发现我自己爱上了演戏。”

洛舟：“……”

完了。这人脸色已经不能用锅底来形容了，她觉得这男人估计满脑子都在骂自己蠢。

“哥。”想到他奋力帮自己投诉黑评的场面，洛棠突然间就感觉到洛舟老父亲一样慈爱的心理，破天荒地叫了他一声“哥”。

“锅底舟”明显一愣。

洛棠趁热打铁，好声好气地跟他讲道理：“你看，我这根本就没红，只不过恰好被大家讨论了几次而已。等剧播完，这种角色没多久就会被忘记的。”

“锅底舟”沉默了几秒。正当洛棠以为他会稍微缓解的时候，没想到他脸更黑了：“这就是你要继续拍的理由？不红就要继续拍？一直拍到红为止？”

洛舟脸色阴沉：“你是脑子被驴踢了？”

洛棠：“……”这人什么脑回路？！

交流失败，“洛皇宫”内“太子”与“公主殿下”嘴炮大战再次拉开帷幕。

不知道洛舟从哪儿得来的风声，或许是他自己的推断，洛棠的戏份的确是在一周后结束。

除却群演们，她是几个数得上姓名的配角里第一个杀青的。

在剧组里这么久，洛棠一开始跟莫名其妙看她不顺眼的梁子月不对付，后来跟这唠唠月因为同样崇拜苏延而成了铁杆小姐妹，网友还给她俩组了CP，也算是神一样的反转了。

剧组里的人对洛小棠的印象都非常好，小姑娘让干什么就干什么，从来不多嘴不捣乱，教养极好。再加上她嘴甜，长得就像小仙女，平时穿衣服也特别亮眼，欧洲小众牌子给剧组化妆间里的工作人员安利了一大把。

——所以当她提出想要有空的时候能回来剧组跟大家玩儿时，陈导一口答应下来，众人也是又惊又喜。

按说演员杀青一部戏之后，肯定得去忙别的工作，综艺、广告，没想到还有人会提这种不要钱在剧组多待一阵子的要求。

但咱也不知道，咱也不敢问。小仙女愿意来玩，那当然是敞开门欢迎的。

杀青意味着分别，说不伤感是不可能的，但洛棠的要求有点儿奇葩，所以大家就暂时搁浅了那点儿伤感。

洛棠饰演的施音最后一场戏是跟众人在黄昏的教室里说笑、做题。

在剧里，那是高考前的最后一个黄昏，定格在少男少女们灿烂的笑脸里。

结束之后毕竟还是要天天见，几人也没搞什么拥抱那一套。这是今天最后一镜，其他人都去卸妆收拾了。

洛棠没离开教室，她透过窗户看外面的晚霞，转过头的时候，却发现教室里除了她还有一个人。

逆着光的轮廓，远远的，看不清脸。

洛棠看着他一步一步走近，很随意地坐在了她身边的课桌上，长腿搭在地上绰绰有余。

“苏延，”不等他先开口，洛棠直截了当道，“下下个月的时候，我应该也会去《御剑行》剧组。”

洛棠有看过《御剑行》的角色分配以及介绍，她面了一个极为合适的女配——男主的白月光。不光不用恶毒，也不占太多戏份，还能一直活在男主的回忆里，跟男主……甜甜蜜蜜。

想想都觉得幸福。

苏延一愣，正准备再问她什么，洛棠再次先一步打断他："对了！"

"……什么？"

洛棠眨了眨眼："我一直都没问过你……就之前我们两个对戏，最开始我问你要不要做我同桌那会儿……你为什么说错台词了呀？"

洛棠看他有些意外的样子，解释道："其实是因为刚才陈导跟我开玩笑啦，他说我魅力还挺大，把梁子月跟你都迷得反向背台词，"洛棠有些尴尬地笑了一下，抬手动了动自己的头发，"所以我就想起来问你一下，但是都过去好久啦，你要是忘了的话就算了。"

苏延盯着她的发顶。小姑娘刚才还好好的发型被她自己给摸得毛毛躁躁，后边儿还翘起来了一缕头发。被她这么一搞，原本柔顺的头发变得毛茸茸的，看起来……手感很好的样子。

他移开视线，点了点头："嗯，她可能是。"

洛棠一愣："什么她可能是？"

苏延穿着校服，就像回到了高中那会儿，好看的面部线条在光影照射下更加凸显。

"我说，梁子月可能是失误。"

洛棠看着他突然伸手，摸了一把她的发顶，又很轻地揉了揉，声音微微喑哑："但我是故意的。"

这个时间，教室外有收拾器材的声响，还有大家互相道别调侃的对话声都传进来了。

所以，洛棠怀疑自己幻听了。

她拿这个当话题真的没有别的意思，真的是下午陈导跟她聊天，问她接下来的打算，问她之后想要接什么剧。

后来陈导笑着说小姑娘魅力可真大，苏延拍戏这么多年，几句话的台词也能背错，真是头回见。

洛棠当时一愣，直到回味过来陈导说的话之后，心跳莫名加速。

提到梁子月，也是因为她怕自己问得太刻意，洛棠本来觉得以苏延的性格，应该就是“嗯”一声，说一句“我说错了”就结束。

没想到他会说……自己是故意的。

和他分开这么多年，洛棠已经很久没有过现在这种感觉。因为一句话，变得立马开心起来，心跳乱速，四肢百骸都开始微微发抖。

上一次还是因为她在美国读书的时候，无意间在国际电影节上发现了被提名的“Su Yan”。

再之前，是和她一起合作的朋友李意抱着她说：“宝贝儿，我们的秀场视频火了，爆火。”

然后是现在。

洛棠本来想要在脑子里再次好好回想一下当时的场景，但她发现自己很多细节都想不起来。只记得他的表情隐隐约约跟平常不太一样，声调如常地反向背台词，惊呆了包括她在内的众人。

“你说……”洛棠嗓子都发哑，“你是……故意的？”顿了顿，她又加了一句，“故意要答应我？”

“嗯。”苏延点头点得很自然。

“可你为什么——”

苏延早就料到她的反应，他微微垂下头笑了一下：“因为那个场景让我想起高中的时候。”

这么久以来，这是第一次，苏延主动提及他们的过去。

他的侧脸被窗外的光照得立体而深邃，抬眼的时候，褐色的眼瞳格外透亮。洛棠愣愣地看着他开口：“你当时问我能不能做我同桌，施音的台词刚好跟你问我的话一模一样。”

“那时候我答应了你，所以演戏的时候，”苏延突然翘了一下唇角，“也不想拒绝你。”

他说话的语速适中，因为离她近，也不需要多大音量。可就是这种声音、这种语速，听在耳朵里，实在是……

太温柔了。

洛棠明显感到自己的脸开始发烫，心里的小鹿怕是要撞墙撞死了的时候，苏延又叫了她的名字。

“洛棠。”

“嗯？”

“如果我高中的时候拒绝了，不让你坐我旁边的话，”他笑容带着些揶揄，“你会哭吗？”

“……啊？”

洛棠还沉浸在那种回忆满满的氛围里，看着他好看得一塌糊涂的侧脸发呆。等反应过来这人是在调侃她的时候，她一下子爹毛了：“当然不会了！我那么容易哭的吗？”

苏延动作没变，面前的小姑娘扬着小下巴，声音都有了底气：“而且我都跟老师说好了坐在你旁边！你同不同意我都会是你的同桌！问你是给你面子好不好！”

苏延失笑，点点头：“哦，这样。”

这是什么语气！

洛棠还想再理论，但苏延已经提起了另一个话题：“你刚刚说的想进《御剑行》剧组，有喜欢的角色吗？”

“有啊！”洛棠一下子来了精神，“我喜欢男主将军的白月光！”

苏延一愣：“……白月光？”

“就是那个叫琴落的女配角，”洛棠一想到那个剧本就开心，“而且琴落还是个公主呢！她跟将军算是青梅竹马吧，将军一直都很喜欢她，虽然最后结局有点儿惨，但她永远活在了将军心里呀！”

洛棠想了想，又补充道：“而且我觉得她是那种活泼可爱缠着将军的小公主，”她非常不要脸地点点头，“嗯，我觉得我能演好！”

说到这儿，洛棠脑海里倏尔闪过一个人，也不知道俞星颜面的是哪个角色……

听完她叽叽喳喳一大串，苏延挑出来一个词：“为什么叫白月光？特定名词吗？”

洛棠：“……”不是吧哥哥，村网通吗？“白月光”火了多少年了，你还不知道意思呢？

“大概就是，爱而不得……吧！”洛棠想了半天，觉得这四个字算是比较贴合的解释，“很爱很爱一样东西却不可能得到，或者是因为什么事而无法得到，但会铭记一辈子，这是我理解的白月光啦！”

“欸，苏延，我们出去吧！”说完，洛棠看了一眼教室外，“你看他们都快走光了。”

苏延站直了：“嗯，走。”

临出门的时候，苏延的视线落在她的耳郭上，小巧圆润，薄薄的、白皙的一小片。

他说：“那你还挺适合那个角色的。”

出了教室门，人声嘈杂起来，洛棠就听清了前面几个字。她微微抬高了点儿声音问：“苏延，你说什么？我刚刚没听见。”

苏延看着穿着校服的少女偏着头，懵懵懂懂的表情，清澈见底的双眼，他很淡地笑了一下：“没什么。”

洛棠杀青以后，其余人的戏份也只剩下半个月就可以收工了，而剧组现在进程刚好可以比预计提前半个月拍完，所以距离《我们的年少时光》播完还剩一个月。

恰好一个月后，苏延几个月前杀青的第三部主演的电影——《七爷》终于要上映了。

从官方微博提前发出的预告片能看出来——听名字也能知道，这部应该延续了苏延一贯的风格。现实向、民国背景，电影名“七爷”就是主角，简单来说，是一个有血有肉、身份错综复杂、生于乱世、湮灭在历史长河里的英雄。

昨晚正式版预告发出，“火焰”们都激动坏了，奔走相告，极为热闹，洛棠以前在国外根本感受不到这种氛围。

此时的苏延正在操场拍戏，洛棠就坐在操场旁边树荫下的长椅上观赏预告，生活简直不要太美好。

整个剧组的杀青很快到来。

这部《我们的年少时光》大爆已成定局，剧组内氛围非常好，陈导订了三层巨型蛋糕来庆祝。闹闹腾腾的，一直到了晚上该收工、真正要跟大家说再见的时候，众人沉默，几个女孩子最为感性，先红了眼圈儿。

该说的话都说完了，但分别的难受还是分毫不减。洛棠和梁子月反应最大，两人一起掉眼泪，掉着掉着还抱到一块儿去了。

梁子月哭着说："呜呜，不能跟苏神一个剧组了，他估计这辈子也就演这一次傻白甜的剧，他看得上的别的剧我压根进不去啊！呜呜……棠棠，我跟偶像的缘分就这么结束了……"

洛棠也被她感染了，完全忘记自己马上就能加入偶像的下一个剧组，也开始"呜呜呜"。

两个大美女哭得稀里哗啦，剧组众人只道洛小棠跟梁子月实在是姐妹情深，殊不知两人抱头另有缘由。

但宣传组怎么能放过这大好的机会呢？宣传组老大表示，但凡可能造成流量的片段都不能浪费。"棠月 CP"冲呀，给剧组带话题带热度就靠你们啦！

杀青剪辑出了之后，"棠月 CP 抱头痛哭"话题迅速崛起。网友一看，施音和齐月在剧里握手言和，洛小棠和梁子月剧外因为不忍分离而抱头痛哭，都来品品！这是什么姐妹情深！这什么仙女友谊！给我出名！

于是，在话题和剧的双重助力下，"棠月 CP"粉壮大的速度堪称奇迹。

而因为这部剧生出的另一对"音誉 CP"曾经还能与之一战，如今已经是一个天上一个地下。"音誉 CP"早已退居幕后，粮都馊了。

离《御剑行》剧组开机还有两个月。洛棠算了算时间，本来以为杀青之后她就没什么事儿了，这两个月时间可以用来准备秋冬秀，所以杀青第二周就买了机票去法国。

但剧集播出后，接踵而来的是必不可少的综艺节目邀约，并且还是不能推的那种，要上就得一个剧组一块儿，做宣传，顺便让大众熟知。

听程橙说这些的时候，洛棠觉得综艺节目上两个也没什么，但没想到的是，不光综艺节目邀约，连广告也一个接一个地找来了。

之前洛棠还在信誓旦旦地跟洛舟分析，自己真的不红，一点儿都不红，查无此人。

这下打脸了。

——因为找她的不是别的牌子，正是目前在一众国产护肤品牌里活跃度最高的"森泉"。最近好像有两个有名有姓的小花粉丝正在接触这个牌子呢，也不知道森泉怎么就看上了她。

但让洛棠最无奈的还不是这个。

她去法国前打了个电话给洛城，因为是私人号码，洛城接得很快："棠棠，出发了吗？"

"还没呢！"洛棠叹了口气，"爸，跟你说个事，我刚刚接到广告了。"

"什么广告？"

"是咱家旗下那个牌子，就前两年一出就小火了一把的护肤牌子，叫森泉，刚才他们广告部经理联系程橙，说觉得我特别合适……"

被自家牌子看上，洛棠简直哭笑不得："不过我已经拒绝他们啦！"

听完女儿的话，洛城愣了一下，接着不可抑制地笑出声。末了，他对着电话道："行，我知道了，你收拾你的。"

洛氏大楼办公室内，尹秘书看着刚才莫名其妙开始大笑，挂完电话又一阵笑的男人，心下无语。

不多时，挂了电话的洛城笑眯眯地对他招了招手。

尹秘书恭恭敬敬地问道："洛董，什么事？"

洛城心里格外畅快："给森泉广告部全员加薪。"

尹秘书还从来没接受过这样的指令："洛董，这无缘无故的？"

"啧，"洛城纠正他，"怎么就无缘无故了！"

洛城靠在真皮背椅上，笑得意味深长："他们部门，可太有眼光了啊！"

洛棠这边挂了电话之后，司机送她到机场，临起飞前她又接了一个电话。

是千星娱乐董事长周文。

周文跟她没说几句闲话，开门见山："棠棠，我问你个事儿，你认识俞星颜吧？"

洛棠愣了一下，随后很快反应过来："嗯……当然认识啦，她是我堂姐，"洛棠笑了笑，"周叔叔，她怎么了吗？"

周文声音有些纳闷："我听制片方的意思，俞星颜好像也想面你这个角色啊？"

"……是吗？"

"嗯，我以为你们认识，她知道你也面的这个。不过我告诉他们已经定了人选，不会换了。"周文说，"叔叔就是觉得奇怪，跟你说一声。"

“嗯，好。”洛棠笑着回，“谢谢叔叔，我这边飞机马上起飞啦，回去我去拜访您呀！”

“行，正好你带周纤出去逛逛街，这孩子整天闷在家里看书，也不知道跟朋友联络联络。”

“好嘞，没问题。”

又说了两句，周文把电话挂了。

洛棠捏着手机，发了会儿呆，一直到空姐过来询问她想喝点儿什么，她才回过神来。

昏昏沉沉睡了几觉，十二小时的飞行时间也就这么过去了。

洛棠这次带了所有的手稿和电子稿来法国，给她接机的是她的合作伙伴，大学认识的小姐妹，李意。

李意是中法混血，她有一个L开头的非常难念的法文名，洛棠就当自己不知道，只叫她中文名。

两人上次见面也才不久，并不生疏。洛棠坐上李意的超跑到工作室，把带来的东西全拿出来给她看。

刚认识李意的时候，她还留着大波浪长发，自从爱上了两人创的L&L，她就把一头长发给剪了，并且还有一年比一年酷的趋势。

“你这次的灵感……好像不一般。”李意翻了翻，神色没有了之前的嬉皮笑脸，渐渐正经起来。

“请问著名冷淡设计师Lory，”她饶有兴趣地问，“本季主题为什么成了这个调调？嗯？我怎么有点儿春心萌动的感觉呢？”

洛棠沉默了几秒，说：“你记得我跟你讲过的，我的初恋吗？”

李意点头：“非常刻骨铭心的那位嘛！”

以前读书的时候，李意就知道洛棠有一个很喜欢很喜欢的男生。

洛棠长了一张东西方都吃的脸，性格软甜，人又有才，当时学校里追她的人能从设计院排到美术院。

但小姑娘笑眯眯地拒绝各大院系著名帅哥的时候，眼睛都不眨一下。

这么软一姑娘，设计的东西却格外冷硬。估计外界谁都想不到，被封神数次的L&L首席设计师居然是个爱笑爱闹的小公主。

这冷淡风这么多年了都没变过，所以她真是好奇能让洛棠风格有所改动的原因。

“我以前把他弄丢了。”

李意看着面前的女孩突然笑起来，眼睛弯成月牙，声音都变得轻快起来。

“但现在，他回来了呀！”

在法国的一周时间很快过去。

《我们的年少时光》第一个要上的综艺是彩虹台本台特产——《星星补习班》。

《星星补习班》是一个全民性质的综艺节目，以主持人跟嘉宾玩乐互动为主，穿插着对嘉宾新剧的宣传。每周末播出，周六晚直播，周日回放。节目已经有十多年历史，历经改朝换代，忠实粉无数。几乎每部有点儿水花的影视作品，不管是电视剧还是电影，都会来《星星补习班》上走一遭。

有名气的作品，演员自然不会差，节目效果好，宣传效果好，所以上《星星补习班》也算是件有面儿的事。

洛棠本来是给彩排留出了整整半天的时间，没想到飞机刚好延误了小半天。她作为头等舱客人，是会收到延误通知道歉信的。洛棠把自己的信息截图发给程橙，让她帮忙跟节目组说一声，表示自己会好好看台本，不会出错。

仿佛是巧合一般，飞到别的城市做电影宣传的苏延档期也排不开，他们俩都没出现在彩排上。

但这种综艺并没有太大的难度，洛棠在飞机上仔细过了一遍流程，开拍之前又认真记了自己出场舞那几个简单的动作，很快就顺了下来。

接下来，就是等待开场。

喜欢直播是彩虹台惯例，节目播出的那晚，彩虹台网站上千万粉丝早早地守着蹲点。

八点整，准时开播。嘉宾里最先出场的人是洛棠。

场上演员只能听到场内观众的声音，却看不到场外由文字组成的欢呼飘在屏幕上，各种红心表情和夸赞几乎盖住了洛棠整个人。

开场肯定是要做几个小动作的，洛棠小时候就学过舞蹈，这些都不在话下。她配合伴舞完成自己的部分，手臂指向舞台后方，引出下一位嘉宾，梁子月。

洛棠没有立刻离开，因为按照台本，她跟梁子月还有一段姐妹情深的简单舞蹈。

场外的大家更激动了。

“我的两个宝贝偶像跳舞了！怎么了？今天是我的生日吗？”

“仙女们之间的友情好动人啊！扛起棠月 CP 大旗！！”

…………

后面两位出场的存在感并不算太高，剧组一共来了六个人，但节目组安排得很有条理，把苏延作为压轴，开场用了最近颇受欢迎的姐妹花。

肖迎作为男二，在倒数第二个出来，观众重新开始热闹起来，一遍一遍地吆喝着“弟弟”。只见肖迎有些急迫地完成了自己的动作，往后引下一位的时候，跟刚才官方微笑截然不同，脸上简直要笑开了花。

弹幕也笑死了。

“哈哈哈，我家耿直弟弟让大家见笑了。”

“我弟弟喜欢苏神圈内皆知吧，嘿嘿，不过我也喜欢苏神。”

肖迎兴高采烈地迎出自己的男神。

苏延作为压轴出场，连舞台都给他变了色，音乐也到了高潮部分，现场的观众尖叫声简直快要盖过音乐声，镜头偶尔扫到观众席，齐刷刷一片金红色的海洋。

——“大家好，我是苏延。”

苏延一开口，屏幕再次盖满文字。

…………

节目最开始，自然是要相互调侃着介绍自己。

按照出场顺序，洛棠第一个来。

“大家好，”她对着镜头挥挥手，粲然一笑，“我是洛小棠，在剧中饰演施音。”

顿了顿，洛棠补充了一句：“我知道我在剧里很坏，但是假如有一天我上街买菜，希望大家还是可以卖给我呀！”

曾有一位饰演反派角色非常出神入化的老戏骨笑言，自己上街买菜，摊主因为她在剧里欺人太甚不卖给她。

此话一出，在场的所有人哄笑，弹幕再次爆炸。别家粉丝都在“哈哈哈哈哈”，唯有棠粉画风格外不同。

“谁能不卖给你啊？咱们不稀罕他的菜！我给你种！！”

…………

挨个介绍完之后，几位主持人调侃着广为人知的笑料，话题转了几圈问到洛棠这儿。

主持人：“洛小棠同学，作为一个新人演员，你有很多跟其他角色混剪的视频，对此你有什么感想吗？”

“还能有什么感想，”洛棠笑得坦荡，“大家愿意剪这些视频，是看得起我呀！”

滴水不漏的回答，弹幕一阵“情商好高”飘过。

二十多分钟的调侃、闲聊、卖梗等环节过去之后，总算到了万众期待的游戏环节。

其实游戏都是老游戏，但每次《星星补习班》节目里总是能出现这样或者那样的小状况惹人捧腹。

这次第一轮的游戏简直老掉渣，两人一组猜题板。一个背对着题板，一个则正对题板比画，在时间限制内猜出最多词组的那组获胜，猜出最多的有奖励，最少的则要接受惩罚。

主持人介绍完毕，节目组工作人员迅速地搬上道具，题板放在一边备用，先是抽签决定分组。

六位嘉宾刚好三男三女，女生一侧男生一侧，一个密封的盒子两头各三根红线，一人拉一条，红绳对应的那位就是命中注定的搭档。

“来来来，”主持人们最喜欢看嘉宾“牵红绳”这个环节了，“三——二——一！拉！”

盒子是纸壳，松松垮垮的，绳子一拉它就塌了。

洛棠拽了拽自己那根线，没拽动。

她顺着红绳看过去……

这绝世美手！一看手就认出来了！啊啊啊！她跟苏延一组！！

洛棠还没在心里欢呼完，突然整个人被他拉得往前迈了一步。而后她抬头跟苏延对视，看到男人莫名勾了一下唇角，修长的手指施力，手臂内收又是一拉——

洛棠没反应过来，又顺着力道控制不住地靠近他的方向，直到被拉得两人只剩下半米的距离才堪堪停住脚步。

嗯？

不光洛棠一脸蒙，弹幕也莫名寂静了几秒。

半晌，某过气的搭档粉丝探头探脑，试图发言。

“或许……我能弱弱地喊一喊……我们音誉 CP 吗……呜，这一幕真是太有感觉了。”

你别说，这两个人站一块儿，气场都不一样了。

这么有 CP 感的画面，那能睁着眼说瞎话吗？

于是“火焰”们勉强同意了：“那你们喊吧，小点儿声，别影响到我们。”

音誉 CP 粉：“好的。”

然后今晚弹幕第二对 CP 粉出现，两座大山势均力敌。

第一组是梁子月和肖迎。这对也是人气很旺，可两人驴唇不对马嘴，梁子月比画得越来越暴躁，肖迎还在那一脸懵懂：“你说什么呢？啊？你跳舞呢？”

梁子月小脸气得通红，懂梁子月暴脾气的粉丝们都快笑死了。

他们三分钟内只猜对了两题，实在是太惨了。

第二组轮到洛小棠和苏延。

洛棠早就想好，动作比画的这个位置太不符合苏延的人设，肯定是要她来的！

洛棠面对着苏延，却突然看着他对自己眨了眨眼，深邃的眼眸划过点点的光。

居然做小动作！这是直播啊！

洛棠的脸一下子就升温了，主持人在一旁说“开始计时”，她连忙去看题板。

第一题：树。

“这个要怎么比画啊？”

“好难啊，刚才月月他们的都是什么喝水倒茶，这种植物要怎么比画？”

“不知道，我也想不出。”

观众们看着洛小棠先伸出一根手指，苏延拿着话筒：“一个字？”

洛小棠点头，而后，她突然蹲下，仿佛膝盖上有本子一样在写写画画。

“速写本？”

洛小棠点点头，而后指了指苏延的方向，又开始低头做出画画的动作。

“画我？”

洛小棠点点头，睁着大眼睛看他。

“答案是树？”

观众：？？？等等，我们漏掉了什么环节吗？为什么我们不知道这能联想到树？？？

两人心有灵犀，全然不知周遭的大众都蒙了。

猜对之后，下一题很快到来。

题目：真知棒。

弹幕一片哗然。

“噗——这是专门为洛小棠设计的吧？真知棒，哈哈哈。”

“棒棒糖就算了，真知棒是个牌子，这怎么演啊？”

“他们连树都这么快猜出来了，我觉得我还是看着吧！”

洛小棠先比画了个“3”。

苏延问：“三个字？”

她点点头，然后……再次蹲下，这次居然还把自己的头给埋在膝盖里，肩膀一耸一耸的。

不懂洛小棠为什么突然扮哭，观众又蒙了。

苏延顿了一秒：“哭？”

洛棠给他正确的信号，而后站起来，似乎像是扮演了另外一个人，弯腰伸手去拍刚才自己蹲着的那个位置，手里虚握着什么东西。

苏延：“棒棒糖？”

观众：？？？等会儿？怎么就棒棒糖了？

不是正确答案，洛小棠摇摇头，又指了指虚握着东西的那只手，眼睛一直看着他。

想了想，苏延突然笑了，磁性十足的嗓音透过麦克风清晰地传到每个人耳朵里：“真知棒？”

洛小棠开心得一蹦。

观众：？？？

主持人和导演组：？？？

你们是不是有小秘密？

我们怎么什么也看不懂？

你们当着全国观众的面，搞什么小动作呢？？

“不是，刚刚到底发生了什么啊……我真没明白他俩的点？”

“你不是一个人，你没看满屏问号吗？”

“大胆猜测一下，会不会是他们在剧组拍戏的时候发生过的一些事，所以洛小棠演的时候苏神就看出来了？”

“可能……吧？”

猜测总归只是猜测，台下满场都是问号脸。

苏延猜对了之后，洛棠又原地蹦跶了一下。

又答对一题，总共耗时还不到半分钟，她特别开心地看向题板，却发现还是“真知棒”三个字。

洛棠一愣，转头看向主持人：“苏延答对了，我们的下一题呢？”

后面工作人员这才反应过来，翻了下一个题板。

第三题：华尔兹。

弹幕的讨论重新热闹起来。

“这个应该好演吧，跳两下就行了？”

洛小棠果然应和弹幕的期望，做了四个标准的动作，苏延拿起话筒：“跳舞？”

洛小棠摇摇头，她又走了两个舞步，指了指他，又指了指自己。

苏延又问：“一起跳的？”

洛小棠点头，眼睛里满满都是兴奋。

“华尔兹。”

这题结束，《我们的年少时光》剧粉们纷纷冒出头来。

“有看时光的姐妹吗？这么久终于来了一个我懂的……”

“嗯……准确地说，怎么总感觉这组有什么小秘密呢……”

“肯定有小秘密，之前的解题思路完全看不明白。”

台上进行到下一题。

第四题：睫毛夹。

洛小棠看到题板，明显愣了一下。

刚才因为跳舞转圈离苏延有些远，她走近了两步，离他大概一米半的距离，突然伸手揪扯自己的睫毛。镜头很识相地拉近，洛小棠毫不犹豫的动作落入了全国观众的眼里，小姑娘眼皮都被扯得往外拉，睫毛揪得是真狠心。

上一秒还是跳华尔兹的小仙女儿，下一秒就成了这样，屏幕上出现了一片“哈”字。

“她是真没架子啊，笑死我了！这种镜头下谁能上来就这么扯自己睫毛啊？不得把自己假睫毛给扯下来？”

“欸？我的关注点在……这睫毛是洛小棠自己的哟……她没戴假睫毛啊！”

摄像似乎也没考虑仪态的问题，只是为了让观众更近距离地看清嘉宾的示范动作。

洛小棠的脸好看是众所周知的事，毕竟热搜上了这么多次，本质都是因为她这张极富少女美感的脸。近距离的拍摄下，她的颜值依旧分毫不受影响，虽然此时揪着眼睫毛的动作看着很搞笑，也能看到她是真的卖力。

“……真相了。”

“我酸了，这么近的高清镜头看，她的睫毛好像真的是自己的。”

…………

洛棠不知道观众这就讨论起自己的睫毛了，还要给自己做表情包。

苏延迟迟不说话，她心里急得要死，干脆又往苏延的方向挪了两步。

苏延坐着，她站着，洛棠一下子弯腰，直直地对着他揪自己的眼睫毛，努力还原夹睫毛时候的状态，一下一下往上扯到眼皮变形，就差直接怼到他眼前了。

“眼睫毛？睫毛？”

洛棠摇摇头，又开始重复揪。

台上主持人和嘉宾笑得东倒西歪，看着洛棠弯腰揪睫毛的样子，梁子月眼泪都笑出来了。

苏延看着面前卖力的小姑娘，她一边眼皮变形的样子格外可爱，他忍住了笑，又想了想：“卷睫毛的？”

洛棠揪睫毛的手放下来，瞪大眼睛，杏眼黑白分明，微微歪着一点头，不敢置信地看着他。

弹幕突然笑疯了。

"卷睫毛的！哈哈哈，我先笑个五分钟！"

"哈哈哈，我来翻译一下这个表情好吗？洛小棠：苏神你是哪里来的生物？你叫直男吗？哈哈哈！"

…………

睫毛夹浪费了足足一分钟，洛棠只能用Pass卡，最后两人一共答对了六道题。

主持人出来总结的时候，非常意味深长地看着他们这边："那我们刚刚在台下呢，导播说节目组收到太多观众来信啊，大家纷纷要求一会儿游戏环节结束，两位非常默契的搭档能给大家解答一下疑惑。"

洛棠浑身一僵。玩游戏太投入，演的时候都忘了！

她跟苏延是搭档，两人游戏结束也是坐在一块儿。洛棠把麦拿走一点儿，努力说话不动嘴唇，语气很焦急："怎么办？怎么办？"

苏延一副很淡定的样子："没事，别怕。"

两人这回小动作太过隐秘，并没有得到摄像的青睐，只有场外弹幕里个别显微镜女孩发现了两人好像在交头接耳。

很快，下一组的三分钟过去，最后得分四分。于是第一轮，梁子月那组倒数第一，洛小棠组胜利。

这段时间算是休息空隙，网络上插播了广告，而台上搬上来了新的题板和新的道具。

趁着这空隙，洛棠回头看了一眼正在喝水的人——深刻迷人的侧颜，性感至极的喉结呼喊着偷偷地笑了。

跟苏延同台录综艺，跟他一组，跟他做了游戏，这简直不可思议。

但她没想到的是，更不可思议的在后面。

"在第二轮开始之前，我们插一个刚才被遗漏的环节——给组合取CP名。"

《星星补习班》里的游戏都是分组的，每组取名字也是惯例，两人组统称"CP名"，两人以上组统称"组合名"，所以大家也并没有觉得CP有什么奇怪，毕竟只是一个临时组而已。

道具都摆好在台上，洛棠看着面前的桌子、纸笔，有些出神。

……她不光跟苏延同台做游戏，现在还要取自己跟他的CP名？！这个世界也太疯狂了！！

“怎么取？”

“嗯？”洛棠回过头，“哦，就是我们的名字里找两个字，组在一起就行。”

苏延点头：“那我们四个字怎么组？”

洛棠乍一听没什么不对的，等反应过来之后，用笔快速地戳了一下他的胳膊：“为什么是四个字？”

语调拼命暗示。别露馅儿啊哥哥！我叫洛小棠，不是洛棠啊！！

苏延被这么一戳也反应了过来，在直播面前，他表现得波澜不惊：“‘小’字没法组，我就没算。”

“……对，有道理。”能圆回来就好，洛棠松了一口气。

洛棠打开笔盖，开始在白纸上写字。

洛，棠，苏，延。

洛棠还在挨个排除的时候，就听苏延说：“棠延？”

“啊？”洛棠很纳闷，“为什么要叫棠延？”

苏延也不解，他十分看不顺眼的那什么“棠月”，不就是这么起的？

“这不就是两个名字后面那个字组在一起吗？”

“不是的呀！”洛棠突然老师上身，“这种组合CP名一般是取两方名字中各一个字，当然，要是排列组合起来能够组成一个带意义的词语就更好了。”

洛老师继续讲解：“你看‘棠月’就只是两个字组在一起，最普通的那种，施音和顾誉那个‘音誉’，谐音还可以叫音域呢！”

这边被提到，隔壁组正在跟肖迎互掐的梁子月一脸蒙地看向洛小棠，弹幕也开始狂笑。

“梁子月：？？？”

“哈哈哈！月月心想：姐妹你怎么回事儿？为什么嫌弃我们的CP名？（月月我替你发，哈哈哈）”

台上的苏神端坐。没人知道，苏延蓦地想到自己那个小号的ID，心里突然一阵后悔。

早知道也取个名，他那个太直接了。

今天回去就改。

苏延收了心思，扬了扬下巴："那你取。"

"嗯……"洛棠看了一会儿这四个字，没用太久就想好了，"'苏棠'吧！"

"嗯？"苏延挑眉，"这跟我取的有什么区别？"

"酥糖啊！有谐音的！"

"什么谐音？"

洛棠睁大眼："酥糖啊，就那种酥糖，你没吃过酥糖？"

苏延愣了一下："……啊？"

画风突变的两人备受摄像和场外关注，几乎是瞬间，又是一片"哈"字飘过。

最后还是主持人好心带上来一部手机，给苏神搜出来看到底什么是酥糖，组合名也最终敲定。

第三组两位取的就是名字最后一个字拼在一起，主持人又问到梁子月和肖迎。梁子月和肖迎剑走偏锋，肖迎说："我们参照隔壁洛小棠和苏神的方法，取了'月肖'的谐音。"

主持人想了好半天也没想明白："'月肖'有什么谐音？"

"夜宵。"肖迎笑得很开心，白牙整整齐齐地露出来，"大家好，我们是夜宵组合。"

"噗——"主持人笑喷，台下也笑倒一片。

这是什么强行谐音？

洛小棠和苏延的组合取名过程都被观众给看完了，问都不用问。

他们是第一名，第二轮游戏也最先开始。

第二轮是猜成语环节，这次节目组的要求是不能用动作，只能靠嘴，但语言不能涉及成语里的任何一个字。因为能够靠说来描述，这就让第二轮比第一轮要简单得多。上一轮取得了优异的成绩，所以两人模式延续，依然是洛小棠描述，苏延负责猜。

两个人一直都配合顺利，除了某些不好表达的，比如"沆瀣一气"这种，她就直接用了 Pass 卡。两分五十秒，两人答对了九个成语。

第十题：欲盖弥彰

此时，时间还剩下十秒钟。洛棠花了一秒钟，就否认了给他用弯弯绕绕的方法组织语言来让他理解这个词语从而猜测意思的想法。

到底用什么……有了！洛棠大脑灵光一闪，虽然觉得羞耻，但眼看时间就要到了，为了赢游戏也顾不得那么多。

“就是，”她咬咬牙，暗示道，“我那时候跟你说的……我没截图。”

时隔这么久，再想起那次视频电话，苏延问她的时候，她脱口而出的“我没截图”……依然是一阵令人窒息的尴尬扑面而来。

这个名场面其实也给苏延留下了极为深刻的印象，所以他一听就明白了她指的什么。

“啊，”苏延立刻恍然大悟，“此地无银三百两。”

什么跟什么！

“……不是，”洛棠闭了闭眼，快速道，“四个字的。”

“啊，”苏延又悟了，“欲盖弥彰。”

主持人高兴地宣布：“正确，刚好时间到，酥糖组合十分。”

洛棠：“……”苏延对答如流，她简直羞愤欲死。

酥糖组合结束之后轮到下一组。梁子月跟肖迎的“夜宵组合”全程拌嘴，上次猜词语，肖迎觉得是梁子月表达不当，梁子月嫌弃肖迎太笨，于是这回调换了位置。

第一题：牛头马面。

“第一个字，”肖迎想了想，突然指着自己，大眼睛看着梁子月，“我属什么？”

梁子月蒙了：“我怎么知道你属什么？”

“你怎么能不知道我属什么？”肖迎睁大眼，“我是你搭档啊！”

梁子月火了：“那你知道我属什么？！”

“咳，”国民弟弟挠挠头，“不知道。”

此时，半分钟已经过去了。弹幕疯狂在刷“哈哈哈”，事实证明，不是谁笨谁表达不当，而是梁子月和肖迎八字不合。

他们这组理所当然地又垫了底。

又做了几个小游戏，下面的环节是主持人和嘉宾的闲聊八卦时间，主要是给大家放一些剧组拍戏时候的独家花絮，再八卦一下剧组内人员。

主持人果然提到了刚才铺垫好的事：“刚才我们大家应该都发现了啊，苏神、洛小棠这组跟别的组画风非常不一样，默契度高，最重要的是——”主持人恰到好处地转向观众席，“我们什么也看不懂。”

下面一片迎合声，外场弹幕也是疯狂刷“我也看不懂，呜呜呜”。

“所以，看在我们这么多人都疑惑的分儿上，”主持人重新对着苏延的方向，“酥糖组合能解释两句不？”

洛棠心里直打鼓。怎么说才能不给苏延招黑呢？她真的是玩起游戏来，就一心想着让他猜对为先，别的都没仔细考虑……这下可好了……

洛棠拿起手里的话筒，正准备说话，身边的人却抢先一步：“嗯，因为我们拍戏以前就认识。”

主持人一愣，接着往下问：“是圈外的朋友，还是？”

“圈外的朋友，”苏延再次点头，“我们是高中同班同学。”

场内观众一片哗然，场外弹幕炸了。

“这个世界太玄幻了！”

“洛小棠是苏神的高中同学？这届网友没有跟他俩同班的吗？这么不给力？”

“长成这样的两个人怎么回事？不应该全校风靡？没同班同学出来认领？”

“等会儿，我记得洛小棠虽然资料少，但她是22还是23岁，苏神25了，怎么同班的？”

这边弹幕刚开始质疑年龄，那边一个主持人也注意到了：“可是苏神，我记得你比小棠大了两三岁吧？你们是怎么同班的呢？”

洛棠想要回答，依然是苏延先答，言简意赅，带着点儿笑意：“因为她比较厉害。”

苏神不是第一次上《星星补习班》了。但他以前都是那种坐在座位上，满脸写着“我不好惹，不想说话，你们不要叫我”的状态，游戏也是玩得很……所以才有“游戏黑洞”的称号。

这次不光游戏一直赢，跟搭档默契度爆表，甚至还开始抢答了？！

就在主持人怀疑苏神被人附身了的时候，苏延又说：“她跳级了。”

主持人这才声调长长地“哦”了一声，表示自己明白。接着剩下的人纷纷打趣洛小棠，调侃自己上学的时候是学渣，真想体验一下跳级的快感。

这个小插曲过后，节目流程也回到了正轨。

离开的时候，众一起乘电梯到地下停车场，台上拘谨的男女生私下其实十分活泼，再加上斗嘴不停的夜宵组合，几人一路吵吵闹闹。

洛棠特意走得慢了点儿，跟最后面的苏延并排。

洛棠想了半天，也不知道该提起什么话头比较好。毕竟她现在一和苏延对视就觉得尴尬，脑子里就会飘过他说过的那两个成语。

最后还是苏延先开口：“后天你会去吗？”

“后天？”洛棠疑惑，“什么后天？”

“……国剧之夜，一个晚宴。”

“我？”洛棠指着自己，“我也会去？”

看着她一脸懵懂，苏延有些想笑：“对，今天我们六个人都会去。程橙没告诉你？”

洛棠想了想：“我飞机晚点整整半天，回来补了个觉就来录节目了，可能她还没来得及跟我说。”

“这次跟开机宴不一样，隆重一些，需要走红毯。”苏延简单地解释，而后一顿，“你大概会跟我一起。”

洛棠猛地停住脚步：“啊？”她为什么会跟他一起？

苏延也停下脚步，他刚录完节目，却也没有疲惫的样子，反而眉宇间看上去有些淡淡的放松感。

“因为只能一个剧组的人互相配，具体要看网友投票结果。”苏延解释，“今晚节目播出后，我们六个，很可能是今晚的这三个组合不变。”

因为网友们刚看完同框，多半会延续这种期待感。

而且——他也会在截止前投个几百票。

…………

十分钟后，保姆车离开了彩虹台地下停车场。

“后天呢，国剧之夜，要走红毯；大后天有一个电台采访，因为你在国外没回我消息，我还没推掉；之后有个……”

“哇，”看着程橙一板一眼汇报的样子，洛棠觉得新奇，“我也是个有行程的人了呢！”

程橙好笑地看了她一眼：“你要是想的话，你可以从早忙到晚一直不停歇。”只有天知道她上星期推掉了多少广告通告邀约。

洛棠摆摆手：“那算了，我还得画图，没时间。”

“今晚的节目我在车上看的直播。”程橙突然冒出来一句，“我突然觉得苏神真是个好男人。”

洛棠震惊了：“你说什么呢？”

“那几个问题，虽然没什么重要的，也没什么能引人遐想的，”程橙认真地说，“但是假如主持人问的两个问题，是你回答得那么积极的话，肯定会被骂。”

如果洛小棠迫不及待地先答了，苏延却没说话，这不就是明摆着洛小棠想跟苏延扯上关系。

但都是苏延抢答的，还变相夸了她，大家什么都不会说。

洛棠是完完全全没有想到这一层：“有这么……夸张吗？”

她以为只是两个问题而已啊，而且当时苏延抢在她面前回答，她还觉得奇怪。

居然是因为这个……

“这些啊，都是有先例的，当时啊……”程橙叹了口气，开始给她讲以前的事，洛棠却左耳进右耳出，没听进去。

洛棠看向窗外，眼前蓦地闪过刚才临上车前，他说的最后一句话。

“洛棠。”苏延完整地叫她名字。

他的眼瞳在昏暗的环境下显得格外深邃黝黑，俊美的脸上挂着淡淡的笑意：“我参加过很多次综艺节目，但这是最开心的一次。”

很轻的声音，重重地砸在她心上。

那一刻，她突然莫名心疼。

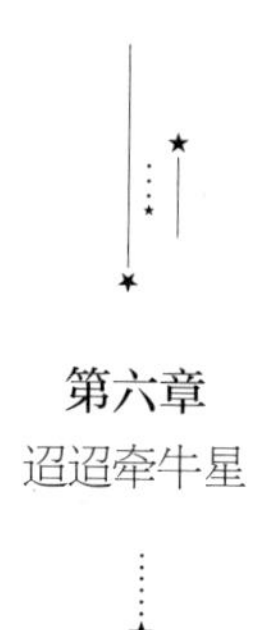

第六章

迢迢牵牛星

“国剧之夜”一年办两回，年中和年末各一次，受邀的基本是上半年和下半年有所成就的艺术家，或享有口碑的国产电视剧的主演和主要配角饰演者——也就意味着众星云集。

这可比之前洛棠参加的开机宴要隆重多了。

宴会在晚上举行，当天吃过午饭，程橙提前了四五个小时过来盯着她做妆发。

洛家只有洛棠和用人在，洛棠直接带着她去了衣帽间。

“这里的礼服我都好久没动了，也就拍戏跳舞，还有去安珩哥生日聚会的时候穿了两次。”在前面带路，洛棠声音里还有点儿小激动，“今天又能派上用场啦！”

程橙笑着扶着她的肩膀：“是的是的，‘公主殿下’，快让我开开眼界。”

衣帽间的门跟洛家别墅整体装修风格一样，欧式，乳白色，看着十分有格调。洛棠推开门进去，伸手指着一个方向：“喏，都在这儿了。”

程橙好歹是个混迹娱乐圈几年的人了，她看着这几乎要把人眼睛晃瞎的衣柜，闭目，深吸一口气。

洛棠手正在裙子间来回摸索挑选，她挑了一条白色渐变银色的及膝纱裙出来。

程橙额角一抽，这裙子是D牌的某季高定秀大闭担当。

“……你穿这条去，就是在昭告天下‘还不快来探探本公主的底细’。”

洛棠都开始往身上比了，闻言忍不住翻了个白眼：“你这也太夸张了。”

…………

最后，洛棠选了件虽然价格不明但不管是颜色还是款式都十分不起眼儿的黑裙。

本来她拿在手里的时候已经给程橙过了目，并且得到了“应该不会有问题”的认可。她换上之后出了衣帽间，却又见程橙在那儿叹气。

程橙也不想啊！

她也想不通，刚才放在衣柜里跟一众亮闪闪的小裙子们相比格外文静又朴素的小黑，怎么到了这女人身上就……重新发光发热了呢？

洛棠平时大概不怎么爱户外运动，身上的皮肤又白又细腻，长得美，而且灵。那种转眼顾盼间的灵气是最打动人的。

看得她都想粉洛棠了。

“其实跟高定没半毛钱的关系。”程橙是真的懂了，她也放弃了让洛棠往低调里打扮的想法，“你就是披个塑料袋儿都好看。”

洛棠也不知道自己这算是被间接夸了多少次，沉默两秒：“小橙子，我将来有需要夸夸团的那天，一定重金聘你。”

洛棠拎了一个H牌晚宴包，程橙本来想阻止，但这包跟小黑裙格外搭。一个小仙女俏生生地站在自己面前，她一下子就对美貌妥协了。

拎！必须拎！

…………

晚上七点。

晚宴要一起走红毯的事儿被洛棠知道之后，立马回家看了看情况。

他们的支持度令人咂舌。不光是她在努力，看来《星星补习班》的观众们的确希望他们再次同框。

站在会场红毯候位区，洛棠如愿以偿地挽上了他的胳膊。

苏延就是苏延，这胳膊……都不是一般的胳膊。隔着两层衣服都能感到肌理紧实，瘦却有力。

苏延的声音从左边传来，低低沉沉的，很好听：“别紧张，我带你。”

洛棠笑了一下，顺便紧了紧挽着他的手：“好呀！”

接下来的一切都很顺利。工作人员来引路，洛棠跟着他的步伐匀速前行，面上保持着训练有素非常逼真的假笑。

媒体疯了一样地拍这两人。谁能想到，当初开机宴拍都没人拍的洛小棠，短短三个月就成了媒体的香饽饽，还成了多年以来第一个跟苏延一起走红毯的女星。

头条预定了。

媒体区的另一侧，程橙在幕后看着这一对缓缓走来的璧人，心里感慨万分，心道这要是婚礼现场就好了。

她正在帮自己小姐妹臆想婚礼现场该穿公主衣橱里哪种风格的小仙裙，肩膀突然被人猛地拍了一下。

程橙吓得原地一蹦，一回头才发现是熟人，她松了一口气："小冉，你也来了啊！"

这是她带上一个明星的时候关系比较好的同行，也是跟她一样从小助理慢慢做到了现在的经纪人。

"橙子，好久没见啊！"小冉的声音依旧活力十足，两人简短说了几句，话题转到了正在走红毯的人身上。小冉"啧"了一声："你带的新人发展都好好呀，你看你看，之前还是个新人的洛小棠现在居然跟我男神一起走红毯！真牛！"

但这其实跟她半点儿关系都没有，程橙不尴不尬地"嗯"了一声，没搭话。

洛棠和苏延走到两人面前的时候，小冉突然捂着嘴"嗷"地叫了一声。

程橙又吓了一跳："你干吗？"

小冉仔仔细细确认了一下洛小棠手里的东西，惊讶得眼珠子都要瞪出来："橙子！你可以的啊！我这两天跑断腿也才给我家那位借了个手拿！"

程橙一头雾水："嗯？你说的什么玩意儿……"

"你跟我还谦虚啥呢！"小冉把她的胳膊都捏疼了，"不是，你居然给这小明星借到了这个牌子的全镶？早买不到了！而且这一看就是真货！姐妹你可太能借了吧！！！"

程橙："……"这跟我有什么关系哟！

小冉又说："我之前听你们剧组一个化妆师说，当时洛小棠穿的那条华牌也是你给借的！呜呜，橙子你真的牛！我太佩服你了！"

她不提还好，一提那次的乌龙，程橙到现在回想起来还觉得尴尬，她皮笑肉不笑地回了一句："哈哈，是吗？"

程橙心有点儿累了，破罐子破摔：“其实我没告诉你，我这么能借，是因为我认识洛棠。”

小冉一愣：“洛棠？谁？”

“洛城他女儿啊！”程橙说，“我找洛公主借的。”

小冉立刻反应过来：“哈哈，别逗了！这么久没见了，你咋还是那么搞笑！”

程橙：“……哈哈。”朋友，别怪我，曾经有一个真相摆在你面前，你却没有选择相信。

…………

“国剧之夜”的媒体里有不少开了直播平台，从红毯开始一直播到结束。

本来因为前天的《星星补习班》播出，加上昨天的回放，“苏延和洛小棠是同学”这话题一直热度不减，今天两人再度同框，在曝光度如此大的平台上，从苏延和洛小棠出现在红毯一侧开始，屏幕上便盖满了文字。

“苏神第一次红毯不是单独走，他有女伴了！”

“洛小棠跟苏神跳了舞，做了游戏，同框N次，现在居然还一起走红毯了！她才出道几个月啊，凭什么？！”

“虽然觉得洛小棠运气好得有点儿过分……但是她跟苏延这么看他俩真的好配……他们还是这么多年的老同学啊！在节目上看简直默契爆棚！”

“不得不提醒一下某家粉，不管有意还是无心，不要再扯上苏延了，OK？”

“苏神粉也不用这么着急忙慌地撇清关系吧！我两家都喜欢，当然喜欢苏神更久一点儿。这两人说话说了一路了，而且他今晚心情真的很好，你们是装看不见吗……”

…………

洛棠走红毯之前就不紧张，走的时候就更放松了。她甚至还有心情一边笑着让两边的媒体拍，一边偷偷问身边的人：“苏延，我们现在能说话吗？”

他胳膊微动，给了肯定的回应：“能。”

“我觉得真的好神奇。”洛棠也顾不上伪装嘴形了，“你知道我以前看你参加各种盛典、颁奖典礼，还有电影节什么的，你走红毯都是一个人嘛，我那时候还在想，也不知道是谁将来能成为你第一个红毯女伴。”

洛棠还想，那个女孩得多幸运啊，能挽着他的手出现在众人的视线里，得积累多少好运气。

洛棠“啧啧”两声：“没想到是我呀！”

少女的声音俏皮可爱，带着一点点的小得意，尾音微微上扬，苏延虽然没有低头去看，但也能想象得到她脸上的神情。

“嗯。”苏延很淡地笑了笑，“有什么感想？”

感想嘛……

洛棠忍不住低头装作看路，声音放得很小很小：“就是觉得，我也太幸运了吧！”

苏延没听到洛棠的回答，以为她没说话。红毯走到中间段有一个签名板，他想起来似乎还没告诉她，便提醒道：“走到前面的签名板要签名，签完要停一会儿给媒体拍照。”

这些程橙给她讲过一次了，但洛棠还是小幅度点了点头：“好。”

签名板那块儿有个矮矮的台子，两人接过工作人员递过来的笔。苏延轻车熟路，签得很快，洛棠有意跟他挨着，所以基本上是贴着苏延的签名签了自己的，像是个小尾巴一样。

等她转过身的时候，一片刺目的闪光灯瞬间将两人笼罩。

刚才在红毯的时候两侧就有照相的媒体区，洛棠在剧组早已经习惯了被摄像头跟着的感觉，也没觉得怎么样。而此时对着这样密集而刺眼的光，她发现自己有些受不了。

洛棠眼睛被刺得生疼，也不可能直接低头，只好摆出一副十二分开心的样子眯着眼睛笑，整张脸才能不那么僵硬。

拍照时间大概一分半钟。

“国剧之夜”主办方次次都办得很漂亮，红毯长不说，在中间签名板这儿拍了照，要走到宴会厅还得爬个几十层台阶。美则美矣，累也是真的累。

等被苏延带着从另一边下去的时候，洛棠不光脸都笑僵了，眼睛还疼起来了。

“苏延，你都是怎么适应这种闪光灯的啊……”

“拍多了就能适应。”答完，苏延脚步一顿，“……你眼睛疼？”

“嗯。”洛棠感觉眼球很难受，“我是第一次，刚刚被闪光灯晃得不太舒服。哇，他们也太能照了吧……”

此时，所有的声音都离他们渐远，顶多被拍个背影，也不用怕媒体抓拍到不好的表情，所以洛棠专心看着台阶，嘴里嘀嘀咕咕：“也不知道会不会影响视力啊……我长这么大都没得近视，万一这么一搞以后我要戴眼镜可怎么办……”

苏延侧头看了一眼。

小姑娘垂着头，她今天的发型精心打理过，两边的碎发编成了两股小辫子，身后柔顺的长发自然披着，头上闪亮的钻饰做了恰到好处的点缀。

洛棠今天的鞋跟很高，人比平时站在他身边的时候要高了一些，从这个角度，能看到她皱起的秀眉，卷曲纤长的睫毛像小翅膀，一颤一颤的。

喉结滚了滚，苏延出声回答了她的碎碎念：“没事，不会影响。”

洛棠“哦”了一声，对苏延说的话她向来是深信不疑，一下子放下心来。

然而下一秒，洛棠还在眯着眼睛看路的时候，眼前突然一黑，有什么东西覆在了她的眼皮上。

眼前看不见，其他感官就更敏锐。动作之间，曾经在苏延身上闻到过的绿调香再次萦绕鼻间。洛棠听到头顶传来熟悉的清冽好听的嗓音：“难受就闭眼，一会儿就好了。”

她的左手还搭在苏延的右胳膊上，那现在盖在她眼睛上的……是他的左手吗？

偶像这关怀来势汹汹、猝不及防，没出息的洛棠跟被雷劈了一样立在原地，完全挪不动脚步。

他在给她捂眼睛？

这个动作，这个姿势……让洛棠的某些记忆一下浮出了脑海。

好像是高二那年运动会，当天的晚会太无聊，洛棠不想看。但她自己偷跑不算，还要拉着苏延一起。而少年的他虽然每次脸都很臭，却次次都让她得逞。

洛棠带着他溜走的时候晚会刚开始，天还没黑，结果等两人要走回去的时候四下连路灯都没有。洛棠年纪小，家里有个不同寻常的喜欢锻炼妹妹胆子的哥哥，看的书和电影多，胡思乱想的本事一流。

周围漆黑一片，她拽着少年的校服就不撒手了。

苏延想拉她走，她也不敢。洛棠记得自己就是像现在这样跟他小声抱怨，然后盯着他一直看。

最后，可能是忍无可忍，少年突然一把把她搂过去，伸手捂着她的眼睛，催眠一样地在她耳边说："你什么都看不见了，洛小棠，你现在瞎了，跟我走。"

夏夜晚风里，少年的声音很冷很硬，动作却异常柔软。

就像现在。

苏延的手指冰冰凉凉的，肌肤触感格外舒服，冷玉一般地盖着她的眼睛。

洛棠好几秒都没动作，而苏延好像以为她停住不动是因为害怕，安慰她的声音里都有些无奈。

"别怕，"他说，"我带你走。"

每年的"国剧之夜"都有许多人观看，讨论度原本就高，更不用说今天这场有女伴一起走的红毯，也算是苏神的"第一次"。

所以"苏延洛小棠红毯"理所当然地成了被讨论最多的话题。与此同时，不少人开始兴奋地讨论官方发布的高清大图。

"夜夜你说实话，你们给这两位修图了没？"

官方微博立刻回复："没有修呢！"

不多时，官方微博又分别放了签名板前拍摄的图和两人上台阶时的背影，讨论的人更加多了起来。

除了对两人外表的评价，大家还发现了十分不得了的"秘密"——

"等会儿，最后那张背影？苏神的左手呢？？"

"欸？第九张图苏延为什么没有左手？我放大了看他好像抬起来在干什么？"

"看不清，但是左手真的没垂下来！是不是用来……"

"我宣布！这张照片就取名叫'消失的左手'！"

…………

对于洛小棠的一身打扮以及苏延消失的左手讨论得热火朝天，身为当事人之一的洛棠对这些却一概不知。

她此时只觉到处都是粉红色泡泡，正在咕噜咕噜地往外冒。

洛小棠满足而幸福地被牵引着，在一片黑暗中爬完台阶，重见天日的那瞬间，心里最先闪过的是失落。

两人的座位不挨着，上完所有台阶，就到了正式入场，洛棠跟苏延自然而然地要分开。

苏延盖在她眼睛上的手几分钟前就松开了，此时此刻，洛棠再怎么不情愿，搭在他胳膊上的手也该拿走。她速度缓慢地往外拿自己的手，同时悄悄抬眼打量身边的人，却不想一下子对上了苏延的视线。

他也在看她。

洛棠愣了一下。会场内的灯光比外面明亮许多，苏延眼眸深黑，跟他的西装相得益彰，整个人像是会发光一样。他语声淡淡地说："眼睛还疼的话就找我。"

可是她找他干吗？再来一次爱的捂眼睛？用爱治眼？

洛棠疑惑了一顿，最后发现……自己是一百个愿意的。

她乖乖点头："嗯。"

苏延在工作人员的带领下走远，洛棠被指引着坐到了自己的座位上。她没有在意周遭环境，也不知道旁边坐着谁，满脑子都是刚才甜甜蜜蜜的捂眼睛走路的桥段。

洛棠从来没觉得，爬楼梯也是件能甜掉牙的事。虽然全程什么都看不见，但她知道，这还在"国剧之夜"万千瞩目的红毯上，他们的背后，有成千上万双眼睛在看。

而他们却在做这样的事！

于是又来了！

——那种在众目睽睽下有了小秘密的羞耻感和快感！

洛棠低头，捂住自己的嘴克制着不笑出声。

呜呜呜，人生简直不要太圆满！

"国剧之夜"每年主办方不变，投资方也很固定。洛棠也是看到了贵宾席入场时某个万分熟悉的身影才想起来这事儿。

投资方……好像是……千星国际和洛氏财阀啊……

虽然在家里说话做事都各种不着边际，哥哥当得也别别扭扭，但洛棠不得不承认，她这个哥哥，绝对是牛哄哄能跟人吹一整天不停歇的那种人物。

洛城之子洛舟，商界奇才，二十二岁就接任重位，头脑、手段比当年的洛城有过之而无不及。而且因为长得太好看，被财经杂志、时尚周刊等当成宠儿。洛棠记得有段时间，诸家著名财经杂志纷纷以是否做过洛舟专访为评判标准，互相攀比。

跟苏延相反，洛舟今天穿了一身白，白的西装格外挑人，一个不小心就显胖显黑，但洛舟的颜值完全不需要考虑这些，妥妥的白马王子形象。

洛棠自从录完了《星星补习班》，她跟苏延是同学的事儿就几乎一夜之间被全网所知。

前两天洛舟出差，人在外地没法直接找她，今天大概是下了飞机直接来了现场。

可是——她的电话快被洛舟给打爆了。

洛棠看着洛舟明显心情不好强撑着一副“嗯，老子要撑到把这个破宴会开完再说”的样子，顿时心虚得不行。估计今晚一回家，兄妹谈判是怎么也躲不过了。

这边正感慨，她左边突然传来一道女声：“你好，请问你是洛小棠吗？”

洛棠回头，见身边坐着的女明星十分面熟，就是那种你知道她是个演员，你也知道她拍过很多部戏，可是要一口叫出这人的名字或者喊出她的代表作，却是大脑一片空白。

这大概是传说中的龙套脸？

洛棠脑子里想了一圈，实在是没记起来，她礼貌地笑了笑：“对的，我是洛小棠，请问您是……”

对方脸上闪过一丝诧异，但很快被遮掩下去，笑着说：“没事，我拍的戏都不温不火，你不认识我也不奇怪。你好，我叫廖青青。”

啊！对！就是她！

洛棠又笑了：“你好。”

廖青青身边还坐着一排类似的龙套脸，洛棠笑着跟她们打过招呼，就没再聊下去。

放了几段国剧片段后，发言全部结束，又表彰了包括《我们的年少时光》在内的流量爆剧，晚宴总算进行到了后半部分。

洛棠在微信上跟梁子月说好去趟洗手间就去跟她会合，她拎着包离开座位，转了好几圈，最后还是问了工作人员才找到位置。

洛棠在一墙之隔的化妆区补了个口红，正准备出去的时候，听到了推门声，还有好几双高跟鞋踩在地上的声音。

辨认了一会儿，这是刚才坐在她身边的那排女明星。

又听了一会儿……

洛棠干脆抱着胳膊听下去了，她在不起眼的暗处，就这么看着她们几个对着外面洗手台的大镜子搔首弄姿。

因为这几个人，恰好在讲她的八卦。

连她自己都不知道的八卦。

“你说她一个新人，能第一、第二部都跟苏延一个剧组，演的还是有名有姓的角色，”叫刘玲的语气还算正常，感慨道，“洛小棠运气真好啊！”

突然，另外一个人冷笑一声：“你太天真了吧！施音本来不是都定好了青青姐吗？她直接抢走了，这叫运气好？”

洛棠：？？？

“运气好？”她又看见廖青青笑了一下，长得挺明艳的，只是眼角皱纹实在有些明显，“娱乐圈别扯运气。她那么年轻，长成那样，背后金主靠山大有什么奇怪的。看着那么纯，指不定……”

洛棠百思不得其解。

洛棠打字给场外的程橙，直截了当：“我跟廖青青有仇？”

程橙：“她们怎么了？”

洛棠简单说了一下，程橙很快回复过来一大段：“你别理，两个都是没人气的，身边围着一群更加没人气的。我上一个带的明星也整天被她们地下姐妹团说坏话，你这更是直接几个月就红成这样，你现在肯定是她们茶余饭后的宝贝。”

程橙：“神喜欢单打独斗，失败者都爱抱团嘛，别在意。”

洛棠：“……”哦，那我该骄傲咯？

洛棠想了半天，她没得罪这伙人，她甚至连公司都不常去，怎么就被别人在背后这么编派呢？

的确，她隐瞒身份是为了避免麻烦。但二十多年的家教并没有任何一条是教她忍气吞声。清风自来？不存在的。

文学故事里，沉默能够换来清白的结局。现实世界里，沉默等于默认，等于你承认了那些朝着你泼下来的脏水。

洛棠不知道别家，反正在白“皇后”的教育理念里就没有“忍”这个字，堂堂正正、光明正大地刚就对了。

洛棠把手机锁屏，从角落走出来。

洛棠今天穿了一双她很喜欢的 J 牌高定鞋，走起路来非常闪，高跟鞋踩在洗手间的地砖上的声音格外清脆好听，也十分引人注目。

原本聊洛小棠八卦聊得热火朝天的几人一瞬间安静下来。

廖青青话说到一半，笑容还没从脸上退去，看着一边撩着长发一边走过来的人，眼眸慢慢变深。

属于少女的骨架纤细，纯黑的纱裙包裹着年轻的身体，小腿匀称细白。她脸上噙着笑，杏眼光彩熠熠。

廖青青看见洛小棠环顾一圈，然后语速慢悠悠地说：“青青姐，我刚刚听你朋友说，是我抢走了你的施音啊？”

廖青青本以为她会直接当作没听到，没想到她会这么直白挑开了说。

“可是我当时并没有收到施音角色已经定好的消息呀！”洛棠片刻不给她反应的时间，“而且青青姐，恕我直言，没有我的话，施音也不会是你来演。”

“啊？”廖青青没见过这么直接的，整个人直接蒙了。

说着这话，嘴里还叫她“青青姐”？

“你不知道吗？”洛棠自己演得很开心，故作惊讶地睁大眼睛，声音也控制得很做作，末了，非常到位地倒吸一口凉气，“姐，施音才十六岁啊……”

而后，眼神上上下下地流连在她的脸上，不加掩饰地嫌弃，就像在说，你怎么好意思侮辱十六岁的施音呢？

廖青青看着洛小棠笑盈盈离开的样子，目瞪口呆。

洛棠出了门，正准备去找梁子月会合，却又忽然生出来新的想法。她找了个沙发坐着，给苏延发微信：“我眼睛疼。”

洛棠点击发送，整个人一抖。

噫！连她都被自己恶心到了。

苏延那边果然很快回复过来："你在哪儿？不用动，我去找你。"

洛棠正准备给他描述一下这个休息区，手机屏幕却突然出现来电显示，"橙子"在屏幕正中央。洛棠接起来，还没等问什么事，那边突然噼里啪啦甩过来一大堆话。

"'公主殿下'，我是真的服了你！"程橙语气很着急，"你之前有没有给你粉丝看过你的手机屏幕？不是看，就是你是不是用手机跟他们……唉，我发微博链接给你，你自己看！"

说完，那边"咔"一下挂断了电话。

洛棠："？？？"什么跟什么？

很快，手机一振，洛棠点开程橙发来的微博链接，脸上的笑一点、一点地僵住。

这是一条长微博，一大串密密麻麻的字。

"各位网友，大家好！我现在震惊得不知道说什么好！事情是这样的，我是洛小棠的颜粉，在《我们的年少时光》拍摄期间有去剧组探班，洛小棠姐姐人超级好，超级美，给我们都签了名！然后我拍了几张她跟我们挥手的照片，我一直放在手机里，过了这么久我昨晚心血来潮整理照片，我放大一看……她的手机锁屏壁纸！好像是——苏神！

然后我怕我认错！就去某宝找了专业把图片锐化清晰处理的店！然后我发现——洛小棠的手机壁纸真的是苏延！

我图都放在下面了！你们快看！所以苏神又俘获圈内粉丝一只！恭喜苏神！贺喜苏神！"

虽然知道骂脏话不对，但洛棠还是满脑子飘过"这都能看出来，你眼球是显微镜吗"等弹幕。

洛棠心跳飞快加速，抬眼一看这博主ID——显微镜女孩本人。

洛棠："……"这可真是人如其名。

在今晚这种热搜几乎被一个活动给霸占了的情况下，这条宝藏微博也不知道程橙是从哪儿找到的。

洛棠看了看手机，暂时还没有出现相关的关键词。然而等这波势头过去，可能就不是如此了。

洛棠已经在脑海里想好了到时会带着自己大名的标题——

“惊！继同学关系曝光之后，洛小棠竟是苏延粉丝？！”

“劲爆！洛小棠壁纸是苏延，究竟是蓄谋已久还是真的粉丝？”

“将苏延设为壁纸，或成新型营销手法？”

洛棠又看了一下几张配图，有她拿着手机挥手的原图照片，还有放大加锐化处理过的她手机屏幕的局部图。

洛棠打开，看着那张图，蓦地笑了。

的确是苏延没错，而且是一眼就能认出来的那种：一身红衣，长发束冠，白玉扇，红玉簪。这是他在《围歌》里最后的造型，也是身着这一套在雪地里死去。

洛棠当时看结局的时候哭得不行，最后摄像拉高，越来越高，大雪纷飞，直到主角的身影完全消失在白色世界里。

最后一幕，苏延饰演的主角在白茫茫的雪地里合眼，微笑，整个场景美得惊心动魄。

洛棠当时看完，立刻擦干眼泪钻回房间拿出数位板，有空就画画，一画就是一星期。

不光现在做壁纸的这张是出自她手，那会儿她画了一组图，都是这一个造型。

真正算起来，洛棠也给苏延画了很多很多张同人图，但都是自己一张一张地换着用壁纸，做某些软件的头像，还从来没发出来过。

洛棠切到微信，回了程橙一串省略号。

程橙打字速度也是一流：“这两天自从你们俩上了《星星补习班》开始，好像是多了点儿 CP 粉，我也有关注。但苏延是谁啊，今晚的红毯图下面也已经开始有小范围的吵架，要是这事儿也愈演愈烈，我怕更……”

洛棠：“没办法，太明显啦，得认啊！”

想了想，她又加了一句：“反正我本来就是他的粉丝，没事儿的。”

事到如今，都被发现了，就等着大大方方承认就好。喜欢一个人难道有错吗？她还想让喜欢自己的人也都粉苏延呢！

洛棠想通了就不心烦，发完消息就锁屏，而后又欣赏了一会儿这张美图。

苏延的同人图大概是最有辨识度的那一挂。因为本就眉目如画的人，好画，入画也好认，一打眼就知道是他。

屏幕突然跳出来一条微信。

苏延："你在哪儿？"

洛棠一愣，这才想起刚才跟他的聊天是被程橙一个电话打断的。

洛棠本来在盯着自己画的他发呆，此时看到他的消息，脑中第一反应居然是：画中人跟我说话呢！

她被自己傻兮兮的想法弄得一直笑，同时飞快打字回了苏延自己的位置。

此时大家都在下面喝酒交谈，这块儿人挺少的，就算他来了应该也不会被谁看到。

没多久，耳边传来有节奏的脚步声，洛棠"唰"地抬头，眼睛骤然一亮，她冲对方挥手："苏延、苏延，这里！"

会场是在酒店内部，尽管这是个较为偏僻的休息区，周围的墙壁、雕饰却一应俱全。略带柔色的灯光照在来人身上，苏延西装外套的扣子解开，一边走过来，手指稍微松了一点点领带，整个人都透出一股漫不经心。

洛棠真是纳闷。他们半小时前刚刚见面，衣服都没换，可是她再看到他还是会在心里生出"这男人真好看啊"这种赞美。

洛棠坐的沙发挺大，苏延走过来，直接坐到她旁边。他发现这姑娘眼睛跟长在他身上一样，黏住了，眨都不眨一下。

苏延顿了一下，开口："眼睛还疼吗？"

正在欣赏美色的洛棠一时间大脑短路，过了几秒才反应过来："哦……那个，好点儿了。"

——其实是根本不疼了。哪有那么娇气呀，她说疼他就真的信啊！

"苏延，"洛棠现在不想闭眼，她怕苏延二话不说给她来一个"爱的捂眼睛"，抢先道，"我们聊聊天吧！"

苏延一愣，点点头："聊什么？"

"就……我之前想问你来着，"洛棠坐直身子，抬手顺了顺长发，"我们之前参加综艺嘛，猜词语的时候，我做的那些动作都是高中那会儿的事……"她憋了很久了，直截了当道："你居然还记得呀？"

苏延听完她完整的话，沉默地看了她一会儿。

小姑娘的黑色裙子是左肩处有丝带围出来的花，右边肩膀完完整整地露出来，肌肤泛着莹白的光，锁骨和天鹅颈格外夺目。

她正睁大杏眼等着他的回答，黑白分明的眼珠像玻璃珠一样剔透发亮。

“……嗯。”苏延点头，嗓音莫名沾了一点哑，“记得。”

怎么可能不记得？

每晚都在梦的场景，夜夜重复的场景……怎么可能不记得？

洛棠得到肯定的回答，心里的小人儿早已经开始跳起了街舞，表面上却只是弯唇一笑：“哦。”

她觉得一个“哦”字表达不了自己的情绪，于是又说：“你不是说那晚是你最开心的一次综艺吗？其实也是我最开心的一次。”

苏延失笑：“你一共就参加了一次。”

洛棠表情一僵：“……”是吗？

“反正……我也超级开心。”她改口，“今晚，也是。”

提到今晚，两人很有默契地沉默下来。

洛棠觉得这个沉默，似乎也是那种飘着粉红色泡泡，每个泡泡上都挂着一幅画。

——苏延捂着她的眼睛，带着她爬楼梯的那幅画。

洛棠觉得自己又有心跳加速的趋势，连忙转移话题：“对了，苏延，我还没跟你讲，我确认会进《御剑行》剧组了，演的就是我给你讲过的那个白月光小公主。”

她想要的话，许多事都没有什么悬念吧！苏延觉得洛棠就算现在说出她想女扮男装出演男主，也不是没有可能的。

所以他没怎么意外地“嗯”了一声。

洛棠抿唇，硬着头皮说：“我记得你之前答应我……要是再在一个剧组，也要罩我。”少女的声音稍稍放轻了一点儿，带着点儿不确定，尾音有些颤，“还算数的吧？”

苏延发现，跟洛棠待在一起的时候，笑真的是一件很容易的事。

不管是年少，还是现在。

他勾了一下唇，点头：“嗯。”

洛棠彻底放下心来，这种跟他独处的机会太难得，便又开始肆无忌惮、大大方方地盯着他看。

这样近的距离，才能看到他眼底有淡淡的青色。

苏延最近行程应该很紧张，他的《七爷》即将上映，宣传活动、通告数不胜数。但洛棠知道，过了这段时间，他也没有休息的空当，几乎是无缝就要进《御剑行》剧组。估计等《御剑行》拍完准备播出的时候，《七爷》的热度也刚好过去。

作为粉丝看到偶像作品不断，肯定是超级开心的。但洛棠真的觉得苏延的工作太密集了。

如果是累了想要休息，那简单且轻松。

是他自己不想。

出道这些年都是，最开始在电视剧里演配角的苏延也好，后来一炮走红继而爆红到现在的顶流也好，他从来不给自己空档期，行程永远都是满的，好像连轴转都不会累。

但人怎么可能不会累？

洛棠说不出具体缘由，但她总觉得他一定是心里有什么东西在扯着他那根弦，让他一直不停地工作。

洛棠本来还想提，但又想到自己早就问过苏延这个问题了，便悻悻地闭了嘴。

不过这两三个月的校园剧，他的确拍得挺轻松的，人看着也挺开心，看花絮就能体现出来。

以前看苏延电影花絮的时候，大家的心都是揪着的，因为即便很多高难度的动作，他也不喜欢用替身，受伤在所难免。《我们的年少时光》剧组开始播出 Vlog 之后，不少人都感慨，说终于能看到苏延正常画风下的花絮了。

洛棠发了会儿呆，甩了甩头，转而提起最近超话里讨论最多的话题，语调轻快："苏延，你新电影快上映了！"

苏延点头："嗯。"

又有值得几刷的好片可以看了！又有素材可以画同人图了！她在心里欢呼三连，下一秒，突然听到他好听的嗓音再次传来："你九月二十号那天，有空吗？"

九月二十号，《七爷》上映的那天。

他为什么突然问这个？

问她有空，是要……

洛棠还在发愣的工夫，苏延脸上挂着淡淡的笑，轮廓深邃迷人，他说：“有空的话，可以一起看首映。”

“……有空。”洛棠咬了咬嘴唇，重重点头。

当然有空！没有也得挤出来！

还没等问清楚约见细节，洛棠手里的手机突然无声振动起来，她低头一看——“洛舟”。

……今晚都要回家打架了，还打什么电话呢？

洛棠嘴角抽了抽，拒接，而后抬头看向苏延：“那我们约在哪里？元黎路那边好几个影城，但你不会被人围观吗？”

苏延没立刻答，抬了抬下巴示意她的手机：“你有事？”

“没有！”洛棠毫不犹豫，“没事没事，我们继续！”

洛棠看着苏延启唇，正要说话，头顶却传来一道熟悉的声音——“继续什么？”

洛棠不敢置信地抬头，瞪着来人。

一身白西装，双腿笔直修长，头发偏棕，打理得十分有型，尤其这张俊美的脸，是众多财经杂志的宠儿。

洛舟和洛棠长得像的地方不是没有，但气质实在是大相径庭，所以在洛家并不存在“一看这俩孩子就是兄妹”这种现象。

洛舟的眉眼和气质更像白“皇后”多一些，偏冷，此时他的眼里写满了不爽，眼角狭长，垂眸盯着她，笑得阴恻恻。

“行啊洛棠，”洛舟语气里的嘲讽快要溢出来了，冷冷一挑眉，“不接老子电话，在这儿跟男明星约会？”

完了。

洛棠觉得现在这个状况，可以算是她人生几大重要时刻之一了。

不是，洛舟到底怎么找到这儿的？为什么他表现得这个样子？她干什么了吗？没有啊！她就坐在这里跟偶像聊聊天，怎么就成约会了？！

洛棠在心虚了一瞬之后，立刻又挺直腰板：“你别瞎说！我们聊聊天怎么了？”她倒是想约会，但约会那不是双方的事儿吗？

洛舟对着她冷哼一声，突然把手伸向一边：“你好，洛舟。”

洛棠身边沙发一轻，她抬眼的时候，看到苏延站起身，也把手伸了出去：“苏延。”

洛棠就这么看着两人在自己面前冷着脸握手。

其实也不算冷着脸，主要洛舟本来就脸臭，而苏延又惯常面无表情。他们很诡异地对视了一会儿，洛舟突然说：“你知道吧，我是她哥。”

苏延松开两人交握的手，点了点头。

洛棠见状，也连忙站起来：“嗯，对，我没来得及跟你介绍，这是我亲哥哥，同父同母的那种。”

洛舟：“……”不是亲哥还能是什么哥？这儿一共三个人，她这么特地强调，强调给谁听，怕谁误会，昭然若揭。

洛舟气笑了：“你现在知道我是你亲哥了？”

兄妹这么多年，洛棠一下子就敏锐地闻到洛舟话里的火药味儿。

他的火力还在自己身上，可为什么呢？

洛棠都做好了他准备冲着苏延开炮的准备了……结果洛舟竟然不开？

她还没反应过来，洛舟果然再次开火，伸手拉住她的小臂，对着苏延说：“家里有急事让我带她回去，今晚麻烦你了。”

而后，洛棠都没来得及看一眼苏延，胳膊一紧，整个人就被洛舟不由分说地拉走。

“苏延、苏延！”她最后只来得及回头看一眼留在原地的人，同时挥挥自己手里的手机，口型示意：微信联系。

微微昏暗的灯光下，洛棠连苏延脸上的表情都没能看清，只见着一个笔挺的剪影。

当然也没看清，他张开又重新合上的唇。

乘电梯直达地下车库。

隔着老远，洛棠一眼就认出来这是“陛下”车库里的宝贝之一。熟悉的车身，被小说写烂了的总裁标配车型——劳斯莱斯幻影。

“哇！”她故作惊讶地跟身边一言不发的男人活跃气氛，“这不是我们八米的小幻吗！”

洛城给自己的车取名都叫“小 ×”，这位就是小幻，因为是加长版，所以洛棠叫它八米的小幻。

洛舟没搭理她。

直到司机下车给两人开门，坐到后座之后，洛棠熟练地把桌板放出来，偏头又叫了他一声：“哥，你求了爸多久？”

“你现在叫得来劲了啊？”洛舟看着她，眯着眼睛道，“从国外回来不是很能怼我吗？嗯？怎么现在叫上哥了？”

“我哪里怼你了呀？”洛棠做作地眨眨眼，“明明是你总骂我，我委屈回你两句就叫怼了吗？”

洛舟额角一抽：“知道你学会演戏了，收回去。”

洛棠面部表情恢复正常。

他又看起来十分不耐烦地道：“玩你的，别的到家再说。”

洛棠突然放心了不少。

车是洛城的，司机是洛城的，现在说的话也就是要让洛城的司机知道她那点儿羞于启齿的少年时代情史了。

洛舟心里还是向着她的嘛！

秉着这样的心思，到了家之后跟在洛舟身后去书房，洛棠也没了之前那种心虚。

洛舟靠在办公桌上，抱臂，眼看着他缓缓张开那张狠毒的嘴准备要开喷——

“你等等，”洛棠伸手阻止他，“我先道歉，我之前骗了你，我错了。”

洛舟一口气憋在嗓子眼儿里。吵架先道歉？这是跟谁学的？

这丫头从小到大嘴都甜，真心想服软的时候，不管是态度、动作还是眼神，都十分到位，让人……瞬间火能消百分之八十。

灭火器洛棠接着摊牌：“哥，我今晚把实话都告诉你。”

“没错，你那次猜对了，我那会儿满城找的苏延就是这个苏延。”洛棠说，“我不知道他当年遭遇了什么，这些年发生了什么，也不知道他为什么当演员。”

洛棠看着对面的人一点一点正经起来的样子，她也收了脸上的笑，声音虽然软，但是格外坚定：“但是我就是为了离他近一点儿而已。”

“我们有太多年没见，我不知道我们现在处于一个什么阶段，我自己也需要时间来调整适应。”

“我很确定的是，”洛棠盯着他，加重了点儿语气，“不管是作为曾经的同学，还是我的偶像，我一直喜欢他，这么多年没谈恋爱，也是因为他。”

洛棠说的全是实话。

苏延从一个身上有棱角的孤冷少年，变成现在这个完美的、强大的、几乎没有缺点的“苏神”，这些日子以来，洛棠发现他好像对很多事都不在乎了。

而经历过国外的留学生活，经历过虽不算艰辛却也不轻松的创业，她也早不是当年那个纯真无知的少女。

这些变化，这么多年的空白，并不是一句“好久不见啊苏延，咱们把当时的事儿一下子说开，然后我跟你告个白吧”能解决的。

分开了就是分开了，有些东西，有些隔阂是注定存在的，是必须要解决的。

她想解决，所以她回来，想方设法靠近他。

而现在，她和苏延之间好像也已经有了点儿苗头，那种久违的却又令人心动的美好的苗头。

书房内安静良久，洛舟突然嗤笑了一声：“你这样子，好像我是个要用多少筹码逼你分手的家长。”

一句话，原本还算是正经严肃的气氛仿佛玻璃碎了一般，“咔嚓”一下就没了影。

“筹码？”洛棠歪头好奇，“要是真给筹码，你打算给多少？”

洛舟随口说了个数，洛棠一愣，不敢置信，“你就给我这些？”

“……不然呢？电视剧里才多少，给你几倍还不满意？”

洛棠大叫：“一块表就想让我分手？你配待在这个家里吗？哥你抠死了！！！”

“拍完一部戏浑身都是戏……”洛舟有点儿头疼地伸手揉揉太阳穴，咬牙道，“你正常点儿。”

“哦。”洛棠点了点头，言归正传，“那你现在全都知道了，你要干吗？要跟爸妈告状吗？”

洛舟定定地看了她一会儿：“再说吧。”

洛棠：“？？？”这不像这人的作风啊？

洛舟又问：“所以你现在这是在追男人？”

洛棠开始认真思索，她这到底算不算追？她还沉默着没想明白的时候，洛舟却当她默认了。

“他拍的电影还不错。”身高腿长的男人从桌子边站直，走过她身边的时候轻飘飘地说了一句，“你眼光还行。”而后转身走出了书房。

洛棠愣在原地。

洛舟这毒嘴她是最了解的，他夸人的话语，那通常得乘以一千倍。也就是说，此时洛舟嘴里的“他拍的电影还不错”等同于——“老子是他粉丝，懂？”

“洛棠，你眼光还行”等同于——“洛棠，你真是找了个绝世好男人啊”。

真是多谢苏神的魅力了……

跟洛舟的吵架出乎意料得简短且顺利。

洛棠回了自己的房间，哼着小曲儿把裙子换下来，这才想起打开微信。她看到十分钟前苏延发过来一个定位，是一家 VIP 式私人影院，票价很高，相对地，人也很少。

洛棠家里就有影院，在国外也就偶尔陪李意去看电影，差点儿忘了 C 市还有这种影院，的确很适合他这种不能在人多的地方露面的人去。

洛棠想了想刚才跟洛舟的一通理论，她突然觉得仿佛自己已经某种程度上得到了家长的许可。于是，她脑子一热，直接给他拨通了微信电话。

那边很快接听，洛棠抢先道：“苏延，我收到你的消息啦！那时间呢？我们二十号几点去看？”

苏延那边背景很安静，他的声音也很平静：“你定，我那天没通告，都可以。”

洛棠想了想：“我也没事，那我们等开始售票的时候再说？”

苏延“嗯”了一声。

沉默几秒，洛棠脑子里突然闪过一个想法：“你应该不会……还在之前那个休息区吧？”

苏延没有立刻回答。另一边，他坐在刚才洛棠坐过的地方，身边一个人都没有，在四下安静里听着她的疑问。

他说：“没有。”

洛棠松了一口气——可她也不知道自己为什么会有这样的猜测。

苏延又问："你家有什么事吗？"

洛棠反应过来他在说什么，立刻道："哦，没什么的，我哥问了我几句话……我都解释完了。"

"嗯。"

"……你那边宴会还没结束吧？苏延，我不打扰你了。"洛棠正准备挂断，又想起来什么，"对啦！假如你遇到梁子月的话，帮我跟她说一声我先走了。"

苏延应道："好。"

道别之后挂断，洛棠把手机拿下来，看着两人的对话框，又忍不住给他发了个卖萌的表情包。

洛棠把手机扔到一边，心血来潮地走到自己的桌子前，打开电脑数位板。

突然想更新停了很久的小条漫了。

因为今晚，她回想起来一坛醋——起因是洛舟，产自苏延的陈年老醋。

洛棠在条漫的最开头写：一件外套。

洛棠高二那会儿，洛舟已经大四了。有一次洛舟来学校给她送东西，那时候正处于换季降温的时候，看见她穿得少，就脱了自己的外套给她。

然后苏延一回教室就知道了，有个大帅哥来给洛小棠送外套，可好看可好看了，全班女生都好羡慕她。

洛棠上完体育课困得不行，她记得自己睡着了，莫名被叫起来。

"洛小棠，"苏延神色不怎么好地问她，"你身上的外套……谁给的？"

洛棠睡得迷迷糊糊的："我哥哥。"

"……你哥？"

"嗯啊。"洛棠答完，又想接着睡。

一阵窸窸窣窣的衣料声响起，洛棠睁开眼，刚好看到苏延脱了自己的校服外套递到她面前："穿我的。"

洛棠迷迷糊糊地问："啊？为什么穿你的？我哥哥都给我了啊……"

少年脸上有些不自然，故作不耐烦道："你也可以当我是你哥哥。"

"你不行呀！"洛棠摇摇头。

苏延脸黑了："为什么我不行？"

脑子由混沌到清醒，足足五秒钟后她反应过来，才意识到自己说了什么。

一阵令人窒息的尴尬过后，洛棠身上一轻，苏延把她披着的外套拿走了，又把自己脱下来的校服外套放到她面前，语气生硬道：“穿。”之后便一言不发地埋头写作业，看都不看她一眼。

可洛棠到现在还记得……

少年对着她这边的左耳，红了整整一节课。

一晚上的时间，条漫并没有画完。

她不管是画画还是设计，属于有灵感的时候活似吃了兴奋剂，没灵感的时候就像便秘。

她回忆起这段之后，别说灵感了，所有的分镜、构图、台词、表情都在脑海里画出来了，顺畅得不得了。

一晚上加上第二天整个白天，总算上色完成。洛棠把这坛陈年老醋给发了出去。

忙于创作，她一直没怎么看手机，所以也不太清楚这段时间的微博动向。更新了条漫之后，洛棠又刷了一会儿粉丝们嗷嗷叫的评论，还有日常赌辣条猜她是男是女的评论。

洛棠看得很开心，而后却突然看到了一行字。

“洛小棠的手机壁纸竟是他？！”

洛棠的笑容逐渐消失。

坦白说，这事一出，洛棠也不知道自己会被说成什么，但都看到自己的名字了，还能控制住不点进去吗？

洛棠点进去，看到首条内容就是那天程橙给她发的链接，评论前排还是那几句感叹词，还有一串问号、表情或者叹号。

洛棠往下翻。

“原来洛小棠也喜欢苏延！我惊了可喜可贺！我代表‘火焰’欢迎洛小棠小仙女的加入！”

“评论里的人为啥那么惊讶嘛……之前被曝出来那谁携妻女一起看苏延电影首映的事儿出来之后，再看到谁我都不奇怪了。”

“别发问号了行吗？这有什么奇怪的？麻烦去看看肖迎的微博，最近全是《七爷》相关，账号活跃得跟个假的一样……”

…………

下面还有另外一波人，角度更为刁钻。

“这张图好好看啊！你们仔细看，这是苏神演的阿歌啊！我想求原图，呜呜呜！”

“什么神仙画手画的画啊！”

“@洛小棠 tang 求原图求画手！！！”

洛棠花了五分钟编辑了一条微博，给自己的公关看过，得到许可之后，点击发送。

“@洛小棠 tang：私信要爆炸啦，发条微博简单回复一下大家的疑惑。

没错，我的手机壁纸就是苏延。把一个人设成手机壁纸还能有什么原因？当然是因为我是他的粉丝呀！

另外，没有想到的是私信里大部分是问我要壁纸原图和画手……图我放下面了，画手我不了解，在哪儿看到的这张图也忘记了，不要商用，大家随意抱走！”

洛棠看着飞速上涨的转发和评论，挑了几个她喜欢的评论点了赞，简直身心舒畅。

本就没什么好遮掩的。

能光明正大地喜欢苏延，她还巴不得呢！

一般的电影上映，大家都是临到看之前才决定买哪场，但要是想看苏延电影的首映，一定得提前好多天抢预售才行。

洛棠就是守着预售开抢的，手速没得说，顺利拿到票，之后就过上了焦急等待的日子。

总算熬到了十九号那大。

首映在零点，苏延十一点来接她。洛棠选了小半天的衣服，衣帽间被她弄得一团糟。最后纠结来纠结去，她还是选了老风格。

D 牌渐变蓝定制及膝仙女裙，跟 V 牌情人桥的表盘颜色格外相配。

洛棠出门前，在大厅反反复复地照镜子，跑去问在沙发上躺尸的洛舟：“哥，这身好看吗？我的妆呢？好看吗，好看吗？”

洛舟本来是不同意她去看凌晨首映的，但架不住洛棠天天磨夜夜磨，还答应开着手机定位，洛舟总算勉强同意。

洛城和白“皇后”平时还真不怎么管她，因为洛舟对她的事显得格外鸡毛，洛舟都敲定的事儿，他们俩肯定能行。

洛舟没骨头一样地瘫在沙发上，掀开眼帘，看了一眼聒噪的洛棠。

洛棠今天倒是的确让人眼前一亮。

少女身上的裙子跟她以往的裙子风格差不多，渐变浅蓝的细纱裙摆层层叠叠，带着细闪，她天生冷白皮的肤色搭什么颜色都不违和。脸上的妆容不知道化了多久，虽然他整天见这张脸，也还是被晃了一下。

洛舟扯了扯唇角：“还算能看。”

洛舟嘴里说出来的“还算能看”等同于“貌若天仙”。

洛棠闻言，开心得不得了：“哇！谢谢洛总夸奖！那我走啦！”

洛舟：“……”他夸了吗？不就一句“还算能看”？现在的年轻人，怎么这么不禁夸？

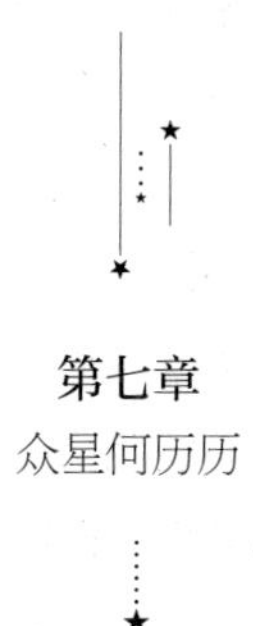

第七章

众星何历历

洛棠推开大门的时候刚好十一点整，一眼就看到了等在外面的苏延。

苏延没在车里坐着，他半倚靠在副驾驶那一侧，随意交叠的腿都长得过分，路灯光下，颀长的身影笼罩着一层光圈。

他没看手机，只低着头看着地面，很专心地在等她。

洛棠突然间心里软得不可思议。她觉得这一幕自己已经期盼很久很久了。

门在身后自动合上，走路的时候高跟鞋发出清脆的声响，苏延闻声抬头。

四目对视，洛棠脚步一顿。

“……你怎么不戴口罩？”她笑容消失，大惊失色，“帽子呢？还有墨镜呢！被认出来怎么办呀？”

“……都在车里。”苏延起身站直，给她拉开副驾车门，“这附近没人，没关系。”

洛棠松了一口气，几步走过去钻进车里，嘴里催促他：“你快点儿上车吧，就怕万一有人怎么办呀，真是的……”

苏延忍不住想笑。

不说话的时候是一个漂亮的小仙女，张嘴就成了絮絮叨叨的小管家。

这车玻璃从外面看都是一片漆黑的，车子开上路，洛棠总算放下心来。

“你以后不要在外面等我了，”洛棠忍不住说，“要是真的被谁看到拍下来，不就又可以编派你了吗？”

苏延在仙碧门口这么引人遐想的地方，肯定会被某些无良媒体和营销号造谣。

洛棠语气太自然，苏延也是反应了一会儿才注意到一个词组。

“嗯，”他笑了一下，“下次不会了。”

洛棠开始跟他说起别的事情，比如她已经把《七爷》预告片看了几十遍，比如她好期待马上就要开机的《御剑行》。

少女清脆悦耳的声音回荡在车内，苏延一直静静地听，唇边时不时染上笑意。

这个点估计有不少人都赶往元黎路看首映，他们则恰好相反。之前苏延发过来定位的影城不在市中心，所以一路畅通无阻，全程还不到半个小时。

苏延戴了鸭舌帽和口罩，帽檐足够长，压低了什么都看不见。

洛棠自己也戴了一次性口罩，大号的那种，能直接遮住四分之三的脸，只露一双明亮的杏眼。

两人全副武装地下了车。洛棠说：“我去前台看一下怎么取票。”

苏延沉默几秒：“我也买好了票。”

洛棠：“……”

气氛有些尴尬，她很快反应过来：“那用你的好了！”

苏延点头，抬手压了压帽子：“我去取，你在这儿等我。”

他转身要走，胳膊又被温热的指尖抓住。回过头，他看到小姑娘睁着大眼睛看着他，小声叮嘱：“苏延，你声音太好认了，记得变声！”

看着苏延点头，洛棠这才松开手。

开什么玩笑，苏神的声音一秒就可以被粉丝辨认出来。

苏延回来的时候不光拿着票，还有一桶爆米花。

他今天穿得特别休闲，黑T恤、黑裤子，头上黑帽子一戴，普通的衣服也能穿得格外好看，此时再加上手里的爆米花，特别像是恋爱中给女朋友服务的帅气大学生。

洛棠刚冒出来这个想法，立刻在心里骂了自己一句不要脸。

十一点五十分，影院允许入场。

两人检票的时候，洛棠紧张得不行，跟做贼一样不断瞟两边的检票员，对方并没有表现出什么异样。

洛棠刚放松下来，接过自己被撕掉一块的票，习惯性地想要跟检票员说声谢谢，一抬眼，正好对上检票员有些错愕的眼神。

但下一秒，身边突然伸过来一只胳膊。

她感到脸颊边一凉，整个人被一股轻巧的力道给带到苏延那边，肩膀撞上了他的胸膛。

洛棠在他怀里睁大眼。

苏延就这么扶着她的脸，用这种近乎半搂的姿势往他们的 VIP 厅走去。

“别对视。”身高原因，洛棠靠在他胸前，明显感受到他说话时胸腔的震动，“你会被认出来。”

洛棠的心都快停止跳动了。

一直到他松手，她憋着的那口气才重重吐出来。

坐下没多久，电影院已经关了灯，在播广告。洛棠把包放在旁边的位子上，调整了一下自己的座椅，靠上去试了试：“苏延、苏延，这个椅子很舒服耶！”

苏延也调到跟她差不多的角度：“嗯。”

洛棠摇了摇手里的桶：“苏延，你为什么就买一桶？你看电影都不吃爆米花的吗？”

苏延长这么大，就没进过几次电影院。以前是各种复杂的原因，现在则是因为身份不方便，爆米花也是真的没碰过。

他摇摇头。

“这样不行！一定要吃的，我朋友告诉我，在电影院看电影不吃爆米花是没有灵魂的，”一片黑暗里，他看着小姑娘认真地解释，“这是一种仪式感！”

“……仪式感？”苏延忍不住笑了一下，“嗯，那我吃你的。”

洛棠弯着眼睛“嗯”了声，自己抱着桶开吃。

小姑娘咬爆米花的声音不大不小，特别有节奏感，苏延觉得还挺好听。

苏延整个人靠在椅子上，手机一振，他解锁了看消息，正准备回复，旁边突然伸过来一只手。

“喏，你尝一下，这家爆米花好好吃。”熟悉的清甜声音。

可能是她的举动、语气都自然随意，苏延“嗯”了声，眼睛还看着手机屏幕，嘴很自然地找到了旁边的手。

洛棠手心一沉，她感到苏延整个人往自己这边偏了偏，随后，有什么柔软湿润的东西贴到她的手掌上。他的头发扫到她的手腕上，微微发痒。

手心上的爆米花都被某人叼走了，她却还傻愣愣地举着。

洛棠看着广告，浑身都像木头一样僵住了，满脑子都是刚刚苏延的举动。

她递过去一捧爆米花，以为他会伸手接。

可是——他、他、他居然直接就着她的手吃掉了吗？！

啊啊啊！刚刚那个好软好软的触感……是他的……

洛棠疯了。

洛棠心里翻江倒海，翻天覆地，地动山摇，电闪雷鸣。

她再次回味了一下刚才他的动作。没错啊，苏延这算是……变相地亲了一下她的手心吧！

那要是把“变相”去掉，把“手心”去掉，不就是……

——苏延亲了她。

洛棠的脸骤然烧了起来，同时，听到身边传来一声：“你的手不拿走吗？”

清冽熟悉的声音传来，仿佛给她心里不断的地震海啸龙卷风带来了镇定作用。

洛棠迅速把自己傻兮兮还伸到他面前的手给缩了回来，而后又假装若无其事地抓了两颗爆米花塞到嘴里。

她把爆米花放在两人中间，清了清嗓子：“我放在这儿了啊，你想吃的话就拿。”连看也不敢看苏延一眼。

她在心里唾弃自己。不就是亲个手心吗？这有什么？

洛棠直挺挺地坐着，目不斜视地盯着着不断变化的大屏幕，感受着刚才被……被碰过的手心。那块皮肤就像是被烙下一个印记，在发热、发烫。

洛棠无意识地蜷了蜷指尖，控制不住地再次心猿意马。

他的嘴唇真的……好软啊……

一阵格外耳熟的标志性电影前奏响起，在播完制作公司以及众多投资方Logo动画视频后，电影正式开场。

经过刚才那一波撩动人心的操作，洛棠本以为自己很难调整状态来专心看电影了，但很快她就意识到这担忧显然很多余。

不到五分钟，洛棠已经忘记了爆米花，也忘记了自己被某神给亲过的左手，而是完完全全被电影剧情给吸引了。

电影名就是主角名。

主角闻七爷本来只是闻七，不带“爷”，因为是家里排行最小的老七而得名。他独自一人南下，到了故事发生的小村庄。

前段演了闻七爷来这儿之后的一些琐碎日常，他跟这儿的人都不一样，虽然是外来者，可教育程度、文化水平都比当地的人高。他喜欢这里，他教孩子们读书，教乡亲们生财之道。

到了中间高潮部分，这里遭遇了大旱和大涝，也是他救了全村的人。甚至不光全村，他的方法传到了市里，又被沿用到了别的省市，大大减轻了那年自然灾害的严重性。

从此，闻七爷的名号传了出去，十里八乡都知道是闻七爷救了他们，还有一个酷炫极了的称呼，叫盖世闻老七。

但这些功劳最后没有算到他头上。

乡亲们都在替他抱不平，骂村主任那帮人为了邀功什么谎都能撒，但闻七爷不在乎那些，笑一笑就过去了。后来闻七爷想离开这儿回家，但上山遭到意外，把腿给摔断了，这下，就一辈子都再也没能离开。

闻七爷的晚年过得十分糟糕，跟前半段截然不同。他相熟的老朋友早都没了，中年成了残废，也没有一儿半女。他的年岁很大，到最后成了个老糊涂。

电影的结尾，是一个年轻人来到小村庄，问道：“请问你们村里，是不是有个大英雄叫闻七爷呢？我想见见七爷，可以吗？”

村里正在打水的年轻人愣了：“啊？你说谁？哪个闻七爷？”

没人再记得闻七爷，哪里还有什么盖世闻老七。

洛棠看到最后，脸上湿了一片。

其实片子不是深沉的基调，有淳朴感人的乡土人情，也有藏在黑暗里的利剑。

它讲述了一个英雄的一生，从起始，到巅峰，到老，到死；从被看不起被孤立，到被爱戴；从人人传颂，到无人记起。

丰富、伟大而格外遗憾的一生。

影片的最后，用黑色背景白色汉字放了两句话。

“古往今来，不是每一个英雄都会被铭记。”

“谨以此片，致敬历史长河里，所有的七爷。”

洛棠也不知道她从什么时候开始鼻酸的，可能是七爷独自上山摔断了腿，没能得到及时的治疗，回不去家乡开始。

可能是从他渐渐步入晚年开始。

那种无力、遗憾等数不清的情绪抓着她。

——最最重要的是，这是苏延扮演的人物，这是他的脸。苏延演得足够好，所以更有代入感。

洛棠听着片尾曲，眼泪止不住地往外冒。她就带了一包纸巾，现在已经用掉一半了。她满脑子都是最后七爷去世时孤单一人的场景，再加上片尾曲切合主题，越听越悲。

小姑娘低着头，纤细的肩膀颤抖耸动，长发遮着脸，一抽一抽的样子格外可怜。

苏延听到抽泣声，再回过头去看的时候，就看到这样一幅场景。

洛棠的性格其实很好，人美嘴甜，人缘一等一的好，跟他偶尔恰到好处地耍点儿小聪明，平常不管是闹别扭还是发脾气，都有个度。唯独她哭起来的时候，他是一点儿办法都没有。

"……其实本来我也该说方言，但我学不来标准的粤语。"苏延努力挑起题外话，想要转移她的注意力，"所以导演改了一点儿闻七的设定。"

"……"

尴尬，没反应。小姑娘抽抽搭搭，不理他。

高中那会儿他也不会哄，而小时候的她其实更爱哭，但那时候，他掌握着撒手锏。

苏延皱了皱眉，有些无奈。

……不然出去看看，电影院有没有卖真知棒？

想来想去也就这个办法立竿见影。他都准备起身了，洛棠却突然出声。

"我其实……每次看你的电影，都要缓好久。"

苏延动作一顿。

虽然洛棠依然垂着头，鼻音很重，但足以让他听清："也不知道为什么，你演的这几个主角没有一个是寿终正寝安享晚年的，偏偏你又演得好，代入感特别强。你知道网友都说，虽然你的作品都不涉及情爱，但是很震撼，很好哭。"

“我倒不是因为别的，我就是觉得……每次看到你演的人物有那种结局，就会联想到你身上，”洛棠吸了吸鼻子，“因为那是你啊，那是你的脸啊！”

明知道这是电影，拼命告诉自己这是假的，可眼睁睁地看着苏延在大屏幕里抱憾逝去，依然揪心揪肺地疼。

苏延被她一番话说得愣住，懂了她的意思，一瞬间，心里有一种前所未有的酸软。

“我需要演绎他们的一辈子。”苏延说，“这是我的工作，是我的任务。”

他朝她伸出手，拨开她的长发别到耳后，轻声道：“那不是我。”

洛棠感受到冰凉凉的指尖划过自己的耳郭，略微躲了一下，但也没抗拒。

过了几秒。

他的指尖游走到她的脸颊处，眼睑下方，刚好蹭掉了新滚落的泪珠。

洛棠愣了一下，虽然苏延弄得自己很痒，但她依旧没躲。可她眼泪还是止不住，他擦也擦不干净，反而越擦她的脸越热。

又强撑了十几秒，实在受不住了，脸热到快要煮鸡蛋的时候——

洛棠一狠心，别开脸把纸巾往眼睛上盖，闷闷地“嗯”了一声：“道理我都懂，你就不用安慰我了。”

苏延的手在半空中顿了一下，收回去。他沉默了一会儿，洛棠又突然抬头看着他：“你以后能多接一些傻白甜的剧本吗？真的，就是快快乐乐活到老，或者超级英雄什么的也行。”

苏延还没反应过来，小姑娘自己就反悔了：“算了，我随便说说的。”

洛棠鼻子齉齉的：“那样的话，得少了好多好看的电影呢！”

……这算是变相夸他？

苏延忍不住笑了一下：“走吗？很晚了，送你回家。”

“先不走。你没看见吗？”少女眼圈通红，鼻尖也是一个色系，看着格外可怜，脸上挂着泪痕，声音绵软无力，“我这儿还没哭完呢！”

“再给我五分钟吧。”她看了下时间，认认真真地计较着。

洛棠五分钟后用完最后一张纸巾，戴上口罩出了影院。

不少来看《七爷》首映的人都在外面，大家讨论着该死的村主任，为闻七抱不平，还有夸苏延的演技。洛棠听着听着，突然由心底生出一股骄傲。

你们只能彼此倾诉！而我，跟苏延来看苏延演的电影！刚才还被苏延本人安慰了！

他还给我擦眼泪！我们不一样！！

她差点儿在心里唱起了歌，最后那点儿阴霾也没了，出门后跟着苏延上了车。

到仙碧的时候已经凌晨两点半。洛棠没磨蹭，利落地解开安全带，抢先在司机准备下车给她开门的时候自己推开门，而后转身对着司机弯唇一笑："苏延，你快点儿回家睡觉，上午不要起早，好好休息呀！"

大帅哥司机一双深邃的眼睛跟她对视几秒，格外听话地点点头："好。"

洛棠没有第一时间关上车门，就这么站着跟车里的人对视。她突然想起了两小时前，他低头吃她手上的爆米花，触感柔软的唇；想起他给她擦眼泪，凉凉的很舒服的手指。

也不知道为什么，他这个很温柔的"好"，勾起了她很多难言的少女心思。

洛棠自顾自地红了脸，连再见都没说，"啪"地把车门给关上，转身嗒嗒嗒地跑进了仙碧。

…………

洛棠回到家，把手机往床上一扔，正准备放水洗澡，突然听到门外传来脚步声。

嗯？这个点洛城和白相宜早就睡了，房间里都有水有厕所的，难道是……洛舟梦游？

她狐疑地跑到门口把门打开，一下子跟一双通红的眼睛对上。

人的确是猜对了，但这副模样……

洛棠一言难尽地看着洛舟："哥？"

洛舟也没想到她会开门出来，同样一脸无语："……你什么表情？"

"你……"洛棠小心翼翼地猜测，"你失恋了？"

"……别瞎猜，能让你哥失恋的女人还没出生。"

洛棠翻了个白眼："那您这是……"

洛舟顶着跟她同款微红的鼻尖，语气不耐烦，又别扭至极："老子去看了首映。"

"……"

洛棠知道自己识趣的话应该把话题终止在这里，并且附赠一句“哥哥慢走，哥哥好好休息”然后乖乖回房，忘掉洛总这么有损形象的事。

但她实在是忍不住。

洛棠顺着他的话说：“看了首映……所以就这样了？”

洛舟捏了捏眉心，闷声道：“……是电影有毒。”

二十多年了，洛棠真的很少见洛舟现在这副形容。

他跟苏延差不多高，穿着平底拖鞋的洛棠跟他对视得仰着头，男人眼角的通红格外明显，鼻音重，一看就是……哭惨了。

此时此刻，洛棠觉得两人之间的距离在兄妹之间，又加上了一层别的东西。她看着洛舟这副模样，觉得比平时冷酷霸道腹黑的他要帅气顺眼太多。

洛棠哭了那么久，还没来得及卸妆洗脸，其实也在脸上留下了点儿痕迹。

“哥，七爷太惨了是吧？”她十分感同身受道，“你不用解释了，我懂你。”

洛舟翻了个白眼给她，转身要走。

洛棠在他身后加大了点儿音量：“哥！我不会告诉别人洛总看七爷哭成这样了！你放心！”

洛舟脚步一顿。

洛棠徒手接了一个来自洛总的锋利眼刀。

“你说出去试试！”洛舟冷声道，“你说出去，我告诉爸妈你现在在追苏延，之前那会儿突然厌食突然暴瘦也是因为苏延。”

洛棠冷着脸关上自己的房间门。

玩威胁就没意思了！

《七爷》一经播出，收获了极大的反响。

首映接下来三天，微博上《七爷》的热度也依旧稳步上升。

这部剧前期节奏明快的时候有不少地方可以做表情包。七爷年轻时是个可爱活泼的小伙子，有一段苏延挑水的近景，动作吊儿郎当的，挑着眉，嘴里叼着一根草，笑得痞帅，好看得不行。于是网友们把他坏笑的这一幕截下来，配字：“妹妹喝水吗？哥哥给你挑。”

关于电影的话题也是数不胜数。从“七爷首映”到“七爷结局”，再到后来衍生出来的“盖世闻老七”“那些无人知晓的人民英雄”，话题度持续居高不下。

洛棠当晚看完首映回来就用演员号发的那条微博，原本她还以为自己这条是不是不该发那么多爱心，别再被人笑了。

然后她去看了看肖迎的微博——这人竟然连续三天都看电影哭肿了眼导致没法上镜，已经被众人怒斥不准再去看了。

洛棠跟梁子月因为这事儿打电话笑了好半天。

除了肖迎这种激进派，还有不少明星也都带着七爷的话题发了微博，有些是只发一颗心，有些会谈两句感想。

接连两部好评如潮的作品，这让苏延的行程变得更满了。

作为一个拥有苏延微信的人，洛棠每天晚上十一点固定给他发“晚安”“早点睡觉”一类的消息，她是夜猫子，但她觉得自己有义务催他早睡。

不知道怎么做到的，大忙人苏神基本每次都是秒回。

自从《星星补习班》之后，后面的综艺洛棠是能不去就不去。跟苏延看完首映，还有不到一个月就要进《御剑行》剧组，她现在得抓紧时间跟李意那边做最后的定稿，把设计图全部完成。而且洛棠也怕她跟苏延再做什么游戏，会惹出麻烦。

上次《星星补习班》的那些游戏片段，因为“高中同学”而有了合理的解释，不仅如此，还成了“酥糖CP”粉的剪辑宝典。

洛棠也没想到，她居然能跟苏延本人拥有货真价实的CP粉。

这些人其中一部分是看了《我们的年少时光》后粉顾誉、施音，而后转到真人身上的，还有一部分则是在《星星补习班》和“国剧之夜”那波红毯图之后开始粉的。大多数CP粉因为知道自己不是主流，并不会有太强烈的存在感，除非搜“酥糖CP”这类的字眼，否则是不会看到他们的。

但洛棠有天登录社交账号点进群聊随便翻看的时候，偶然发现自己跟苏延的一个CP粉被挂在应援群了。

是群主发的消息。

“宝贝儿们，最近有一个特别没数的人。她发的相关内容都是洛小棠跟苏延的CP，这位简直是挑着苏神的微博在下面评论，还回复我们正常的评论，气得我肝疼，不多说了，随便截了几张这人的回复，你们自己看。”

嗯？她跟苏延的CP粉？！

洛棠一脸惊疑地点开图片，第一张似乎是红毯图下的评论区，“洛小棠和苏延的CP粉”这个账号堂而皇之地评论：“我觉得他们很配。”

被赞了三百多次。

第二张有两条，先是“@苏延今天亲我了吗：苏延根本不喜欢洛小棠啊，怎么会有CP粉这种东西，我服了”。

“@洛小棠和苏延的CP粉”回复“@苏延今天亲我了吗”：“可我觉得苏延喜欢她。”

“……”

还有很多诸如此类的评论，一本正经、不容置喙的语气，洛棠看得嘴角一抽一抽的。

怪不得会让大家生气啊……

怎么着也是喜欢自己的CP，跟她有点儿关系，洛棠突然有点儿同情这个耿直的小可怜了……

她叹了口气，继续埋头做图。

…………

当天晚上十点，苏延刚结束采访，商务车里是王林絮絮叨叨又掩盖不住火气的声音。

“哥，下周要官宣《御剑行》的演员阵容了。”

“嗯。”

“也不知道之前我听说的那个小道消息是不是真的，就那个来历不小的人要进组……还要改剧本的事儿，”王林忍不住骂了一声，“这也太过分了！难道就没有其他好剧本了吗？为什么非要改你的？去别的地方当主角不行吗？”

苏延眼睛没抬，语气很淡：“因为什么，你还不知道吗？”

“怎么就非得选你呢？这大男主的剧多好啊，这么一改不就成了双男主了？”王林快气死了，“不是，哥，我虽然是公司的人，但我真的第一百次劝你换地儿，这些年就靠着你没倒闭，遇到这么离谱的事儿竟然也没个人出来说点儿什么！”

“习惯了。”

苏延也快气死了，皱着眉道：“你先别说话，安静一会儿。”

他最近忙，好几天没登录微博小号，这会儿发现自己的评论和私信多得不可思议。一开始他以为是 CP 粉火了，直到他随意点开一条评论。

“妹妹，没人教过你做 CP 粉该有的自我修养吗？圈地自萌懂吗？你怎么还到蒸煮面前胡说八道啊？笼子关不住你了？？”

苏延皱眉看着这段话。什么叫“圈地自萌”？什么叫“蒸煮”？

他回复了一个问号，点击发送。

“发送失败，详情请查看私信通知或电话咨询客服。”

“？？？”

苏延点开私信，的确有一个微博刚发来的通知。

“尊敬的用户 @洛小棠和苏延的 CP 粉，由于您在近期被反映发表不当发言次数过多，现对您进行禁言七天处理。请在日后规范您的发言。”

苏延看着那行字，一个一个地读过去，理解了字面的意思，人久久没有反应过来。

举报？为什么举报他？

苏延又看了看之前那条评论，“圈地自萌”他大概能猜出来是什么意思，但是后边儿这个……

半晌，他揉了揉眉心，问王林：“你知道什么叫‘蒸煮’吗？”

王林还沉浸在骂人的那股愤怒劲儿里，闻言一愣：“哪个‘蒸煮’？”

“‘蒸饭’的‘蒸’，‘煮饭’的‘煮’。”

“哦，那个啊，”王林恍然大悟，“就是饭圈称呼啊！”虽然不知道为什么苏延突然对这个好奇，但王林还是兢兢业业地解释道：“‘蒸煮’就是‘正主’，‘正确’的‘正’，‘主人’的‘主’，比如你粉丝的正主就是你咯！”

这样？

苏延发现就算理解了这个词汇，也并不能理解他被举报的原因，他头疼地闭了闭眼：“……知道了。”而后账号给退出。

反正被禁言了，私信那么多懒得看。

“不是，”王林才反应过来，“哥，你怎么突然问起这个？”

“偶然看到了。”苏延轻描淡写地带过，手机扔到一边的隔板里。

“哦。”王林没怎么在意这个小插曲，抓了抓头发，“我还是好气，你说公司那群人怎么能当没听到呢？前两年减你戏份他们不管，但那回也就是少点儿剧情，这回呢？这是大男主剧要改成双男主的意思啊！故事都变了，我真的服了。”

前面的司机是跟了他们工作几年的，司机一家子都喜欢看苏延的作品，这会儿司机听到王林的话，也一肚子气：“对啊，苏神，你看你什么时候合约到期，我也辞了跟你们一起。这公司真是不靠谱，靠你赚这么多钱，这种事儿却连管都不管。”

“快了。”苏延闭着眼说，“今年年底。”

“就剩几个月了，还赶上这么个大事儿，真是心气不顺。”王林年纪小，正在气头上，还是愤愤不平，嘴巴就没停过。

苏延睁眼看他，有些好笑于他这副奓毛的样子：“你跟我说就有用了？”

苏延仰头靠在座椅靠背上，淡淡扯了扯唇角，略有嘲讽：“有些事解决不了，当没看到就行了，你跟我说，我能怎么办呢？”

王林沉默下来。

是啊，能怎么办呢？

苏延说得对，都这样了，说什么都没用。

王林长长地叹了口气，恶狠狠道：“今年快过去，快解约吧。”

苏延看着窗外，没出声。

一周后，《御剑行》的演员阵容正式公布。

《御剑行》的负责方曾出品过多部古装大剧，风格大气，除了仙侠题材，多为宫廷谋略或江湖百态，大男主或群像视角。虽然是以古装为主，鲜少牵扯后宫宫斗或儿女情长，风格独树一帜。

当初《御剑行》放出梗概，不少“火焰”就在猜测苏延会不会接这部剧，因为档期合适，而且跟苏延一贯的风格特别搭。所以当看到演员表里第一个便是苏延的时候，“火焰”们便准备狂欢着奔走相告转发、评论一条龙，但往后一看，其余的演员里却有几个格外陌生的名字。

男二齐南至是谁？啊？女主俞星颜是谁？啊？女配洛小棠是——嗯，就这个认识。

此时洛棠手头里的工作总算要收尾了，她最近每天窝在房间里对着几台显示屏，连今天是官宣的日子也忘了。这会儿《御剑行》官方微博官宣她都不知道，还是程橙微信提醒她记得转发微博。

洛棠转发后，也没空看网友发言和转评，正准备接着画，手机屏幕又无声亮起来。

来电显示：梁子月。

洛棠心里一咯噔。

《我们的年少时光》杀青的时候，她们俩抱头痛哭，原因不就是“这辈子最后一次跟偶像一个剧组的机会”嘛。现在她洛小棠再次跟偶像一个剧组了，梁子月却没有。而最近她实在是忙昏了头，两个人偶尔聊天也没提过这事儿。

怎么办？梁子月是要来跟她姐妹决裂的吗？

洛棠吞了吞口水，硬着头皮接听电话。她一个“喂”字卡在喉咙里，对面机关枪一样地扫射过来。

“我先不纠结为什么你能出现在《御剑行》剧组的事儿了，反正这个剧女主、女配存在感都低，这个以后再说。”梁子月语气不太对劲，“刚才官宣之后，我师哥一个电话给我打过来，我要气疯了。”

洛棠立刻想到她上次说的男主戏份可能有改动的事：“怎么了？你师哥说什么了？”

梁子月冷笑：“好好的一部大男主剧，现在居然要改双男主的意思。”

改双男主？

洛棠还没反应过来，那边梁子月又说：“而且这种事儿，其实苏神之前就经历过一次了。”

洛棠下意识地问：“经历过什么？”

“他的经纪公司，你也知道，每次有什么不公平的事儿，他们连管都不管。”梁子月语速飞快，“就之前《夺龙》里，他的戏份是在删了原剧本百分之二十之后的。”

洛棠睁大眼：“……百分之二十？”

“对，”梁子月说，“那百分之二十，摊给了一个力捧的新人，结果呢？那新人早没影了。”

洛棠还在愣着，没答话。

“怎么办，棠棠？现在又来，他走到今天经历了多少不公平，好不容易红成这样了，居然还能碰上这种事儿。”梁子月的声音带着颤，极其不稳，咬牙切齿道，“我快气死了。”

是啊，苏延红成这样，谁能想象得到还有这种事轮到他头上？

为什么偏偏是他？

洛棠深吸了一口气，扔掉手里的电子笔，她简短地跟梁子月说了几句就挂了电话。

洛棠手指有点儿抖，打开苏延的微信对话框，对话还停留在她昨晚给他发的晚安表情包。

她想说些什么，手指在键盘上停留了很久很久，却一个字都打不出来。

梁子月都知道的事，他怎么可能不知道呢？

他知道了……又能怎么办呢？

这种事情，任谁稍微了解一些，都会觉得见怪不怪了。毕竟人本来就是自私的。

但这是苏延啊！

这是她年少时期每天都盼望见到的人！这是她现在看到也会心动的人！这是被那么多人放在心尖上的人啊！

想到梁子月说的他以前也经历过类似的事，洛棠突然就觉得心脏发疼。

洛棠想起之前去他家的时候，他空旷的房子；想起以前她都不敢仔细看的那些他在剧组受伤的视频。他靠自己走到今天，却总有人想分他一杯羹。

洛棠看着手机屏幕里他说过的简短的话，无非就是“你也早点睡”，“晚安”这类的。

看着看着，她突然鼻子发酸。

洛棠没有告诉过苏延，她其实不爱哭。她从小就乖，家里人都把她当小公主，她也是大家的开心果。

但不知道为什么，从以前到现在，但凡被触动到了有关苏延的神经，她的泪腺从来都很发达。所以，可能苏延一直都觉得她是个爱哭鬼。

洛棠又掉了几颗金豆豆，她一声不吭地哭了一会儿，然后在某一刻突然停住。

等等！

洛棠本来放空的人脑重新运转起来：她在这儿哭什么呢？她难受什

么……

洛棠顶着一脸泪水，快被自己无语死了。她抹了一把脸，迅速从地毯上站起来，而后翻到通讯录给去纽约出差的洛城打了个电话。

人在办大事儿的时候心跳都格外快。

洛棠等对面一接通，立刻迫不及待开口："爸爸爸！出事了、出事了！！"

"嗯？"那边熟悉的声音一开始有些迷茫，随后反应过来，"啊？怎么了，棠棠？你别急，慢慢——"

苏延干干净净，一步一步有了今天。

洛棠捏紧了电话。觉得苏延可以随便欺负是吧？

那是以前。

现在，苏延有她了。

洛棠用了格外正经又十分焦急的语气，语速又快，洛城半天才吐出一个字："……啊？"

因为熟悉，所以洛棠一听这个声音就觉得不对劲儿。

"爸……"洛棠意识到什么，小声问，"爸，你睡了吗？"

"嗯，也还没睡多久，"洛城说，"不然你这电话也吵不醒我。"

洛棠顿时愧疚了："对不起啊爸，我刚才一着急没算时差……"

"没事、没事，"洛城不甚在意地打断她，"你刚才说的那啥，什么行啊什么延？我没听明白？"

洛棠又仔仔细细地解释了一遍事情的来龙去脉，想到那个男二的名字："爸，这个齐南至是谁？你认识吗？"

"这名字……"洛城想了想，"这不是老齐的二儿子吗？他小的时候我还见过。"

还没等洛棠说话，洛城突然回过味儿来："不是，棠棠，你怎么对这事儿反应这么大？还找上我了？"

洛棠想了想，小心翼翼地说："爸，因为我是个眼里容不得沙子的人。"

洛城："……什么？"

洛棠梗了一下，简单解释："就是看不得优秀的人遭受不公平待遇嘛！"

洛城恍然大悟，声音里却又带着点儿八卦的味道：“哦……我女儿这么热心啊？”

洛棠觉得洛城要开始没正形了，灵光一闪。

“爸，你不是也夸过苏延的电影好看吗？”洛棠再接再厉，“你看这种事儿发生在他身上不气人吗？公平吗？凭什么空降，凭什么还要求改剧本？”

洛城沉默了一会儿，声音真真切切地疑惑着：“我夸过吗？”

…………

又经过了十分钟的软磨硬泡外加商讨，洛棠才心满意足地挂了电话。

另一边，曼哈顿的别墅卧室里，洛城开了床头灯，看着刚刚的通话记录，突然低头笑了一下。

洛棠能想到给他打电话，真是奇了。

洛城知道自己这个女儿从小被一家子宠得像个真正的公主一样长大，性格却一点儿没歪，能不麻烦家里的事儿从来不麻烦。就连自己在国外闷不吭声创了个牌子，洛棠也是笑嘻嘻地回来通知了他们一声，只字不提最开始遇到的困难，更没借着洛城的名号做过什么。

能让她开口……这可真不一般。

聊了十几分钟，醒都醒了，洛城算了算国内时间刚好，从通讯录里找到一个电话拨过去。

《御剑行》官方微博在发出开机时间并且宣布了所有主演之后，下面已经有了不少质疑的声音。官方微博一共宣布了七位演员，越往后的反而越正常，前面这两个全是生面孔，明显不对劲儿。

因为是大男主剧，女主角、女配角戏份其实差不多，都相当于男主角的衬托。

但男二号是至关重要的，这是怎么回事？

剧里男三号的饰演者尹宿是个实力派戏骨，三十几岁，正合适男二号的角色，这一下子怎么就变成男三号了呢？

不光尹宿，后边跟着的两位男演员也都安排得有些奇怪。

不管怎么样，这个横空出世的男二号是谁得给个解释。

然而没想到，解释没等来，倒是来了一个“故事梗概调整说明”。

“御剑行电视剧官方微博：大家好，编剧组基于原有的情节进行了细微的调整，如图所示，敬请期待。”

这部剧原本的设定中，男主角是将军，男二号是皇帝。皇帝昏庸多疑，将军起义。而声明里则是换成了另外一个故事，改成将军起义失败，皇帝忽然就和原本那个昏庸多疑的形象脱离了。

这么一看，这部剧简直是给皇帝这个角色量身定做的，真正的主角是谁一目了然。

这条微博一发，《御剑行》的官方微博评论下面立刻有了质疑的声音。

“故事全变了，你们管这叫细微调整？请重新定义‘细微’，你们没学过语文，需不需要我教教你们？”

…………

有理智的，也有不理智的，但归根结底，所有人要求的不过是一个解释，和一个公道。

当晚一个高楼应运而生：“聊一聊某刚官宣古装大剧男主男二那点儿事。”

主楼放的就是前情提要，跟帖的人说的话与官方微博底下的评论大同小异，无非就是为不公平的遭遇鸣不平。

“苏延是我喜欢了最久的演员，他的每一部作品我都能复述出里面的剧情。但是直到昨天听我朋友说以前那些破事，我才知道原来今天这样的事苏延早就经历过无数次了……气得想哭。”

“谁不是呢！可是气得想哭也没用，还不是只能眼睁睁看着人家得逞吗？”

“现在说这些都没用了……官方发的消息，吐出来的东西还能吃回去吗？”

“排楼上，这种事生气归生气，但早就已经见怪不怪了。”

“欸！楼上有个预言家吗？虽然不知道为什么，但是官方微博吐出来的东西吃回去了！！！”

…………

《御剑行》自从发布了剧情有细微调整的消息之后就一直保持沉默，但第二天的同一时间，官方微博却再次发声：

“抱歉，昨天的声明让大家失望了，我们在此重新宣布：由于内部调整，经过谨慎分析讨论，取消昨天发布的改动，依旧采用原版内容！”

众人：怎么回事？？？

每个人都满腹疑惑，一边开心，一边不断猜测到底是什么原因。可是不管因为什么，公平合理的结果总是让人心情愉悦，甚至还有评论说道：“虽然不知道怎么回事，但是我们支持！”

进组当天。

十月已经是初秋，洛棠起了个大早选衣服外加梳妆打扮，下楼吃早餐的时候，开心得不得了。

“陛下”和“皇后”还在睡，长长的餐桌对面坐着“陛下”的苦力“太子殿下”。洛棠跟他打了个招呼，哼着小曲儿开始吃早餐。

时隔几个月，她再次踏上了跟洛舟同时出门上班的日子。

洛舟看了她半晌：“你怎么回事儿？笑得这么恶心？天上掉表了？”

洛棠喝了一口牛奶：“我要进剧组了，我开心呀！”

“有什么好开心的？”洛舟冷笑，“不是，洛棠，我不明白你什么脑回路。你追男人就追，跑剧组里就追得到了？”

“哥，你都不看快穿小说的吗？”洛棠眨了眨眼，一边顺自己的长发，一边笑嘻嘻解释道，“拍戏吧，就像是我们在过副本，我跟他有任务在身，一个世界完成了才能进入下一个世界，嗯？哥你懂吗？”

洛舟：什么玩意儿？

“唉，算了！”洛棠看他的样子，一摆手，“你老了，跟你说了你也不懂。”

二十八岁黄金单身汉洛舟十分费解。

…………

《御剑行》的拍摄位于租金不菲的流逸影视城，司机先接了程橙才去洛家，洛棠从家过去大概花了二十分钟。

也不知道是不是巧合，洛棠跟在程橙身后下车，往旁边一看，一下子见到了熟悉的车身。

刚好也有个人跟她几乎同时下了车，腿长得过分，晨光熹微中，整个人的轮廓格外好看。

洛棠跟他对视，突然感觉自己一早晨的高兴在这瞬间达到顶峰。

她都好久好久没见他啦！

洛棠往前跑了两步，蹦蹦跳跳地到他面前。

苏延看着眼前眼睛弯成月牙的少女，她的眼睛像是要溢出光来，声音满是雀跃："苏延、苏延！"

叫完他的名字，小姑娘歪了一下头，笑容俏皮："我来了，你要罩我呀！"

清甜的嗓音，仿佛有种魔力，一如既往地，对他作用非凡的魔力。

喉结滚动，苏延弯了弯唇。

"好。"

"罩"这个字，说起来稍微有点儿粗犷，"我罩你啊，小老弟"听起来也十分中二，但洛棠觉得这个字显得两人关系特别亲近。所以自从第一次提过一回，苏延同意了之后，她就总会生出一种"我可是苏延罩着的人"这样的优越感。

洛棠得到他的肯定回答，更开心了。她努力控制了一下自己的面部表情，不要在他面前太没形象。两人仿佛说好了一般地同时沉默，一时无话。

其实之前在《我们的年少时光》剧组的时候，很多空隙他们也会这样不讲话地待在一处看着其他人拍戏，毕竟洛棠也不是随时随地都能扯皮的人。但不管是什么样的相处模式，不管说不说话，不管说什么话题，只要身边是他，洛棠从来都没有觉得尴尬过。

这大概要归功于他们年少的那段朝夕相处的同桌时光了。

洛棠本来以为还能再跟苏延多处一会儿，但时间过去十几分钟，影城门口这儿一辆一辆的商务车、保姆车都到位，她也实在不好拉着他耗下去。

没事没事，来日方长呢！这不是又一个剧组了？急什么！

"那……苏延，我先跟程橙走啦！"洛棠摆摆手，"一会儿见？"

苏延对她笑了一下，点头："嗯。"

洛棠被这个炫目的笑电到，头顶都有点儿酥酥麻麻的。她着急忙慌正准备转身的时候，苏延身后突然传来一道熟悉的声音。

"棠棠！"

洛棠脚步一顿，回过头，入目便是俞星颜妆容精致的脸。

年轻的女人快走几步到了两人面前，鲜艳的红唇一开一合，脸上挂着一如既往无可挑剔的笑，表情很是惊喜："棠棠，好巧啊！"

洛棠突然间觉得心好累。本来她都算是半个演员了，正常生活里居然还得演戏……

不过，礼尚往来是美好品德，洛棠也回了个完美假笑："早啊，星颜姐。"

"你们还真是早呢！"俞星颜举手投足间都极其自然，说完后，她转向苏延，"苏延，好久不见了。"

"嗯，好久不见。"

面上不显，但洛棠一直密切观察着两人的微表情。

苏延刚刚对她笑得电力十足，但对着俞星颜的问候，转眼就成了平常的冷酷冰山苏神脸。刚刚说要罩着她的时候，"好"说得那么温柔，现在"好久不见"这四个字儿跟背课文一样。

简直差别对待！

但这差别对待，简直太帅！

洛棠刚刚有些恶化了的心情，似乎又被救回来了一点儿。

俞星颜从小擅于交际，打招呼都是恰到好处，没再跟苏延说下去，道别之后就重新走向洛棠，她的姿态、语调都很亲昵："棠棠，走吗？"

"……嗯。"洛棠冲着车里叫了一声，"程橙，下车，咱们进去吧！"

程橙刚才在保姆车上装聋作哑等洛棠跟苏延私会那么久，三人的对话她也是全部听见了的。

程橙下了车，看着两人假笑着从影城门口往里走，拎着东西默默跟在洛棠旁边。

俞星颜是个假笑高手，也是个聊天高手。

实在是听不下去这套"姐妹情深这么久，我真是好想你"的戏码，洛棠直截了当地提了一嘴："对了，星颜姐，我听说你本来想要演琴落这个角色啊？"

俞星颜的脚步都慢了一拍，她看向洛棠，疑惑的眼神十分到位。

"哦，没什么。"洛棠笑得没心没肺，"因为琴落跟将军有超多感情戏啊，我拿到这个角色超开心的，就想跟你分享一下。"

洛棠心道，话都说得这么明白了，别演了成吗？

俞星颜面上僵了一下，随即很快恢复自然。“哦，是呀，我一开始是怕我自己驾驭不了女主这种女英雄的角色，那种巾帼不让须眉的气势应该很难把握，”她顿了顿，意有所指，“……所以我才想要女二，感觉会容易不少。”

程橙一直跟在两人旁边，内心的槽简直是成吨地往外吐。

很难把握你不还是接了？而且这是在影射什么呢？你的女英雄需要演技，我们棠演的小公主就不需要吗？

程橙深吸一口气，正准备插两句话，但没想到她慢了一步。

——洛棠几乎是立刻就回了俞星颜。

“你说得对，星颜姐，”小姑娘软软的嗓音听着特别单纯可爱，“我这个琴落不需要什么演技，也没有打戏，我看服装也都可好看啦！”

程橙一愣。这是什么套路？为什么顺着她说？

程橙余光一扫，俞星颜也有些没反应过来。

“不光这么好演，还能穿最好看的裙子，而且还能跟苏延对好多戏——”洛棠继续用那种不谙世事的语气，开心道，“我真的觉得特别好啊！”

你女英雄又怎么样呢？是啊，你说的都没错。但我不光风风光光，全剧组最美，我的角色傻白甜还好演，我还能跟男主缠缠绵绵，男主记了我一辈子，我是人生赢家啊！

噗……

俞星颜还是牛，稳得住。但是看着俞星颜身边经纪人一副“你这话是怎么能说得这么理直气壮，简直气死老娘了”的样子，程橙差点儿喷笑出声。

小公主果然是不走寻常路。

在剧本设定的朝代里，最为流行又美观的造型都十分耗费时间，比如洛棠现在正在梳的桃花髻，虽然步骤特别麻烦，但好看也是真好看。

洛棠以前不知道古装剧的准备工作这么复杂，因为她本身是长发，所以要接一部分发片，还得弄得自然，光是盘发插簪子就花了一小时，她坐着都觉得屁股发麻。

洛棠这边儿阵仗跟俞星颜差不多，一人给她梳发型，一人在前面化妆。因为剧中身份高贵，她是化妆室里耗时最久的。

眼看着一个又一个主角和配角都离开了，俞星颜也出去了，洛棠微微动了一下麻掉半边的屁股，表情也不敢有什么变化："姐姐，咱们还得多久啊……"

"哎呀，你是公主嘛，再忍忍，二十分钟绝对够了。"化妆师安慰完，又说，"早上见你来，我就只觉得你长得比电视里还好看，这么一打扮，"她夸张地"啧啧"两声，"你简直就是公主本人啊！"

哪个女孩儿也不可能对这种语气真挚满满的夸赞毫无波澜，再加上程橙也在旁边"锦上添花"，洛棠憋不住笑了。

"欸？没有桃花钿了。"好不容易到了收尾阶段，化妆师翻箱倒柜地找了一会儿，回头道，"小棠，你等我一下，我去问问桃花钿放哪儿了。"

洛棠点头："好。"

化妆师一走，程橙立马打开话匣子——反正现在化妆室里就剩下她们俩了，也不怕别人听到："棠棠，我昨天帮你查了查你这个……堂姐，"程橙说，"她在进组前这一个月没少包装自己，居然找了个挺火的综艺，挑了一期主题是'寻找身边的校花校草'上去露了脸。"

洛棠兴致缺缺地"嗯"了一声。

"然后我发现，她这人仗着你叔叔家养女这个身份还挺能出风头的啊！"

"啊？"洛棠眨了眨眼，"什么意思？"

"就是因为之前她出席过几个活动，媒体报道过她是洛二少家承认过的养女。你上网一搜'俞星颜'就知道了啊，好几条头条呢！"

可这算什么？那些场合，还不都是洛棠懒得去的。

程橙撇撇嘴："也不知道为什么，可能是有你对比吧，我总觉得俞星颜特能作秀。"

洛棠心好累，吐出一口气："橙子，我不想听到她的名字了……"

"行，"程橙叹了口气，"我不说了。"

洛棠是真的不想见到她，也不想听到关于她的八卦。

她闭了闭眼，突然有些画面涌进脑海。

那时候她六七岁，突然有一天，对她很好很好的小叔叔领回来一个姐姐。小叔叔告诉她，这个姐姐的爸爸妈妈出了意外，以后她就住在他们家了。

虽然俞星颜只是养女，家里人也从来没嘱咐过洛棠要特别关照这个姐姐，但洛棠一直都觉得她比自己要可怜得多。

小姑娘想着，她要对这个姐姐好。所以小时候两人交心，洛棠什么都跟这个姐姐讲，自己有什么喜欢的东西，能分的都分给她。

后来长大了一点儿，洛棠继承了白“皇后”的时尚嗅觉，小小年纪就眼光非凡。很多次俞星颜想跟她穿一样的裙子，戴一样的首饰，时间长了，洛棠让人买的时候都会捎带着订一件她的尺寸。

在外公家大院儿里玩，别的孩子说，俞星颜你怎么就知道学你妹妹，你长得不如人家，穿一样的裙子也还是不如啊！洛棠比她还生气，第一个站出来护着她。

可谁知道呢？俞星颜喜欢什么都跟她一样，这居然能成为习惯。

连喜欢的人，也要一样。

洛棠化妆的工夫，外边已经拍摄到第二镜了。

男主宋景之家族世代都是武官，自塞外被召回，最开头就是宋景之在长安城里先后遇到几个人物的场景。女主萧荔身为宰相独女，生平唯一的意愿就是从军，从小习武，出街也多是女扮男装。

第二镜就是男女主首次见面，一同出手逮住了一个光天化日之下行窃的小偷。

“咔！”

闻越山笑声爽朗，亲自走过来拍了拍苏延的肩膀：“几年没看你拍戏，越来越厉害了啊！苏神真不是白叫的。”

苏延一夜走红的那部电影就是出自闻越山之手。

两人相熟，苏延也笑：“闻导教得好。”

“别给我戴高帽子了，我可没教你什么。”说完，闻越山又转向站在一边的俞星颜，“你也不错，不过刚才那镜近景还得来几条。”

俞星颜点头：“没问题。”

俞星颜按照武术指导的要求摆各种挥剑姿势，花了二十多分钟才最终过了这条。

摄像移动到下一处。

俞星颜额头上有汗，补妆的时候，公司派来的几个小助理叽叽喳喳地讨论着刚才的戏。几人跟了俞星颜一段时间，看得十分明白，就算夸赞不是真心实意的，那也得演得真心实意。

“星颜姐，哇，你跟苏神站在一起的时候好配呀！”

“是呀，是呀，星颜姐你拿着那把剑的时候超帅！”

俞星颜没什么太大的反应，转头问：“下一场是谁的？”

“洛小棠的，”其中一人说，“再下一场也是她，两场连着。”

“洛小棠这又是一个花瓶角色吧？”

“我也没觉得洛小棠有多漂亮……我觉得星颜姐这个女主演得帅多了。”

“要不要看看去啊？反正闲着也是闲着。”

俞星颜站起身，对着几人说：“去看吧！”

俞星颜跟过去的时候，正好开拍。

影城内的环境一切仿真。公主殿外，先由侍女打帘，晶莹的珠串碰撞发出清脆的声响。

饰演公主琴落、足足打扮了两个小时的洛棠从里面缓缓踏出。

先是一截雪白的裙裾，而后整个人站到了镜头前。

空气似乎有一瞬间的凝滞。

眉心的桃花钿栩栩如生，白色襦裙，薄薄的桃粉色轻纱笼在外面，仙气十足又不失可爱。少女嘴角天生带笑一样微微卷着一个弧度，灵眸微转，顾盼生辉。她甚至不用说话，只是站在那儿，就能勾住人的心神。

活脱脱一个从画卷里走出来的小公主。

“呀，这个好，”闻导十分满意，“演活了。”

俞星颜离导演近，离苏延也近。

洛棠后面还有台词，但具体说了什么俞星颜没注意听，她满眼都是导演的赞不绝口和苏延微带笑意地看着洛棠的样子。

身边之前夸她的那几个小助理，到现在都没回过神来，一个开口讲话的人都没有。

渐渐地，长指甲掐进手心里，俞星颜维持了一早上的笑容彻底消失。

洛棠早已将台词背得滚瓜烂熟，但她也没想到自己能一次就过。

公主换了衣服要出宫玩儿，而男主宋景之正在长安街上惩恶扬善，下一场就该她跟男主相遇。

宋景之一生跌宕起伏，但最初阶段的他活脱脱一个心性不定的少年公子，极有天赋，武艺高超，应召回京，本只是想要溜一圈儿当游玩。

唯独没想到，他会玩着玩着，遇到了偷跑出来的小公主琴落。

所以最初宋景之想要当将军，是因为他想名正言顺地娶他的小姑娘，这个圣上最宠的小女儿。

两人初遇开拍前，导演特地来问她："洛小棠，骑过马吗？苏延骑马是很厉害的，你要是骑过咱们就不用后期，没有的话我们直接用后期。"

洛棠喜欢骑马，以前她马术还得过一个少儿比赛的大奖，于是当即点头："会的。"

"欸？"闻导感慨，"剧组里两个女孩儿都会骑马，这可真是奇了。"

闻导继续说："你们剧本都看了，一会儿先大概来一遍，我跟动作指导一起跟进，然后正式开拍。"

洛棠应下："好的，导演。"

趁着导演去找动作指导的工夫，洛棠睁大眼睛看向一边一直没说话的人："苏延，你什么时候学会骑马的啊？"而且还很厉害？

"我在跟闻导拍电影之前，演了一部古装电视剧，"苏延轻描淡写道，"是那时候练的。"

洛棠一愣，倒不是因为他说话的内容。

由于她这发型不能受太大的颠簸，裙子太长容易被绊倒，所以一早上就一直在一个地儿坐着，都没能近距离看看苏延今天的造型。

——所以当一身白衣的苏延跟她对视上的时候，洛棠的大脑其实是停止转动了那么几秒钟的。

这是什么神仙造型？！吹爆这个白衣白发带好吗？简直太好看了啊！

洛棠特别想真心实意地说一句：下凡辛苦了。

"你们俩在那儿看啥呢？"闻导带着动作指导过来，好奇发问。

洛棠如梦初醒。

她像被抓包一样激动道："没有！我没看他！"

闻导理解不了，也没心思去理解小姑娘的反常，开始跟动作指导一起给两人描述场景。

——只有当事人才懂。

一直到摄像就位准备开拍，洛棠脸上的温度才降下来，但露在发髻外小巧的耳朵却一直发红。并且，她全程不敢看苏延。

呜呜呜……她怎么又犯病……

又身体力行诠释了欲盖弥彰啊！

…………

热闹繁华的长安街道上，身着粉纱白裙的少女一脸新奇地看着各种摊位，身后跟着两个忧心忡忡的丫鬟。

少女生得格外俏美，频频引人回望。

没多会儿，少女走路没注意，被路人碰掉的发簪甩出去好远。她惊叫了一声，立即跑去捡，丝毫不曾注意疾驰而来的马车。

少女拿到簪子，笑盈盈地抬起头，却看到车夫一脸惊慌地驾着马车疾驰而来。她睁大眼眸，失措地愣在原地。

马车即将撞到人的一瞬间，她感觉腰间骤然一紧，一股极大的力道将她带离，天旋地转间，对上了一双少年的眼。

少年背后是阳光，坐于马背，一袭白衣，五官生得俊俏至极，唇角微微勾着，似笑非笑的样子分外招人。

靠在陌生的怀里，少女粉唇轻启，惊讶得说不出话。她身上有不知名的香，脸颊羞得通红。

少年对着怀中花容失色的小小少女，突然生了顽劣的心思。他轻挑眉，浅色瞳仁里迸出夺目的光，嗓音清朗，笑意散漫道："姑娘，这簪子这么重要，不如送我，可好？"

正值春日，两人周身有白色细小的花瓣，不间断地打着旋儿落下。

鲜衣怒马，长安飞花。

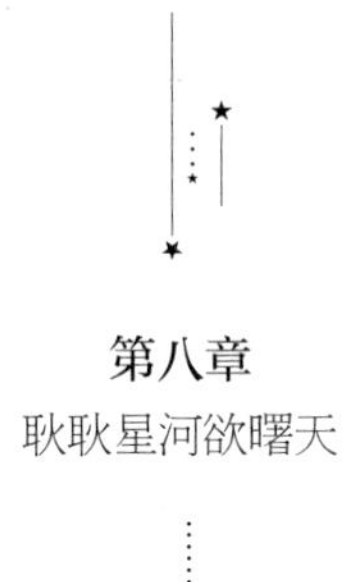

第八章

耿耿星河欲曙天

洛棠之前拿到初始版的前半段剧本的时候就在想，少年宋景之和白月光小公主琴落这初遇也太浪漫了点儿，光是看剧本简略的那几行字，就让她心怦怦直跳。

但刚才真正拍摄起来，她才明白，为了还原这浪漫所付出的代价有多大。

马车那边倒是没什么顾虑，后期几个镜头穿插一下就能出来那种紧张感。

最开始，洛棠得拍几个惊慌回身抬头的近景。

而后她被苏延捞上马，自然也不可能是真捞，都要经过后期慢放快放来做得自然逼真，但他们两个的动作必然是要奇奇怪怪的，比如不可避免的亲密接触。

洛棠腰上有痒痒肉，苏延第一次搂她，她立刻就笑了出来。后来这块不得已重拍了几次，洛棠强忍着笑把它过了。

下一镜到了精髓，也就是宋景之抱着小公主在马背上说话。

端坐在马背上，苏延看着坐在他身前还没缓过来、低着头笑得浑身发抖的洛棠，也忍不住笑了一下：“很痒吗？”

“一看你就没有痒痒肉吧？”洛棠憋住笑回他，“有了你就知道了，我怀疑这个就跟武侠小说里被点了笑穴差不多，一动就停不下来了。”

苏延看着她渐渐平复下来，轻微地喘息着的样子，小姑娘双靥笼着淡淡的粉晕，跟眉心的花钿相得益彰，杏眸泛着水光。摇晃间，她头上的发饰撞出清脆的声响，露出来白皙细腻的脖颈。

因为刚刚剧烈笑过，少女的嗓音软软的，没什么力气，像是在撒娇。

两人很久没有离得这么近过了，几乎是贴在一起的距离。他能清晰地闻到她身上水果混着花的香味儿，微微发甜。

苏延喉结滚了滚，“嗯”了一声，而后默不作声地别开视线。

…………

稳定在马背上的这一镜，琴落躺在宋景之的怀里，虽然没有台词，但神情一定要到位。

要求是先惊讶，等宋景之说完话之后，琴落的脸红得要自然可爱。

洛棠脸红倒是没什么问题，就是红得有点儿太快。

开玩笑——洛棠看着他的脸什么都不干都能自己把自己脑补到面红耳赤，更别提苏延一直要搂着她的腰了。而且他还看着她露出那种似笑非笑的样子，这谁扛得住啊？！

“洛小棠！怎么回事儿？还没到脸红的时候呢！”闻越山不知道第几次吆喝，“你这小姑娘，你得控制啊，控制啊！”

洛棠当时也很气愤。那不得先等它消退吗？消退不需要时间的吗？眼泪收放自如可能可以练出来，但脸红这玩意儿怎么控制啊？！

前前后后几镜加起来重拍了十几次，最后好不容易过了。苏延被助理叫走接电话，洛棠跑去凑到导演身边，在显示器里看这一幕回放。

虽然幻想过拍出来的效果会是什么样，但这么看着还没处理过的画面，她也已经十分惊讶了。

飘逸束带，白裙粉纱，鲜衣怒马，长安飞花。

日光和角度正正好，宛若仙境。

闻越山看着她啧啧称赞的样子，夸倒是没夸她什么，反而一边喝水一边数落她：“小姑娘啊，不能看到好看的就脸红，身为演员你得有点儿定力。”

周围的摄影组都忍不住笑了。

圈内只有跟在闻导身边有年头的人才知道，闻越山脾气古怪，越是喜欢谁，越是喜欢打趣谁，苏延是个例外。但今天一上午看来，这新人洛小棠倒是最符合这条定律的。

洛棠还不知道自己被导演给无形中赏识了，对于闻越山刚才教育她的那句话，洛棠心道，她其实有一百句可以反驳。

首先，她从小到大见到的好看的男人也不光苏延一个，就像洛舟，魔鬼虽然魔鬼，但那张脸的确能令女人疯狂。但脸红这个技能，有且仅对苏延一人点亮。

其次，苏延并不属于“长得好看”这个范畴，但怎么着也是女娲手里用心捏出来的艺术品。

腹诽归腹诽，洛棠面上却堆起乖巧的笑。“闻导，您说得对。”洛棠先是态度很好很端正地认了个错，“抱歉，我状态不对，重拍了这么多次，但是您得给我点儿时间冷静嘛！您知道吗？我都公开承认了自己是苏延的粉丝了，我见到苏延就是会比正常人稍微激动一点儿的，我以后一定会多练习、多注意的！”

开招第一天，剧组有不少人都不怎么熟，被洛棠这么一打趣，周围一圈人都笑起来了。闻越山本来就是佯怒，此时也忍不住乐出声，剧组的氛围十分融洽。

侯府最小的公子宋景之归京后并未听从家人意愿入朝为官，可他也没走。

自从第一次偶遇之后，宋景之以为琴落是哪家小姐贪玩跑出府，便日日在两人相遇的树旁边转悠，偏偏恰好，次次都能遇到这位“小姐”。

琴落趁着父皇和兄长朝事繁忙没空管她，经常偷跑出宫，宋景之玩儿心也大。暧昧时期你来我往最为甜蜜，就这么心照不宣了好一阵子，两人把长安城玩了个遍。

因为还在暧昧期，许多镜头不会详细拍，剧本里也没有细致到描写每一个动作，两人只要演出那种暧昧的氛围就好。

其实一切都很顺畅，小公主的台词都特别甜，洛棠最近跟苏延的戏份都是那种两人浑身冒着粉红色泡泡的。她得心应手极了，甚至还有越陷越深的感觉。

只除了一点，令导演不满意。

宋景之带着琴落逛街，每次洛棠跟在苏延身边走的时候，就得时不时瞄他一眼。她自认演得十分自然。但只要是苏延用宋景之那种吊儿郎当的调调开腔来撩她，满剧组就能听见闻导拿着喇叭在那儿训她：“洛小棠，给我冷静！别脸红！感情没到，这儿没有脸红的戏，别加戏！”

洛棠又能怎么办呢？她就只能红着脸，低眉顺眼地挨训，心里却在哭天抢地。

这能怪我吗？都怪你们上妆的粉底液不过关吧！红个脸怎么还能被看得这么明显！

呜呜呜，演戏真难，脸都不让红。

…………

洛棠跟苏延过粉泡泡剧情的时候，全剧组几乎都在围观，毕竟两个神颜的合体，谁不愿意看呢？但据探子程橙所说，围观是围观，俞星颜每次看他们的时候，脸都能黑成煳掉的锅底。

在前期，洛棠跟俞星颜的戏份是属于两条线上的，就算是纵观全剧，两人都没几场对手戏，所以碰面并不多。

而且洛棠其实完全不在乎俞星颜的反应。

感情上来讲，有些恩怨早就已经结束了，揪着不放的话才是傻子。至于物质上的，从头到尾，自始至终，那更是比都不用比。

所以每次听程橙给她描述，洛棠就当个笑话听一下。

在剧组几天下来，洛棠跟不少人都混了个脸熟，跟闻越山的关系倒好像是在一次又一次的“冷静教导”下突飞猛进。比如现在的午休时间，她竟然还能跟导演聊上天。

两人聊了聊白天拍戏时的趣事，到最后，也不知道是谁先提的，话题又不可避免地扯到了苏延身上。

“演员不容易啊！”闻导唏嘘道，“靠自己的更不容易，所以苏延走到今天，我是真替他高兴。”

经过这几天的相处，洛棠发现闻越山的性格不像传闻中的那么怪，就是有时候说话直得令人羞愤……比如“你能不能有点儿出息，别一看苏延就脸红”之类的话在剧组里张口就来……也太不给她留情面了！

不过他现在说的话，她是肯定得赞同的。

洛棠收起乱七八糟的心思，真心实意地点了点头：“您说得对，而且，还要感谢当年您找到他来出演您的电影呢！”

平时玩笑归玩笑，洛棠其实打心底里感谢这位资历极深的导演。

当年，他能用当时只是一个无名小卒的苏延来出演斥巨资电影的幕后反派，这个重要程度仅次于男主角的存在，就足以说明闻越山眼光毒辣。后来圈内传，说有人想要闻导再捧，闻越山毫不避讳地当着媒体的面说：“别给我戴高帽子，说我给了苏延一个机会可以，但别说苏延是我捧的。不光我捧不出来，而且也不会再有第二个苏延，因为他不可复制。”

得到闻越山这么高评价的，苏延可真是年轻一代演员里唯一一个了。

洛棠当时看到这段采访，简直心里疯狂为闻导爆灯。因为这两件事儿，苏延的粉丝们也对这位导演好感度颇高。

“我还是那句话，我只是给了他一个机会。”闻越山说，“他算是走的不同寻常的路子，正常有这样条件的，稍微有点儿头脑的公司都会好好对他，苏延却赶上这样的奇葩公司，唉……也不知道是福是祸。”

洛棠还没想好怎么回，闻越山又“嘶”了一声。“而且前两年据我观察来看，他好像还是对女演员很抵触啊。怎么今年……”他视线上上下下扫过洛棠，“在你这儿治好了？”

洛棠一愣，闻越山没察觉到她的表情变化，接着说：“我看他以往拍的作品，都没有跟女性亲密的戏份，就算有，苏延也会去说明让剧本调整，他曾经因为这点拒绝过一个大爆爱情片的男一。”

洛棠睁大了眼。

虽然苏延跟她简单提过，要是有那种戏份的剧，他不会接。可那时候只是一句话带过而已，闻导现在说的这些，她完全不知道。

他居然真的因为这个原因，而拒绝过大好的机会。

“我不是说题材，但你这个粉丝应该也知道他成名的那几部片子，拍起来的难度跟单纯两个小年轻谈恋爱差距有多大吧？”

洛棠点头：“看花絮就知道了……”

吊威亚吊到头晕，深山老林里，外景设施出了故障导致受伤……苏延这类相关新闻，简直太多了。

所以当初他接下《我们的年少时光》，大部分粉丝都开心得不行。不光因为有剧可以追，还想要看他轻轻松松地拍戏，拍校园剧，至少人是肯定安全的。

原来以前他也有选择轻松的机会，可他拒绝了。

洛棠心里突然生出一个猜想，然而只是刚有了苗头，闻越山的声音就打断了她的思绪：“你知道咱们这部剧里，虽然女配和女主都不太重要，但你的角色跟宋景之的亲密戏很多。”

之前剧本做出大变动，目前洛棠手里的不是完整版剧本。

听到闻越山的话，她傻眼了：“很多？我这边只写到宋景之决定做将军那块儿……后面的还没看到呢！”

她以为只有暧昧，可能再加上搂搂腰、抱一下什么的。

闻越山点头：“当然有了，而且是真的不少，我当时还特地问过苏延，问他这回能不能拍，不能的话就删改。”

洛棠眼睛都不眨了：“然后呢？”

闻越山纳闷就纳闷在这里：“他明明看完了完整版的，居然跟我说，能。”

洛棠的心跳骤然加快，一想到“跟苏延”“亲密”等字眼，她仿佛又感觉到自己的脸颊开始急速升温。

闻越山又说了一句什么，洛棠都没在意。

“闻导，”她回过神来，说话有点儿不稳，但还是没忘抓住重点，“您刚刚说的那些，亲密镜头里……”

闻越山不明所以地看向她：“嗯？”

洛棠舔了舔唇，声音都放轻，小心翼翼地问：“……有吻戏吗？”

洛棠记得自己上一次这么期待某句回复，还是十几岁那会儿让洛舟帮忙找苏延，每一次她都特别希望听到他说一句——“嗯，找到了”。

这次，她的期待变成了一个字——“有”。

洛棠眼睛都舍不得眨，不放过闻越山脸上每一处微表情。

求您说有！快说！快！！

闻越山似乎是带着点儿探究地看了她一会儿，停顿三秒，轻哼了一声：“有。”

闻越山又说：“不止一次。”

啊啊啊——

洛棠还没来得及欢呼。

“你看看你这没出息的样子！”闻越山毫不留情地嘲笑她，“不就是场吻戏？至于吗？”

洛棠睁大眼，内心成千上万的弹幕飘过。

什么叫不就是场吻戏？这不是普通的吻戏！这是跟苏延的吻戏啊！这是接吻啊！您也知道苏延他不跟女明星亲密接触！我是第一个啊！

但洛棠没解释那么多，她脑海里闪过一丝别的顾虑。“闻导，”洛棠按捺住自己的焦急，放松语气，状似随意地问，“您到时候会借位吗？”

“借什么位？”闻越山翻了个白眼，不屑道，“要拍就拍真的，不管什么都是。我就烦那些虚的东西，不能拍就直接说，我来想办法。我可从来不搞什么借位……”

他话音刚落，这边一直蹲在他身边的人“腾”一下站起来了。

闻越山愣了一下，一抬头，就看见小姑娘杏眼弯弯，简直笑成了一朵花儿，嗓音又脆又甜：“闻导说得对！不能作假！作假不好！闻导英明神武！万古流芳！”

洛棠趁他没反应过来，接着道：“闻导您先歇着，我出去喝口水。”

说完不等他回复，洛棠径直快步往外走。

出了休息室的门，迎面走来一个人，洛棠余光看到了一截衣摆，就下意识地抬起头。

来人正是刚才她跟闻越山讨论的主角。

两人打了个照面，同时一愣。

苏延跟她一样，身上还穿着戏服，发型也还是长发古装打扮。今天的他是一袭青衫，眉目清俊，整个人看着活像从书里走出来的温润公子。

洛棠视线飘过他的眉眼，笔直高挺的鼻梁。再往下，是形状优美、颜色淡粉、触感柔软的嘴唇。

当时在电影院，他的唇和她的掌心那一下碰触，洛棠到现在都还记得。

毕竟才刚讨论完，洛棠难以控制地开始遐想。既然是吻戏，那这次可就不是碰她的手那么简单了，而是直接碰她的……停！停停停！

剧本都还没发！瞎想什么呢？！

洛棠瞬间回神，收起乱七八糟的心思，率先开口道：“苏延，你是来找闻导的吗？”

苏延点头，而后，他没问为什么她从休息室出来，反倒是仔仔细细地盯着她的脸看了一会儿。洛棠被他深邃的眼眸盯得心跳又开始乱速。

苏延面上疑惑，微微皱眉：“你的脸怎么这么红？不舒服吗？”

呜呜呜，这能说实话吗？难道要说我刚知道我们有吻戏，而且已经是经过你同意的，所以太激动了吗？我害羞啊！！

洛棠努力维持着正常的表情和语气回道："没什么，我……就是太热了。"

刚跟导演确认完吻戏，立马见到将来要接吻的对象，她的脸是真的要热爆炸了。

洛棠说完，立刻跟他道别："闻导在里面呢，苏延你进去吧！我有点儿渴，就先走啦！"说完，头也不回地飞奔而去。

苏延愣了一下，回头看的时候，只剩下小姑娘提着裙子略显匆忙的背影，仿佛真是渴极了想立刻去找水喝。

苏延没立刻进去，他站在门外感受了一下温度。虽然还远远够不上冷，但绝对算得上凉爽，所以即便是穿着层层叠叠的古装，剧组内的大家也都觉得刚刚好。

怎么都跟热……不沾边啊？

追女孩只是宋景之生活的一小部分，虽然他想一直追，可这个女孩不是一般的女孩，"公主殿下"的门禁可是很早的，每天两人能见面的时间并不多。

也就是跟琴落分开之时，宋景之在某晚偶遇了他来到长安结识的第一位"兄弟"。

这位"兄弟"跟自家公主一样，因为朝政繁忙太过无趣便从宫里溜出来——当朝太子，未来的皇帝楼亦。

饰演楼亦的，也就是之前闹得腥风血雨的男二。

洛棠在进组前，虽然靠着洛城出手把改剧本的事儿给硬生生掰了回来，但那不代表不存在过啊！

洛棠以前觉得自己大度又仁慈，但摊上苏延的事儿，她发现自己是护短又记仇，往死里记。就比如齐南至这个名字，洛棠可是记了很久——进组前每天都得抽空叨叨一遍的那种。

可洛棠怎么也没想到，在她幻想里，心机起码有十九层地狱那么深沉，仗着家里有钱有势胡作非为，肯定是奔着苏延的热度来的臭不要脸的富家少爷——真身居然是个傻白甜！

齐南至是齐家二公子没错，心血来潮想要拍戏也没错，但他并没有自己要求进《御剑行》剧组，更没有要求双男主，一切都是家里安排的。齐南至对于剧本的一系列改动也完全不了解，他甚至是开机前一天才刚从美国飞回来，是真的心血来潮，什么也不知道。

至于傻白甜，则是因为这人的性格和他的特殊技能。

齐南至学过表演，演技过关。他从小在美国长大，家里都是中国人，普通话说得倒是没什么问题。但显然比起汉语，英语更像是他的母语。

——这就激发了他一激动就飙英语的特殊技能。

除了跟宋景之在酒肆里畅谈之外，前面几集里，皇帝身体不适，还是太子的男二楼亦代父上朝，那是楼亦第一次在朝堂上亮相。

这场戏也不算多么坎坷，仅仅重拍了一次，但这一次成了永恒的经典。

那时正逢连州旱灾，皇帝迟迟不予理睬，眼看着灾害给人民造成的伤害似乎有愈演愈烈的趋势，朝廷已经因为此事争议许久。下面官员的派别也就此机会显露出来，一个个据理力争，争先恐后地想要给太子表明自己的立场与想法。

“臣有一言……”

“启禀殿下，连州此患不得……”

齐南至本身外在条件就好，一袭龙袍加身，十分有范儿。此时他动作利落地拍案起身，气势十足地大吼道：“Quiet!Be quiet!（安静！立刻安静！）”

“……”

底下的确是安静了，鸦雀无声。

空气凝滞几秒，摄像大叔最先喷笑出声。紧接着，台阶下面各位群演大臣被皇帝用英语训完，有些本来就是跪着的姿势，这会儿全部笑趴下了。

只有闻越山在一边拿着喇叭很愤怒地喊：“齐南至！你怎么回事儿？！普通话说得挺溜的，怎么一演戏就飙英语？！”

齐南至被众人笑得也有点儿不好意思，他站在上面挠挠头，咧出一口白牙：“不好意思，导演，我一激动就嘴瓢。”

闻越山更生气了。你连“嘴瓢”都知道什么意思！怎么还能瓢？！

洛棠当时在化妆，这事儿是听程橙转述的。但程橙讲得很有画面感，她当时就笑得不行，下决心一定要找个时间亲眼看齐南至飙英语。

一周后，轮到齐南至跟苏延对戏的时候，他再次出糗，洛棠这次可终于在场了。

跟苏延对戏其实是一件很享受的事儿，很多跟他合作过的人都这么说，因为他能够轻而易举地把你带入剧中的氛围里。

齐南至不是没被带入，齐南至就是被带入得太好了，以至于一次又一次忘记了自己的母语。

两人在旱灾一事上有了分歧，楼亦说了不该说的话，宋景之顿时冷着脸反驳。楼亦此时应该是端着茶到宋景之面前，台词是："景之，喝口茶，消消气。"

宋景之谈论正事的时候不复往日跟兄弟玩笑的样子，格外严肃。

前面的进度很顺畅，苏延的台词功底不是盖的，抑扬顿挫，吐字清晰，情绪递进得完美。宋景之的台词一大串，有理有据。齐南至被苏延彻头彻尾地给训得心服口服，之后轮到他回应的时候，齐南至端着茶，一着急："Oh my god! I'm so——sorry!（我的天，我真抱歉！）"

闻导："……"Sorry 你个头。

闻导手里的喇叭差点儿直接摔了。

这话一出，配上齐南至非常到位的表情，摄像和围观的剧组内众人都在一旁笑疯了。

洛棠没想到现场版给人的冲击这么大，她连声音都笑不出来，瘫在同样在抖的程橙身上，好半天没起来。

看齐南至拍戏、等齐南至嘴瓢成了剧组一大乐趣。唯独闻导，每次看到齐南至都不给他好脸色，偏偏齐南至丝毫不觉，非凑上去跟人家又是"hello（你好）"又是"sorry（抱歉）"的，惹得闻导脸更黑。

宋景之跟楼亦相见恨晚，已经知道了彼此的真实身份。另一条线上，女主此时还在琢磨着如何参军。而这边，宋景之跟琴落也已经比之前的暧昧阶段要上了一层台阶，连称呼都变了，一个叫"景之哥哥"，一个叫"阿落"，腻腻歪歪的。虽然现阶段两人依然是在长安里游街约会，却跟之前的游玩不同，现在多了不少肢体上的接触。

两人参加花灯会，琴落被路人撞了一下，宋景之立刻去牵小姑娘的手，清润的声音带笑："今晚人多，要冒犯阿落了。"

这是第一次牵手，琴落也开心得不得了，一点儿都没挣扎。但小公主嘴上不承认，哼唧了一声，别别扭扭道：“……便宜你了！”

“阿落说得对，”宋景之牵着小姑娘细嫩的手，一边护着她往前走，一边在她小巧的耳朵边低声笑，“真是便宜哥哥了。”

身为琴落本落，这场戏拍得洛棠真是少女心爆炸。炸成烟花不说，残余的星火还在天空中久久不散。重拍了三次，炸了三次，才总算得来闻越山的肯定。

洛棠羞红着脸去看显示器的时候，果不其然又被训。

“不就是拉个手！”闻越山呵斥道，“你有点儿出息！”

呜呜呜，面对高冷男神顾誉的时候她就从来没有这种烦恼！都怪苏延这回演的少年宋景之，一点儿没有之后的沉稳，没事儿瞎撩小姑娘！这也太能撩了！

拍了这部戏，她在苏延面前真是一点儿面子都没了。就算曾经有过，也全都在这一声又一声的训斥里给消磨殆尽了。

跟了闻越山多年的制作团队发现，圈内著名导演闻导接拍这部剧之后，似乎有两句高频率的口头禅应运而生。

——洛小棠！冷静！

——齐南至！说人话！！！

《御剑行》剧组开机之后，官方微博每隔一天就会放出一个演员在拍戏过程中的九张照片。

依次先是三位男演员，才轮到女主和女配。

洛棠本来都忘了这事儿，还是程橙特地跑过来给她看官方微博提到了自己的那条微博。

“御剑行电视剧官方微博：一笑倾城，说的大概就是我们琴落小公主吧！”

下面跟着九张单人照。

洛棠的妆容是全剧组最烦琐，也是最好看的。九张图里有三套不同的装扮，有的是她在剧组里不经意的一笑，有的是她在拍戏过程中的笑，也有突然发现被抓拍，对着镜头明晃晃的笑。

看来官方微博有费心，还找了个“笑”的主题给她。

“哟，看来大家现在对你很热情嘛！”程橙又看了一遍图，真心夸赞道，“‘公主殿下’，你的颜真是太能打了。你看我都认识你这么多年了，还是看不够你这张脸。”

闻言，洛棠啪啪鼓掌：“哇，欢迎我的头号夸夸团成员大橙子上线啦！”

程橙摆摆手：“你可别说，今天这头号水军应该不是我了。你赶紧看评论，有惊喜。”

嗯？惊喜？

洛棠眼睛一亮，立刻开始刷评论。

热评第一：“啊！终于等到我女儿！！呜呜呜，我棠宝也太好看了吧，笑得我心都化了！”

热评第二：“不是我说，洛小棠这个扮相真的太好看了，这哪里来的公主啊？以后的古装公主都找她演行吗？？？”

热评第三：“我一个女生都觉得她好美……”

“噗——”

网友太有才，洛棠刷微博傻乐了好一阵子。

这些用作宣传的照片公布之后，洛棠还觉得官方微博这下可能不会再有什么素材可发了，一切宣传都得等剧组拍摄完之后再说。

可没想到，两天后的中午，吃过午饭，短暂的午休时间里，她又被闻越山给找到，还给她带来了一颗重磅炸弹。

洛棠本来以为闻导这是无聊了来找她消遣半小时，陪聊的姿势都摆好了，结果闻越山却说起了正事：“我昨晚跟你们上部剧的导演陈厉吃了个饭，陈厉跟我说，拍你们那部《我们的年少时光》的时候，他发现周播剧容易让观众惦记，还能根据观众的反馈调整接下来的剧情，发展前景不错。”

洛棠愣了一下，快速消化了一下闻导的话，点点头：“陈导说得对。”

周播的话追剧的人多，最关键的是话题度一直在，看《我们的年少时光》每周必在周末产生几个讨论话题。前几个月，那氛围几乎可以算是家家户户都在追这部清新脱俗的校园剧。

“对，话题度高。”闻越山话锋一转，“但是咱们这个剧你也看到了，故事背景大，线太杂，剪辑难度很大。所以不可能做到周播。”

洛棠也知道：“您说得对呀，咱们现在这不是也没周播。”

闻越山又道：“所以陈历建议我，除了剧组宣传，还可以找你这种闲人按时开直播涨涨人气。”

洛棠：“？？？”

洛棠觉得他们之间一定有什么误会：“闻导！我不闲啊！你看我随叫随到的，我拍戏这么努力，怎么就成闲人了呢？？”

闻越山看她一眼：“咱们剧组服装和化妆师都是花了大价钱的，我看你那化妆过程就挺好，你也不怕素颜，可以播。”顿了顿，他又说，“而且，每天化妆两小时的好像就你一个？”

洛棠：“……”这倒是真的。

闻越山接着说：“每天拍完自己的戏也没接别的通告，留在这儿看苏延拍戏的，不也就你一个？”

洛棠：“……”那是因为她没有通告啊！而且！看苏延拍戏简直是享受……不算闲着吧！

闻越山看她一句话也说不出的样子，笑了笑：“齐南至也是除了拍戏没别的事儿，所以这任务就交给你们俩了。”

闻越山倒不是觉得俞星颜哪儿不好，那新人性格就是规规矩矩的，没什么毛病，但也没特色。对比之下，他觉得洛小棠这种古灵精怪又会说话的小姑娘明显更讨喜。毕竟能跟他处好，肯定也特别招网友喜欢。

至于齐南至……现在据说是蠢萌当道的时代，那选他准没错。

提到那个让人头疼的名字，闻越山的表情都沉了沉：“……这事儿你去跟齐南至讲，我怕他找我叽叽咕咕说一堆鸟语，我现在听见他的声音都生气。”

洛棠也多少明白一点儿闻越山的用意，听到闻越山最后一句话，她憋住笑点点头：“好的，闻导。”

官方微博发完最后一位演员的组图时，剧组开机已经半个月了。

洛棠现在跟《御剑行》剧组的主创们都比较熟悉了。全组她年龄最小，长得好看嘴又甜，大家对她的印象都不错。

洛棠混得如鱼得水，拍戏拍得也算顺利。最主要的原因不是她有多适合演戏，主要还是琴落这个角色某些方面跟她自己的性格格外相似。

比如遇到那种琴落小公主跟自己父皇撒娇之类的戏份，那完全跟洛棠平时对洛城撒娇的时候如出一辙。只要对方不出错，她这边基本都能一次过。

跟苏延对戏，洛棠的重拍次数也很少，就算有，多数是因为闻导的苛刻要求。

他们一次过的时候最多，就算偶尔有差错，但也基本不会超过两次，整体速度很快，比别组的耗时都要短。剧组对此都非常满意，完全不存在任何拖累进程的问题。

只除了洛棠一开始对于闻越山的训斥心中羞恼，但没几天她自己就想开了。反正苏延是她偶像这事儿大家都知道了，全组谁不知道她是苏延的忠实小跟班，被大家笑话一下能怎么样呢？

而且——经过多日观察，洛棠觉得自己发现了一件不得了的事。

以演技闻名的苏延苏神，好像会偶尔在跟她单独对戏的时候加一些剧本里压根儿没有的小动作。

比如上次——两人牵手，牵完之后，即将松开的时候，他会用指尖挠一下她的掌心。

虽然力道很轻，但洛棠会控制不住地一抖。

于是重拍，被训，再来一条。

又比如上上次——苏延要给她拿下飘到头发上的道具树叶，他修长的手指碰到她的头发，多停留了一秒钟才把叶子拿下。可在此一秒钟内，他的手指还动了两下，就像是做了一个极快的摸头杀，引得洛棠猝不及防地愣住。

于是又得重拍。

其实这些小动作的确是不痛不痒、无足轻重，重拍也就一次。

却能够轻而易举惹得她面红心跳。

就近来看，比如他们现在这场戏，刚刚第一次开拍。在闻导看来，这回理由跟之前的很多次一样，原因出在洛棠，是她做了一些小动作、小表情，又一次不小心给琴落小公主加戏。

可只有当事人她自己，才知道真正的原因是什么。

洛棠其实还没反应过来，闻导都训完了，她还有些发蒙地睁大眼睛看着苏延。

宋景之的衣服颜色倒是极其低调的，不是黑白就是青和蓝。衣服穿在苏延身上，每一种颜色都有每一种的好看。今天的是白色，衣袍也没什么特殊的装饰和纹线，却愣是被他穿出了一股仙气飘飘的感觉。

这场戏，简单来说就是咬耳朵，说悄悄话。

刚才，洛棠就是跟这位仙气飘飘的公子演了一出咬耳朵的戏码。她背靠着长安街一个小胡同的墙壁站着，苏延则是一边壁咚她，一边在她的耳边说台词。

这场戏里琴落没有台词，洛棠其实并不需要给什么反应。而且当时被苏延给环绕着，鼻端全都是他身上清洌好闻的气息，耳边还近距离地听着他悦耳的声音，她整个人都是僵的。

但要是真的这么从头僵到尾，这条也就过了。

谁知道——

本来就只是咬耳朵，少年少女说悄悄话。但苏延用他那把极富磁性的嗓音念完宋景之的台词之后，在摄像头看不见的地方，他柔软的唇瓣擦过了她的耳郭。虽然苏延的动作极轻又十分迅速，可那熟悉的带着一点点湿润的触感，是的的确确真实存在的。

洛棠那半边耳朵顿时就像通了电一样，一阵酥麻直冲头顶，她条件反射般地浑身一颤。

就是因为她这一颤，这条没过。

等闻导训完走人，洛棠再抬头看，苏延还是刚才那副表情。单手撑在她身后的墙上，日光下略显浅色的瞳仁里倒映着缩小版的自己。他唇边的笑意还没散，眉梢微扬，就这么勾着刚刚擦过她耳边的唇，似笑非笑地看着她。

这罪魁祸首甚至还问她——

“怎么，傻了？”

现在不是发呆的时候，闻导已经开始问两人准没准备好，摄像都已经就位了。洛棠被这一问给拉回神，立刻进入状态，跟苏延来了第二次。

这回倒是很顺利地过了。

下一场戏是苏延和齐南至的，洛棠也没法在剧组众人面前揪着他问“你是不是故意蹭我耳朵的”“你是不是也给自己加戏了你说呀”。

但要是有下一次——

洛棠红着脸在心里发誓，他再来一次，被她察觉、揪住小辫子，她绝对不能就这么算了！

仿佛知道了她的想法，接下来的两天里，苏延并没有给洛棠留下小辫子可以揪，而洛棠的新任务也随之而来。

之前关于直播的事儿，闻越山说完的第二天，洛棠就告诉了齐南至。剧组宣传部还给两人开了个小会，齐南至英文夹杂着中文问了一堆问题，把宣传组搞得头都大了，还在犯愁齐南至蠢萌是够蠢萌，但这说话……观众万一听不懂可怎么办？

直播定在周末。洛棠负责周六，齐南至则是在周日。

官方微博已经预热了好几天，洛棠也发过宣传，当时反响便很好，所以当她开播，分享直播链接后，短短几分钟的时间，直播间就来了上万人。

洛棠看着右下角不断被点亮的心，虽然记得最近一直在宣传，但她一时间还是有点儿不敢相信这些数据是真实的。不过三分钟的时间，就来了这么多人，洛棠下巴都要惊掉了："不是，大家早啊，那个……你们都是真人吗？还是说剧组怕我直播没人看买来的机器人啊？"

弹幕飘过一片"哈哈哈"。

"哈哈哈，怀疑自己的观众是机器人，笑死我了！"

洛棠也看笑了，不好意思地动了动头发。

"咱们还是先走流程，我来自我介绍一下。"她一边说一边把手机固定在提前准备好的放置支架上，调好角度，看着镜头笑了一下，"大家早上好呀！我是洛小棠，以后呢，每周负责给大家直播一次。主要任务吧，就是给你们看一下《御剑行》剧组里一些好玩儿的东西，还有各位前辈拍戏时候的英姿。"

洛棠摆完手机，坐在化妆镜前。一切都已经早早地试验过一次了，她离剧组给的直播手机是不远不近恰到好处的距离。

"我今天会开两次直播，上午一次，下午一次，上午这次呢，就比较无聊啦……"洛棠想了想，比了两根手指，睁大眼，"内容大概就是——你们得看我化妆整整两个小时！"

直播间里弹幕纷纷反驳。

"无聊？？你对我们的误解竟然有这么深吗？？能看美人上妆谁会无聊？？"

手机左下角一排排的字不断刷新，洛棠看得直笑，身边戴着口罩的化妆师也跟着打趣："连我这个天天给你化两个小时的人都不嫌烦，你的粉丝怎么会烦啊？"

洛棠的化妆师和造型师是固定的，两个人都跟洛棠关系不错，在直播间隙也会偶尔插两句话打趣她。

化妆的过程的确漫长，洛棠中间一直在跟弹幕对话，一直到画眼睛的时候需要闭眼，她才安静了一会儿。

这会儿弹幕上夸夸团的语录简直能复制粘贴出去做一个合集。

画完眼睛，洛棠睁开眼。

洛棠的眼妆完成，整个妆最为重要的部分也就算结束了。今天的妆容跟进组第一天那个桃花妆差不多，挑的是偏桃色的眼影，从眼尾到眼窝、眼头，深浅不一，带着一点儿闪，眨眼的时候简直让人心脏停止跳动。

"已截图当壁纸。"

洛棠没想到跟网友们聊着聊着，两个小时似乎也过得比平时快得多。

临近结束的时候，她看到一个标识，忍不住叫了一声："啊！"

这极其突兀的一叫，守在直播间里的粉丝们纷纷被吓了一跳。但一句"怎么了"还没来得及打出来，他们就看见屏幕上的小仙女捂着嘴，一脸不可置信地看着镜头某处，语气震惊又懊恼："我的天，聊嗨了，我忘记开美颜了……"

观众满头问号。

"这张脸，居然是没开美颜的脸？"

"行，我前面还真没白夸。"

洛棠上午化完妆就关了直播去拍戏，她的戏份上午就能结束，下午两点，又准时再次开了直播。

"下面我要带你们看的，是跟我一样担任着直播任务的齐南至。"洛棠很顺畅地介绍道，"他这次饰演剧里的男二，皇帝楼亦，也就是男主的兄弟。"

提到这人，就不可避免地会让人想到之前的"差点儿改了剧本"事件。

齐南至的身份一搜就能搜出来，而齐傻白甜的解决方法十分干脆利落，直接发了一条中英夹杂的微博解释了来龙去脉，并表示自己进组几天就已经彻底被苏延俘获。

他这最后一句话的歧义简直绝了。那条微博下面除了网友们的"俘获？？？”，还有剧组各位演员留下的“小齐的中文啊”，齐刷刷占了热评前五。

热评第一，自然是被提到的苏神留下的珍稀的一串省略号。

下午第一场戏是齐傻白甜的，洛棠立刻兴致勃勃地开始科普：“齐南至是我们剧组第一开心果，你们见识过天然蠢萌的人是什么样子的吗？我没有任何侮辱齐南至的意思，他真的、真的太好笑了，我们剧组最严肃的刘熙老师都说，他不去做谐星真的太可惜！”

“而且齐南至有很多名场面，”洛棠还隐隐有些期待，“但不是次次都能发挥出来，也不知道你们是否有幸能见到啊！”

可惜，这回齐南至十分给力，演技在线一次就过，并没有激动到触发特殊技能的点。

但观众被洛棠勾起兴趣，弹幕都在问到底是什么名场面。洛棠想了想，宣传组说了要给点儿悬念，她就没直接讲：“嗯，大家先猜着，齐南至藏不住的，他早晚要暴露，我下次再带你们看呀！”

弹幕一片“学坏了学坏了”“还学会吊胃口了”飘过。

半小时后，换了个场地，演员也有所变动，洛棠开始新一轮的讲解。

“哇！这一场是尹宿老师跟刘熙老师对戏。”洛棠的声音轻快，镜头依然对着拍戏场景，但是由她来解说，“尹宿老师看着特别严肃吧，其实他人可可爱了。之前我刚进组的时候，本来都不敢跟他搭话，但有一次中午饭可以选包子。我们那天中午离得近，他居然拿着一个包子问我，洛小棠，你听没听说过菜包子的笑话？”

弹幕纷纷问“然后呢”，洛棠接着道：“我就说没有啊！然后尹宿老师一本正经地告诉我说，一个包子，走着走着实在太饿了就开始吃菜，然后就成了菜包子。”

尹宿是老戏骨，以演技和一丝不苟的态度闻名，直播间里也不乏喜欢他的粉丝，此时不是刷问号就是刷“哈哈哈”，纷纷表示以后要用这个梗去尹宿微博下面调侃。

直播可以放进去的镜头都是日常向，并不会牵扯到重要剧情，多是一些对话或者搞笑片段，更不会有类似吊威亚这样的场景。

不知不觉两个小时过去，洛棠偶尔应弹幕要求还得把镜头转向自己，给她们看看脸。就这么一个一个介绍过去，洛棠全程不仅不卡顿，而且她跟大家关系都好，说的小段子还十分有料。中途，洛棠还因为说太多话而口渴跑去闻导那儿拿了瓶水喝。

“然后，下一场是……”看清场内的人，洛棠一顿，声音放轻了一些，“苏延的戏……”

苏延一身黑衣，背着剑，面无表情地站在片场中间，显得冷肃又英俊。

苏延这一出现，直播间人数怒增。

但一分钟过去了，两分钟过去了，观众发现好像哪里不太对劲儿——直播讲解员洛小棠半天没出声了？！

之前洛小棠大大方方承认自己是苏延粉丝的那条微博过去还没多久，大家都还没忘。这小姑娘叨叨一下午，这么有梗又会说，一直都没歇，这会儿画面转向自家偶像，突然一声不吭了。

弹幕反应过来，文字开始不断滚动。

“公主怎么不说话了？”

“哎哟喂，刚才伶牙俐齿的人哪儿去了？”

“刚才多能说呢，现在怎么不说了？洛小棠？要我帮你把这嘴撬开吗？？？”

洛棠看了几眼弹幕，也不知道为什么，明明隔着网线，这群人的调侃居然也能让她的脸渐渐发热。

她越是不说话，弹幕就越是开心，被逼无奈，洛棠咬了一下嘴唇：“苏延，苏神吧，他……”

她红着脸，小声地对着直播间嘀咕：“反正就是……帅爆了。”

洛棠虽然觉得当着这么多人的面有些害羞，但是她真的没说谎。

就算是从来都不认识苏延这个人，就算她此时只是一个恰好路过片场的路人甲，她就是生命垂危、半截身子进了土里，她也会说出这句话来。

今天的苏延，的的确确帅爆了。

他这身黑色带着红边的劲装把他的身材都勾勒出来，跟撩妹时穿的衣袂飘飘的长袍不同，这一身格外利落显身材。又长又直的腿包裹在绣着金色暗纹的黑色靴筒里，腰间有同色系的宽束带，头发高束，活脱脱一个迷倒万千少女的武功高强的冷面少年剑客。

弹幕里依然有人在坚持不懈地调侃她为什么突然变哑巴、为什么不爆苏延的料，等等，但更多的，其实还是在集中讨论站在片场中间的苏延。

“天啦，这谁能承受得住？”

“到底什么时候开播？我真的等不及了！”

直播的目的其实已经达到了，但洛棠此时并没有心情去注意弹幕说了些什么。

苏延这身真是太帅了。

自重逢以来，洛棠自己也拿捏不好她对苏延到底是什么心理，她告诉程橙她现在成了他的粉丝，他是她的偶像，但其实，她总觉得这只是给自己找的暂时接近他的借口。

但是两部戏她都跟他待在一块儿，真正接触到拍戏时候的他、生活时候的他，洛棠不止一次在心里感慨过——喜欢上这个人，实在是太容易了。

洛棠还在发着呆的时候，余光处有一道影子在移动。她有些诧异地偏头去看自己的屏幕，发现刚才还在远处站着的人，赫然走到了离镜头极近的地方，并且——

他为什么冲着她走过来了？！

洛棠情急之下匆匆往苏延身后扫了一眼，似乎是有个道具临时出了点儿问题。

还没等她想好该说什么，面前的人突然一挑眉：“你在拍什么？”

近距离的冲击真的……比刚才要大多了。

洛棠好歹是天天跟他对戏的人，还算稳得住，其余人可就得多吃点儿润喉糖了——毕竟大家发出的尖叫声可能会把嗓子都喊破了。

她稳住声音，看着他的眼睛道：“我在直播，就是之前闻导安排给我和齐南至的那个任务嘛，每周末一人直播一天。”

苏延有点儿印象，点了点头：“嗯。”

这要是平时，洛棠张嘴就开始跟他叽里呱啦说了，但这会儿什么话也憋不出来。

——直播间都快八百万人了！怎么当着他们的面聊啊！！

洛棠想跟他自然对话，状似不经意地提起片场的事儿，下巴扬了扬：“那边怎么了呀？你们怎么还没开始？”

“有个小道具没提前检查好，”苏延面色淡淡地道，“已经去找新的了，应该很快。”

洛棠“哦”了一声。

“嗯……那个……”

“替我们说一句！宋景之你太帅了！”

“对对对！！快快快！！你刚才不也说他帅爆了吗？”

“小棠务必转达我们的想法！”

洛棠声音微弱：“就是，现在在看我们直播的朋友，让我转达一句话……”

苏延似乎很感兴趣，眉峰又是一挑，连微表情都格外撩人：“什么话？”

弹幕还在飞快地刷，各种各样越来越过分的话都有，简直不忍直视。

洛棠咬了咬嘴唇，下定决心，语速飞快地道：“她们都特别可爱，让我告诉你，拍戏不要太累，然后也要注意休息和饮食，照顾好自己不要生病。”

火焰：？？？？？

洛小棠你是不是跟齐南至一样不太认识中文？？？

洛棠才不管弹幕怎么质疑撒泼，她说完之后，苏延对着她的直播手机镜头点点头，微微笑着应了声：“嗯，好。”

道具已经重新找回，苏延也回到片场。

洛棠深吸一口气：“咱们现在安安心心地看完苏神今天最后一场戏，之后我就下班了。”

对于“请解释一下为什么歪曲我们的意思”“洛同学怎么回事儿，怎么就不能说实话了”等一系列问题，她采取不予理睬的举动。

不看、不听、不知道，她跟齐南至一样留学归来，不太认识中文。

……………

晚上七点收工，苏延在这之后要回经纪公司一趟，处理完事情之后，返程的车上，又是王林日常播报时间。

“延哥，这洛小棠真的是你的迷妹啊！”王林笑了一会儿接着说，“哈哈哈，我又刷到她了！她为什么这么好笑？笑死我了！”

苏延偏过头，伸手：“给我。”

王林把平板电脑递给他：“就这条。她不是今天直播嘛，然后在播你之前一直都特能说，说得还特别有意思，结果到你下午那场戏，她一句话也憋不出来，哈哈哈！”

苏延看着屏幕，这条微博的文字跟王林说的差不多，除此之外，还配了一段视频。

视频是直播录屏，镜头正对着站在片场里的他。

苏延放了声音，听见熟悉的属于她的嗓音，起初很小声，过了会儿，就听到了她那声磕磕绊绊的“帅爆了”。

后来，他看着自己走近，跟她对话，弹幕有几条发言被发微博的人给编辑圈了出来，十分瞩目。而后，小姑娘对此视而不见，快速说了那一大段让他注意身体的话。

苏延看了三次，看到王林都开始问他是不是哪儿出了问题。

他大概想象了一下小姑娘在词穷夸他时的表情和样子，忍不住垂眸，微微笑了。

而后，给这条爆料微博点了个赞。

…………

“苏延点赞洛小棠翻车现场”这个话题，顿时就被发现了。

洛棠下班回到家，被这事儿弄得脸红心跳了半宿，最后还是忍住了，没去发微信问苏延这到底什么意思。

——毕竟撒谎的是自己，本人不在的时候她夸得天花乱坠，本人来了，她熄火了，主动问这事儿，尴尬的还是她自己。

可躲得过初一躲不过十五，毕竟在一个片场，她不主动问，两人却还是会遇见。洛棠只能庆幸两人今天的对手戏在晚上，她还有一整个白天可以躲，估计到时候见了面，尴尬也散了人半。

周日，轮到剧组第一“开心果”齐南至来完成直播任务。

齐南至下午有戏，所以下午才来剧组，等拍完自己的戏份就开播。

洛棠闲着无聊的时候还看了一眼齐南至的直播间，美式英语扑耳而来。而弹幕清一色问号，整整齐齐。

“请主播好好说话，至少说我们听得懂的话，行吗？”

“他说话总让我想起六级听力？？？有同感吗？？”

“主播不考虑观众感受，擅自飙外语，举报了。”

洛棠看得直接笑出声。

不过后来当齐南至开始讲中文的时候，她又发现弹幕也依然是清一色——整整齐齐的一大串“哈哈哈”填满屏幕左下角。

毕竟谐星潜力可不是盖的。

洛棠周日的戏份很少，但一场排在上午，一场排在晚上，所以妆得一直带着。

而且晚上那场十分重要，是跟苏延的对手戏。

自从咬耳朵之后，这段时间宋景之跟琴落的感情突飞猛进，马上就要到两人感情的关键转折点了。

今天这场戏算是一个递进，也很不一般。

——她昨晚没睡好，有一大部分原因是担心和期待今天这场戏。

洛棠跟苏延走到了片场的指定位置，与此同时，两人也出现在了剧组直播间里。

上午洛棠拍自己部分的时候齐南至还没直播，这会儿轮到她的戏份入镜，弹幕的粉丝们纷纷冒头欢迎。

“这场是洛小棠跟延哥的戏，”齐南至把镜头对准片场中间又放大了一下，嘴里叽叽咕咕地说，“等到这个时间才拍好像就是为了夜景，总算轮到他们俩了。”

“我最喜欢看他们两个拍戏，”齐南至又说，“因为古装戏，我觉得有时候稍微会有点儿 boring（无聊），但是他们俩就很好玩。”

弹幕问：为什么好玩？

“这好像是我们剧里唯一一对儿谈恋爱谈了挺长时间的角色啊！你们不喜欢看人谈恋爱吗？”齐南至理所当然地答完，又说，“哦，对，这场戏也是谈恋爱，苏延扮演的宋景之今天生日，然后琴落 princess（公主）要给他一个惊喜。”

“琴落 princess……我服。”

“古代里头插英文还插得这么自然，我服，哈哈哈哈！”

“我听了他一下午的直播，居然有点儿适应并且欣赏这种中英文夹杂的说话方式了，怎么办？”

还没来得及看弹幕，那边副导就开始拍了，齐南至立刻往前又走了几步，小声说："开始了、开始了！嘘——"

只有他自己在讲话，也不知道是跟谁在"嘘"。

此时是晚上七点半，初秋的夜，月亮才露出一个头。片场内还有特制的灯在摄像范围外照射着，就为了让镜头里的场景更美，营造出一种夜晚的柔光感。

这个位置是街道拐角处，一拐弯就有繁华热闹的夜市，之前已经拍了一条，是琴落把宋景之拉过来，说要在这儿送他生辰礼物。

两人面对面站着，少年宋景之语气漫不经心，眼神不断四处瞄的动作却泄露了他的期待："神神秘秘的，什么礼物啊？"

"急什么！"琴落说，"你很快就知道啦！"

宋景之跟着她拐过来，琴落让他站好。

"你站在这儿不准动，"白衫粉裙的少女扬了扬小下巴，"你还得闭眼才行。"

闻言，少年很无奈地笑了一下。他没立刻闭眼，反而伸出手，用修长的手指刮了一下她挺翘的鼻尖，笑道："阿落，你要是让我不满意的话，等着。"

突如其来的动作，少女小脸儿顿时有些发红。她杏眼睁大，微微嘟着嘴："宋景之！你快点！你还想不想要生辰礼物啦？"

"要。"他干脆点头，笑着闭了眼，直挺挺地站着。

小姑娘顿时满意了，她没有他高，脚上的鞋子也不允许她做出踮脚的举动，于是早早藏了一个木质板凳在旁边的树下。此时，她用动作示意自己躲在一边的侍女把它搬出来。

稳稳当当地踩上板凳后，两人身高差缩小了一大截，她只比他矮一点点。

她微微扬起头，小心翼翼地慢慢往他面前凑，越来越近。

小公主嘴角带笑，羞红着脸，睫毛像小刷子一样颤啊颤的。

下一秒——

她柔软粉嫩的唇轻轻印上了少年薄薄的眼皮。

星光满天，合欢树下，他的小公主亲了他一下。

第九章
散作满河星

这两人的表现实在是太自然，没出一点儿差错，有那么一瞬间，周遭围观的人都没觉得这是在拍戏，仿佛这就是一对互相爱慕的少男少女，花前月下，场景再现一般的效果。

“咔！”闻导的声音从喇叭传出来，唤醒了一众被惊到的人，“这镜很好，过了，拍点近景就OK。”

同样被唤醒的，还有剧组直播间的一堆观众。

“啊啊啊，这不是大男主剧吗？啊啊啊啊，竟然有这么戳心的爱情线？”

“啊啊啊，快点播！给我看！我要看公主和将军！！”

“我本来两人都粉，现在突然想粉CP，看了这一幕我真的心动了……”

“楼上的！“酥糖”欢迎你！！”

“看见CP就烦，两人只是拍个戏，别扯别的，OK？可能你们不觉得，但其实这是在给洛小棠找麻烦。”

“说得没错，两人实在是差得太多了。”

…………

CP话题是由路人带起来的，却莫名其妙地转到了洛小棠身上。

“话说，联想一下苏延跟洛小棠最开始在剧组的跳舞；两人后来在综艺节目里那么默契，又说是高中同学；之前盛传苏神不跟女明星拍亲密戏，可是现在又跟洛小棠有这么亲密的戏份，还不用借位，两人演得这么真，真是很难不让人怀疑两个人有点儿什么啊！”

…………

这条弹幕出来后，原本的画风立刻转变，一条接着一条都是你反驳我、我反驳你的言论，不过尽管弹幕已经吵了起来，但因为滚动速度太快，齐南至都来不及辨认内容，他自然也没意识到这是在吵架。

齐南至饰演的楼亦也有自己的后妃，但由于对剧情起不到推进作用，基本没什么戏份，正因如此，他看洛小棠和苏延已经不满很久了。

凭什么苏延每天都有人可以恩爱？他呢？他一个妙龄少男从美国跑回来就是为了天天跟大臣演戏？

齐南至气不过："不行，我要再去问问导演！"

齐南至突然蹦出来的一句话，让直播间的吵架稍微缓和了会儿，一部分人开始问他要去找导演干吗。

齐南至没回答，直接三两步跑过去："闻导、闻导！我有事儿找您！"

闻越山这会儿正在看上一镜的回放，抬眼看到来人是他，本来一脸满意顿时变成一脸嫌弃，皱着眉摆摆手："忙着呢，直播你的去。"

"？？为什么你这么遭人嫌？"

"齐南至你怎么回事儿？哈哈哈，闻导的嫌弃都快溢出屏幕了！"

齐南至："导演，我没有感情线吗？您确定不给我加一条吗？凭什么洛小棠、苏延他们那么甜？？"

闻导："？？？"

最后闻越山当着将近一千万的观众面训了齐南至一顿。直播间也没人讨论刚才的话题了，大家全部笑疯了。

下一场戏是俞星颜和尹宿，弹幕不再揪着洛小棠和苏延不放，讨论起这部戏第二个纯新人。

"俞星颜是谁？在此之前，完全查无此人啊！"

"怎么就查无此人了？你去搜搜去年洛氏慈善晚宴，她是洛家千金，怎么能说查无此人呢？"

"洛家的千金？？！这不就是真公主嘛！长相也可以，造型还挺帅？"

"有点儿无语，俞星颜不算是千金，更谈不上公主吧，是洛城的哥哥家收养的女儿……洛家有洛棠，两人没法比好吗？"

"不讨论演员，这个剧组的女主为什么存在感这么低？好像还不如女配……"

“其实这个剧里女主和女配戏份都好少，你看这一下午，直播我全程看下来，洛小棠就一场戏，女主也才一场。”

“大男主剧，女性角色都是为了剧情发展服务的，存在感低正常。我记得官方微博放出的剧情梗概的意思，女配好像中途就下线了吧？”

“什么？？扎心了。”

“不要啊！我今天刚心动的感情线！！”

…………

弹幕聊着、聊着就不知道跑偏到哪儿去了。

俞星颜的夜场戏是最后一场，重拍了三次，拍完收工。

临近结束的时候，齐南至又拿着手机骚扰了一顿闻越山并提出自己的要求，当然还是毫不留情地被驳回。

齐南至真是羡慕死苏延了，一激动就开始说英语：“But they are so sweet.（但是他们太甜了。）”

他闷闷不乐地吐出来一个单词，虽然声音很轻，但还是被大家给捕捉到了……

弹幕：“？？？”

…………

后来，负责周日的主播被剧组官方微博点名批评，最后亲自发微博道歉。

批评原因：主播被两位同事甜到爆粗口说脏话，由于直播人数过多，影响深远，直播间被封三天。

洛小棠直播的时候，捂着嘴震惊自己没开美颜的那一幕，被网友做成动图表情包，配文：我怎么这么好看。

齐南至被洛小棠和苏延的拍戏现场甜到，不小心骂脏话的那一幕，被网友也做成了表情包，配文：我什么时候才能拥有这样的爱情。

除此之外，还有两人的各种截图配上文字传遍网络，片场内的一些场景也被网友们在网上疯狂转发。总的来说，算是圆满完成了直播任务。

为了配合直播，周末两天拍摄的都是日常部分，不牵涉剧透。周末过后，拍摄重新进入正轨，威亚该吊的吊，剧情该走的走。

昨天才拍了亲眼皮的戏份，洛棠本来有想说“被仙女亲了的滋味如何呀”

之类的话、皮一皮的心，但牢记着齐南至在一旁直播，便没那个胆了，拍完就溜了。

那是她第一次亲一个人的眼睛。不知道苏延什么感觉，但洛棠演的时候，觉得自己的心脏都要停止跳动一般。

幸亏一条就过了，不然……

不然她后面一定会绷不住的。

当时夜色正浓，那条过了之后，洛棠总觉得苏延表现得也有点儿不自在，好在那场戏就是需要这样的情绪，后面近景过得都很顺利。

洛棠今早还听到闻导调侃了一句："你小子昨晚演得很好啊，脸红得很有少年怀春的感觉。"

洛棠听完，后面化妆的时候满脑子都是这句话。

他脸红了吗？她怎么没发现！她居然错过了苏延脸红的样子！

说实话，对手戏这么多次了，次次都是她被调侃，她脸红。而且两人重逢之后苏延的性格变化十分大，很多时候她都觉得他淡定得跟成佛了一样，洛棠是真的想要见见脸红的怀春的苏延。

她面无表情地看着对面的人，内心疯狂叹气。

——此时此刻，他又变回了那副"别撩我，没结果"的苏神脸。

今天一整天就这一场对手戏，宋景之动手动脚地撩小公主，琴落害羞，踹了他一脚，并且附赠一句"臭流氓"。

总之就是满满的恋爱酸臭味儿。

导演喊开始之后，两人进入状态，苏延笑着伸手过来捏她的脸："来，阿落，让哥哥看看今天贴的什么花钿？"

他的指腹很暖，贴在她的脸上很舒服，洛棠看着他像是会发光的笑，正准备说台词的时候，苏延两根手指突然轻轻掂了一下，像是想要试试她的脸捏起来手感如何。

"你别捏我！"洛棠按照剧本要求打开他的手，心跳乱成一团，努力睁大眼想要凶一点儿，出口的声音却还是有些弱，"……臭流氓。"

"咔！"闻导不行了，拿着喇叭训，"洛小棠，'臭流氓'这三个字，你怎么能说得跟'帅爆了'一样小声？"

剧组里的人都看过直播回放，都懂"帅爆了"那个梗，此时都笑得不行。

不怕导演训，就怕导演会玩梗。洛棠再次感到羞愤，直勾勾地瞪着罪魁祸首。

这小动作是真的忍不下去了！

洛棠的视线太过灼热直接，难以忽视，苏延被她看得微微一愣："怎么了？"

怎么？他还问她怎么了？

我怎么了，你心里没点数吗？！

"苏延，"洛棠咽了咽口水，平复了一下自己的情绪，语速飞快地暗示道，"你也知道，闻导每天都在说我，不能给自己加戏。"

——所以你刚刚！还有以前！到底是不是在给自己加戏？

洛棠在心里补充。

苏延又是一愣。他看着小姑娘一脸认真的样子，似乎有点儿生气，还有点儿害羞，眼眸乌溜溜的，亮得惊人。她今天做了一个古代十几岁少女梳的发型，特别可爱。

他突然想到刚才触碰到的她脸上的肌肤。

柔嫩的，白皙的，微微凉的温度，好像再用力一点儿都会弄坏。

小姑娘的耳朵已经开始染上了粉色，苏延心弦微动，看着她现在这种要炸不炸的表现，实在忍不住，弯唇笑了。

洛棠被他笑得莫名其妙，还没等问，苏延就给了回应："但你不是喜欢吗？"

喜欢什么？洛棠没转过弯儿来："啊？"

苏延又凑近了点儿，微微低头，垂着眼睫，声音很轻地重复了一遍："我说，你不是喜欢加戏吗？"

洛棠瞪大眼睛，看着他的笑好几秒，特别没出息地一句话也说不出来。

——因为她没法反驳。

因为他说的一点儿没错，这种加戏，她当然喜欢。

可——怎么能这么直接地说出来呢？！真觉得她不要面子的吗？！你不就是拍戏的时候才敢撩妹！很了不起吗？！

"你俩叽叽咕咕的干吗呢？"闻越山的声音传来，打断两人的对话，"赶紧的再来一条，准备……"

苏延依旧是老动作，但这次小公主可不一样了。

这场戏对于现在心里憋着“没看到苏延脸红的可惜”以及“那点儿小心思就这么被苏延戳破的窘”的洛棠来说，简直称得上是得心应手。

苏延捏她的脸，洛棠先是演出琴落要求的那种愣怔，而后迅速挥手打开他的胳膊。

“你别捏我！”喊完，她抬腿，动作干脆利落地踹了苏延一脚，声音格外清脆，“臭流氓！”

“咔！”

不远处，闻导的声音透着一股莫名的激动：“洛小棠，这句话的情绪把握得很好！非常棒！有出息！给我继续保持！”

苏延：“……”您是在跟我作对吗？

洛棠顺从自己的心意喊完之后，又被闻越山给狠狠夸了，整个人神清气爽，胸口都舒畅了许多。她看着站在面前的人，苏延正定定地看着她，眼睛一眨不眨，眼神带着点儿探究。

洛棠不总使小性子，平常就算生气，发完脾气就好。她这次算是真正的恼羞成怒，不然怎么也不会对苏延下手的。

——不对，是下脚。

想到这儿，洛棠又瞄了一眼他刚刚被自己踹过的腿部。今天宋景之长袍的颜色是靛蓝，看不出是不是有脚印。

摄像组在收拾设备准备去下一个场景，洛棠鼓了鼓脸，正准备说话，耳边传来苏延的声音：“你生气了？”

洛棠一愣：“啊？”

她仔仔细细地回忆了一番刚才自己的举动，能被闻导夸有出息，可想而知是什么样子的有出息。那声“臭流氓”她喊得可是真情实感，声音也不小，虽然不至于破音，但那看起来也一定是……凶巴巴的。

可是这几个月来，在苏延面前，她都是以小仙女的面貌示人……怎么能崩了人设？

洛棠在脑子里飞快过了一遍，最后摇摇头：“我没有啊？我什么时候生气了？”

苏延微微挑眉。没生气，前后两次态度差别能这么大？

苏延没挑开了说，看着少女略显无辜的样子，“哦”了声，然后特别特别自然——就像是每次他搞小动作那种自然地抬手，摸了摸她的发顶。

苏延像是什么都没发生一样，因为下一场还有他的戏，便尾随着摄像组转移阵地了。

洛棠红着脸瞪着他的背影，半晌，嘴里又嘀咕了一句“臭流氓”。

人逢喜事精神爽，洛棠这一波粉色泡泡剧情拍下来，回家的时候一天比一天开心。

今天她刚进家门，却迎面遇上洛舟，对方正非常罕见地在玄关处换鞋。

洛棠心情好，见谁都好，笑着就叫人：“哥，今天挺帅的呀！怎么下班这么早呀？”

洛舟：“……”

一直到洛棠也换完鞋，她一抬头，发现洛舟正用一种高深莫测的眼神看着自己。

——满脸写着“你脑子被什么东西踢了直说行吗”。

不知道她又抽什么风，洛舟站在原地半天才道：“你疯了？好好说话。”

洛棠心情好，不跟他计较，自动忽略掉这人一副明显要找碴儿的样子，蹦蹦跳跳地去客厅拿水果吃。

洛舟的脚步声跟在身后越来越近，洛棠突然回过头，抢在他要开始放毒之前，问道：“哥！你发没发现我身上有股什么味道？”

洛舟松了松领结，还真的试探性地闻了闻——香味儿有些淡，一时间分不出来。他随意道：“你又换新香水了？找谁调的？”

“不是。你没闻出来吗？”洛棠摇了摇头，状似叹息，“就是那种……恋爱的酸臭味儿？”

洛舟：“？？？”

洛舟简直不敢相信这么土的梗是从自己妹妹嘴里吐出来的。

留下一座美男石化雕像，嘴里含着颗特别甜的提子，洛棠开开心心地上楼了。

她不管！戏里恋爱也是恋爱！

在吃晚饭前，洛棠突然接到一个电话——来自许久没见的周纤。

洛棠一接起来，对方就打了招呼，开门见山，而后一副想要问问题的口吻：“棠棠，你现在有事儿吗？”

“没有呀！”洛棠停下自己一直哼着的小曲儿，“怎么？年轻貌美的心理医生怎么忙里偷闲给我打电话啦？”

“嗯……”另一边，周纤坐在咨询室座椅里，用手撑着额头，看着另一只手里的病例，“我问你啊，你最近不是搞了个直播？然后我看好多视频都是关于你和男主苏延的，点进去看了看，你们俩……还是高中同学？”

洛棠承认得很干脆：“是啊！”

周纤深吸一口气：“那你们——”

“你还记得很久以前我跟你说，我高中时候喜欢一个人，但是因为他突然消失我就没告诉你名字吗？”洛棠语速很快，“那个人其实就是苏延。”

周纤闭了闭眼：“这样啊！”她微不可闻地感慨：“所以，原来他说的不是姓‘唐’……”

——而是“棠”啊。

洛棠完全没听清：“喂？宝贝你说什么？”

“没什么。”周纤的声音听起来没有任何不自然，“就是突然看到微博有点儿好奇，打电话来问问你呀！”周纤顿了顿，又说：“那棠棠你先忙，拍戏也要注意身体哈！以后有什么事的话……我再找你。”

又寒暄了两句，两人结束通话。

洛棠跟周纤虽然从小到大都不在一个学校，但两家曾经住得近，她们的关系说这些是完全不需要顾忌的，正因如此，周纤这突如其来的电话，洛棠也并没放在心上。

…………

吃了饭洗完澡，洛棠换了睡裙在床上滚来滚去，怎么也忘不掉白天两人拍戏的场景。

不光今天这次，加上前几次的咬耳朵、摸头杀、拉手全都回忆了一遍，她直接在脑内给苏延做了个“小动作合集”。

当然，回忆了一遍的结果就是脸烧得有些发烫。

洛棠总是觉得他们两个某些时候的相处模式，跟暧昧阶段的宋景之和琴落，好像有点儿像。

不同的是，他们谁也没戳破。

如果是一个曾经朝夕相处过的人，对他的了解足够多，仔细想想他的各种举动，也不难猜出他的意图和想法。

她翻身坐起，在微信上发了一大串“啊啊啊”给程橙，而后打字道：“橙子，我要跟你说一件巨大无比的事儿。”

程橙：“……”

程橙：“你……你别告诉我你跟苏延好上了……太突然了，我可受不起这个刺激。”

洛棠：“不是。”

洛棠：“但是，好像，也没差太多。”

程橙：“？”

程橙：“还不赶紧说！是要我把话筒塞到你嘴里吗？！”

洛棠深吸一口气，咬着嘴唇开始戳手机屏幕。

洛棠：“虽然我没有证据可以给你看！！”

洛棠咬着嘴唇，红着脸噼里啪啦地打下后一行字：“但我怀疑，最近一段时间，苏延好像一直在故意撩我……”

程橙：“啊？？这不是你的日常操作吗？做个梦怎么还成大事了？”

程橙：“网易云音乐分享——梦醒时分。”

洛棠：“……”

进组半个月的时候，洛棠就已经拿到了据说有“不止一次的吻戏”的新剧本，那时候距离现在也已经过了一个星期。

——而且，眼看着明天就要真枪真刀地拍吻戏了。

本来洛棠最紧张、最期待、最怕自己搞砸的就是跟苏延的吻戏。她不提，偏偏苏延也什么都不说，弄得好像就她自己特别把这个当回事儿一样。

但洛棠没想到，在拍理想中最难的吻戏之前，她遇到了一个拍戏以来最难过的坎儿。

这会儿剧情进展飞速，两位坠入爱河的少男少女其实彼此都不知道对方的身份。

琴落告诉宋景之的名字是自己的闺名，只有极少数人才知道。京城里都用她的封号来称呼她，明琴公主，陛下最宠爱的小女儿。

只有一个字相同，宋景之压根儿没往那方面想过。毕竟谁能想到自己一见钟情的小姑娘是名动京城的当朝公主呢？太给自己贴金了吧？

宋景之正琢磨着要怎么提亲，虽然不知道琴落是哪方大小姐，但他依然觉得只要不是皇室，自己再不济也是个侯府世子的身份，是完全够格娶她的。

殊不知，此时此刻，也有别人跟他的想法一样。

明琴公主生辰一过，就有跟皇上启奏想要迎娶公主的。这场就单纯是公主和老皇帝的对手戏，老皇帝提了提想要做驸马的人，颇有一番赞许的口吻。小公主慌了，当即跪下哭着说自己不嫁。

戏其实很短，台词也不多，却生生卡在了洛棠的哭戏上。

洛棠的演技一直以来在剧组是颇受好评的，比如她第一次出场那场戏，被闻越山这样苛刻的人夸了一句“演活了”，还有后面无数次一遍过的镜头。

这些并不是因为她有多天赋异禀，而是极为凑巧地，她本身跟角色的契合度太高而已。再加上大多数时候琴落撒娇或者亲密戏都是和苏延演对手戏，简直轻松又甜蜜。

眼泪想要说来就来，对于非演员专业的人来说，实在是不太容易。

洛棠从小顺风顺水被宠到大，本身就不是爱哭的性格。再加上最近心情实在是太好，经过昨夜跟程橙的交谈，有些事情好像也有了点儿眉目，此时的洛棠憋了老半天，眼泪还是憋不出来。

闻越山吩咐先把琴落哭之前的表情和台词都拍完，洛棠照做，而且她跟饰演皇上的廖志毅对台词也没出错，一次就过了。可还是没有感觉，她依旧卡在哭戏上。

有人建议闻越山用眼药水，被他挥手拒绝了：“我最烦做假，用什么眼药水。”

而后，他突然把目光转向洛棠：“我记得陈厉告诉我，之前拍《我们的年少时光》时苏延把你骂哭了？”

“啊？”

洛棠立马就想起来自己当时演的是招人烦的施音，被男主说了几句，可不是就掉了两颗金豆豆吗？

得改改了，她其实不是不爱哭的性格，而是不扯上苏延的话，她才算是不爱哭的性格。

闻越山觉得洛棠这边默认了，对着旁边一直站着的苏延道：“快，场景重现，你再骂一下她当初那几句台词试试看？”

洛棠默默转头，跟苏延对视了十几秒。

洛棠一直都有专属两个小时的造型时间，今天也是颜值在线营业的一天。她坐在皇宫寝殿的椅子上，仰着头看他。

小姑娘水莹莹的黑眸亮得不行，眼神却很软，像是会说话一样，勾人而不自知。

苏延突然偏过头，喉结滚了滚：“我不行。”

闻越山道：“你不行谁行？我骂她她都已经免疫了！”

苏延态度也是十分坚定，摇头：“我不会骂她，您找找别的办法。”

闻越山：“……”我绝对没听出来这句“我不会骂她”里面藏着什么我观察并且怀疑已久的奸情。

最后，还是演皇帝的廖志毅从龙椅上下来给出谋划策。

“我女儿也跟洛小棠差不多大，我知道他们这些小孩儿的心理，我来试试。”

廖志毅今年五十多岁，为人特别友善，女儿跟洛棠差不多大。他是演皇帝成名，之后几十年演艺生涯里演了不知道多少次古装皇帝，各个朝代都快凑齐了。

闻越山有点儿好奇他能想出什么办法，摸着下巴道：“廖老师加油。”

廖志毅没说废话，直接伸手冲着闻越山说：“闻导，借一下手机。”

闻越山不明所以，但还是将手机解了锁递过去。

过了会儿，廖志毅皱着眉：“你为什么没有‘咕噜咕噜’？”

闻越山：“啊？什么咕噜咕噜？”

洛棠也蒙了：“廖老师，什么咕噜咕噜？”

“就那个，你们年轻人成天看视频的软件，粉色图标……”廖志毅还在形容，洛棠已经领悟了。

“看视频的软件，”洛棠强忍住笑，“您说的是‘哔哩哔哩’吧……”

廖志毅一拍大腿：“对对对，就是那玩意儿，我女儿整天看。”随后他转向闻越山，“闻导你这手机怎么没有呢？”

“我有，”苏延说，“用我的。”

廖志毅接过去打开APP搜视频，反倒是闻越山有些惊异地对苏延说：“你还会用年轻人用的东西？”

苏延：“……”

洛棠当时给他分享“音誉CP”的时候下载的。为了成为正式用户回答了一百道问题，他花了整整一晚上的时间。后来……好像还收藏了一堆“酥糖CP”视频。

苏延点了点头：“对……随便下的。”

那头，廖志毅已经搜索完毕，把手机屏幕横过来，递给一直在努力想自己悲伤的事儿却依然没办法哭出来的洛同学。

洛同学接过来的时候还有点儿疑惑，廖志毅说：“你看吧，点播放就行。”

闻越山已经开始想，不然就把哭戏删减掉，毕竟是副线内容，小姑娘整天傻乐，可能实在是哭不出来，又耽误进程，他也就不强人所——

短短一分钟，洛小棠那边突然传来啜泣声。

闻越山看着越来越激动，到最后小姑娘竟捂着嘴呜呜呜地哭起来了。他一改之前的心思，打心眼儿里敬佩地看着廖志毅，心道前辈就是前辈。

闻越山问：“廖老师给她看的什么视频啊？”

苏延也看向廖志毅，等待回复。

“哎，我女儿不是追星也追得厉害吗？之前她喜欢的演员演了个角色死了，她哭了一下午。我寻思着小棠不是苏延的粉丝嘛，”廖志毅一副“我也没干什么就是举手之劳”的样子，“我就搜了苏延，发现有人做了他那些以死亡为结尾的电影结局片段剪辑视频。”

“你的电影我全看了，小棠看的是剪辑了《围歌》《夺龙》和《七爷》这三部的结尾，我记得这几部里，苏延你演的角色都死了，对吧？”

苏延：“……嗯。”

闻越山此时一句话都说不出来。看着两分钟前还挤不出半滴眼泪，此时却已经哭出了鼻涕泡的洛小棠，他深受震撼。

三个男人站在这儿观看了一出迷妹观看偶像“死亡”剪辑而留下泪水的精彩呈现，心中各有所想。

视频很短，三分半钟，播完之后，洛棠擦着眼泪往前走了两步，把手机还给苏延。

“闻导，”她哭着说，“我可以了。”

闻越山：我也看出来你可以了，不光可以，你这简直可以过头了。

闻越山转头吩咐：“化妆师来补一下妆，摄像准备五分钟后开拍。”

洛棠脸上的泪痕重新被妆面覆上薄薄一层，她走到大殿中央的指定位置，站定，正面对着坐在龙椅上的皇帝。

哭一次，后面就有了感觉，悲伤氛围也来了。洛棠红着眼睛看着廖志毅，眼泪直直地就流了下来：“父皇，阿落不想嫁。”

廖志毅一愣，问：“可有缘由？”

洛棠咬着唇，脊背挺得笔直，毫不避讳地承认：“阿落有喜欢的人了，除了他，谁都不想嫁。”

“喜欢的人？”廖志毅面色由好转坏，声音也不复慈爱，格外严肃，“你以为你三头两日地出宫朕不知道？你以为你跟一个江湖上来历不明的人来往，朕不知道？朕想你从小守规矩、懂事，身为帝王家的女儿，心中该有分寸。而那人虽身份不明，行踪不定，却也没害过你，朕睁一只眼闭一只眼罢了。”

“此番看来，你并不识分寸。”廖志毅冷哼，“我不管你嫁不嫁许晋文，但不管你嫁谁，都不可能是外面那个江湖浪子！”

这出戏的最后，是皇帝叫了人来，拥簇着琴落回了明琴殿，表面增派人手保护她，实则是让她待在宫里闭门思过。自此，明琴殿外守着几十个侍卫，禁止公主出入宫门。

“咔！”闻导喊，“很好，过了。”

洛棠脸上全是眼泪，正准备伸手擦，旁边却伸来一只手，递过来一张洁白的纸巾。

拿着纸巾的手指节白皙修长，手背上血管分明，靠近拇指的地方有一道极易辨认的浅浅的疤痕。苏延在一次采访中回答过，是年少时留下的。

洛棠莫名其妙的，突然更想哭了。她迅速接过纸巾，盖在眼睛上，声音闷闷的，带着浓重的鼻音：“谢谢啊！”

苏延看不清她此时的表情，不知道她到底情绪变好了没有，只能试探性地重复用着上次在电影院里安慰她的理由：“……洛棠，那些都不是我。”

“我知道。”她也重复了上次电影院里说过的话，“但我能怎么办，就算那不是你，但那是你演的……我看到就控制不住了嘛！”

用了好几张纸巾，洛棠的眼泪才真正止住，而且这些纸巾全都是苏延给她递的。

五分钟后，小姑娘心情明显好多了，虽然眼皮有些红肿，却能看见乌溜溜的大眼睛里的笑意。

谁的功劳，大家都懂。

“唉，”廖志毅摇头叹息，玩笑一般地看着两个年轻人，“人和人就是不能比呀，我女儿当初看哭了，也没见她偶像来哄她。”

廖志毅接着说：“洛小棠好福气啊！”

闻越山听到了，也跟着看过来。“可不是嘛！廖老师说得对，”他加重了语气，“洛小棠好福气啊！”

两个年轻人：“……”好像也没有哪里不对，但听起来怎么哪儿都不对呢？

洛棠和苏延的下一场对手戏是在两天之后——是她特地问过闻导的那场——吻戏。

一开始拿到剧本时，洛棠就抱着一种说不清道不明的羞耻心理翻到了两人第一场吻戏的地方，但看下来，却跟她想象中的有些出入。

这场戏的情感十分浓烈，而且要求剧情有很强的连贯性，应该是要一起拍下来的，拍摄时间估计会比较长，台词也多。

虽然主要难点是在宋景之身上，按照剧本来，也是需要他来主导，但是琴落的回应也十分重要。最近几天，洛棠反反复复地把吻戏这块儿的剧本看了不下几十遍，揣摩着主角的心理，台词早就烂熟于心，生怕自己掉链子。

可真到了化好妆，端坐在指定位置上时，洛棠还是会有强烈的紧张感。

在这场戏之后，《御剑行》的剧情马上就要到第一个转折点。

宋景之童年丧母，因为母亲的事而憎恶侯府的一切，小小年纪便跟着舅舅去了塞北，直到长成今天这样高傲却优秀至极的挺拔少年。

这部剧最前期的宋景之形象十分简单，对不在意的事一个眼神都不屑，对于喜爱的东西，则会倾注百分之二百的心血。他厌恶朝堂，可为了迎娶自己心爱的公主却愿意入朝，也愿意身披战甲上阵杀敌，只为了护住生她养她的国家。

故事的主线，是朝代变更，也是宋景之的成长。最初他是为了心爱的公主走上了保家卫国这条路，之后却走了一辈子，并为着一个自始至终的信念，颠覆了原来的王朝。

在被关禁闭之前，琴落本来跟宋景之约好隔日在老地方见面，他要带她出城玩儿。可谁知她会被皇帝召见，还和皇帝说了那些话。琴落被困在宫里出不去，自然没办法赴约，宫外的宋景之都快急疯了。

宋景之没等到也没找到他的阿落，有心往深处查，花了几日，才终于知道了琴落的身份。与此同时，自然也知道了最近满城在传的明琴公主的轰轰烈烈的婚事，原来是她的婚事。

他不知道琴落被关了禁闭，连信件也送不出，他以为她要嫁给别人。

少年的满腔爱意转为怒火，还夹杂着不甘，什么婚期已定，什么不日便完婚，他不信。他要当面问清楚，问问她是不是真的要嫁给别人了。

宋景之从小天赋异禀，头脑聪明，又是练武奇才，尽管皇宫戒备森严，他也对外墙照翻不误。

宋景之记事起就没来过皇宫，因为厌恶侯府，所以他也厌恶这里，不想涉足这里，对这儿的一切都很陌生。入了宫，又耗费了大半个时辰，才总算找到明琴殿。他在房檐上待了许久，听房内人声，等到侍女跟琴落对话完毕，才从窗而入。

少年背着剑，直直地落在琴落面前。

这一场就从这一幕开始。

按照剧本设定，宋景之之前在宫外的戏份都是在雨里进行的，苏延要先在雨里吊威亚，浑身湿透是一定的，光是造型也需要整理很久。

看到他人的时候，洛棠都不记得他拍了多久。此时摄像组还没完全进到室内，洛棠那点儿紧张感飞走了大半，飞快地跑到他面前："苏延，你冷不冷呀？我看天气预报说今天气温好像降了好几度……"

苏延皮肤比平常还白，看着她的眼睛眨了一下，长长的睫毛濡湿，回道："还好。"

现在都是秋天了，她在室外淋了这么久，嘴唇都冻白了。

好什么好！

洛棠心里唉声叹气，别过头。

也不知道这段剧情较长的吻戏能不能不重拍，要是能直接过就好了。

她现在什么都不想，就想让他快点儿把这条过了，去换身干衣服，千万不要生病。

“摄像组……OK，洛小棠、苏延，那边准备好了没？”闻越山的声音传来。

洛棠看向苏延，他没立刻回答闻导，反而定定地看着她，眼神里藏着些读不懂的情绪：“紧张吗？”

洛棠诚实地点头：“嗯。”

这可是苏延的荧幕初吻啊！

——一想到这儿，她就激动得恨不得去蹦极冷静一下。

苏延又问：“害怕吗？”

害怕？洛棠下意识答：“跟你拍，为什么要怕？”

苏延顿了顿，点头笑了一下：“好。别紧张。看着我，情绪跟着我走就好。”

他语速不急不缓地安慰她，三句话而已，却仿佛三根定海神针一样治好了洛棠的心跳加速。

苏延说完，抬手跟导演那边比了个手势，两人随即走到各自的位置。

“Action（开拍）！”

窗棂发出声响，紧接着是什么物体落地的声音。

洛棠坐在木雕椅上，“唰”地回头看向声源。她几乎不敢相信自己的眼睛，愣了几秒，待看清他身上的情形，几步跑到他面前。“你……”咬了咬唇，开口说的第一句话，她声音有点儿颤，“你的衣服怎么都湿了……”

便于隐匿身迹，少年一袭黑色劲衣，修长白皙的脖颈上挂着她送给他的红绳玉坠，眉目清俊，却带着冻人寒意。

洛棠手腕一紧，被他抓在手里，苏延的声音格外冷：“明琴公主，你要嫁给许晋文？他风流成性，整日逗留于青楼之地，你难道不知道？你父皇不知道？”他的声音一声比一声重，到最后几乎是死死瞪着她，咬牙切齿：“嫁给他，你疯了？！”

“还有谁？我想想，段家二公子，嗯？”苏延把她整个人拉到怀里，圈着她质问，“还有林相家大公子，是吧？”

“这么多天不见我，是在宫里纠结犹豫不知道选谁好吗？”他看着怀里的人不敢置信的样子，嘴里吐出的话越来越难听，“现在呢？选好了吗，明琴公主？”

洛棠被他说得委屈极了。可她还记得不能说话太大声，怕把侍卫招来暴露了他的行踪，只睁着湿漉漉的眼睛瞪着他：“……你都不问问我，我能怎么办？父皇下令几十名侍卫把守宫门，我能怎么办？”

她说着说着，眼圈儿一红，眼泪就要掉下来。

“我还在等你来找我呢！你不是天天带我飞檐走壁吗？你不是整天跟我说你武功天下第一吗？我每日都在担心你会不会来找我，万一被父皇的侍卫逮住怎么办？每日都让侍女去打探。”她委屈死了，垂着眼睫，泪一颗一颗滚下来，尾音软软的，“你来就来了嘛，你这么凶做什么呀……”

小姑娘越哭越带劲儿，被他固定靠在墙上，鼻尖都发红，白嫩的脸上挂着泪珠，伤心极了的样子。

苏延觉得心脏某处被人狠狠地捏了一下。

酸软，痛意，周遭的场景，面前流着泪的她，让他有一瞬的迷惑，分不清这到底是哪儿，分不清……这到底是不是真的。

唯独还能清晰辨别的，就只剩下她而已。

洛棠专心哭着，下一秒，下巴被人抬起——

她感到他的唇瓣冰凉至极，却格外柔软而湿润。

他啃咬，吮吸，缠绵的吻，带着缱绻的爱意。

她的世界里只剩下嘴唇上的感官，整个大脑都晕乎乎的。

虽然只有短短几秒。

他离开她的唇，一只手动作温柔地给她擦掉眼泪。少年的声音也变得又轻又柔：“阿落，你喜欢他们吗？”

“不喜欢。”她摇头，一直摇头，泄愤一般，靠在他怀里哭着说，“一点儿都不喜欢，每个都不喜欢，他们讨厌死了，呜呜……”

苏延松开她的一只手，转而再次摸到她的下巴。

“既然讨厌，那就谁也不准嫁。”他的呼吸近在咫尺，全数喷洒在她的皮肤上，平日里清冽的声音带着沙哑，“等我。”

洛棠抬眸，眼睛一眨不眨地看着他。不知道是从哪里涌上来的悲伤将她淹没，她本就不需要说话，咬着唇流着眼泪，拼命地点头。

下一秒，头突然被固定住。紧接着是天旋地转，两人位置调换，苏延扣着她的手腕，把她紧紧地压在窗边的墙壁上。

他的眼眶都发红，盯着她的时候，仿佛里面有无限深的旋涡一般，冰凉的指尖抚过她的脸，他一字一顿道："你是我的。"

眼前又是一黑，他再次覆上来，却和刚才是截然不同的力道，狠狠舔舐着她的唇。

平时拍戏，洛棠都有明确的意识，知道自己是在演戏，虽然会想让自己代入琴落的角度，但她毕竟没有学过表演，对这方面也仅仅有一个大致的概念而已，更多的还是靠自己感觉和理解。

而这场戏除却最开始她起了个头，后面的部分她完全是被苏延带着走的。

演到中半段的时候，洛棠是第一次觉得自己已经完全进入了角色，台词背得熟，脱口而出，半点儿不卡。

此时，洛棠闭着眼，眼角的泪早就止住，但之前的泪太过汹涌，不可避免地流到嘴唇附近。苏延带着发狠的力道吻下来，一下子就能尝到吻里带着的咸味儿。

洛棠大脑有些恍惚，已经没了拍戏的意识。被死死地抱着，被亲得迷迷糊糊，也不知道为什么，在剧烈的心跳声中，她突然想起跟他的曾经。

少年时的苏延独来独往，什么都不放在眼里，却对她特别上心。他对别人特别没有耐心，明明连话都很少对别人说，却能一学期去无数次超市买棒棒糖，就为了哄她开心。

苏延一直以来表现出的都是冷淡的一面，他生得太好，却不爱笑，什么都不做，光是站在那儿就会让人生出距离感，连声音都像是冷玉一样。可是洛棠也不知道自己是为什么，喜欢他喜欢得不得了。

那样的感情，回想起来，热烈滚烫到让自己都觉得害怕。

——就像是此时此刻。

他整个人都像是冰块。两人抱得很紧，苏延身上衣服湿透，冰冰凉凉的水慢慢渗入她的裙子布料，凉意传递给肌肤，她却一点儿都不觉得冷，反而浑身都在微微发抖——血管里的血液，胸腔跳动的心脏，全都烫得要命。

洛棠彻底失去了时间概念，仿佛这样的动作维持了一个小时，仿佛又只过了一秒钟。

一声“咔”将她拉回现实。洛棠缓缓睁开眼，嘴唇上的触感也一点一点地离开。

“你俩这是咋回事儿？现场加戏？”闻越山没用喇叭，反而亲自走过来问话。

“加戏？”洛棠疑惑，“谁加戏了？”

闻越山一言难尽地看着她：“本来一个吻变成两个吻，你说呢？”

本来一个变成——

对啊！剧本里明明没有后面那个吻，也没有那句……“你是我的”！

他刚刚，居然这么明目张胆地加戏了！！！

洛棠刚才被他带得居然并没有觉得不对劲儿，只是在最后调换位置的时候大脑空白了一下。他情绪太自然了，她也没觉得怎么样。

啊啊啊，这是在剧组！这么多人看着呢！这要怎么办啊？！

洛棠等脑子过了这一片弹幕，不再一团糨糊的时候，面前两人已经商讨完毕了。

前面说了什么她没听清，只听得最后闻导说：“那我回去看一下，没什么镜头问题的话就用完整版。”

洛棠听得一头雾水：“什么完整版？”

闻越山看过来，眼神有些意味不明：“就是你们亲了两次的版本。”

洛棠一噎的工夫，闻导已经转身走了。她抬头看着苏延，他造型里湿漉漉的头发贴着脸颊，衬得下巴微尖，洛棠看到这张盛世美颜，就不由自主地想到两人刚才……居然亲成那个样子！

毕竟还在剧组里，洛棠还在绞尽脑汁地想着要说些什么才能不那么尴尬，苏延却看着她先开了口。

“我没提前告诉你。”他说，声音很淡，“抱歉。”

洛棠此时可太不好意思了。天知道在最开始的幻想里，她觉得两人的吻戏可能可以重拍个十几二十次的。

所以，亲她两次还跟她道歉，他太客气了。

洛棠顿时来了精神，眨了眨眼笑着开玩笑：“哦，那我接受了。”她又忍不住敞开话匣子：“哎，苏延，刚才你不是说，让我情绪跟着你走吗？你演得真的特别好，我到后来完全没觉得我是在拍戏呀，台词什么的就直接说出来了，一点儿都不用过脑，好像我就是琴落本人一样，以前从来没有过这种感觉……我第一次觉得拍戏是这么神奇的事情！就……”

洛棠说得正来劲，叽叽喳喳个不停的时候，她蓦地注意到苏延的神情。

他盯着她的脸，眼神却是飘忽的，明显在出神。

洛棠停下自己的长篇大论，小心翼翼地叫了他一声。他还是盯着她，没有动。

洛棠又加大了点儿音量：“……苏延？”

“嗯？”他像是才听见，重新聚焦看向她的时候，眼神都有些迷茫。

他鲜少出现这样的神情，加上略显苍白的脸色，洛棠看得一愣。

苏延反应过来：“嗯，刚刚走神了。你说什么？”

洛棠没想别的，第一直觉就是他身体不舒服，急忙问：“你怎么了？不舒服吗？要不要吃点药预防一下什么的？”

苏延没了那种微微带着迷惑的眼神，冲着她摇摇头：“没事。”

洛棠说不上来。可她觉得，他好像哪里不太对劲。

她伸手，动作迅速地用自己的手碰了一下他的手指，周围的人都在收拾东西往外挪动，没人注意到她的小动作。

冷得和冰块一样，可想而知他身上是什么温度了。

洛棠抿了抿唇，有些着急地扯他的袖子：“你站在这儿干吗？你今天的雨戏都拍完了吧？快回去换衣服呀！”

苏延没说什么，居然很乖地点了点头，还指了指她身上：“你的也湿了。”

洛棠低头一看，身上是被他抱着的时候渗透进来的水，在纱裙上晕成了一片水印。

她有点儿不好意思，但还是忍不住道：“还不都是你太用力了。”

看着苏延有些惊异的眼神，洛棠也是在说出口之后才恨不得咬掉舌头。

这是什么一语双关的浑话！

尴尬，此时就是无比的尴尬。

洛棠正准备试图挽回一下刚才的气氛，苏延又再次抢先道：“嗯，是我的错。”

没了刚才的低哑，他的声音清凌凌的，泉水一般传到耳朵里：“我下次注意，不会那么用力了。”

“……”

——搞出了洪水一般的效果。

一路走回化妆间，发呆走神和心不在焉的人成了洛棠。反倒是苏延，一直淡定惬意地跟别人打招呼。

洛棠被这对比气得牙痒痒，看他这副样子，却又毫无办法。

拍戏的时候助理不能离得太近，这场戏在室内，摄像就围了不少。程橙虽然想要进来看看，但实在没什么好位置，所以只能隔着老远看两人拍吻戏。听说他们最后还现场加了一段儿，被导演夸了。

洛棠换完衣服回到化妆镜前卸妆的时候，口红基本上都不见了。又没吃东西，口红能跑到哪儿去，可想而知。

“口红都去哪儿了？还没好好看看你，就掉了……”

洛棠咬牙：“橙子，你闭嘴！”上次嘴瓢的惨痛教训还在呢！害她“浪里个浪”洗脑还不够吗？

程橙不唱歌了，但也没闭嘴：“呀，火气咋这么大呢？我甜甜的小公主咋回事儿？接个吻回来这么暴躁？跟男神偶像接个吻给你吻上火了？”

洛棠从镜子里跟她吹胡子瞪眼，毫无威慑力。

程橙弯腰凑近，仔仔细细地观察了一下“公主殿下”的嘴唇，好像是比平时微微肿了一点儿，却更显得唇形可爱，饱满欲滴，这样润的粉红色，比涂了口红还好看。

“啧啧啧，”程橙摇头，“真是激烈，也不知道苏神使了多大劲儿，嘴都嘬肿了。”

伴随着这句话，洛棠不可控制地回忆了一下苏神使劲儿“嘬”的过程。

她的脸腾地红了，那么刺激的场面，不要逼她回忆啊！！！

轰轰烈烈的吻戏，就这么过去了。

但洛棠一看剧本，没过几天，后面还有洞房花烛夜，于是她一颗心又扑通扑通地跳了起来。

昨天拍完那场吻戏分开之后，洛棠一直发微信让苏延记得吃药预防感冒，也不知道他是不是真的听进去她的话了，今早看着他并没什么异样，应该是没事儿。

苏延这回的雨戏之后总算是没再生病。

此时外面正在拍打戏场面，洛棠跟俞星颜还有一众饰演后宫嫔妃的小演员们在休息室里待着。

洛棠跟剧组里的主演们关系都好，但她跟这些龙套们却搭不上话，她们几个都是俞星颜公司的，天天捧着她，而且小龙套们还有助理，每次一堆人聚在一起就像是一个帮派。

反而是她这边，只有一个程橙。

还真是应了程橙那句话，神喜欢单打独斗，弱者才爱抱团。

龙套团把俞星颜奉为女神一样的存在，所以洛棠压根就没生出过跟她们认识的心思。龙套团还很聒噪，聊天的声音让人无法忽视。

“星颜姐，时装周今年开始得也太晚了。”

“我也以为会在九月份开始，没想到延到现在……”俞星颜的语气十分苦恼，“我妈妈让我跟她一块儿去，所以可能要请几天假了。”

一群小喽啰们纷纷跟着捧臭脚。

“哇，真是太羡慕啦！”

“你是第一排吗？视角肯定特别好吧……”

“我都没去过时装周。星颜姐，那些品牌商是不是都直接把邀请函寄到你们家啊？”

“嗯，是呀！”俞星颜起身道，“下一场戏快到我了，我们先去等着吧！”

喽啰们纷纷称好，跟着她向外走。

几人谈论起别的，声音隐约传来。

“欸？星颜姐，你知不知道洛城这是怎么了？”

“……不知道啊，什么怎么了？”

“啊？‘陛下’怎么了？我是‘陛下’的粉丝，‘陛下’在微博上也太好玩儿了，哈哈哈！”

“‘陛下’一上午发了三条微博，每条就只有一个字，‘唉声叹气’的那个‘唉’，全网都在猜这到底是为什么呢，哈哈哈哈哈……”

一行人渐行渐远，休息室里就剩下洛棠和程橙。

“我怎么这么烦这个女的呢！”程橙看着俞星颜的背影，“你说，她不就是仗着你二叔家才能去时装周吗？一个养女而已，那语气，不知道的还以为她是洛城亲闺女，你亲姐姐呢！”

程橙又说：“你呢，你不光能跟公主一样待遇地去，你就算不看秀，还能作为品牌首席设计师去！不是，她在这儿拽什么拽啊？说给谁听呢？去看个秀要上天啊！”

洛棠对这拨人的垃圾话基本都是左耳进右耳出：“你理她们干吗啊，越缺什么越爱炫耀什么，你不知道吗？”

洛棠的注意力都在几人最后讨论的那几句话上，她拿出手机，上微博搜了一下洛城。下面立马出现了相关搜索：洛城连发三个“唉”，点进去，全是营销号的文章。

“洛氏最近股市跌宕起伏？洛城三个‘唉’或成某种暗示？”

网友回复：跌宕起伏你个头，洛氏稳得很。

洛棠：“……”

她继续往下翻，发现大家都是瞎猜，洛城短短四小时连发三个“唉”成了未解之谜。

洛棠也不解，她想了想，发了一条信息给洛舟的私人微信上：“哥，爸怎么了？你知道吗？”

洛总这个点可能没开会，隔了一分钟就回复她：“你不知道？他吃醋了。”

洛棠：“？”

洛棠：“哪个追求者又约妈吃饭了，还是老同学？”

发完她又觉得不对劲儿，这几天白相宜都在家待着，临近时装周，米兰和巴黎时装周的看秀邀请、各大品牌给她送的小礼物都快把家里的置物间堆满了，她哪儿有空去见什么老同学？

洛舟：“不是妈，是你。”

洛棠发了一大串问号过去。

洛舟很难得地给她打了一大段话过来：“你不是最近跟那个总演皇帝的演员关系不错嘛！整天在微博上又是公主又是父皇的？爸今早刷你的微博，刷生气了。”

洛棠：“……”

自从上回“咕噜咕噜”哭戏妙招之后，洛棠跟廖志毅也算是挺熟悉的关系，不仅微博互关，并且还你来我往地有评论、点赞等互动。并且洛棠称呼廖志毅的时候用的不是前辈，也不是廖老师，而是剧里她叫惯了的“父皇”，廖志毅答应得也很开心。两人一个饰演老皇帝、一个饰演公主的事儿网友都知道，在下面整齐道：“围观父女秀亲情。”

廖志毅戏份少，时间也少，不能常来剧组，来这儿基本上每次都要拍好几条。

今早，演完老皇帝在病床前的最后一幕，廖志毅正式杀青。虽然他不常在剧组，但组内各位演员可以说是看着廖志毅的古装剧长大的，几人跟着他照了好几张照片，洛棠心满意足地存起来，最后发到微博点名廖志毅，配字：“父皇杀青快乐，万岁万万岁。”

廖志毅回复她：“谢谢小公主，加油拍戏。”

洛棠还没无语完，屏幕上方又弹出来一条消息。

洛舟：“你去看看他朋友圈。”

洛棠一头雾水地从列表里找到洛城，而后点头像进朋友圈。

二十分钟前：“悲矣！十大优良传统已渐渐消失……”

十五分钟前：“父亲！一座伟大的山！”

十二分钟前：“孩子，你渐渐远行……”

刚刚：“作为男人的苦，别人都不知道……”

洛棠：“……”真是服了。

全网猜的洛“陛下”，在这儿转发微信公众号给她看呢！

洛棠点了洛城的头像，给他发了条微信：“爸，差不多得了。”

一把年纪了，咋这么能作呢！

洛棠在休息室给洛城打了个电话，对“陛下”进行了二十分钟的安抚工作，并且表示今天晚上早点儿回家陪他吃饭。“陛下”这才心满意足地删掉了自己作精附身发的微博，以及数条仿佛被盗号一样转发的朋友圈。

洛棠本以为这事儿就这么过去了，谁知道，她这边挂了电话，才发现就在刚刚，在洛城删微博删朋友圈前，洛舟在个人微博发出了两张截图。

第一张是她和洛舟的聊天记录，截掉了重要的原因部分，截掉了她的头像和备注。

第二张是洛城朋友圈的截图，一连六条，活跃得像个假号。

配字也是洛舟味儿的吐槽。

“@洛舟：空巢老人渴望女儿关怀而已，别猜了。”

网友炸了。本来那三个“唉”，洛氏要倒的谣言都出来了，夫妻感情矛盾的猜测也靠谱，到最后，你告诉我这是爸爸缺爱了？啊？这是什么神转折？！

“你在逗我？父亲！一座伟大的山！哈哈哈，笑死我了！”

“惊！洛氏一把手洛城今日活跃得像个假号！”

“洛舟也冒泡了！洛总是真的帅，是我心里霸总小说最佳人选！”

“半天才反应过来这个对话里的另一个人是洛棠！这是‘公主殿下’啊！啊！啊！姐妹们！这就是我这辈子最羡慕的人！”

话题一下子转移到了这个相当神秘的、只有名字被大家熟知、却从未公开露面的姑娘身上。

不多时，白相宜也转发了洛舟的微博，并说：“我当是谁，刚刚刷朋友圈的时候拉黑了。”

这对夫妻日常相处模式一直是这样，大家又笑疯了。

“白‘皇后’的日常嘲讽。”

“嘲讽归嘲讽，这一家人真的好幸福，呜呜。”

…………

另一边，片场旁的空地上，俞星颜在道具组的帮助下背上了剑，正在等这场戏拍完后进场。本来一片安静，突然听到身边的人说：“‘太子’发微博了！你们快去看洛舟的微博！”

俞星颜一愣，她手机没带在身上，转头问助理要了过来，刷到了洛舟和白相宜的微博，评论也看了个大概。

身边人的话题从刚才询问她时装周的事儿，彻底转向了洛家的这一家子，几个人声音里是压不住的激动。

“啊啊，洛家真的好好啊！‘陛下’这么宠女儿！”

“洛棠是我这辈子最羡慕的人，真的，没有之一。”

“唉……你说怎么会有人这么幸运呢？太会投胎了吧！呜呜呜呜！爸爸

可爱，妈妈冷艳高贵，哥哥妖孽，一大家子都宠着，我酸都不知道从哪里开始酸！”

俞星颜一字不落地把这些话都听进了耳朵里。

洛棠……

从进组以来，洛棠明明什么都没做，却能拿到她拿不到的角色。

洛家一把手发反常微博，都能扯到她身上，全民开始捧着叫“公主”。

她演员的身份受到万众喜爱，而本身的她，只需要在洛舟的截图里出镜，都能收到一堆欢呼。

昨天洛棠……还和苏延拍了吻戏。

“星颜姐，你是不是跟洛棠关系很好呀？”

俞星颜没来得及回答什么，又有人问：“哎呀，‘公主’的事肯定得保密吧！星颜姐、星颜姐，我想问洛舟的事儿，你跟他是不是也关系很好呀？”

洛舟……洛舟的性子，看不上谁的话连搭理都不想搭理。俞星颜还记得十多岁的时候，洛棠跟她抱怨，哥哥整天骂她，还跟她吵架，一点儿都不温柔。

俞星颜想起那个少年跟自己相处时的样子，疏离，陌生，她叫他哥哥，他会皱眉，但也会应。

这是最开始，她还是洛棠的好姐姐。

后来她跟洛棠亲密不再，洛舟看见她的时候，是真真把她当成空气的。一直到她叫他哥哥，他才给了反应。

那个少年说：“俞星颜，你让我妹妹哭成那样，有脸叫我哥哥？”

可能洛棠只跟洛舟一个人说过，家里别的人对她并没有任何异样。

关系好？那可是洛棠的哥哥啊，怎么会跟她好呢？

俞星颜的指甲嵌入手心，刺痛神经，她笑了笑：“当然。”

而后她把手机递给助理，稳着声音道：“我先去拍戏了。”

这场戏是她跟苏延的。

由于女主一直以女扮男装出现，男主也一直当她是兄弟，肢体接触极少，除了打戏里不可避免的合作碰触，也就仅限于兄弟间的动作。

在剧组里，俞星颜每天能接触苏延的时刻，也就只有偶尔见面打招呼。他似乎很不喜欢，或者说有意避开跟她接触、说话。

每次跟苏延对戏，俞星颜都有意想要重拍几次，跟他多相处一会儿，但苏延的部分滴水不漏，若她这边出错太多次，难免会遭人议论。

所以每次跟苏延对戏，时间也不长。

不过足够令她开心。

此时，看着一身剑客打扮的苏延，俞星颜能感到自己格外剧烈的心跳。

导演喊出“Action（开始）”，两人便按照剧本来。这一场是在酒肆里抓贼，几番走位上的细微失误后，终于有一条顺利进行到最后一幕。

宋景之和自己以为的女主所编造出来的“李兄”相视一笑，而后碰了一下两人手里的剑鞘。

和苏延相视一笑，俞星颜的眼睛几乎被他演出来的宋景之的那种洒脱而耀眼的笑给刺痛。

心跳得更快了。

她眼神微动，手往下挪，本来江湖侠义碰剑鞘的动作，稍微错开一个角度就能够用手碰到他的手背。这样做了之后，外面看上去也并不会有什么不同。然而当她的手挪到一半的距离时，苏延却仿佛意识到了一般，随着她挪动的方向移了过来。

剑鞘相撞，清脆如鸣。

“咔！”闻导喊，“过了。”

过了三秒，闻导又说：“你们俩最后那一撞有点儿往下了啊，但是不影响，下次记住了，抬高点儿。”

“好的，闻导。”俞星颜应下，转回头的时候，发现苏延正在看着自己。

苏延没什么表情地说：“俞星颜，按照剧本里，我们的肢体接触有限，而且不多，所以，我也希望能够真正按照剧本来。”这话里的意思不能再明显。

他没有明说什么，这话一点儿问题也没有，也没有指名道姓地指责她的做法。

昨天他刚和洛棠拍完吻戏，剧组的人全都在议论，说这是苏神的荧幕初吻，洛小棠还是他的粉丝，可太幸运了。

他跟洛棠拍吻戏，毫不犹豫。可现在，只是一个这么小的动作，他都避如蛇蝎。

俞星颜突然笑了，开玩笑一样道：“苏延，你这样的反应，你一直以来在剧组不待见我，是因为洛棠吗？”

她其实不觉得苏延会正面回答这个问题，却没想到对面的人几乎是立刻点头：“嗯。”

俞星颜的笑差点儿维持不住，僵硬地扯了一下唇角：“可你因为洛棠的关系，为什么……要对我这样？你也知道我们——”

她的话还没说完，就被苏延打断，他面上淡淡的：“你跟她不是从高中的时候，就一直关系不好吗？”

听到苏延这句话，看到他的态度，俞星颜突然生出一股后悔。要不是之前那条微博，看到吹捧洛棠的言论，听到那些人对洛棠的讨论，她不会这样的。

她也不该这样。

她今天不应该出来，不应该叫住他，更不应该直接问出这种话。她应该一直维持着淡定的样子……至少还能跟他正常对话，像朋友、故人。

可事已至此，俞星颜勉强笑了笑。“中学……你怎么……”俞星颜没想到他会提起以前，咬了咬嘴唇，装作语气轻松，“我和洛棠，好像没有关系不好吧？我们每天一起上学、放学回家，怎么会不好？”

俞星颜本觉得苏延不会再纠结于这个问题，她可以再转而提起其他的，但苏延几乎是立刻就给了回应。

“可你喜欢我，我喜欢她，”苏延的声音并没有什么起伏，只是陈述事实，平淡道，“怎么可能好？”

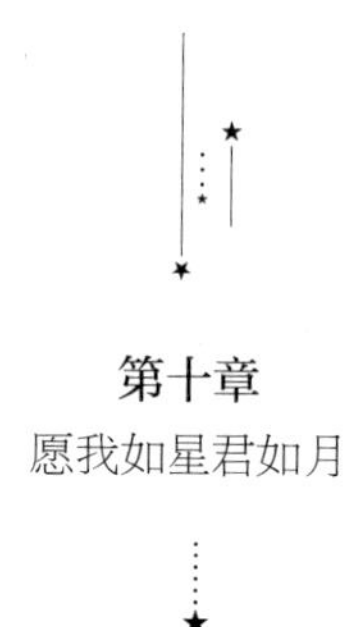

第十章
愿我如星君如月

洛棠刷完微博就从休息室出来了。

——因为她突然想到，这场戏是苏延和俞星颜的。

她怕俞星颜趁机对苏延做出什么不得了的事，换了衣服后就急急忙忙地直奔片场。

她到的时候已经开拍了，两人重拍了几次，最后终于过了。洛棠的心刚放下来一点儿，又看到俞星颜和苏延站在片场中间，不知道在说些什么。

苏延背对着她，这腰，这腿，这背影，真——等等！洛棠突然从美色中清醒过来。

这真是怕什么来什么！俞星颜在跟苏延说什么？她笑什么？？为什么笑成那个样子？？？

苏延呢？为什么要跟她说这么久？？

两人不知道说了几分钟，洛棠没看表，但在她看来感觉已经过了很久。

苏延从片场走出来的时候垂着眼，抬头看到她，脚步一顿。

洛棠张嘴就想问问他，俞星颜叫住他到底说了些什么，但其实她有什么立场问呢？他们现在跟剧里已经盖章的宋景之和琴落可不一样。

洛棠对苏延咧嘴笑，她想提起别的事跟他聊天，想要装作什么都没看到的样子。

但是太难了，满脑子都是俞星颜对着他笑的样子。

全身的细胞都在叫嚣着想问他——你们刚才说什么了？她为什么对你笑得那么开心？你不是最近都不怎么搭理她吗？为什么你们看起来关系很好的

样子？不是，你们到底说什么了能说这么久？？？

…………

算了，管他的！她都被他亲了！还两次！就要问！

“苏延，”洛棠悄悄做了个深呼吸，“你……我看刚刚俞星颜叫住你，你跟她说什么了呀？”顿了顿，她补充道，“你们说了挺久的呢！”

苏延站在她面前，停住。

洛棠今天的戏份都结束了，她此时换上了自己的衣服，白色娃娃领衬衫裙，造型别致，带了点儿泡泡的袖口处小扣子闪闪发亮，还有细细精致的流苏，抬手走动的时候，声音格外好听。她外面搭着针织外套，造型别致的娃娃领露在外面，看起来温柔又可爱。

就算只能穿自己的常服很短的时间，小姑娘每天也会从头到脚都精致打扮，一处不落。

唯独，倒是他之前提醒过她的腕表，没再看她戴过。

也不知道每天看着自己的心爱物却不能戴，是不是挺难受的。

苏延脑子里闪过她对着一柜子闪闪发光的漂亮腕表露出惋惜的表情，然后一步三回头地去上班的样子，忍不住抬手抵了一下唇角。

洛棠的心思不在这上面，催促道：“嗯？秘密吗？不能告诉我？”

高中那会儿，俞星颜总是说要跟他单独说什么话，每次被洛棠看到，小姑娘能从早上第一节课别扭到下午最后一节课，然后在放学前，扭着一张脸问他：“苏延，我姐跟你说什么啦？有什么秘密不能跟我说吗？”

简直跟现在如出一辙。

苏延顿了两秒，坦白相告：“我跟她讲了你和我说的话。”

嗯？她说过的什么话要讲给俞星颜听？

洛棠惊了：“是什么话？”

苏延笑了笑，整个人显得格外清俊：“我告诉她，不要给自己加戏。”

不要给自己加戏……

这个梗，不是之前闻越山骂她、她又转赠给他的一句话吗？

闻越山骂她是因为她总是有一些多余的微表情，比如闭眼、脸红，闻越山要求苛刻，就算是这些也没法儿忍，肯定要训她的。

她转赠给苏延，是因为他总是搞一些镜头拍不到又撩人而不自知的小动作！

所以，难道他的意思，是俞星颜想要搞小动作？？

洛棠想到这儿，嘴里一口口水差点儿把自己给噎住。

“她给自己加戏了？”洛棠睁大眼睛，“她怎么加的？她动你了？？”

仿佛是在催债一样，嗓音清脆，一声比一声高。

洛棠也是说完了才反应过来自己貌似激动过头了，但还没等她圆回来，苏延就正面答了她的问题。

“没动。”他说，“我只是告诉她而已。”

他没有明说，但洛棠理解到了“未遂”的意思，她慢吞吞地出声：“所以她真的想……”说到一半，洛棠突然停住，转而问道：“苏延，为什么你要告诉我啊？”

苏延挑眉，有些奇怪于她这个说法：“我什么时候没告诉过你？”

洛棠没答，因为他好像的确对她是有问必答有求必应的。

高中的时候就是。他虽然不会主动说，但只要她自己有了别扭劲儿，问他什么，他都一定会说。

洛棠抿了抿唇，看着他：“其实你早就知道我跟俞星颜……不怎么好，是吗？”

苏延点头，毫不避讳：“对。”

洛棠还想问什么，却听他突然道：“不是说好了要罩你？”

洛棠一愣：“啊？”

“答应了要罩你，”苏延继续说，“那我就是跟你一边的。”

阳光从他身后照过来，他比她高了好多，所以把光挡得严严实实，有些没挡住的，看起来就像是他身上带了一圈儿光一样，耀眼而夺目。

洛棠看着他弯了弯唇：“所以你讨厌谁，我就帮你教训谁。”

临近周末，新一轮的直播到来之前，洛棠有几个和苏延的对手戏要调换一下拍摄时间。

分别是宋景之和琴落的婚礼，以及洞房花烛夜。

洛棠从一大早就开始化妆，这次的妆容前所未有的烦琐，洛棠坐在化妆间，感受着自己已经毫无知觉的屁股，深深明白了“欲戴皇冠、必承其重”

的道理。她在造型师的帮助下换完衣服出了试衣间的门，将最后的一根金步摇插在发簪上，等在外间的人齐刷刷看过来。

“呜呜呜，我看到仙女下凡了！”一个化妆师说，“我想拍照，不会外传的，可以吗？”

“我的天哪！小棠，你也太漂亮了吧！”

“这衣服绝了！虽然你天天都是精致公主装，但是今天这套，绝对是最好看的一次！啊啊，哪家做的这衣服，我看了都想去买！”

“你算了吧，咱们剧组的衣服就算卖的话，也说不出个具体的价吧，买不到的……再说了，你有人家的身材和脸吗你就买？”

“太残忍了，嘤……”

洛棠跟工作人员关系都很好，此时围上来一大堆小姑娘在身边夸，而跟她关系不好的那拨人刚好一个也不见踪影。

“我的妈呀！”程橙在一帮人里面叫得最大声，拿着手机“咔咔”给她拍照，捂着嘴激动道，“棠棠你也太美了！瞧瞧屏幕里这张脸、这小腰、这锁骨，我可——”

洛棠立刻打断她：“不，你不可以。”谁都不可以！只有苏延才可以！

程橙：“……”

来自仙女的嫌弃和拒绝也并没有打消程橙的热情，她卖力地夸：“‘公主殿下’，你今后的婚礼可一定要来一套这样的嫁衣，你刚刚照镜子没啊？没被自己美晕过去吗？这也实在是……太好看了吧！”

上好的红色绸缎层层叠叠，因为足够薄，完全没有任何厚重和笨重感，头发被绾成精美好看的发髻，不算夸张，恰到好处。裙尾很长，裙摆宽大，金丝绣线绣出来的绲边彰显华贵优美。

她本就是冷白皮，被红色一衬托，简直肤如雪色，天鹅颈也完全显露出来。鲜红的唇，配着微微调了点儿红的眼影，整个人又纯又媚，弯唇笑起来，看得人心都要化了。

完全就是待出嫁的少女公主该有的样子。

虽然这段剧情是临时提前的，但剧组的道具、服装等都是早早就准备好了随时可用。洛棠还记得这件嫁衣，是她刚进组的时候量了尺寸特意定做的。

洛棠自己也特别满意，她在程橙耳边小声说：“橙子，待会儿你帮我问一下剧组，我想买下这件衣服的话可不可以，钱随意。”

程橙听到最后三个字翻了个白眼儿，但还是比了个“OK”的手势给她。

因为裙子繁复，大概需要三个人帮着洛棠托着裙摆走到片场，幸好她身上的东西倒不是太沉。

等走到了拍摄地，片场老早等了一堆人，这边有了动静，所有的人都齐刷刷看过来，谈话声也恰好停住。

一个帮她拿裙子的小姑娘说：“嘻嘻，都看傻了。”

另一个调侃：“你刚才不也傻了，还说别人！”

洛棠对这种围观式的眼神没什么反应，她从小就习惯了。反倒是她一抬眼，就看到了站在不远处的苏延。

洛棠在没看过他演的《围歌》的时候，一直觉得苏延的长相是偏清冷禁欲型的大帅哥，比如当年高二学校要求演话剧，找他演的也是冷酷校草。

虽然被他给拒绝了。

但现在，洛棠惊得移不开眼。

他身材好，她一直都知道，是典型的衣服架子，穿古代长袍也是真的好看，肩宽腿长的。身为一个精致女孩，她当然能一眼看出来谁化妆谁没化妆。苏延的脸上什么都没有，但喜服的正红色将他衬得眉眼都绮丽起来。洛棠一直都不想用漂亮一类的词来形容他，但现在……实在是，找不到合适的词了。

太漂亮了！怎么会有人……能把红色穿得这么好看！

闻越山看着这两个人就这么对视起来了，心里过了几句弹幕，拿出喇叭找洛小棠开刀：“洛小棠——发什么呆呢？赶紧站好准备拍！要看一会儿使劲看！”

——虽然两人其实是在看对方，但的确洛小棠脸上的神情比苏延痴呆一些，挑她开刀也不算冤枉。

闻导喊完，周围一圈儿人都笑了。

之前闻导说的洛小棠对他的骂已经免疫，这其实是真事儿，洛棠脸皮是真的练出来了，至少对于闻越山的这些调侃，她无所畏惧。

洛棠如梦初醒，“哦”了两声，赶紧继续往前走。

古代婚礼是很烦琐的，篇幅原因，拍戏的时候会好一些，但最重要的几个步骤都得有镜头。洛棠前面都是跟喜婆或者侍者的戏，等把宫里的镜头拍完，到抬轿子送到侯府的时候，洛棠跟苏延才算有了真正意义上的对手戏。

洛棠本来觉得，拍一拜天地、二拜高堂、夫妻对拜的时候她会紧张得要死，脸红成猴屁股。但现在看来，她完全是想多了。

蒙着红盖头什么都看不见！怎么害羞？怎么紧张？

膝盖跪在柔软的垫子上，洛棠心道这怕是一次就能过。

与此同时，耳边听到“夫妻对拜”，她转身，跟刚才一样的速度拜下去，周围却没了声音。

紧接着，是突如其来的哄笑声，把她吓了一跳。

洛棠还没来得及掀起红盖头看一下是谁出糗了，就听到熟悉的暴跳如雷的声音：“洛小棠！你左右不分吗？拜堂都能拜反了！！！”

好吧，是她。

闻越山吼出来之后，周围的人笑得更厉害了。洛棠清晰明了地听到站在她身边的皇兄扮演者齐南至都笑破音了，嘎嘎嘎的，像只公鸭子，嘴里说着：“Oh my god!She is so funny!（天啦，她太有趣了！）”

有趣你个头！

洛棠恨得牙痒痒。

第二次的时候，对拜这镜过了。而后是琴落披着红盖头等在闺房里的镜头，还有宋景之在外跟一众宾客喝酒的镜头。

再之后……

洛棠坐在床沿，满目都是大红色，耳边听到门打开的声音。而后是侍女们齐声道：“参见驸马。”

“嗯。”苏延的声音跟平时不太一样，微微上挑，“这里不用你们了，都出去吧！”

“是。”

一阵窸窸窣窣的声音，侍女们把门带上。洛棠紧张地揪着裙子，看着他的轮廓一点儿一点儿离自己越来越近。

他挑开她蒙了一路的盖头，两人对视的一瞬间，像是恍如隔世。

恍如回到了最初，她被他所救。而将她捞上马背的少年顽劣，看小姑娘长得好看，生出了逗弄的心思。

谁知，一眼万年。

“阿落。”他叫她，俯下身，手指很轻地碰着她的脸颊。

苏延身上没有酒气，说起话来却十足带着醉后的味道。他另一只手撑在床沿，笑着看她：“我的小公主，我终于娶到你了。”

“咔！”闻导说，“过了，准备下一镜。摄像，三分钟调一下位置。”

洛棠感到苏延的手从自己脸边拿下去，他却没有立刻起身，停顿了一会儿，跟她一样坐在了床沿。他一身红衣说情话的样子在眼前萦绕不去，让她没能很快恢复正常。

洛棠的心跳依然剧烈，她咽了咽口水，又轻声道：“苏延，我有件事想问你。”

“你演了这么多戏，会不会有时候……”洛棠想了想，换了个说辞，“有没有过，分不清戏里戏外的时候？”

她没回头，也没看到苏延身形微滞：“怎么……突然问这个？”

洛棠揪着裙摆，莫名紧张起来：“我就是随便想想，你没有的话就算了。”

她感到身边的人似乎是吸气，正准备说话的时候——

“准备好了吗，你们俩？可以开始了就给我打个手势。”

苏延站起来，到她面前，做了刚才宋景之没做完的动作。

“Action！”

苏延直起身，开始给她解头发上的钗子和金步摇，洛棠感到自己的头越来越轻，头顶传来他的声音：“重吗？”

洛棠老老实实地“嗯”了一声，声音软乎乎的：“沉死啦！”

洛棠被刚才的他给搅乱了神志，大脑一片空白，依稀记得今天的戏也是他在主导，所以潜意识里，她一直在等他的动作。

他把她的头发解开，两人没出差错地喝了该喝的交杯酒，而后苏延突然一把揽住她的腰，洛棠猝不及防，整个人失重，被他一下子压倒在床上。

苏延想到刚才她问他的问题。她问他，有没有过分不清戏里戏外的时候。

怎么可能没有？

最致命的是，就算能分清，有时候……也不想分清。

两人倒在床上，洛棠仰面躺着，杏眼睁大，写满了错愕，面上泛着粉红色，像是后知后觉的害羞。

她的裙子因为刚刚大起大落的动作有些乱了，肩膀处露出来一截雪白的皮肤和精巧的锁骨窝，跟红色绸缎相衬，美丽而诱人至极。

苏延只看了一眼，喉结滚了滚，视线立即移回她的脸上。他低下头，吻了一下小姑娘白白的下巴尖儿，笑着凑到她耳朵边，低声喑哑：“怕吗？”

洛棠盯着他看了一会儿，也笑了，漂亮的杏眼都弯起来。

她小幅度摇头：“不怕。”

而后她十分自然地抬手，准确攀上他的肩膀。短暂一瞬触碰到了他的肩骨，她的手臂施力，勾住他的后颈，一把将他拉下来。

他腾出左手拉了床边帘帐，低头，小心温柔地吻上了她柔软的唇。

房间内的灯光完全仿照古代婚房的感觉，有些微黄，稍暗，烛火在桌角点亮。床边厚重的帘帐一拉，有一瞬的黑暗。

就是拉上之后这短短一两秒，洛棠也本着多一秒是一秒的原则，一直维持着抱着他的动作。

苏延虽然是压在她身上，但他有胳膊撑着，洛棠也没有多少沉重感。

不得不说，这个姿势很舒服，而且异常和谐。

“咔！”闻导的声音从外面传进来，紧接着，有人走近的脚步声传来。

洛棠立刻把手拿下来，苏延也支着胳膊起身，她正准备自己坐起来的时候，手腕一紧，苏延直接把她带了起来。她愣了一下，对着他的方向道：“……谢谢。”

其实还是有一丝光透进来的，洛棠正准备伸手去拉帘帐的时候，肩膀又是一热。

她回过头，发现是苏延在帮她提裙子的领口。那温热的触感，是他的手指。

洛棠一愣，拉帘子的手立刻就顿住了。她心跳加速，努力辨认苏延的轮廓，张了张嘴——

“里边的人是睡着了？啊？”闻导在外面吆喝，“帘子坏了，要我去救你俩？还不赶紧出来？！”

洛棠乖乖闭嘴拉开帘帐。

从外面看，里面两人都坐着，身上整整齐齐的，除了洛棠脸有点儿红还没消退，没什么异样。

洛棠今天的戏份结束了，她因为一身衣服不好移动，所以此时帮她托裙子的人也进了屋。

临出门前，洛棠忍不住回头看了一眼站在一边的苏延。

闻导在跟他说着什么，苏延的视线却跟她在空中相撞。洛棠也没想到他会突然抬眸，当即扬唇回了他一个笑，而后回过头跟着身边的人一块儿离开。

他们在剧组的时候，大多数都是这样。拍戏的时候偶尔忙里偷闲，拍完了他还有下一场要准备。苏延有时候就算是中午都要跑通告，然后又在下午开始拍摄他的戏份之前赶回来。最近他晚上的戏份也越来越多，也不知道他离开剧组后还有没有通告。

想两人单独说点儿什么，难上加难。

可有些话，有些问题，在某些特定场合特别想要问出口，但过了那个阶段，好像怎么提都不太对。

洛棠其实也不知道，假如没被闻导打断，刚刚她会问苏延什么。但这两次的亲密戏，让她确信了一件事。

最开始的时候，她怀疑过，一边在心里疯狂认可“是吧是吧，他就是这个意思吧，我没猜错吧”，一边却又开始担心是不是自己太自作多情。见不到人，就开始胡思乱想、患得患失，真正相处起来，整个人却像是泡在蜜罐子里，甜得发腻。

后来，她想给自己多一点儿“证据”。

毕竟喜欢一个人这件事是有迹可循的，被喜欢也是一样。

——现在，她好像找到了。

…………

洛棠回到化妆室坐好，身后就站着程橙，她迫不及待地想要跟她分享，但这话不能当面说。

她抿着唇，给程橙发了条微信消息，而后迅速把手机锁屏。

程橙在不远处喝水。

三秒后，某人水喷了一地的声音响起。

提前结束了洞房花烛夜的剧情，第二天是周六，剧组的直播任务再次落在了洛棠头上。

上次的直播“掉落”下来的不仅有表情包，还有洛棠的脸全方位、各种角度的截图，再加上《我们的年少时光》大结局后又有许多人重复观看，两个多月了还有余热，不知不觉间，洛棠已经收获了不少关注。

这回直播更是比上次还夸张，她依旧是坐在化妆凳上，和大家打完招呼后开始聊天。整体上跟上次的画风差不多，只不过弹幕刷得更快了，洛棠看得眼花缭乱。

到了化妆阶段，洛棠闭眼的时候弹幕就吹她的睫毛，天生的堪比种的，还有网友记得《星星补习班》那次洛小棠狠命揪睫毛的事，也一起拿出来说。

化妆师看了一眼好像有撕起来的趋势，笑着说："这个我觉得我有发言权，大家相信我职业化妆师的身份，洛小棠这睫毛真是自己的。假如不是，那我也想去种个这样的睫毛。"

洛棠的妆容基本完成，开始做造型的时候，她偶尔对着镜头笑，弹幕那就更是夸张了，一片的"啊啊啊，这周的新屏保我拿走了"。

到最后全程结束，有几条弹幕说：

"突然反应过来，洛小棠是不是一坐就坐了俩小时，一动不能动。"

"诶，确实是！棠，你的屁股还好吗？还有知觉吗？"

屁股当然不好了！

洛棠对此简直是深有感触。

"疼，而且——"她趁着化妆师在一边忙别的，手放在嘴边，动作夸张地对着屏幕，用气声说，"你们问到点儿上了，我真的快没知觉了！"

那时候她自己也不知道，这个梗会给网友们留下那么深的印象。

…………

结束上午的直播，中午洛棠在休息室补了一觉。她睡醒之后去了趟厕所，正准备原路返回，却看见苏延那辆商务车停在影城别门。车门旁边站着王林，一副要出去的样子。

嗯？按照剧本，下午还有苏延的戏，两点就要开始拍了，怎么会这时候出去？

看着王林好像刚拨通了一个电话正在等待接通的样子，洛棠顿时停下脚步，她犹疑着走过去，王林的声音渐渐清晰。

"喂？周医生吗？周医生你好，我是苏延的助理，我们大概半小时后到。嗯嗯，好，麻烦你了。"

王林一边说着一边挂了电话，一转头，却发现身后多出一个人，他吓得差点儿蹦起来。

洛棠连说了好几声“不好意思”，伸手指了指他身后的车：“王林，你这是自己有事儿出去？还是？”

王林摇摇头：“不是我，是延哥有事。”

“可我刚刚听见你叫……周医生？”洛棠惊讶过后，突然紧张起来，“看医生？是苏延生病了？！”

王林的表情变得有些奇怪，过了会儿，他摇摇头：“没生病，就是……呃，普通体检。”

“啊——”洛棠放下心来，拍了拍胸口，“吓死我了，我以为他生病了。”她看了看时间，笑着跟他摆摆手：“那你们路上小心哟，我走啦，下午还得直播呢！”

王林站在原地也摆手：“嗯。”

耽误了点儿时间，洛棠小跑着回了休息室，脑子里还想着刚才的事儿。

明星的体检好像的确是公司帮忙联系的，毕竟是公众人物，所以找专门的医生很正常。

周医生啊……

洛棠边开直播软件，边“啧啧”两声。这随随便便的一个体检医生都能跟周纤撞上姓？姓周的医生有这么多吗？

昨天苏延请假半天，虽然说是体检，微信上洛棠也跟苏延确认过了，但还是觉得不怎么放心。

于是今天苏延来剧组的时候，洛棠特地观察过，他除了眼下的青色和神情里的疲惫一如既往，其余方面一切如常。整个人帅得能看见光！完全不存在什么病态！真好！

洛棠彻底放下心来，开始专心拍自己的戏份。

与此同时，剧组里有一个傻子正跑来跑去咋咋呼呼地直播。

洛棠下周应该就可以杀青了，之后的直播重任大概要交给齐南至一人，不过齐南至的中文水平已经足以让他担任主播这个职业——他现在对中文的兴趣全都被微博网友给带动起来了。

因为齐南至发现很多词语他虽然认识，但他就是不懂组合在一起是什么意思。

因此，齐南至不再缠着闻越山要感情戏，反而满剧组地问大家这些网络用语的意思，问来问去，就问到了洛棠身上。

他的直播洛棠没看太久，她今天戏不少，下午拍了两场，到了六点多又轮到她拍第三场。

洛棠的戏份进度很快，这段时间宋景之是在征战的状态，琴落在侯府，他在边疆。晚上这场戏是有人来报宋景之在战场受伤，性命垂危，奄奄一息，形容得十分惨烈，洛棠得在听到的一瞬间当场哭出来。而后琴落进宫面圣，表明自己要去战场，就算战报是真的，她也要见宋景之最后一面。

古时只能靠传书交流，探子是皇室培养的，谁也没有怀疑过。已经是皇帝的男二看妹妹一心坚决的模样，自然只能同意。

在这之后，剩下一些宋景之跟琴落在边疆甜甜蜜蜜的戏份在明后天拍好，就要进入小公主最后的剧情了。

至于对着探子来报的哭戏，自然还是沿用遗留下来的老办法。

…………

“你们都知道洛小棠是苏延的 fans 对吧？哦，粉丝，粉丝。”齐南至把英文纠正过来之后，接着道，“上次她有一场哭戏，她哭不出来，然后我们的父皇廖老师就想出了一个妙招。”

弹幕很给面子：“什么妙招？”

齐南至：“父皇用了苏神手机里的一个软件。”

“我苏神的什么软件？说出来！”

“我看看我是否能拥有同款软件？”

齐南至：“咕噜咕噜。”

弹幕：“？？？”什么玩意儿？

齐南至看到弹幕一片一片地说找不到，也愣了。他吆喝了一句：“闻导闻导！能让洛小棠哭的那个软件叫什么？不是咕噜咕噜吗？”

“能让洛小棠哭的软件，哈哈哈！不好意思，让我先笑会儿！”

“哈哈哈，什么鬼？！”

“我有一个预感……这个软件怕不是……哔哩哔哩吧？”

闻越山的白眼出现在屏幕，似乎是看齐南至一眼都觉得烦："咕噜你个头，人家叫哔哩哔哩。"

"哦，你们听到了，叫哔哩哔哩。"

弹幕："……"

齐南至也不知道为什么弹幕突然就开始"哈哈"和嘲笑他，他觉得这俩名字实在是差不多，急忙道："这不是重点啊，你们笑什么呢？重点明明是洛小棠马上就要拍哭戏了！"

镜头一阵摇晃，他快走了几步到厢房旁边，镜头对着里面的洛小棠。里面坐着的人似有所感，回过头，头饰铃铛作响，她十分自然地笑着挥挥手打了招呼："大家晚上好呀，我是洛小棠。"

弹幕正在疯狂刷"仙女好美，我们爱你"，齐南至突然贼笑了一声："嘿嘿，一会儿她就笑不出来了。"

画面里，除了已经回过头去的洛小棠，还有后来才步入的苏延，他来给她递手机。

苏延穿着黑色劲装，进来的时候直播间礼物刷到软件都开始卡，过了好几分钟才消停。

"哦哦哦，对了！"齐南至的声音骤然响起，"忘了跟你们说，洛小棠要想哭，得看软件里的一个视频，苏延的各大电影死亡场面剪辑。"

"看这个哭？能哭出来吗？"

"太真实了吧？我看不出洛小棠这么真情实感！"

"苏神的那几个角色死得是挺惨……我理解洛小棠，我看也会想哭。"

弹幕有的在笑，有的在讨论这也太扯了，她到底是不是真的能哭出来。

吵吵闹闹二十秒后——

高清镜头里，所有观众都看得到，场内只露出一个侧脸的少女突然扁起嘴，晶莹剔透的眼泪一滴一滴地从她的大眼睛里滚出来，顺着脸蛋滑到下巴，十分可怜。

到最后，她还用手捂着嘴，"呜呜"声都能听到了。

而在她身边一直背对着镜头只出镜一个背影的苏延，动作十分熟练地抽出手里的纸巾，递到她面前。

齐南至在此时此刻，往镜头前伸手，自己出镜了一个大拇指，并且大声说："看到没？就是这效果！我吹爆！！！"

弹幕沉寂两秒，而后炸了。

"吹爆你个头，哈哈哈！你是不是有毒？？我要笑死了，这个傻孩子。"

"哈哈，洛小棠也好好笑啊！太真情实感了吧？好像不到半分钟就哭出声了，哈哈哈！！"

"我数了，二十秒！"

"苏神不是能止小儿夜哭，是能使小儿夜哭，哈哈哈！"

…………

洛棠不知道自己全程都被人"嘲笑"了，也不知道直播间的人都知道了这个梗。拍完这场简短的哭戏，她吸了吸鼻子，把手机还给苏延。

身后突然传来拍窗声，两人同时转头。

齐南至举着手机说："苏神，我能看看你的B站收藏夹吗？你粉丝求我，她们想看！"

洛棠丝毫没意识到自己刚才全程都暴露了，顿时生出了兴趣："哎，我也好奇，苏延你平时都看什么呀？追番吗？我也想看你的收藏夹！"

现场的两双眼睛，还有直播间一千万双眼睛在等着回复。

苏延呼吸一滞，他看向齐南至的镜头，稳着声音道："随便下载的软件，没收藏过视频。"

齐南至和洛棠同时发出一声遗憾的"啊"，而后齐南至摆摆手，去录别人了。

苏延把手机拿在手里，松了一口气。

最近实在太忙，连微博都很少上，除了搜视频的这几次，已经挺长时间没有用过哔哩哔哩，连他自己也不太记得收藏过什么。

趁洛棠不注意，苏延打开自己的收藏夹，看到了几个熟悉的题目。

——"洛小棠和苏延混剪——音誉CP真爱之路，从无坦途！"

——"《星星补习班》酥糖CP剪辑版"

——"高能剪辑——高举酥糖CP大旗一万年屹立不倒"

——"《这世上的神仙CP》第十一期：酥糖（苏延×洛小棠）"

…………

苏延立刻退了软件。

当天晚上八点，周日直播结束后，话题“洛小棠哭不出来竟然要靠这个”，成功爬上了热搜。

这个标题，不就跟那些带着颜色的小广告十分类似吗？

洛棠想了想，自己好像已经沉寂了一段时间了，这几次热搜除了是靠脸，其余的都奇奇怪怪，但至少名字还是正常的。

这回到底是什么玩意儿啊！哭不出来靠什么你倒是说明白啊！不知道的以为我干什么了呢！

洛棠快恨死了，这词条连点都不想点进去，最后还是看了程橙发过来的一串“哈哈哈”和一张评论截图。

“我以为哭不出来会有神药让人哭出来，然后你就给我看这个，哈哈哈！”

“洛小棠好真情实感地在粉苏延，我现在对她好感好高。不行了，我再看一遍直播回放去，笑得我肚子疼。”

“她一哭我就开始哈哈，我什么毛病！哈哈哈！”

“没人觉得她跟苏神超级亲密，关系超好的样子吗？我苏神什么时候给女演员递过纸巾？？？”

…………

洛棠登录自己的微博，再次愣了。

洛棠昨天上午说自己的屁股没了知觉，那时候她没想到自己会被做成表情包。

昨天直播结束，也是程橙告诉她，她当初那夸张的表情被网友们做成了“对！没错！我那里疼！”的表情包。

洛棠觉得这就算了，表情包是网友喜爱她的证据！她不慌！

——这样的想法一直到她刚才登录自己的微博。

没想到不光表情包流传速度飞快，她的私信、评论全部爆满。

洛棠大概翻了翻，眼皮直跳，最后不得已咬牙发了个微博。

“大家晚上好……我求求你们别再问了！别再给我发好用的痔疮膏药了，呜呜呜！！！我没有痔疮，我真的没有！！！求求大家给留点儿面子吧！！”

粉丝不甘示弱：没事！就算真的有，你也依然是仙女。

洛棠："……"我真是谢谢你们。

次日一早，洛棠迎来了她在剧组内最忙的一周。

毕竟是个配角，琴落拍赶往塞北的路途这一段并没有给太大的篇幅，镜头很快就过了。最主要的在于到了边疆，切换了地图之后，她跟宋景之在一起的戏份。

时间线已经过去两年，沙场征战早已把当年那个骄傲又爱笑的少年给变成现在的铁血将军。在敌军心目中，宋景之有"杀神"的称号，没有弱点，战无不胜。

受伤是因为亲自带军刺探军情时，有一个小兵中了埋伏，别人都劝宋景之撤退，只有他坚持救回那人，两人重伤归来，却都活了下来。

琴落从接到来报到赶到边疆已经过去了半个月，到的时候宋景之已经好了大半，她欢喜之余，完全没空回想当初自己收到的信息是真是假，有没有夸大，抱着人哭都来不及。

——对，又是哭戏。

洛棠当时跟闻越山商量："闻导，你看你要是让我们俩在病床前见面，就是你把苏延化妆弄得惨一点儿，他躺在床上我去看他，我能立马哭出来，真的。"

闻越山看了她一眼，话里隐有嘲笑："是把他弄惨更节约时间，还是让你看视频更节约时间？"

洛棠："……"

她不想放弃，继续道："但……看着他本人，这种效果哭得更真！您相信我！"

闻越山直接笑出声了，伸手拍了拍她的肩膀："你看视频哭得也很真，我都有数，放心哭。"

洛棠："……"又是靠死亡剪辑来催泪的一天呢，真好。

不过琴落和宋景之再次见面的哭戏拍完之后，就应该是最后一次用到死亡剪辑了。

剧本里，宋景之去边疆征战之后，苏延跟她的戏份就基本上没了，她只出现在宋景之的话里、回忆里和书信里。

而接下来的两天，洛棠觉得又仿佛回到了琴落跟宋景之热恋那会儿。

比如苏延和她共骑一乘，在马背上还要对着她的耳朵说宋景之那货说的情话；又比如琴落去将军帐内的时候，他抱着她给她讲地图；他还带着她去看草原，带着她见自己的亲信，恨不得昭告天下“我的公主殿下来找我了”。

这样的甜蜜剧情，洛棠有几次实在是没受住，害羞过头又被闻越山给好一顿训。

在外人看来，这两年里宋景之英勇果敢，早已不是当初那个心性不定的少年，连侯府众人见了他都要谨言慎行。可他在别人心里和在琴落面前，是完全不同的两个人。两人没事儿骑骑马出去遛弯儿，宋景之带着小娇妻去自己闲得无聊发现的很多好玩的秘密基地。

两年前，大祁王朝的明琴公主和她的驸马将军的爱情故事就传遍长安城每一个角落，后来又传遍了全国，世人皆知。

琴落来到边疆的第三晚，有人来报，发现了夜里潜入后方粮库的敌方军队，宋景之亲自带兵前去，吩咐女扮男装藏于军队的女主守在琴落的营帐外。可待他解决了那队人回来，看到的是昏倒在地的士兵和空无一人的营帐。

俞星颜已经请假离开剧组去参加时装周了，她的戏份是提前拍好的，所以剧情直接进展到洛棠被掳走后。

洛棠从进组以来，原则就是“化最烦琐的妆，做最美的公主”，她还真没有过衣衫破旧、发型也微乱的时候。所以看到镜子里正在脸上抹着一道道深色粉底故意扮脏的自己，洛棠感觉还是很新奇的。

她一会儿的动作戏已经练习了不少次，应该能够一次过，最主要的就是情绪要到位。

洛棠跟苏延在不同的场地，她的造型全部做完之后，正准备跟随摄像组一起前往城墙上，结果一出化妆室的门，就看到苏延站在外面。他身上是一身深色战甲，虽然没有夸张的披风在身后，但仍然气势逼人，真的像是古时的将军一样。

洛棠心口一跳，蹦到他面前：“哟！大将军，今天很帅嘛！”

苏延微不可察地动了一下唇角，提起别的话题：“你杀青之后，还有什么打算吗？”

“啊……”洛棠想了想，“好像没什么，要画画，要去巴黎，然后……”顿了顿，她突然有些害羞：“咳，还有就是，一件比较重要的事儿。”人生大事！

洛棠看了一眼苏延，又低头笑：“我先不告诉你，反正你都会知道的。”

才聊了两句，闻越山已经开始用喇叭喊两人就位，洛棠撇撇嘴，跟着摄像走了。

…………

祁国此番征战是为平叛，这是最后一城，对方败局已定，军营内最近充斥着即将胜利的欢快气息，谁知就在大胜前夕，将军的妻子明琴公主竟被掳走了。

洛棠被挟持着站在离祁军很远的城墙头，脖颈前架着一把刀，身后是叛军首领。这首领不知为何，不光劫持了她，同样被俘虏的还有城内的万千大祁百姓。

一直到大祁军队兵临城下，首领终于开口，他对着城下带领千军万马的人说：“这次来得真快啊！”

“我败已是必然，今日我就要你选，是明琴公主活，还是这万千百姓活。”首领笑得猖狂，“哈哈哈！宋景之，宋大将军，这些百姓尽管归我城内，却依然将你奉为战神，你可千万别让他们失望啊！”

如他所说，败已是必然，死也是难逃。那么死前，他也要让宋景之经历这一遭——身败名裂，抑或是痛失所爱。

这话一出，洛棠身后同样被士兵要挟的人们一时间哭声遍地。

首领看着远处的人迟迟没有回应，心里越发舒畅，笑着笑着，耳边突然传来微弱却坚定的声音。

“你费尽力气，最后能杀的，只有我而已。”

首领转头，看着这位尽管形容狼狈，却依旧美得分外动人的公主，笑了。“我不是为了杀谁，我就是想看看宋景之要怎么选。”他恶狠狠地道，“你也给老子看好了，他是为了将军之位放弃你，还是为了你，放弃这里的百姓。”

洛棠张了张嘴，连她都不知道这种压抑和悲伤从何而来，从这里看着离她很远的那个身影、这样的场景，让她眼眶突然发热。

“可我不会让他为难呀！”

说完这句话，脑子里突然回想起初遇那时，白衣少年搂着她的腰，拿着她的簪子，脸上的俊逸笑容带着十足的调笑，说：“姑娘，不如送我，可好？”

少女粲然一笑，眼角有晶莹的泪水滑落。

首领盯着她的脸，对此毫无防备，他有短暂的失神，钳制住她的胳膊一松。而就是这一瞬间，面前的少女笑着，流着泪，义无反顾地猛力向前撞在他的刀上。

鲜血喷了一地。

底下所有人都看到了这一幕，仿佛被激怒，祁军带着前所未有的杀气向着城墙冲来。

…………

遍地都是密密麻麻的尸体，祁军胜了，百姓得救，却没有人欢呼。

“将军——将军！”小兵跑来，带着一位衣衫褴褛看不出原本打扮的人来，“这女人称自己是公主殿下的贴身侍女，说有信带给您。”

苏延抬头，瞳眸聚焦，他辨认了一会儿女人的相貌，而后声音沙哑至极：“什么信？”

“这是公主在被俘虏时所写的，公主对奴婢说，说，假如她遭遇不测，便……”侍女说不下去，跪在地上，抖着双手奉上。

苏延接过来，拆开。

“景之哥哥，这里跟我一同被虏的人里，居然还有人随身携带着笔墨！你敢信吗？若不是这位书生，你可就看不到这封信啦！

不过，若你收到这封信，我多半是没办法把下面这些话亲口告诉你了。

我前两日听你队内之士都称你为将军，而不是驸马，我真替你开心。在他们心中，你必然是英俊威武、潇洒霸气的吧？他们肯定不知道，这么威武霸气的你，还会对着自己的妻子没脸没皮地撒娇耍赖吧？

欸，不过放心啦，你的小秘密我对谁也没讲。

将军。

我很少称呼你将军，是因为你身穿战甲的样子太迷人，我不好意思嘛！可这是最后一封信，再不叫，就没机会了。

将军，我知你想要护这万里河山，我亦知，只有你，才能护好这河山，只有你才能拯救现在同我待在一处的这万千百姓。

我这两天总梦到与你初见之时，每每醒来，满心欢喜。

这一生，少时遇你，乃是生之绚烂之始；而今，若能不拖累你，乃毕生夙愿，不胜欣喜，无上荣耀。

不要难过，景之哥哥，阿落永远爱你呀！”

…………

她是公主，尽管没了像样的桌椅笔墨，娟丽秀美的字迹一如从前每一封书信。

他想，他还没来得及告诉她，他做这将军不是为了什么守护河山，他顶着那么讨厌的侯府名号，他上阵杀敌，只是为了能够配得上她，能够有资格做她的丈夫。

身边跪倒在地的侍女还在絮絮叨叨这些天公主如何困难，如何受苦，如何想他。

他突然想起两天前，两人的一遭戏言。

那个明眸皓齿的小姑娘被自己圈在怀里，摇头晃脑地说：“你现在做了大将军啦，那我是你的妻子所有人都知道了，将来万一有人把我掳走要挟你，你怎么办哪？”

不等他答，她睁大眼睛抢先道：“我好怕疼的，你这么厉害，可一定要来把我救出去呀！”

宛若剜心之痛。

小兵看着将军就站在那儿，宛如雕像般一动不动，浑身沾满敌人的血，一直看着手里的信纸。将军没有任何表情的脸上，只有睫毛在抖。

蓦地，簌簌落下泪来。

那天，所有人都看见将军独自一人登上城墙，将明琴公主的尸体抱回了营帐。

此番大胜后，宋景之独自一人不眠不休地找到冰棺，将公主的尸体放进去，亲自护送，运回长安。

她从小就是当朝天子的掌上明珠，名动京城，风光了十几年，没受过一丁点儿委屈，绝不能孤零零地留在塞北。

他没能救她，至少要把她完好无损地带回生她养她的家乡，与她的父皇母后葬在一起。

随着最后一个“咔”和“过了”的到来，洛棠这一个多月的女配角到此结束。

洛棠性格好，跟大家都处得来，所有人都知道这是她的最后一场戏了，城墙上的群演们顿时腿瘸的也不瘸了，脸上虽然都脏兮兮地化着“俘虏妆”，但依然满脸笑容地给她鼓掌欢呼。

“洛小棠，恭喜杀青呀！你演得真好，播出之后，我天天在微博上夸你，哈哈哈！”

“恭喜杀青！辛苦了辛苦了！”

洛棠身上的裙子是浅粉色的，洒着不少假血，但战场上大家装扮都差不多，回化妆间这一路上跟不少“残兵伤兵”打招呼，场面和谐中透露着诡异。

她把自己的常服换回来，没看到苏延的影子，干脆跑到导演身边，这么久的照顾，想跟他聊个天道个别。

闻越山正在看最后这幕的分镜，见她来了，笑了一下：“杀青了，这下开心了？”

“哪有啊！”洛棠笑嘻嘻地说，“闻导，我能经常回来探班吗？我会想您的！我给您带好吃的！”

“想我？”闻越山监视器也不看了，直勾勾地盯着她，“你也好意思说？想探班？是探我的还是探苏延的？”

不要总是问到点儿上嘛！

洛棠机智地转移话题：“哎，闻导，我身为一个配角演员，也是一个看过剧本的人，我觉得《御剑行》在您手里，播出之后肯定能大火。”

闻越山听了这话，突然提了个风马牛不相及的话题：“其实你这小丫头来历不浅吧？”

洛棠心里咯噔一声：他知道了？？闻越山这个老狐狸这么厉害的吗？？

她装作疑惑的样子：“什、什么来历不浅啊闻导，我听不明白。”

“别跟我装糊涂了，”闻越山翻了个白眼，话直接说开，“我这剧本也不知道是倒了什么霉，以前吧，关系户可能就一个，这下可好，一下子来三个，还都是有名有姓的角色。我本来就脾气差，要不是苏延让我还有点儿希望，我都想直接撂挑子不拍了。”

洛棠急忙附和：“哎呀，这不幸亏您在嘛，您可是导演界大佬！我从小看您拍的电影长大的！”

闻越山标准白眼一翻：“别吹了，不爱说拉倒，我也不打听。”

洛棠松了口气。不过，她这话倒不是吹。

《御剑行》的线其实很多，在她这个角色能拍的角度有限，但洛棠全程看下来，剧本也读下来，这真算是一个格局非常大、故事性非常完整的剧。男主人设的受众会很广，再加上这剧又是自带话题的苏延主演，到时候一定会大爆。

今天这琴落最后的副本过得意外顺利，除了后期要剪辑补拍的镜头外，基本都是一次过。闻越山没再追问她探谁的班和背景的事儿，指了指显示器：“我本来没觉得今天下午能拍完，看来大家很给你面子啊洛小棠，过得这么顺利，光荣杀青。”

顿了顿，他补充：“就是最后那块儿，你是不是临走前又给自己加戏了？”

洛棠想了一下：“……您说我哭了的那块儿？”

“嗯，”闻越山点头，“之前演哭戏费那么大劲，这会儿怎么突然就哭了？”

大男主剧里面，感情线本就是陪衬，除却跟苏延几个过于亲密的镜头，洛棠一直都没觉得自己有多入戏。可是拍最后那段的时候，她的的确确想到了自己跟苏延拍的第一镜，那时候他把她捞上马，他对她笑，还调笑她。

最后那场离得太远，她看不清苏延的表情，却莫名觉得他当时肯定跟她是一样的心情。

剧本上的要求是，琴落的确回忆了两人的初见，只要求要笑，洛棠都不知道自己那滴眼泪为什么会流出来，也不知道自己怎么突然就哭了。

“闻导，其实我也不知道。可能只是那瞬间，我觉得……”洛棠摇摇头，小心措辞，“假如琴落这位小公主真的存在的话，她就算在回忆过去，就算她在笑，那一定也是流着泪的。”

因为她太想她的将军了啊！

这辈子马上就要到头，再也见不到她的景之哥哥了，琴落是性格那么乖那么软的姑娘，就算为了他敢于赴死，但临死之前，怎么可能不难过呢？

闻越山点点头：“你说的也对，看你哭出来，我也觉得这个效果更好一点儿。”

洛棠深呼吸一次，去掉胸口那股郁气，转而开玩笑：“那必须的啊闻导！

我可是听说您夸我有灵气呢，被闻导夸过的演员娱乐圈一根手指头都数得过来！那我怎么能辜负您的期望呢？下次女主演请您考虑我啊！”

闻越山嘴角抽了抽：“……你听错了。”

这场戏是下午拍的，闻越山今天没再安排别的戏份，洛棠又插科打诨地跟他聊了一会儿，突然想到她之前让程橙帮忙问那件琴落和宋景之的婚服能不能买走的事。

程橙说那边的人让她去问导演，他们做不了主。

“对了闻导，问您个事儿，”趁着还在剧组，今天再不问就来不及了，洛棠立刻道，“之前我拍结婚那场戏的时候那条红裙子我能买走吗？多少钱都行，我觉得特别好看。”

闻越山正准备起身的动作一顿，意味不明地看了她一眼：“你来晚了，衣服被苏延预订了。”

洛棠：“你是说他订了他自己的那套，还是我穿的那套也——”

“是你们俩的。”

洛棠彻底傻眼。

闻越山：“我想问你挺久了，小丫头，实话告诉我，你跟苏延什么关系？”

您怎么回事儿？咋净问这些敏感的问题呢？

洛棠对闻越山这老头儿实在是又爱又恨，他性格是古怪，但是直率又很牛，就会让人有一种想要盲目崇拜的冲动。

比如齐南至，整天被骂得狗血淋头还不是笑呵呵地“闻导、闻导，你看看我”。

洛棠想了想：“粉丝和偶像，再加上……高中同学的关系。”

闻越山看着她，不说话，皱纹上都写着“老子是拍戏的，你在这儿跟我演什么戏呢”。

“还有……”洛棠咬咬牙，小声说，“高中时候，暗恋对象的关系。”

“谁暗恋谁？”

“我暗恋他。”洛棠立刻答，而后觉得有点儿不对劲儿，又加了一句，“其实我怀疑，他也暗恋我，但是我没有证据。”

闻越山：“……”还要证据？整天在我眼皮子底下腻腻歪歪的不是证据？嫁衣都买走了，男方还想着要给我封口费，你还在这儿要证据？

跟剧组所有人道别后，洛棠又等了一会儿，还是没看到苏延的身影。

到处找人也没找到，发微信他也不回，到了七点，洛舟都来电话催了。

“不是我说，”洛舟那边很安静，应该是在家里，“你今天下班是不是有点儿太晚了？你忘了要跟周叔叔他们吃饭吗？还是得我去接你？”

其实这人打电话来，应该就是想讲一句话。

——你快点儿回家，今晚有饭局。

但是他偏不，这狗男人就非得开头直接怼她三句，好像嘴上长着刺，不扎扎别人他就不得劲儿。

洛棠深吸一口气，拼命在心里默念今天是个好日子，不能跟魔鬼计较，心平气和道：“我下班了，正准备回去呢！”

洛舟哼笑一声，把电话挂了。

洛棠生出一股想要拉黑他的冲动，差点儿就付诸实践，被她硬生生忍了下来。

她慢悠悠地往外走，正准备给苏延发消息，走着走着没注意身边，手腕突然一紧——

洛棠吓了一跳，一瞬间，心里闪过无数个念头，全都跟绑架之类的有关。她以前觉得自己要是有一天去世，最舍不得的一定是那一柜子价值连城、美轮美奂的腕表。没想到，面临真正的危险，她的最后一个想法，居然是她还没得到苏延，她怎么能死呢？

洛棠正在思索是直接尖叫还是先挣扎，喘了口气，鼻尖却嗅到了熟悉的香味。

——是她每次靠近苏延都能闻到的，像是雨后的公园里清新的绿调草木香，完完全全长在她爱好上的味道，沁人心脾。

难道……洛棠浑身紧绷的神经微微松下来。她抬头，夜色朦胧里，辨认了一下他的轮廓，小声试探着开口：“苏延？”

“嗯。”熟悉的音质，他给了回应。

与此同时，像是设定好了一般，影城内的路灯闪烁两下后亮了起来。

苏延的脸清晰起来，没什么表情，只是脸色有些苍白，眼角微微发红，沉沉地盯着她。

小姑娘似乎很惊喜，看向他的时候眼睛亮晶晶的，倒映着星空，盛满了光，小巧的脸上表情一如既往的生动鲜活。

突然有根一直扯着的弦断了。

洛棠没想太多，先是大叹了口气：“哇，你吓死我了，你站在这儿——”她正准备往下说，手腕又是一紧。

下一秒，苏延突然拉着她的手腕往前一带，把她整个人扯到了怀里。

毫无防备，她的下巴撞上他的胸膛，他的胳膊把她圈紧。

洛棠整个人再次绷紧，僵住。

虽然这些日子他的怀抱对她来说算是熟悉了，但她意识到——这不是在戏里。

这是在她的下班途中，在路上，他，苏延，把她给抱了个满怀。

洛棠的手被禁锢住，想动都动不了。她感到苏延的下巴搁在她肩上，胳膊越收越紧，像是要把她整个人嵌入他的身体里一样抱着她。

她张了张嘴，却一个字都吐不出来。后知后觉，心脏剧烈跳动，比每一次在戏里有肢体接触时跳得还要快。

她没回过神来，也不知道他到底怎么了。现在不是剧本，没有人告诉她下一步该怎么做，洛棠不知道自己该给什么回应，大脑完全死机。

就这么站着抱了半晌。

“吓到你了，对不起。”耳边极近的距离突然传来苏延的道歉声。

洛棠又是一愣。

不知道为什么，她听到他这样说，心里又酸又软，微微发疼。

“让我抱一会儿。”他再次开口，略显低哑的声音里似乎压抑着什么东西，鼻音很重，尾音微微发抖，“一会儿就好。”

C市十月份的天气是最舒服的，秋高气爽，洛棠最近穿的都是衬衫或者单衣搭外套，苏延只穿了件卫衣，两人抱着也不会觉得热。

在片场的时候，虽然也有过很多亲密接触了——床都压过。但这还是他们第一次正儿八经地拥抱。

洛棠被他圈在怀里，好像整个人都跟他贴在一起。她比他矮了好多，耳朵刚好能听到他胸口处微快的心跳声。

不知道站了多久，他的呼吸声从最开始的紊乱到最后的平缓，洛棠这会儿脑子也转过弯来。

其实他的心情一点儿也不难猜。

“苏延。”她小声地叫他，“你是不是，因为今天最后那场戏太难过了呀？”

他没答，但也没否认，更像是无声地承认。

洛棠叹了口气：“唉，我其实也很难过的。”

他抱得太紧，洛棠手抽不出来，无法回抱他，但她借机把脸埋在他的衣服里，蹭了蹭，而后继续说：“我演到最后，本来剧本上没有要求哭，结果莫名其妙地，我眼泪就流出来了，当时是真的感觉特别难受。”她转了个语气，提起来自己的糗事：“你也知道我平时哭戏有多难演啊，全靠你的视频才能哭出来。这次我真情实感得连闻导都惊讶了呢！”

少女的声音一句一句地传来，在夜色里显得格外清晰。她的音色很好听，尾音总是往上走，显得特别俏皮，很能调动心情，用来安慰人更是有奇效。

跟她这个人一样，走到哪里，都像是一束光。

苏延忍不住笑了一下，“嗯”了一声。

洛棠正准备再接再厉，口袋里的手机突然响起来。

苏延慢慢地松开她，直起身来，眼角还有些红，抿了抿唇说：“你的电话。”

“嗯。”

也不知道是不是错觉，她总感到他刚才松手的时候……很不情愿的样子。

洛棠咬着唇掏出手机，看了一眼来电显示，心下一惊。

谈情说爱、安慰偶像，结果忘记正事儿了！

她看了一下苏延：“我接个电话，马上就好。”

“喂，哥。”洛棠在洛舟开始喷之前急忙道，“我突然有点儿事，来不及回家了，你把包厢名告诉我，我自己去就行。”

洛舟没喷成功，哼笑了一声，报了名字，干脆利落地挂了电话。

整个通话过程十秒不到。

洛棠把手机拿下来，听见苏延问：“你有事？”

“嗯……”洛棠想了想，“是跟长辈的一个饭局，说好今晚去。”

苏延点了点头：“那走吧，我送你到门口。”

洛棠一愣：“你不走吗？”

他点头："刚才闻导通知我，晚上还有戏。"

"啊……这样。"

洛棠观察了一下他的神色，虽然还是一张标准的苏神脸，但好像已经没了最开始那种说不出来的压抑感。

苏延看她直勾勾地看着自己，一直没动，刚想开口，小姑娘就往前走了一步。

洛棠刚才为了听电话，离他远了点儿，这一步直接又拉近了距离。苏延手一热，感到自己的手指被掌心包裹住了。

很柔软、很小、很温暖的掌心。

是她的。

洛棠微微仰着头，突然弯唇对着他笑了一下。路灯的光打在她的脸上，有种十足的惊艳感。

苏延不自觉地放轻呼吸。

"我是我，你是你，我还在，你也在呀！"她拽着他的几根手指，歪着头说，"所以你不要难过啦！"

苏延一怔，看着少女弯弯的杏眼，唇边笑意很温暖，她摇了摇他的手："我们都会好好的。"

明明声音很软很甜，听起来却郑重得像是某种承诺。

想让人一辈子相信的承诺。

第十一章
手可摘星辰

洛棠到“虞美人”的时候，时间刚刚好。

“虞美人”是洛氏旗下众多高级私人会所之一，这是个系列，全部以词牌名命名，装修风格各异，洛城个人最爱的就是这家“虞美人”。

洛城一直被人称赞不光是商界名流，起名也是一等一的棒，别的不说，光是旗下这些会所、酒店品牌都数不过来多少个了，他能取出来不重样又有格调的，简直是取名鬼才。

外人哪知道，洛富商着实是个起名废，而且他这人又不喜欢让外人插手自己的家事，所以每次在新品牌筹备阶段，都会在家庭微信群里重金悬赏品牌名。

比如这系列的私人会所采用了词牌名，就是洛棠随口建议的。

洛棠到了包厢就把口罩、帽子都摘了，挨个打了招呼，最后坐在洛舟和周纤给她留的中间位置。

洛城和周文的确是多年老友，互相调侃起陈芝麻烂谷子的事儿说都说不完，两人的老婆都是贵妇太太里面的顶尖存在，一等一的花钱高手，兴趣品位相投，讨论起这季的时装周也是滔滔不绝。

剩下三个小辈，洛棠、周纤和洛舟。

姐妹茶话会时间，洛舟理所当然地被孤立。毕竟这位天天能见，她的小姐妹可就不是了。

“你知道吗？”洛棠一脸兴奋地跟周纤说，“我今天杀青了！”

“这么巧！”周纤也很惊喜，“来来来，这我还真不知道，这个是好事儿，得干一杯。”

洛棠酒量太差，桌上的是现调的果酒，跟周纤碰了杯之后就意思意思喝了一小口，周纤倒是干了。

洛棠等她喝完，又说：“纤纤，我上次不是告诉你我曾经喜欢……”她压低声音，提防着大人们，“苏——延，吗？”

周纤晃酒杯的手顿了顿，点头：“嗯，这么劲爆的事儿我当然记得，怎么啦？”

“我就是想跟你讲……就，我跟苏延在这部戏里，有好多吻戏啊，牵手啊，抱抱啊什么的，”洛棠说得还有点儿不好意思，“简直太幸福了，幸福得我都舍不得杀青了。”

周纤有些疑惑：“你们这些全做了？这么亲密的动作？”

洛棠坦然点头，没想到小姐妹下一句话格外带劲儿——“所以你觉得他喜欢你？”

洛棠睁大眼睛，示意周纤把声音放小：“我……我自己感觉他应该是喜欢我，但你也知道，人都是很自恋的，他也有可能是不喜欢的。”

周纤下意识地反驳：“那怎么可能？”

洛棠：“？？？”

两人愣愣对视两秒，洛棠小声说：“宝贝儿，你在说什么呢……我说苏延可能不喜欢我，你说什么不可能？”

周纤咳了声，自觉说漏嘴：“……不是，我的意思是，我们小公主长这么好看，怎么可能有人不喜欢你呢？”

周纤想继续聊回之前的话题：“你觉得他喜欢你，然后呢？”

“然后？”洛棠眨了眨眼，“哦，对啦！我想说呢，然后我这不是杀青了，应该也不会在同一个剧组影响他工作，我就想着……”洛棠看了一眼洛舟的位置，他没往这儿看，这才放心道：“——要准备告白了。”

周纤一愣，还没来得及说什么，洛棠接着说：“我总觉得这应该是我这辈子唯一一次告白，我非得弄得声势浩大一点儿，比如包几个市中心 LED 灯牌——欸，不行！苏延是明星，不能这么搞……哇，那怎么办呢……放个‘苏延 521’字形烟花？可现在市里也不让放啊……”

洛棠苦恼得不行，冥思苦想的时候，周纤突然打断她：“你放心吧，形式不重要，肯定没问题。”

洛棠突然觉得周纤今晚的态度很奇怪。

周纤的性格是比较名媛范儿的温柔型闺蜜，可能是跟做心理医生有关。平常洛棠遇到什么事儿跟她说，她多是模棱两可的说法，好的、坏的结果都给你打算了，再给你出谋划策坏的情况发生了该怎么办。就比如今天，周纤应该是制止一下她的激动，然后帮她分析一下成功率，再制订一个“洛棠告白失败受挫修复方案”，这才是她的风格。

今晚怎么回事儿？她怎么突然开始走程橙那种“姐妹给我无脑冲”的路线了？

洛棠的疑问没来得及提出，洛城那边酒杯碰了碰桌子，把几人的注意力吸引过去，说了几句话。她被这么一打岔，也忘了自己本来要问的东西。

“对了，你上次给我讲的那个明星，”洛棠聊着聊着，突然想起上次两人在飞机上的对话，“就是喜欢的女孩姓‘唐’的那个，他现在怎么样啦？好点儿了吗？”

周纤没想到她还记得那时候随口提的事，顿了一下：“啊，没有呢，他……没恶化，也没进展。”

“唉，”洛棠叹了口气，“我还真是挺好奇他是谁，也特别想听爱情故事。”

周纤笑了笑：“不好意思啊棠棠，这方面，职业操守暂时战胜姐妹情深。”

“没事儿、没事儿，我就是突然有点儿好奇，”洛棠早料到这个结果，“你说像是那人那种状态，要是他跟他喜欢的那个女孩在一起了，比如恋爱、结婚啊之类的，他那种心理状态，会直接康复吗？”

周纤沉默了几秒：“我认为只要他们能稳定关系，就算不能立刻康复，也会比现在有很大很大的改善。”

洛棠眼睛一亮：“真的吗？哎呀，那就希望他赶紧跟他喜欢的女孩在一起，祝福他早日康复啦！”

她的眼睛生得太好看，瞳仁漆黑澄澈，笑起来的时候弯成月牙，满满的都是被爱包围才会有的光和暖意。

跟那个人完全不同。

周纤笑着笑着，蓦地想到一双死水般的眼睛，一样的漂亮，却一点儿生机都没有。

周纤看着洛棠精致的侧脸，越发觉得自己的猜测应该是对的。

她也希望她是对的。

洛棠的酒量是真不太行，喝了两杯度数特别低的果酒都有些微醺，但好在神志什么的都很清醒，到家还能支撑着洗完澡敷个面膜再睡觉。

次日她是被铃声吵醒的。

洛棠揉着脑袋坐起来，看着屏幕上跳跃的“小王”，微微清醒了点儿：“喂？”

“啊，我的妈，你终于接电话了！小棠姐！我今天被公司外派有事儿出差了，闻导刚才跟我打电话说苏延还没到片场。”

洛棠一愣：“啊？”

“我也不知道延哥是咋了，打他电话打不通，别的人我不放心。我听延哥说上次他发烧就是你去的他家，这才打给你，所以小棠姐你今天有事吗？你看你方不方便帮我去看看他？你有事的话我找别人也行。”

那能不方便吗？！

“我今天没事，一会儿就去，你别担心，见到他的话我会告诉你的。”

王林在那头谢天谢地，洛棠“嗯嗯啊啊”了两声，挂了电话之后彻底清醒。她一下子从床上坐起来，迅速开始洗漱换衣服，化妆都来不及，只梳了梳头，直接选了条连衣裙就下楼喊上司机出了门。

坐在车上，洛棠心跳还很快。

又是生病？不对吧，昨晚刚见过，一切正常，应该不可能是生病啊？而且上次病成那样，他还知道要给王林打电话买退烧药，这次怎么可能不接经纪人电话？

洛棠越想越离谱，到最后已经开始脑补有专门冲着苏延来的歹徒登堂入室，是为了他的钱，还是为了他的人？

洛棠恨不得飞到他家，催促司机道：“陈叔、陈叔，再快点儿！”

两家离得太远，好在上午十点多不是高峰期，最后花了二十分钟终于到了苏延家所在的小区。

洛棠一路飞奔，轻车熟路地找到苏延的家，输入密码的时候手都在抖。她的手机屏幕就是按好的 110，要是万一有什么事儿，她就——

门开之后，洛棠被扑面而来的酒香给弄蒙了。

走到玄关处，手带上门，她不敢置信地看着眼前的场景。

一地的空瓶。红酒、啤酒，还都是有名有姓不一样的牌子。

洛棠鞋都忘记换，她往里走了没两步，就看到了房子的主人。

苏延身上不是昨天见面时穿的衣服，他换了件黑色上衣，领子特别宽松，有些歪，明晃晃地露出里面的锁骨。他坐在地板上，坐在一堆酒瓶里，人靠在沙发上，一条长腿伸直，另一条曲起，手搭在膝盖，白皙的手指和深色的红酒瓶形成鲜明对比。

这个场面有种很特别的冲击感，而他作为这幅画面的中心，性感到令人窒息。

他像是才意识到她这个外来者，缓慢地抬头，“啊”了一声。

苏延定定地看了她一会儿，眼神迷离，勾着唇笑了：“你来了啊！”

是喝过很多酒之后的那种嗓音，不复清冽，是一点儿都不苏神的嗓音。

这画面看得洛棠腿都有点儿软了。一瞬间，她心里飙过一句李意教过她的地道法语脏话。

呜呜呜！这是什么美人饮酒图！这谁扛得住啊？！

她脚下生根了一样走不动，眼睛也黏在他身上。

洛棠看着苏延把手里的酒瓶放在地上立好，单手撑着沙发站起来，虽然很慢，但还是稳当的。他站着缓了缓，而后迈着长腿走到她面前，就近了看，那双浅色的眼瞳里醉意更加明显。

“你……”洛棠不知道他这个状态维持多久了，保持好理智才开口问，“你睡觉了吗？”

他秒回：“没有。”

想想也是，怎么可能大早上爬起来喝酒呢？

而且他酒量那么好，喝一会儿哪能喝成这样。

洛棠没想好下一句该怎么说，苏延又道：“我不能睡觉。”

她一愣：“为什么？”

“因为不能闭眼。”

洛棠满头问号：“为什么不能闭眼？”

苏延蹙了蹙眉：“会做梦。”

洛棠不敢相信他的逻辑，因为不能睡觉也不想做梦，所以就喝成这样？

洛棠又问："所以你就喝酒？"

"不是。"他摇头，"喝酒，是因为我想醉。"苏延又笑了笑，往前走了一步，微微俯身凑近她说："我不喝醉，怎么会看到你？"

洛棠的理智被这句话彻底震没，对于他做梦的疑问也被这句话给彻底拍飞，她整个人像是飘在云端，盯着他白皙俊美的脸，心里的小鹿们通通撞死。

她承受不住这种铺天盖地的荷尔蒙攻击，红着脸往后退了一步："苏延，你怎么喝醉了之后突然这样……"

苏延也跟着她向前走了一步，挑眉："哪样？"

"就是，突然变得……"洛棠咬了咬嘴唇，不知道该怎么说，"……跟平时很不一样的感觉。"

于是，跟平时很不一样的苏神又眯着眼笑得倾倒众生："哦，是吗？"

话音刚落，他突然一把拉起她的手往门口的方向走，洛棠跟在他身后一头雾水。

他这是喝了酒喜怒无常，突然不高兴想把她赶出家门？

结果她还没来得及问，苏延在门口处停住脚步。他两手扶着她的肩膀，洛棠还没反应过来，他直接一个快速的位置调换，把她整个人往后一推，摁在了门上。

洛棠瞪大眼，这回心里边的脏话都飙不出来，她完全没有空余的时间去想，背后抵着冰凉的门，下巴被他用手指很轻地抬起，她鼻端萦绕着他周身的气息。

苏延突然很玩味地轻笑一声，笑得她耳朵都有点儿麻。因为喝酒而色泽红润的唇弯弯的，狭长眼角弯出一道小钩子。他刻意压低声音，性感至极："那你可能是还不够了解我。"

然后毫无预兆地俯身，以唇封缄。

周遭突然暗下来，洛棠被他抚摩着下巴，感到唇上好熟悉好柔软的触感，带着浓烈的酒香占据了她的所有感官。

此时此刻，洛棠的脑子里，再次咕嘟咕嘟地冒出一串串粉红色泡泡，在泡泡世界里有个大大的白板，写着几个大字：苏延又亲我了！

虽然是在苏延醉成这样的情况下——但这至少不是在戏里！是在真真切

切的生活里！在他家！

他，苏延，主动，亲了她。

都说酒后吐真言，那酒后的举动，可能也就刚刚好可以反映人的内心状况啊！

毕竟在拍戏的时候有了经验，洛棠也压根儿就不想反抗，很快就进入状态，睁大的眼睛非常自然地闭上了。

拍戏这么久，戏里他们接吻了三次。洛棠杀青之后，本来想着要好好规划一下自己的告白计划，没想到昨天下午杀青，现在二十四小时都没到，先是被他抱，再是被他亲……简直比拍戏的时候还要频繁。

可能人接吻次数多了，就会开始对比。

第一次在戏里接吻的时候，洛棠被他的情绪震到，没怎么注意他的动作，只觉得亲完之后嘴唇有点儿疼，还微微肿了。后来的吻又太过浅尝辄止，几乎只是贴了几秒。

而现在这个是真真正正的吻，轻柔绵长，令人着迷。

不知道过了多久，苏延突然停住动作，嘴唇稍微离开一点儿距离，人还是没动。

洛棠下意识睁开眼。

尽管是青天白日，但玄关这儿本来就黑，这个姿势下，所有的光都被他的身体挡住，洛棠看不清他的脸，但能听到他微沉的呼吸。

苏延没说话，站了一会儿，突然把扶着她肩膀的手移到她腰上。洛棠随着他的力道，整个人离开了背后的门，就着这个环抱的姿势，他再度吻了下来。

洛棠觉得自己快要爆炸了——啊啊啊！天哪！！谁来救救她？！！

她心里真的是炸开了一朵又一朵的“苏延 521”字形烟花好吗！！！

喝醉的苏延真是！帅爆了！啊啊啊！

而且，他喝醉了之后不光是行走的荷尔蒙，吻技好像还变得特别好？

洛棠记得前几次，他们就是唇对唇，贴一贴、蹭一蹭，她其实因为太紧张都没怎么回应过——她一个没接过吻的人也不知道怎么回应。而这回的两次，洛棠明显感觉到苏延的技术比当时要好，带节奏一等一的厉害，她完完全全并且心甘情愿地被他牵着鼻子走。

苏延的嘴唇软到不可思议，亲起来特别舒服。吻着吻着，洛棠突然感到他的唇微微张开，除了嘴唇，还有什么不一样的触感。

他似乎是伸出舌头，舔了一下她的唇？！

她整个人从被他舔舐过的那一小块儿嘴唇开始发麻，浑身一颤，条件反射一般地偏过头，躲开了他想要继续的动作。

苏延轻笑的声音在她头顶响起："累了？"

洛棠羞红着脸，实在是缓不过来，没说话，他也十分有耐心地等着她。

就这么过了几分钟，她觉得两人再这么站在这儿也不是个办法。

苏延实在是喝了太多的酒，洛棠又是亲又是闻的，但她觉得酒量只有一汪水的自己都快醉了。虽然酒精让苏神变身成了苏撩撩，但毕竟还是伤身体的，得让他先醒醒酒。

"苏延，你……要不要吃点儿东西呀？"洛棠总算找到了好理由，"你喝了这么多酒，不吃东西会胃疼吧？"

他连睫毛都没动一下："没感觉。"

"你多久没睡觉了？"

"昨天开始。"

洛棠微微皱眉，虽然极其不满，但是总不能训一个醉鬼。她好脾气地跟他商量："那你先上楼睡一觉，好不好呀？"

苏延盯着她看了一会儿，瞳仁颜色浅，眼神却格外深邃："你要走？"

"嗯？我不走。"洛棠摇摇头，尝试着用像哄小孩儿的那种语气说，"我就在这里陪着你，你先上楼睡一下，等你醒酒了，我们就去吃饭，好吗？"

苏延突然没再用刚才那种眼神看着她。

洛棠误打误撞，喝醉的苏延很吃这一套哄人的招数，他一瞬间变得特别乖，还对着她弯唇笑了一下："好，那你在这儿等我。"

可能是她说的内容对他而言十分有吸引力，苏延答应之后，立刻身体力行地转过身，当即就要上楼去睡觉。

洛棠本来担心他会不会摔倒，还在他身后尾随着。结果没想到，他不光走得稳，还很快，还能一步迈两个台阶！她甚至都追不上！

洛棠最后紧赶慢赶小跑着到他的房间门口时，苏延正准备关门，他似乎是没注意到她一直跟在他身后，对视的一瞬，微微愣了一下。

"你跟上来干什么？"洛棠没来得及回答，他又说，"我会睡觉的。"

洛棠"嗯"了一声，对他一笑："那你睡吧，我下楼等你。"

说完之后，她转身，谁知一步都还没迈出去，手腕却突然被扯住了。

回过头的时候，恰好对上苏延的眼睛。他的表情十分郑重其事，像是在跟她谈论什么人生大事："你会在下面等我，对吧？"尾音是隐隐的不确定。

洛棠生平第一次，觉得自己的心都要化了。她稍微踮了一下脚，抬起胳膊够到他的发顶，很轻很轻地揉了两下他的头发，而后弯着眼睛对他承诺："嗯，我会的呀！"

突然变乖的苏延，就这么被她哄着乖乖去睡觉了。

摸了他头发的洛棠下楼都下得魂不守舍。她走到玄关处把鞋子换了，回到沙发上坐好，拿过来一个抱枕，双手开始拼命地揉捏敲打这个无辜的抱枕。

啊啊啊！他刚才是对着她在撒娇吗？！！

洛棠猛地把头埋在抱枕里，深呼吸，再深呼吸——没用啊！

她满腔热血快要把血管弄爆掉了。洛棠在白"皇后"的教导下，一直非常擅长把自己包装成一个标准名媛，不光会装，而且她从小到大装得那叫一个登峰造极，是装中的翘楚。

但这些一遇到苏延就全部失效了。

洛棠就这么干坐着等，等自己的心跳不再剧烈后，她冷静下来，突然觉得茅塞顿开。

要什么形式呢？找什么证据呢？这还不是最好的证据吗？？不喜欢能亲成这样？把她往死里亲？？？

毕竟是昨晚刚刚聊过感情计划的人，她缓过神来，打了个电话给周纤。那边接通后，洛棠迫不及待道："宝贝儿！我可能几小时——或者十几小时之后，就要跟苏延告白了！"

那边沉默了好几秒才开口："啊？今天？现在？"

"是啊、是啊！"洛棠大概给她讲述了一下自己起床之后经历的一系列魔幻事件，而后斩钉截铁道，"你说他是不是喜欢我？肯定是吧！不是的话怎么会这样呢？"

周纤也说她分析得没错。

洛棠继续道："那我一会儿等他醒了，就跟他讲，你觉得行吗？"

周纤给她的回应跟昨晚差不多："嗯，你放心，肯定行。"

平常保守型的闺蜜给的肯定句更能稳定人心。所以洛棠给周纤打完电话，心态变得特别平和，之前又是惊又是喜，神经突然松懈下来，居然就这么靠着沙发睡过去了。

她迷迷糊糊醒来的时候，一眼就看到了熟悉的身影。

——正是刚刚出现在她梦里的主角。

洛棠视线扫到苏延，大脑一下子清醒，立马坐起身来穿好拖鞋，抬头问："苏延，你醒了？"

也不知道现在是几点，但落地窗还是大亮着，苏延背着光坐在她旁边，桌上有两杯水。

他点点头："嗯。"

音色还是有点儿哑，但能明显看得出，这人不是之前那个苏撩撩和苏娇娇了。

这人已经醒了酒。

洛棠虽然有一肚子话准备说，刚才睡前也搜了不少告白金句，但此时此刻，她还是很怕，很紧张，很担心。

洛棠超级担心——他会用跟她当初一样的借口！说自己断片，然后道个歉，一了百了！

这做法真的太㞞了！真的不可取！她现在真是无比唾弃当时的自己！！！

所以……苏延他会不会真的也会说自己断片……

洛棠又跟他对视了几秒，咬了咬牙，还是决定按照开场白来。她想了很久，一直想到睡过去才想好的开场白就是——

"苏延，"洛棠紧张得不行，手心都开始出汗，硬着头皮说完，"你还记得你喝醉的时候对我做了什么吗？"

这话虽然有点儿像是某种小说里男女主第一章酒后那啥后女主说的台词，但是她想来想去，真的没什么更好的点子了。

洛棠捏着自己身上盖着的毯子，看着坐在另一侧的人。他整个人背着光，轮廓依旧好看到不行。

苏延点头："嗯，记得。"他喝了口水，洛棠盯着他上下滑动的喉结，而后看他启唇，表情很淡地陈述着，“我亲了你。”

洛棠脑子一热，她也不知道为什么，顺势就接了一句：“对，没错，你亲了我。”

“而且你还亲了两次。”她伸手比了个“二”。

他还是点头，供认不讳，完全没有抵赖的意思：“对，两次。”

这两句干脆利落的承认把洛棠的节奏打乱了。

洛棠没想好下一步该说什么，苏延却先她一步开口，语气一本正经：“我可以向你道歉。”

她整个人都呆了一下。

道歉？道歉的意思是，他觉得喝酒之后亲了她，是在冒犯她，所以要道歉吗？

洛棠回味过来的一瞬间，心里翻江倒海般的失望差点儿将她淹没。她都完全不记得自己睡前想好的作战计划和顺序了，满脑子都是他那句道歉。

道什么歉啊，他还不如说自己断片了呢……

这还怎么聊啊？他这么说，她这个白完全告不下去了好吧……

生无可恋，心如死灰。

她大脑一片灰的时候，苏延突然起身，迈着长腿往她这边走了两步，径直挨着她坐下。

他像是洗了澡，身上的酒味基本消失了，有股很淡的香味，清新又好闻。

洛棠余光扫到他的手抬起，朝着自己的方向伸过来，她感受到他微凉的指尖触碰在她的脸颊边，帮她把一缕头发别到耳后，又很自然地收手。

他微哑的声音很轻，却很清晰地在耳边环绕：“如果你愿意，我也可以负责。”

洛棠一愣，她骤然回头，睁大眼睛看着他的脸，声音不自觉地有些抖：“……什么负责？”

“就是——”苏延逆着光，拖着长腔，笑得格外好看。

下一秒，他凑过来亲了一下她的侧脸，弯着唇说：“男女朋友的那种负责。”

——男女朋友的那种负责……

洛棠大脑完全罢工。

苏延说出这句话之后，她脑海里就开始放烟花，烟花的杂音里，还有一道声音在说：苏延说要对你负责，苏延要跟你做男女朋友，苏延要对你负责，苏延要……

循环往复。

洛棠一直看着苏延的面部表情，眼睛都睁酸了，不管怎么看，他的笑依然是无可挑剔，自然而然，一点儿奇怪的地方都没有。

他不可能开玩笑，苏延不是爱开玩笑的人，尤其是这样的事，他更不可能随口开玩笑。

"苏延……"

苏延："嗯。"

他看着小姑娘瞪着他，憋了又憋，直到脸上都微微泛红的时候，才突然蹦出一句话来："你现在……是清醒的吗？"

苏延失笑，对着她疑惑的眼神，他忍不住又伸手揉了揉她已经很乱的头发："对，清醒的。"顿了顿，又加了一句，"不放心的话，你可以考我英文单词让我背。"

洛棠立刻摆手："不用、不用、不用！"考什么英文单词，太煞风景了。

她几乎是一秒都没有停顿地给了之前的回应，清脆的声音回荡在客厅："那你就负责吧！真的！我觉得你这样的态度非常好！亲了女孩子就是要负责的！"

苏延看着她激动地发言，还是笑："嗯。"

"那我们现在就是开始……"

洛棠说出后面那几个字，都觉得心脏要炸开一样的激动："谈恋爱了吗？"

苏延点头："嗯。"

洛棠内心刷过一阵疯狂的"啊啊啊"弹幕。

她定神三秒钟，又问："那你是……我男朋友了吗？"

"嗯。"

"你是我的了。"

"嗯。"

"苏延是我男朋友啦！"

"对，他是。"

洛棠实在是憋不住了，一秒破功，她咬着嘴唇，试探着伸手，向着他的方向，小声说："那我想……抱抱。"

看得出来，小姑娘想要表现出很淡定的样子，但她大眼睛里明晃晃的笑意完全遮掩不住。

小心翼翼又志在必得的样子格外可爱。

两人本来就离得很近，苏延垂了垂眼，看到她正在向他探过来的手，她的手腕白皙纤细，没有戴首饰，腕骨很好看。他一下子拉过她两只手腕，把人拉到怀里圈住，低头吻了一下她的发顶："嗯，抱抱。"

洛棠猝不及防，脸埋在他胸腔前，他说话的时候，震得她耳朵一阵酥麻。

随后就是他那一吻。

洛棠闭上眼，内心疯狂尖叫。幸亏昨晚洗头了！原来苏延喜欢亲她的发顶吗？那以后不管多懒多累，她都要天天洗头！

他的手圈在她的后背和腰间，没有之前在影城那次那么紧，洛棠也圈住他的腰，深吸一口气，正准备说话——

"咕——"她的肚子，非常给力而应景地叫了一声。

不是很大，但在两人都没说话的时候，就显得格外清晰而聒噪。

头顶似乎传来一声轻笑。

虽然他笑得很苏很好听，但洛棠几乎是立刻就体会到了什么叫作"恼羞成怒"。

可是他们才刚恋爱几分钟，她不能表现出怒。

洛棠早饭都没吃就来了他家，也没吃午饭，更不知道现在几点，饿是一定的。

但苏延不应该更饿吗？

洛棠疑惑："你不饿吗？你是不是趁我睡着偷偷吃东西了？"

"……没有偷吃。"

"那为什么你的肚子不叫？"洛棠埋怨，"只有我自己的叫，就很尴尬嘛……"

苏延说："可能它比较给我面子。"他声音里还是有很明显的笑意。

他居然还在笑！

因为这点儿笑意，洛棠刚才在他面前丢人生出的那点儿恼羞彻底转化为怒："那你的肚子肯定也会叫的，不能就我自己的叫！它要是不叫，今天我们就不吃了！”

苏延身上一顿，对着她这样的话居然还在笑：“好，不吃了。”

洛棠一愣。

“饿死在这儿吧！”

“……”

洛棠的怒意没有延续多久，毕竟苏延之前还喝了那么多酒，他肯定比她这个肚子叫的人更需要进食。

饿死当然是不能饿死的。开玩笑！她才刚得到苏延，美好的人生才刚刚开始，她还没睡到他，她也没对这全世界宣告这段旷世奇恋，怎么可能这么轻易地去死？她从此都会变得比以前更惜命！

而且她发现，苏延是真的没有说谎，他在她睡着的时候，把之前一片狼藉的客厅都收拾好了，一个酒瓶都没了，空气中只剩下一点点酒的余香。

苏延这身份不方便出门，洛棠本来想要再次大展身手一番，却被苏延给拒绝了：“我做，你等着，很快就好。”

于是她就坐在厨房外面的椅子上看着他的背影。

上次他生病，她也是在这儿坐着看他的背影，还非常不要脸地偷拍了几十张照片。

苏延之前应该是洗过澡，不光身上没了酒气，香喷喷的，而且衣服都换了，一身黑，很酷很好看。

洛棠看着看着，又想偷拍。她拿出手机对准他的背影的那一霎，突然就有些疑惑。

嗯？为什么呢？为什么还要做这种偷鸡摸狗的事情呢？她现在都是苏延亲口承认的女朋友了！怎么还做偷拍背影这种卑微的事情呢？

直接上啊！！

洛棠当即把手机放到桌子上，嗒嗒嗒跑到苏延身后，一把伸手从后面搂住他的腰。

苏延浑身一僵，一秒后又放松。他看了眼身前交叠的手，感受着背后小姑娘的身形，忍不住笑了：“你怎么了？”

“嘻嘻，”她贼笑，声音又软又甜，黏糊糊的，“想抱抱。”

苏延摁了几个按钮，而后移动到洗手台洗手，全程身后都粘着一块名为洛棠的人形牛皮糖。这块牛皮糖还特别能捣乱，手安顿了一会儿，就开始左捏捏右揉揉，还不断地絮叨。

“哇，你身材好好呀……”

“其实我一直好奇你为什么高二到现在能长这么高，太不公平了吧！你看我都没怎么长个儿……

“你平常有时间健身吗？为什么有腹肌呀？”

“哇……好好摸……”

他不知道怎么答，而她好像也不需要他给什么回应，贴在他后背上叽叽喳喳的，自得其乐。原本很空旷的房子，因为多了一个人变得截然不同。

苏延洗完手，擦干净，第一件事就是把她放在腰间乱摸乱动的手捉住，而后回过身把她的手抬起来扣在一起。

洛棠看着他一手抓着自己的两只手，像是给戴了镣铐的样子，有些纳闷地抬头看他：“……这是什么特殊造型吗？”

苏延平复了一下情绪，扯了扯唇角提醒她：“这是我家。”

洛棠点头：“我知道呀！”

“你敢这么乱摸，”他突然笑得很坏，很意味深长，像是在逗小姑娘，“不怕发生点儿什么？”

洛棠脑子空白了一瞬，下意识接嘴：“当然不怕。”

苏延闭了闭眼，叹气：“你知不知道你在说什么……”

洛棠刚说完“当然不怕”这四个字，就意识到了。她脸烧得好热，理智告诉她应该要转移话题，可心里却更想黏着他。

苏延一睁眼，就看见小姑娘变粉的脸颊，她身上的裙子也是浅粉的，柔顺的长发已经整理过了，杏眼亮晶晶的：“我还想抱抱。”

他回头看了一眼正在煮粥的锅，对她说：“还有二十分钟，先出去等。”

洛棠“哦”了一声，心不甘情不愿地尾随他走到客厅，在沙发上坐下。

还没坐稳三秒钟，苏延伸过来一只手，突然一把搂过她的腰，洛棠感到自己经历了两秒的失重，回过神来的时候，发现她被抱到了——他的腿上。

洛棠的手下意识放在他的肩上，愣愣地看着他近在咫尺的眉眼。

苏延对着她眨了一下眼，睫毛纤长卷翘，眼底笑意弥漫：“这样抱，满意吗？”

暴击！

美颜和动作的双重暴击！

洛棠觉得自己简直要呼吸不畅了。

她胡乱点点头以示自己的满意程度，然后搂着他的肩，脸一下子埋在他颈窝里，贴着他凉凉的皮肤给自己降温。

要命了！跟他谈恋爱真是要了她的命了！

好在苏撩撩也没再说什么或者做什么撩拨她的事儿，就这么安安静静地窝了一会儿。洛棠蓦地回忆起自己上次在他家的时候也是他下厨，而她只是想要煎个蛋，还远程咨询了程橙，结果把他的锅都搞煳了。

上次那件事并没有给她什么启发，而今不同以往——洛棠突然觉得自己身为他的女朋友，这样不太对。她不应该什么都不会，至少要满足他的胃呀！

洛棠一下子从他肩上抬起头："苏延。"

"嗯？"

"我决定了。"她很认真地说，"我会学做饭，等我回去学会了，下次换我来做给你吃呀！"

苏延的手正在把玩她的一缕长发，闻言动作一顿。他沉默几秒，之后说："你记不记得，宋景之和琴落大婚之后，琴落要下厨，被宋景之拒绝那场戏。"

洛棠稍微想了一下就点头："记得。"跟他有关的戏，她当然都记得。

洛棠不知道他为什么突然提起这个："那场戏怎么啦？"

苏延继续摸她的长发，笑了一下："我想说的话，跟宋景之一样。"

洛棠突然感到腰被他搂住，愣了："啊？"

"你什么都不用做，"苏延凑近她，眼尾有浅浅的弧度，极富磁性的声音像是能蛊惑人心，"只要当我的小公主就可以了。"

在《御剑行》里，少年宋景之的确是个情话大王，洛棠记得当时拍戏的时候苏延对她说了这句话，她都好一阵激动。更别提现在，苏延在这种时候说出这种话来。

洛棠都不敢看他太久，更别提撩回去，她直接又把脸给埋回去了，苏延还伸手在她后背上拍了拍。

她抱着他，坐在他腿上，很认真地思考人生。

以后都要这样生活吗？只是跟他对视就会想往他身上黏吗？他对她说一句情话，她就要哼哧哼哧像是心脏病发作一样，脸红成猴屁股，然后躲进他怀里吗？

如果真的要这样的话——为什么这生活听起来是如此该死的甜美呢？

二十分钟在腻腻歪歪的过程里过得很快，苏延今晚也没做什么很丰盛的饭菜，理由是他们两个都太久没吃东西，吃荤腥不太合适。

洛棠觉得都无所谓，他做的，那必然是天下第一好吃。

吃饭的时候，洛棠开始惆怅两人在一起的时间总是不太对。

“你看我都杀青了，你一整天都要在剧组，我都没办法跟你见面。”她愤愤地喝了口粥，“我要是还在剧组，就能天天见到你了，唉……我还是杀青太早了。”

“不早。”苏延说。

洛棠看他：“嗯？”

他慢条斯理地搅着碗里的米粒，在这样温馨的氛围下，他的声音显得特别温柔：“你不是之前，对我加戏很不满吗？”

洛棠愣了一下：“你说我骂你臭流氓那次？”

苏延没答，但表情显而易见。

洛棠有点儿不好意思地清清嗓子，随后又觉得不对劲儿，底气十足：“可是我总是情绪外露嘛！你倒是好，害我被闻导训！我当然要骂你！”

苏延笑了一下：“嗯，骂得对。”

洛棠扬着下巴哼了一声。

“那时候我们不是现在这样的关系，你连那种程度都受不住，”苏延好整以暇地看着她，“你猜猜，要是你现在再跟我拍对手戏，我要加多少戏？”

洛棠默默地脑补了一下两人接吻十分钟的场景，还有闻越山暴跳如雷的画面。她再次清了清嗓子：“嗯……你说得很有道理。”

苏延的尾音一直微微往上挑，跟他正常说话的时候不一样，洛棠忍不住吐槽：“没想到你谈恋爱是这样的。”

“哪样？”

“就是……”洛棠想说“变得好撩”，但是又不想这么直白地夸他，于是换了个说法，“感觉你突然变得特别喜欢逗我。”

苏延没有否认，他唇边弧度更大了，拖着长腔“哦”了一声：“你不喜欢？”

洛棠跟他对视，承受不住高压电力，默默认输了：“……喜欢。”

简直，喜欢死了。

吃完饭已经快八点了。

洛棠大概算了算时间，两人四点那会儿进行了里程碑一样的一番对话，而后被她给一通捣乱，以至于苏延饭也没怎么好好做，黏黏糊糊了将近四个小时。

最可怕的是什么呢？这四个小时，她觉得明明好像只过去了四十分钟，并且在苏延提出要送她回家的时候，她内心有十二万分的不愿意。

“我手机关机了，”洛棠摇了摇已经黑屏的手机，“你要不要先让我充十分钟电，我给我哥打个电话再走，估计他应该有找过我。”

八点了，她的手机估计要被洛舟打爆了。不过除了洛舟，倒是应该没谁——

洛棠脑子里过了一遍可能会联系她的人，突然想到了一个人，直接叫出声：“啊！”

苏延刚拿出充电器，听到声音后立刻朝她走过来：“怎么了？”

“我……”洛棠咽了咽口水，“我居然把小王给忘了！我来你家是因为王林找不到你人，他有事儿不在C市，所以才拜托我——”

“嗯，没事。”苏延很淡定地道，“之前你睡觉的时候，我已经给他打过电话了。”

“哦，那就好那就好。”洛棠点点头，但还是挺过意不去的，等手机开了机就立刻发了条短信给王林说明原因外加道歉。

毕竟要不是他，她今天就不会来，也自然就不会发生后面那一串的事儿。

王林可是恩人！

洛棠给王林道歉之后，给来电十几次的“太子殿下”回了电话，接受了一顿批评，而后又一次坐上了苏延的炫酷超跑小黑。她现在也十分放得开了，一直都在讲话，中间苏延还给她拿了瓶水让她润嗓子。

到了仙碧大门，洛棠想要像之前几次一样用“人太多你不能下车”这样的理由来制止苏延给她开车门的举动。但今天，他不光下车给她开车门，还把她摁在车门上，给了她一个晚安吻。

虽然只是一个很轻的吻，洛棠却觉得额头被他亲过的地方都要烧起来了。

她抿了抿唇，小声说：“我明天去接你下班好不好呀？”

苏延点头：“好。”

“那我回家啦，你路上小心，快进车里，别被人拍到。”洛棠正准备挣脱他的手臂，没想到又被一把抓回来摁回去。

洛棠疑惑：“怎么了？”

“你没忘了什么东西吗？”

“……什么东西？”

洛棠还没转过弯儿来，面前的人突然抬手点了点她的额头，他刚才亲过的那块地方。

她一下子就懂了。

呜呜呜，被苏神在线索吻！我还活着真是万幸！

洛棠内心激动了一波，踮起脚准备给他这个吻，结果苏神却直挺挺地站着，她完全够不到他的额头。

长得高了不起吗？！

她有些恼火地直接伸手，勾住他的后颈往下拉，嘴唇印上去，泄愤一般，特别特别响亮地在他脑门上“啵”了一声。

苏延本来只是想逗逗她，也是真不想让她那么快走，但这一声巨响还是让他愣了一瞬。

谁知，下一秒，她的唇瓣往下移，软软地贴在了他的左眼上。

亲完，小姑娘像是在跟他保证，眼睛一眨不眨地看着他：“我都给了晚安吻，所以你今晚肯定不会再做噩梦啦！”

苏延想到，做梦似乎是自己在醉后无意识地回答过她的话，她居然记到现在。

心头有太多情绪交杂，他甚至不知道自己最想对她说什么。半晌，他终只是笑着“嗯”了一声。

立志做一个好女友的洛棠严格遵守自己要接男朋友下班的诺言。

确认关系的第二天，一大早，洛棠就发了微信给苏延问他几点下班，两人协商过后，定了六点。

然而一整个白天过去，下午五点，苏延又收到她的消息。

洛棠："苏延，我突然有事要跟我爸他们出去，呜呜呜，今晚先不去找你啦！明天见！"

那会儿苏延刚好也要给洛棠发消息，今天因为之前道具出了点儿问题，没能按时完成拍摄任务，要晚一点儿下班，他怕她等太久，没想到她刚好有事。

苏延回复她一个"好"。

等到收工后，晚上七点，洛棠又发来消息："苏延，你下班了吗？"

刚走到别门附近，苏延正回复她的消息，把"刚结束"三个字打完，还没来得及点发送，余光扫到阴影处突然冲过来一道身影。他下意识想要躲开的时候，不知道为什么，大脑却闪过另外一个想法。

苏延立在原地没动，那人身形小小的，速度倒是快，炸弹一样砸进他怀里，带着不小的冲击力和很熟悉、很有辨识度的香气。他抱着她的身子，不等"炸弹"自报家门，忍不住笑出来："不是不来了吗？"

"我骗你的嘛！"小姑娘在他怀里乖乖的，声音软软的，"我这么想你，当然要来啦！"

"你今天真慢，说好的六点左右呢？"她撇撇嘴，"我在这儿也不敢离开，就怕错过你出来，腿都蹲麻了！"

很多话哽在喉口，苏延顿了顿，最后只说了一句："嗯，那我下次快点儿。"

洛棠从他怀里挣脱出去，拉着他的手笑："苏延，你女朋友来接你下班啦，开心吗？"

何止开心，胸腔里的某些情绪满得像是要溢出来了。

他点头："嗯。"

洛棠摇头晃脑："你知道一个词叫'欲扬先抑'吧？"

"我故意让你以为我先走了，然后再突然出现，这样应该会惊喜加倍呀！"洛棠一边说一边观察他的脸色，堪称毫无波澜。她停下自己的扬扬自得，皱了皱鼻子，突然不满："但你看起来为什么超淡定，一点儿都不开心啊……"

苏延听到她的话，眉梢微动。

洛棠像是抓到把柄一样指着他："你看你看！我都这么说了，你都不给我回应！这么冷淡，你就是不开心！"

苏延无奈，摁着她不让她乱动：“没有不开心。”

“骗人！”洛棠还来劲了，“反正你就只会说，我不信。”

她彻底扭出他的怀抱，又看了一眼这张俊脸——轮廓深邃，垂着眼的时候睫毛打下一圈阴影，怎么看怎么帅。

但是——明明就是满脸都写着冷漠啊！

毕竟也是演过两部戏的人了，洛棠装模作样、绘声绘色地抱怨：“我在这儿蹲了这么久，你就这反应，你变了，你不是昨天那个苏延了，新鲜感一过你就又开始冷淡了，现在这才第二天，可能明天你就……”

苏延看着小姑娘一边说一边拿眼风瞄他的样子，蓦地想起昨晚在别墅区外，她亲了他眼睛的时候。

虽然这个点儿没什么人，但在路中间也太显眼了。

苏延一把把絮絮叨叨的人给带到旁边的墙角，没等她惊呼，先一步道：“那你亲自感受一下吧！”

洛棠“唰”地睁大眼睛，她还没反应过来这个场景的转换，面前的人就不由分说地压下来，直接堵住了她想要张开说话的嘴唇。她感到他在舔舐她的唇缝，一点一点，格外细致，嘴唇软，舌尖也软……洛棠被亲得大脑一片空白，到最后整个人都软在了他身上，没骨头一样被他搂着。

不知道过了多久，亲了多少次。她迷迷糊糊的，眼睛都没睁开，就听到苏延极为性感的喘息声在耳边响起：“感受到了？我开不开心？嗯？”

苏延的语气里颇有几分“你再说一次不开心，我就亲到你承认开心为止”的意思。

“……开心。”洛棠气若游丝，翻着白眼，“我感受到了，你快开心死了，真的……”

眩晕感还没过去，她听到头顶传来低低的轻笑。

她敢说不开心吗？这是要亲死她的节奏啊！

洛棠是真的腿软，也不想说太多话，更不想跟他作妖了，就这么靠着他听着外面偶尔经过的脚步声，恢复体力。

这还是她第一次觉得接吻也是件很累的事情。

过了会儿，洛棠直起身来抬头看他。

苏延拍过不少时尚杂志封面，他实在是上镜，一米八五的身高，比例极好，天生的衣服架子，脸长得本就完美，随便化个什么妆，只是加个滤镜，他那张没任何表情的脸拍出来都跟雕塑一样好看。他曾经被著名时尚杂志主编评价为“最诱惑的冷淡禁欲风男神”，很突兀的几个词，含义甚至相反，但是放在他身上，一点儿都不让人奇怪。

再加上他拍戏风格跟诸多长相出色的年轻男明星大相径庭，他不近女色的传闻所有人都知道，所以更是坐实了“冷淡禁欲风”的称号。

但此时此刻……

进行过激烈接吻的苏神却像是没事人一样，跟她的激烈反应完全不同。更确切地说，他像是刚刚饱餐了一顿，眼角眉梢都透露着餍足的神色。

洛棠现在简直想给他拍个照发给当初那个主编，再把自己可能已经肿起来的嘴唇也一同发过去。

苏延伸手拉着她的手把玩，修长的指捏来捏去的，倒是很舒服。

洛棠注意力被拉回来，听到他问：“休息好了？”

“……嗯。”

他笑了一下：“你怎么来的？”

“司机送我呀，不然还能怎么来？”

“不是来接我吗？”苏延挑了挑眉，“我以为你会自己开车。”

洛棠忘了这茬儿，他说的好像没错啊，接人下班哪有不亲自开车来的？总不能接完了两人分坐两辆车回家吧？

“啊……”洛棠有点窘，“我当时就觉得，我人到了就行。”

苏延失笑，抬手捏了捏她的脸：“嗯，你说得对。”

两人所在的空间狭小，他的声音染上夜色，显得格外诱人。洛棠觉得她像是被下了蛊，他是控制着她的人，一举一动都能牵扯她的情绪。

给她下蛊的人又开口了：“今天片场聊天的时候，闻导跟我夸了你。”

洛棠有些惊讶：“嗯？闻导夸我什么了？”闻越山可从来没当着她的面夸过她！除了训就是训！

苏延简短地回忆了一下，闻越山的原话是——

“苏延，我其实没怎么看好过新生代这些小花，有时候想找个爱情题材的剧本来试试，但一想到女主选角我就觉得没劲。”聊了两句，闻越山又说，“我这次倒觉得咱们剧组这个洛小棠还不错，有灵气，演公主的时候带点儿那股劲。别的类型暂时看不出来，目前我觉得她至少能把傻白甜一类的女主给演活。”

傻白甜估计她不会想听，苏延忽略了他最后那个具体化的形容词，直接夸：“他说，你拍戏很有灵气。”

闻越山夸人实在是不容易，他夸过的那些演员现在没有一个不是大咖的，洛棠就算没有往这方面深造的欲望，得到了这样重量级的肯定，也忍不住心潮澎湃。

而且她男朋友这么厉害，她这也算是没给他丢脸啊！

洛棠眼睛一亮：“真的吗？他从来不跟我说好话的，我还以为他觉得我特别菜呢！”

“苏延，说实话，他夸我的时候，你是不是心里特别骄傲？”不等他答，洛棠稍微歪着头，“就，‘嗯，我喜欢的小仙女也太优秀了吧’这种心理，是不是呀？”

她模仿他的内心时用的是刻意扮粗的声线，跟她原本的声音其实差不了太多，反而特别引人发笑。

苏延笑着点头：“嗯，是。”

小仙女一脸得意，一副“我就知道”的样子。

“对了！”一提到闻越山，洛棠突然想到，“我刚才就准备告诉你来着，以后我要为了你给剧组当免费工了。”

“什么免费工？”

“就是我上午那会儿打电话给闻导，问他需不需要我再帮剧组直播，他说我来可以，但没有工资。”

闻越山当时就嘲笑她：“你这哪是想来帮我，你这是来看苏延，别以为我不知道。”

洛棠当然不会转述这句话，仰头对着他弯眼睛笑：“反正你后天又会在剧组看到我啦！一整天呢，开心吗？”

苏延点头，拉着她的手说：“开心。”

熟悉的问题，熟悉的回答，几分钟前好像刚刚上演过。

晚风吹过，两人莫名其妙地沉默了三秒。

苏延突然勾了勾唇角，笑得格外诱人：“这次我说开心，怎么不质疑我撒谎了？”

洛棠：“……不了不了。”我哪儿敢啊？

再让你亲一次，我顶着香肠嘴回家吗？

回家之后，洛棠好好规划了一下自己最近的行程。

时装周她是一定要去的，而且可能时间不会太短，至少一周。毕竟一年两次的秀，某些环节她还是要亲自把关，她就算想提前走，李意也不可能放人。

但是在去巴黎之前还有半个月的时间可以和苏延甜蜜。

洛棠以前也因为苏延而期待着天天去剧组上班，期待着跟苏延的每一场对手戏，但她从来没有像现在这样不淡定过。

不淡定到只要想到“苏延是她的”这几个字，她就觉得幸福到发昏，恨不得对全世界大喊一通。

苏延周五晚离开剧组后还有通告，所以自接他下班那天起两人就没再见面。虽然睡觉前会打视频电话，但还是太想见到本人了。于是周六那天，洛棠起了个大早，她到剧组的时候，甚至比闻越山都早。

洛棠百无聊赖地等在休息室，最先来的居然是俞星颜和她那帮龙套团。

几人装模作样地惊讶道：“洛小棠，你怎么回来啦？来玩还是……”

“今天周六，我回来直播呀！”洛棠脸不红心不跳地说，“闻导让我来的。”

谁都知道她跟齐南至担任着这个任务，靠直播实在是特别吸粉，每次直播完这俩人总能被网友送上热搜，看得人简直眼红。

几个人没话说，不尴不尬地笑了两声就各自错开。

苏延说他路上堵车，大概还有十分钟到，洛棠不想跟这些人共处一室，正准备拿瓶水就出去找人聊天，身后突然传来一道疑问。

“对了星颜姐，你知不知道 Lory&Lory 这个牌子？”

洛棠都准备走了，听到这个名字，整个人顿在原地。

“这个牌子好像两三年前大火过吧？然后在国内也小火过一把，感觉好有格调的样子，我超喜欢他们家去年出的那系列立方体包，买了四五个呢，哈哈哈哈。”

L&L 是她和李意的牌名，没什么别的原因，因为她们两个的英文名刚好撞名，这个品牌名也取得很随意。

强迫症系列是她的一个突发奇想，强迫症的视觉观感有时候会很奇怪，他们出了一系列的包包，通体黑色，形状各异，比如正方体的左上角缺了一个角，右边则是完好的，诸如此类，在一部分人看来就会觉得难受。

当时强迫症系列一经推出，达到了意想不到的效果。有不少博主强迫症发作，纷纷展示了把 L&L 买回家并且糊上一个角让它对称这类操作。洛棠跟李意知道后快笑死了，疯狂给他们点赞。

总的来说，设计主旨就是“逼死强迫症”与“不对称的美感”。

俞星颜的声音传来：“嗯，我也特别喜欢这个牌子的包，我还买了几个限量版。”

扑街团小妹：“哇！是那个撞色版的吗？呜呜呜，我根本抢不到，好羡慕你啊星颜姐！”

“我搜了一下秀的时间，那个时候我应该杀青了，会再去一次巴黎。”俞星颜笑了，“不知道他们这一季的衣服和装饰都是什么主题，这个牌子每年都换主题，每一季都不一样，我好期待呀！”

L&L 首席设计师洛棠：？？？

洛棠都不知道是该笑，还是该摆出个什么表情来才好，她惊得没再往下听，水也没拿，空着手走了。

哇，她这个姐姐难道是因为从小跟她关系好，东西都用跟她相似的款式，用出感觉了吗？已经能够这么出色地辨认出她的设计，并且直接爱上她设计的东西了吗？这是什么世纪玩笑？？

洛棠腹诽了一路，途中跟剧组里熟悉的脸孔一一打过招呼，一直到直播时间到了，才勉强压下一肚子的问号。

她这次还是先把摄像头对着自己，跟直播间众人打招呼：“大家好呀，我是洛小棠。你们都知道我已经杀青啦，但是剧组在拍戏过程中的直播还是会由我和齐南至来负责。”

直播间来了几百万人，苏延刚才到了片场就去换装，洛棠走到距离她最近的闻导身边：“看！我们风流倜傥的闻导，就是闻导让我继续留在片场给你们直播！闻导舍不得我！”

闻越山哼笑了一声：“我舍不得你还是你舍不得你偶像？”

说完，继续在剧本上写写画画。

弹幕一瞬间全是附和。

“哎呀，闻导不说，我们就不知道了吗？”

“棠棠，你不要再装了，死亡剪辑事件都上热搜了。”

“老实说我也喜欢苏延，但比你差远了。”

“楼上说得对，我追苏神都不如你真情实感，追星楷模还是我棠棠啊！！！”

…………

聊不下去了。

洛棠立刻转身，顺便转移话题：“啊，那我们接下来……”

苏延的戏在第一场。

宋景之打了胜仗，也升了官，但他人现在是处于颓废阶段，毕竟他的公主去找他，结果死在边疆，任谁遇到这种事都无法接受。

这场戏是苏延在酒肆里喝酒缅怀过去，此时他头发松散，长袍也不好好穿，但就是有一种说不出的好看，相当有魅力。

洛棠看得一阵唏嘘。她早上还没来得及跟他说话，苏延这场戏过了之后，起身四处看了看，像是在找什么，看到她的方向，他视线一顿，抬步走了过来。

洛棠心里一惊，随着苏延越走越近，弹幕已经开始嗷嗷叫了。

洛棠的镜头对着片场，她的表情大家是看不到的。苏延走过来，她拼命给苏延使眼色，手指着自己的手机，用夸张的嘴型说“我在直播”。

苏延步伐不停。

眼看着他走到镜头前了，洛棠只好硬着头皮先开口：“苏神，早上好啊！我直播呢，你跟大家打个招呼？”

“嗯，”他点头，看向镜头，“大家好。”

弹幕炸了，全是“啊啊啊啊啊”，还有“我死了”“苏神杀我”这些话。

打完招呼，洛棠还没想好再问他什么，苏延突然一个错身到了她身边，跟她并肩站着，还伸出手来一把拉住她的手。

他今天这场戏穿的是广袖长袍，袖子又长又大，能挡住洛棠一条胳膊，应该从外面看就只是觉得他们站得近了点儿。

但是她还在直播啊！干吗呢这是？！！

洛棠的所有声音都卡在喉咙里，手机也拿不稳了，转头瞪大眼睛看他。

弹幕也不是傻的，苏延凭空消失，洛小棠突然沉默，顿时炸了。

“苏延呢？？？苏神呢？？？”

“苏神，你是不是绕到镜头后面去了？你人呢？”

“好气啊，我恨不得钻出屏幕看看他们俩在干吗？”

观看直播的人数到了一千万就会在后面显示一个加号，具体人数到了几千万她也不知道。

在这么多人面前，她右手举着正在直播的手机，左手拉着被弹幕疯狂呼叫的苏神的手。

苏神的手还一直摩挲她手背上的皮肤，洛棠也不知道为什么，那半边胳膊都快麻掉了。

他们两个就像是躲在这么多人的背后偷偷亲密，太刺激了！

大概过了一分钟，洛棠很自觉地羞红了脸，挣了挣手，对他用口型道：“中午见。”

苏延身上没带手机，也不松开她的手，就在她手心上写字。他指尖很轻，触感有些痒，洛棠差点儿笑出声，但考虑到直播会录进去声音，生生憋住了。

她辨认出来，他写的是“凉亭”。

洛棠飞快地点了点头，对着他眨了眨眼示意他快走。

片场内已经准备下一场戏了，现在没人注意这边，不代表一会儿没有人注意到。

苏延笑了笑，离开之前又迅速抬手捏了一下她的脸。

他人走了，洛棠站在原地平复情绪，狠狠地深呼吸了一次，才再次对着手机开口：“那个……不好意思啊大家，嗯，没什么事，别乱猜，苏神早就去换下一场的衣服了，刚才是我走神而已啦！”

弹幕当然不信。

“这不是你给我们看了三分钟水泥地的理由！”

“苏延去哪儿了？说！！”

“你俩都没出声，是在说悄悄话吧，啊？用嘴型的那种？”

“楼上这么一说，我想了一下他俩共同独处说悄悄话的场景，好像有点儿甜啊……”

洛棠对“消失的三分钟”一直避而不答，苏延也没再来找她做类似的高危举动，一上午很快过去，她关了直播，飞快地先一步赶到离今天拍戏场地很远的凉亭。

她没在凉亭这里拍过戏，但看着风景着实很不错，有花有草还有湖。洛棠在凉亭里坐了一会儿，怎么看怎么觉得这儿很眼熟，好像是不少后宫大戏里，嫔妃们一个不孕不育的陷害另一个怀了龙胎的，把人推下去导致流产的那类湖。

洛棠觉得新奇，照了两张相。又等了一会儿，苏延还没到，程橙的消息突然从屏幕上方弹出来，她顺势点进去，是一条时间不短的语音消息。

洛棠听语音消息的时候不喜欢用听筒，因为有时候听着听着屏幕触碰到脸，一切就得从头再听，所以她都是转文字或者外放。

这会儿周围又没人，洛棠直接点了外放。

程橙那边背景声音嘈杂，声音也大，放出来跟立体回声一样。

"'公主殿下'，虽然您是我的衣食父母，但我还是要说，你的号也太多了吧？我现在忙着给你拒绝广告都快疯了。公司那边每天都疯狂问我为什么你啥广告邀约都不接，我每天都被叫去谈话，都让我来劝你。"

洛棠的号确实不少，她当时忙不过来，就给程橙分了一半。

洛棠给她发了个"OK"的表情包，打字："那我要名字好听的。"

程橙的语音又发过来，她点开。

"'苏延未来的妻子'这个行吗？我记得你不是挺喜欢的来着？你自己搞吧！"

停顿了一下，程橙突然加大了音量喊道："'苏延未来的妻子'！冲啊！！"

洛棠吓了一大跳，她缓了缓，正准备切出微信，眼前突然盖下来一片阴影。

与此同时，身前传来熟悉的清香，以及熟悉的引人犯罪的嗓音——"谁？"

洛棠缓慢地抬头看着来人，傻眼。

苏延这场戏的衣服又换成了劲装，他一手搭在她身边的凉亭圆柱上，另一只手伸过来把玩着她耳坠上的小星星，嘴角噙着笑，特别像是古时候那种吊儿郎当调戏小姑娘的少年。

"我未来的妻子？"他挑了一下眉，"是谁？"

完了完了！他到底听到了多少？只有"妻子"？这下"我要嫁苏延"是不是也藏不住了？

洛棠简直羞愤欲死。

见她不说话，这人更来劲了。

“是你？”苏延玩上瘾了，放下她的耳坠，转而用手指抬她的下巴，微微俯身。

洛棠仰头跟他对视，看着他笑得眼角弯弯，眉眼好看得惊人，简直像个妖孽。

妖孽还装模作样地点点头：“长得不错，我很满意。”

“……”

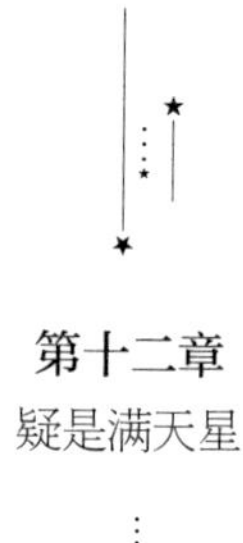

第十二章
疑是满天星

洛棠现在最想做的事就是穿越回十分钟前，她把程橙给屏蔽，然后就不会有语音消息发过来，她也不会点外放，更不会被后来的苏延听到。

尽管她现在跟苏延算是地下男女朋友关系，但他们在一起才几天？她喜欢他又喜欢了几年？完全没法比。

曾经没在一起的时候，总有些不能告诉别人的小秘密，或者那些少女心事需要有个地方来吐露。

比如在两人看完电影回去之后，她难以抒发的心情不得上去号两嗓子？又比如他整天加戏撩拨她，那还不允许她在小号激动一下了？

只不过，这件事在苏延本人面前暴露……世界上最羞耻的事莫过于此！

洛棠被他抬着下巴，眼睛盯着他看，却非常不争气地开始走神。说来也奇怪，明明她不是“颜狗”属性来着，但是对着苏延这张脸，对着他这个人，跟他多对视一会儿，她都会被他吸走一部分注意力。

——就像现在，到了这么尴尬的场面，一半的她在思考自己该怎么解释，另一半的她却在心里疯狂赞美他。

所以……该怎么解释呢？

“不好意思，这是我朋友开玩笑。”

“你也知道我是你的粉丝，这其实是我们饭圈女孩钟爱的称号。”

“你愿意搜一下微博的话，其实有千千万万的老婆在等你。”

——好像都很牵强。

洛棠抿了抿唇，试图拯救一下：“你……听到她发来的语音了？”

“嗯。”

洛棠问得很艰难：“从哪儿开始？”

苏延换了个姿势，依然是挑着她的下巴，缓缓道：“‘公主殿下’。”

洛棠一瞬间蒙了。

什么“公主殿下”？为什么突然要叫她“公主殿下”？

她蒙了：“你说什么？你这……这是什么剧本？”

苏延松手，好笑道：“你问我从哪儿开始听，我说从‘公主殿下’开始，有什么问题？”

对哦，程橙的第一句话就是“公主殿下”开的头。

但他一字一顿、嗓音温柔地叫她“公主殿下”的那一瞬间，她甚至生出过一个想要跟他演公主殿下和骑士的玛丽苏剧本的念头。

洛棠心上刚刚被他这句话撩到而燃起的不知名小火苗就这么灭了，她不带感情地“哦”了一声。

他既然是从开头开始听，那就说明全都听到了。

这么一想，她起码还留有最后的倔强，洛棠心情稍微好了那么点儿。

苏延坐到她身边，洛棠突然意识到这件事最不对劲的地方：“苏延，你怎么能偷听我的语音呢？你听到别人发给我的语音正在外放不应该自觉避开，或者堵住耳朵的吗？”不等苏延回答，她暗示道，“我以为苏神是个很有礼貌的人呢！”

苏神沉默三秒：“有礼貌，跟知道你的秘密比起来，”顿了顿，他似乎是在思考，而后给出答案，“让我选一百次，也是选偷听你的秘密。”

洛棠：“……”妈呀，在一起之后是说也说不过他，撩也撩不过他，这可怎么办啊？

“既然你听了全过程，我也就不拐弯抹角了。”洛棠深吸一口气，破罐子破摔地做了个总结，“我之前不是你的粉丝吗？粉丝有很多个追星号其实很正常的嘛，我就是比别人可能稍微多了一点儿——”这个“一点儿”说完，洛棠有点儿心虚，速度飞快地往下：“我这些号主要就是用来给你打榜的，反正……你就算今天回去之后去我的小号围观，也不要告诉我你的观后感。我拒绝听。”

说了这么一大段话，她全程都没看过他，而是直视着正前方的地面。小姑娘脸上写满了“颓”，纤长的睫毛一颤一颤的，脸颊也微微鼓起来，垂头丧气的样子都特别可爱。

苏延笑了笑，拉过她的手：“怎么一副生无可恋的样子？”

洛棠立刻反击回去：“你是肯定不理解这种心情的。你设想一下，假如你有个什么抒发情感的小号，发一些见不得人的东西，到最后以这样的方式暴露在你喜欢的那个人面前，这得多尴尬啊！”

“嗯，”苏延说，“我理解了。”

洛棠没注意到自己发言完毕，身边的人蓦地僵了一下，在这声“嗯”过后，他就变得有些沉默。

一片诡异的沉默中，苏延回忆了一下洛棠的小号被他一步步知道的过程。

主要洛棠实在是太高调了，所以之前才会上热搜，而这次被他正面撞见，更是因为机缘巧合。

他又联想到自己那个被禁言一周的账号。

应该没那么容易暴露的吧……

只要谁也不说就行了。

这猝不及防的掉马之后，洛棠本来想要登录自己的号把那些不知所云的记录都删了的，但是从凉亭约完会回来就要开始直播，所以她一直都没空。

也不知道苏延有没有在拍摄间隙去微博上搜。

也因为粉丝马甲掉了这事儿，洛棠觉得中午幻想的美妙约会就这么被毁了。下午她勉强提起精神来直播，一看到苏延，他脸上仿佛就写了“我知道你的 ID 小号了”。

这样的情绪，导致她下班收工的时候都没什么心情跟他找小角落腻歪，而是直接回了家。

到家没多久，一家四口准备吃晚饭，还没开吃，洛舟就叫了她一声：“洛棠。”

洛棠纳闷抬头：“嗯？”

“前两天回家乐得跟傻子似的，”洛舟抱着胳膊看她，“你现在这是什么脸？你失恋了？”

洛棠瞪大眼睛，还没等她说话，一旁的洛城先开口了：“你就知道说你妹妹，还失恋呢，你妹妹二十二岁，失恋就失恋，你看看你都二十八了！长这么大，除了会赚钱，会骂人，不知道干了点儿什么！我像你这么大的时候都有你了！”

白“皇后”咳嗽一声。

“陛下”立即改口：“我像你这么大的时候你妈都有你了！！！”

莫名被喷的洛舟：“……”

“他说得对，这方面你要是不懂，可以来问我们。”白“皇后”高贵冷艳地附和，并且强调了一下，“毕竟二十八了。”

白“皇后”似乎是想点到为止，但洛棠不。洛棠借机重复了一下自家“皇后”的话，三重强调某人的年龄：“对啊，二十八了，一场恋爱都没谈过，也太寒酸了吧！”

洛舟：“？？？”

面对三人突如其来的人身攻击，洛舟冷笑一声，而后闭嘴了。

洛棠看着对面一脸“你们就仗着人多，老子不跟你们一般见识”的男人，突然想到洛舟在《七爷》首映那晚哭得鼻尖发红的样子。她飞快吃完了饭，压住了想把自己已经脱单了这事儿告诉这位苏延的隐形迷弟的念头。

时机还不太成熟，再等等。

…………

洛棠的心情被群起而攻洛舟的场景治愈了不少，她上楼洗了个澡刷刷微博，而后翻了翻微信未读消息，还没回完，突然跳出来一个接听画面，头像是一个大橙子。

洛棠的大脑一瞬间响起了一道声音：就是这个女人！就是这个发语音给你的女人！

但这事儿怎么也不能怪程橙，要怪也该怪她自己外放语音，人家还辛辛苦苦地帮她八个小号打榜呢！

洛棠让自己冷静下来后才摁了接听键：“喂？”

“棠棠！”不知为何，程橙的声音听起来很是兴奋，“你现在方便说话吗？我知道了一个惊天秘密，我现在心情十分复杂，非常激动。”

惊天秘密？

洛棠定了定神：“你说吧，我可以承受。”

“之前在剧组你不喜欢我说俞星颜的事儿，我其实也不喜欢说，但我今晚突然想探查一下她在节目上都怎么立人设怎么装的，于是去看了一期她上过的综艺。”

洛棠走到床边坐下，不解：“那你发现了什么秘密啊？”

“那节目有一个环节是让他们在有限的时间内用有限的材料给模特搭配衣服，环节结束之后，主持人问他们有没有自己喜欢的牌子，不少人都说的是大牌，就俞星颜，你猜她说的啥？”

“嗯？”

“她喜欢的是 L&L，那不是‘公主殿下’您的牌子嘛！”程橙激动得破了音，“这是什么鬼？她还说她已经连续看了两年这个牌子的秀了，每年都会抢限量，夸了这个品牌足三分钟！”

洛棠：“……”她其实已经知道了。

洛棠正准备告诉她，但程橙语速太快，洛棠完全插不进去话。

程橙还在那边激动：“她不是能嘚瑟吗？她不是去了时装周，请个假请得全剧组都知道了吗？我真的看不惯她两个月了，请‘公主殿下’务必在今年时装周的时候让她知道 L&L 首席设计师是谁！狠狠打她的脸！让她看看自己吹的是谁的设计！你能答应我吗？！如果可以，能带着我去巴黎进行一波打脸现场录制吗？！”

“我其实已经知道了。”洛棠往后躺倒在床上，“嗯，能不能遇到也说不定，再说吧！不过你要是想去巴黎，我带你一起去啊，反正我没有工作你也没有，不是吗？”

程橙的热情又被巴黎之旅给拉了过去，聊了半晌，她突然又转了话题：“对了，我今天看有个综艺邀约是给《我们的年少时光》剧组发的，别人都确定要去了，好像就苏神那边和你这边还没确认。”

“什么综艺呀？”

“类似逃跑类设置关卡的那种。不知道你看没看过这个综艺，在国内很火，算是全民综艺。我一会儿发节目信息给你，你看一下。”

“行。”

程橙刚才提到了苏神，洛棠便顺势说：“对了，我告诉你个事儿。”顿了顿，她补充，“比你今天说的惊天秘密劲爆一百倍。”

“什么啊？”

洛棠总共就打算告诉周纤和程橙两个人，这两天被甜蜜冲昏了头脑，她都没来得及说。

她清了清嗓子：“那个，你别太激动啊！就是吧，我跟苏延前两天在一起了。”

“……”

寂静。

还是寂静。

想象中的尖叫反应并没有到来。

过了五秒钟，程橙的声音只是变得很疑惑：“我没记错的话，你不是自称事业粉吗？”

“那只是……”

“权宜之计”四个字还没说出口，那边的调侃再次传来。“牛啊，‘公主殿下’，”程橙不敢置信，“追星已经满足不了你了，还得来一段旷世恋爱？？”

“……”

洛棠立即挂了电话。

跟程橙不知不觉也聊了不短的时间，差不多该睡觉了，洛棠给苏延的微信发了条晚安，他秒回。

洛棠看着他那两个字，突然就不怎么满足。她趴在床上，又开始打字：“你记得之前我让你语音给我发晚安那次吗？”

苏延：“记得。”

洛棠打字：“我这次不要晚安了，你现在语音给我发一个‘木马’好不好？”

苏延：“？”

苏延：“‘木马’？你要我读这两个字吗？有特殊含义？”

洛棠没想到他不理解，于是耐心解释：“‘木马’就是亲亲的那个谐音，我就是想让你给我发个亲亲。”

苏延没再回，她就耐心地趴在床上等。等啊等，大概过了一分钟，那边总算发来了一条新的语音消息。

洛棠还没点开就莫名其妙地笑了，立刻把手机放到耳边听。

苏延是真的认认真真地亲了她一下。

语音只有两秒，洛棠听完，回味了一下那声气声，那种上下嘴唇触碰才会发出的声音，又脑补了一下苏延做这个动作的场景。

心跳直逼一百八十迈，跳得胸口发痛。耳朵好像通了电，立刻酥酥麻麻地发痒。

她捂着耳朵在床上滚来滚去、滚去滚来，却突然感觉不光耳朵，那半边身子都像是被电到了。

洛棠就这么折腾了一会儿，精疲力竭地爬起来。

礼尚往来，她也给他发了一条亲亲的语音。

本来都有了睡意，被这么一折腾，洛棠反而又清醒了两小时，最后还是勉强自己闭眼才睡着。

洛棠一觉睡到天亮，早上醒来准备躺床上玩会儿手机，却发现有三个未接来电。她揉了揉头发坐起来，一脸纳闷地解锁，点进去看详情。

而后惊呆，居然全都是苏延打来的。

凌晨四点，他为什么这个点给她打电话？

今天是周日，但是剧组不放假，苏延拍戏的时候也不带手机，洛棠一直在家里待着，等到午休时间才给他回电话。

那边很快就接了，听到熟悉的声音，洛棠看了眼在沙发上坐着的洛舟，噔噔噔跑楼上去接了。

“喂，苏延？”洛棠憋了俩小时，终于能问他了，“你为什么半夜给我打电话啊？还打了三个？我睡觉时手机静音，所以没听见。”

那边顿了顿，“嗯”了一声，洛棠听到他低低地说，“没什么，就是想你了。”

天啦！又来！

可能是拍完戏有点儿累，他声音带着一点点的哑，极为清晰地传到她耳朵里，洛棠猝不及防，整个人傻了一样地立在原地。

“你、你、你说……”

苏延好像轻笑了一声，又说：“嗯，我说我想你了，所以才给你打电话。”

洛棠的理智全都飞走了，她张了张嘴，又闭上，又张了张，才找回自己的声音：“那……那为什么是凌晨四点？”

“做梦了，”苏延说，“梦到你，刚醒的时候没想太多，就想给你打电话。”

——因为太想我了吗？

洛棠在心里帮他把这句话补充完，整个人简直开心得想要爆炸，直接上天开出一朵烟花。她甜甜蜜蜜又非常做作地“哦”了一声：“嘻嘻，你今天拍戏怎么样呀？累吗？”

“最近没什么打戏，朝堂戏分更多，还好。”

也是，宋景之这场仗赢了之后，剧本进展到朝堂的钩心斗角，苏延现在应该是每天穿着朝服跟齐南至作揖：“启禀皇上，臣以为……”

想想还有点儿想笑是怎么回事。

洛棠还没往下问，那边突然传来一道熟悉的声音：“延哥？你记得一会儿吃完饭吃药啊，我放这儿了。”

是王林的声音。洛棠耳尖地捕捉到，立刻问：“什么药？你怎么了？”

“没怎么，没睡好，有点儿头疼而已。”苏延回答得很自然，听起来像是司空见惯。

洛棠瞬间不满意了：“你怎么回事啊？不舒服要记得去医院呀！今晚几点结束？要我陪你去吗？”

“不用，我吃的药也是医院开的。”他又说，“没事的，已经很轻了。”

洛棠放心了一点儿，她不想耽误他吃饭，正准备挂的时候，苏延突然问：“明晚有空吗？”

洛棠立刻答：“有呀！当然有！怎么啦？”

“我明天下午五点后没戏份，公司也没通告。”顿了顿，他又笑了，“要约会吗？”

洛棠发现他这个人是真直接。

之前问他开不开心，他说开心她不信，上来就把她亲到服气为止。刚才问他为什么打电话，他就是一句“没什么，就是想你了”。

还有现在，问了她有没有空，也不说干什么，直接就是一句“约会吗”。

不过虽然直白，但是她好喜欢啊！

洛棠摸着自己的脸给自己降温，点点头："约。"

不光要约会，她还要在今天就选好明天穿的衣服！第一次约会一定要——

"记得不要穿太显眼的衣服，以防被认出来。"

洛棠正准备伸向自己一柜子小表的手缩了回来："哦……"

既然要约会，自然得睡个好觉。洛棠晚上准时上床，次日一早，却发现苏延又在凌晨给她打了电话。

这回只有一通电话，而她没接到。

又是做梦？

洛棠没打电话给他，毕竟一会儿就见面了，她准备当面问。

苏延说不能太招摇，那好嘛，就穿黑裤、黑卫衣再戴个黑帽子咯。

两人想来想去不知道该干吗，洛棠提议去二刷《七爷》。

苏延在这部电影里除了被做成"妹妹喝水吗，哥哥给你挑"的表情包以外，还有许许多多诸如"哪里发大水哪里就有我""我，七爷，打钱！"等，相当有趣，她想重温好久了，一直忙着，没时间。而且上次那个影院人又少，提前一天就能买到包场，于是就这么定了下来。

洛棠从家里出发，到了影院附近的时候下车，一抬眼就看见苏延的超跑。

她几步跑过去，敲了敲驾驶位的车窗。玻璃缓缓降下，苏延的脸露出来，洛棠立刻往周围看了看，伸手死死挡住了车窗两边："你疯了吗！开这么大窗不戴口罩？"

苏延似乎觉得她好玩，笑了一下："你先上车，带你去一个地方。"

洛棠"哦"了一声，挥手示意："那你赶紧把玻璃摇上去！"她绕到另一边，拉开副驾驶的门坐进去，有些疑惑，"这儿不就是影城吗？电影还有半个小时就要开始了，我们现在去哪儿？"

"很近，到了你就知道了。"

车缓缓开动，洛棠转头看着苏延的侧脸，他好像比前两天瘦了，眼底的青色虽然不深，也不影响美貌，但也提醒了洛棠一件事。

“对了苏延，我忘记问你，你怎么昨晚又给我打电话啦？”洛棠开他玩笑，“又想我？”

苏延看了她一眼，而后收回视线，点了一下头：“嗯。”

洛棠还想说些别的，他已经停了车。“到了，”他解开安全带，拿出帽子、口罩戴上，“你在车上等，我去拿个东西。”

他速度很快，洛棠只来得及点头，就看着他下了车。

她坐在车上朝前后左右看，突然觉出这地方有点儿眼熟，还没等她认出这是哪儿，车门打开的声音传来。她“唰”地转身：“这么快？”

“嗯，”苏延手上拎着杯状的袋子，上车之后就递给她，“给你的。”

洛棠愣愣地接过来，是一杯奶茶。

她突然想起来，之所以觉得这儿眼熟，是因为这里有一家很火的网红奶茶店，她刚回国不久的时候，特地来买过一次他家的招牌奶绿，的确好喝。

苏延买的，也是她当时喝过的那杯招牌奶绿。

“哇……我特别喜欢这家奶茶店，这款超好喝。”面对奶茶的诱惑，洛棠忍不住用吸管把它戳开，喝了一口才觉出不对劲，“可是，你怎么知道这家店呀？”

苏延看着前路，淡淡吐出两个字：“查的。”

这家店离他们要去的影院很近，很快到了地方，取完票后还剩下十五分钟的时间。两人跟上次一样坐在等候区。

洛棠想到程橙昨晚的话：“欸，对了，程橙跟我说有个综艺要邀请《我们的年少时光》剧组，那综艺很火，我看好像是玩解密冒险什么的游戏，你去吗？”

苏延有点儿印象：“还没定，大概率会去。”

洛棠：“那你去的话跟我说一下呀，你去我也去。”

“好。”

她笑了笑，又专心致志地开始喝奶茶。

苏延昨晚做梦，惊醒之后给她打电话，打了一个之后才意识到时间不对。

他睡不着，想到白天的事，就打开手机看了看她的微博小号。

洛棠那个演员微博账号基本上一周也就发一两条微博，但她在小号上是着实能说，有时候甚至一句话都是分开讲的。

——“今天的奶茶好好喝呀，嘻嘻嘻，开心！”

——“苏延好像不喜欢喝甜的啊，但是两个人喝一杯奶茶真的好浪漫！呜呜，没关系，我在梦里跟他一起喝好了！

——“想跟苏延一起看他主演的电影！

——“苏延的声音好好听啊，这样的神仙假如有叫我小公主的那天……”

——“小公主不行的话……宝贝也可以！”

…………

她会转发他粉丝后援会官微的宣传微博，他的每一条微博她都转好几次。还有很多时候，她会发毫无意义的一大串“啊啊啊”。

看着看着，大脑非常自然地就开始脑补她通红着脸打下这些字的样子，他整个过程一直都是弯着唇的，原本波动的心情很快平静下来。

他看着小姑娘乖乖喝奶茶的样子，心里软成一片：“好喝吗？”

“当然啦！”洛棠卖力推销，“我当时就是看网上安利才知道这家店的，他们家就是靠这款奶茶火的。”

“可以给我喝一口吗？”

洛棠内心闪过的第一句话是“苏延不喜欢甜啊”，第二句是“他居然要跟我喝一杯奶茶了”。最后她机械地伸出手，把奶茶递给他：“嗯。”

洛棠虽然没穿自己心爱的战袍，但妆还是一丝不苟地画了，她是涂了口红的，吸管上面有淡淡的唇印。

苏延接过去之后，好像看都没细看，直接——嘴唇正正好印在了她的唇印上。

洛棠看着他喝完，脸上莫名发烧，接过来的时候，小声嘀咕：“你也喜欢的话，怎么刚刚不买呢？”

售票员在吆喝入场的时间到了，苏延低头重新拉上口罩，又伸手把她的也拉好。等洛棠站起来之后，他带笑的声音从上方传来：“你不觉得，两个人喝一杯奶茶很浪漫吗？”

洛棠因为这句突如其来的情话一路脸红到了放映厅，连爆米花都忘了买。

两人包场，坐在最中间，她屁股刚挨到椅子，刚把奶茶顺手放进旁边装饮料的位置，手就被抓住了。

大荧幕上面正在播广告，苏延拉着小姑娘柔软温暖的手捏了捏。

洛棠“唰”地回头看过去。

四下有些暗，她的眼睛却亮晶晶的。

“怎么啦？”

他笑了笑：“你有没有想过，想让我叫你什么？”

“嗯？”洛棠眨眨眼，“叫我什么？什么意思？”

“就是称呼。”

“哦！”洛棠恍然大悟，“你说小名吗？”

苏延想了想：“也可以这么说。”

洛棠微微顿了顿，忍不住脸热了一下，声音软软糯糯又小小的：“你想的话，就可以叫我的小名。”

“你的小名？”

“嗯，棠棠。”洛棠说出来还觉得有点儿不好意思，“我家人还有熟悉的国内的朋友都这么叫我。”

没想到，她说出来之后，苏延并没有按照套路立刻叫她一遍，反而问道：“棠棠吗？”

洛棠一愣，随后看着苏延微微挑眉，淡笑着说：“你确定，没有别的了？”

洛棠被他笑得大脑有些滞缓，半天才憋出一句：“什么……什么别的？”

苏延想了想她那条微博：“除了小名的，你确定，没有想让我叫的称呼？”

洛棠眨了眨眼，这话题搞得她实在是一头雾水：“称呼？比如呢？”

苏延看着她，一字一顿道：“比如宝贝。”

洛棠蓦地睁大眼，不敢置信地看着他。

苏延虽然不唱歌，但声音的确是老天给的，略带鼻音的磁性，随便说的话都像是过了电，听在耳朵里，配上他这神颜，简直是灵魂重击。

下一秒，他又微微靠过来一点儿。

“再比如……”苏延拖着腔，伸出手来摸了摸她的头发，眼里像是蕴藏着光，声线温柔，“小公主。”

大荧幕的广告还没播完，光影明灭，像是在人脸上打光，苏延脸上的笑显得特别好看，浅色的瞳仁专注又深邃——他的手还放在她的额头上。

洛棠觉得，被这样的眼神注视着的自己快要窒息了。

他刚才说什么？

比如宝贝，再比如小公主？

再往前，他今天还说了一句，你不觉得两个人喝一杯奶茶很浪漫吗？

这样的脑回路好像有种莫名的熟悉，洛棠现在短路的大脑回想不起来，但她把这些归结为恋爱情话套路大全。

明明没演爱情片，这些词啊情话啊，都是从哪儿学的？苏延一定有搜过！下过苦功夫！一定！

洛棠觉得自己太没出息了。她回去一定要买书，上网查套路，一定要撩死人不偿命的那种！往死里撩！

沉默了好一会儿，洛棠没好意思真的说让他以后就叫自己“宝贝”。她张口就问他：“苏延，你故意的吧？”

“你都知道我不禁撩，”洛棠睁着眼睛控诉，“在剧组的时候也是，动不动弄个小动作什么的。每次你是没事啊，你演技好嘛，但你看最后闻导都骂我，你就是故意的！”

洛棠其实不想说这些，但她现在控制不住自己的嘴，也觉得自己每次被他撩到面红耳赤的样子很丢人，这才恋爱几天，将来可怎么办呢？

苏延听完洛棠的话，放在她额发处的手顿了一下，转而移动到了她的脸颊边。

洛棠今天扎了个马尾。两缕碎发在空气刘海两边很自然地垂着，本来就小的脸被修饰得只有巴掌大，漂亮的杏眼一眨一眨的，一身休闲装，简直像是漫画里走出来的少女。

他把她的一缕碎发拨开，这才看到小姑娘耳垂上戴着一个纯白色的珍珠耳钉。

她耳朵白，耳垂圆润可爱，跟那颗小珍珠相得益彰。

他几秒没说话，洛棠转了一下头：“你干什么呢？”

“看你的耳钉。”苏延说完，把她的碎发放下。

提到自己的饰品，小姑娘一下子来了精神：“怎么样？这是我新买的，好看吗？”

“好看。”苏延点头，而后想了想，“但我还是觉得那个星星的耳坠好看。”

“嗯？”洛棠沉浸在被夸赞的喜悦里，顺势问道，“哪个？”

“就是你在剧组，我撞见你微博——”

“欸，停停停！”洛棠不想听到“微博小号”这四个字连在一起出现，当即立刻伸手捂住他的嘴，“你别说了，我想起来了。”

洛棠没立刻把手拿下来，因为她发现被自己捂住嘴这男人也该死的好看，无时无刻不在散发着魅力。

苏延眨了一下眼，洛棠心脏便狠狠一跳。他看着她，似乎是想要说话。

他动了动嘴唇。

几乎是立刻，洛棠的手心传来他唇上的触感，像是上次场景重现，她让苏延吃爆米花，抓了一把，以为他会用手接过去。

没想到……他直接用嘴就着她的手把爆米花吃掉了。

“苏延。”洛棠干巴巴地叫他。

“嗯？”

洛棠感受了一下手心那种果冻一样软弹的触感，一本正经：“你……实话告诉我，你是不是每天晚上都用唇膜啊？你用什么牌子的？”

苏延没来得及回答，洛棠把手拿下来：“算啦，你是老天赏饭吃，可能连唇膜是什么都不知道吧！”

毕竟他也不知道“木马”是什么，不像是经常网上冲浪的样子。

“我们上次来看《七爷》的时候，”洛棠抿了抿唇，“你说实话，那会儿我给你爆米花，你是不是故意用嘴来接的呀？”

现在大屏幕开始播放电影的赞助商商标动画，但洛棠依然能清楚地听到身边的人极有辨识度的声音：“对，我是故意的。”

居然这么直白地认了？！

她一愣，苏延又说：“你之前说的，在剧组里、上次在电影院里，还有刚才，我都是故意的。”

洛棠咬着奶茶吸管，含糊不清地问：“那……原因呢？”

既然能够说出引她询问的句子，苏延显然是早就想好了答案。

光线太暗，洛棠只感到脸颊上一块软肉被他修长的手指捏了捏。“因为你脸红的时候很可爱，我想看。”苏延顿了顿，语调认真询问她，“这可以算原因吗？”

虽然没有镜子，但洛棠觉得自己的脸一定又开始上色了。

她挥开他的手，又装模作样地喝了口奶茶想要冷静一下，然而——收效甚微。

苏撩撩，你还是闭嘴吧。

这次二刷，电影刚开始看的时候的心境跟第一次差不多，洛棠这次也是先心猿意马地回想了一番刚才某人的情话，然后才专心致志地看电影。

今天想要来二刷《七爷》，还有一个很大的原因是这电影马上就要下映了，洛棠当时一搜，立刻就决定抓住下映的尾巴来这里看。

毕竟别的影院人太多，太容易被认出来了，这儿的票是真贵，两百块钱一张，人也是真少。

苏延看电影的时候还算乖巧，除了拉着她的手指把玩，别的动作倒是没做，洛棠被他玩得还挺舒服。

她喝奶茶喝得慢，毕竟是苏延给她买的第一杯奶茶，奶茶喝完，电影也到了开始要掉眼泪的情节。

苏延就是有种魔力，他的电影就是好看，不管你之前是什么状态，只要能静下心看十分钟，就完全挪不动眼睛。

洛棠上次看首映时，觉得闻七爷断了腿之后应该会好，却没想到这是闻七爷人生的转折，一辈子被困在这个小村庄，一直到最后。

没了第一遍的天真，知道了剧情，知道了往后都是悲，所以这二刷她在电影一演到这个点儿的时候就开始哭。

这会儿离结局还有一阵子，洛棠这眼泪虽然没一直流，流得断断续续的，但毕竟胜在时间长，她眼皮薄又敏感，最后还是哭肿了眼。

放片尾曲的时候，她正接过苏延递来的纸巾擤鼻子，因为心里还很悲愤，动作都很粗鲁，把鼻尖捏得通红。

洛棠一张纸用完，鼻涕还有，她直接往旁边伸手，鼻音很重地道："再来一张。"

半天没动静。

洛棠觉得鼻涕有要流下来的趋势，还没等她说第二次，鼻尖便覆盖上来干净的纸巾。

还有眼前放大的熟悉的指骨优美、骨节分明的手。

虽说她对于苏延的感情大概是经历了一个暗恋对象——偶像——男朋友的转变。

但是不管哪个阶段说起来，他都算是她的男神。

擤鼻涕这种事还是不要了吧！

洛棠往后躲，飞快摇头：“你干吗呀？我自己擦就好了，脏。”

苏延不为所动，又盖上来。

洛棠憋红了脸，内心异常羞耻却还是不得不就着他的手擤了鼻涕。

可能是上次被她的眼泪吓到了，苏延这次居然带了湿巾，还非常专业到位地给她用湿巾擦干净脸，最后又用纸巾把脸上的水分吸干。

洛棠全程靠在椅子上享受着他的服务。

——像个不能自理的三岁小孩儿那样。

苏延收回手的时候，她忍不住嘀咕：“这是养女朋友还是养女儿呢……”

两人出了影院大门，洛棠看了眼手机，觉得奇奇怪怪的，都九点了，洛舟居然还没给她打电话催她回家。而且，也不知道是不是看走眼了，洛棠总觉得上车前，好像看到了洛舟的骚包跑车在眼前一晃而过。

车子半小时后到了仙碧。洛棠捂了一路的眼睛有越来越肿的趋势，她不想用这张脸跟苏延吻别，自己飞快解开安全带准备下车：“那我先走啦！你不要下车，这附近真的很多人散步的！”

——胡扯！住这儿的谁在外边散步！明明都在自家后花园散步！

但为了自己在男朋友心中的小仙女形象，撒谎是必须的。

洛棠正准备开溜，刚要打开车门，胳膊一紧，整个人失去重心，重新被拉回座位。她动作迅速地捂住眼睛，从指缝里看拉住她的苏延：“你干吗呀？”

一到地方就立刻要下车，还反问他？

苏延没去管她的动作：“怎么这么着急走？”

小姑娘软软的声音带了点儿憋闷：“我眼睛好肿，太丑了，不想给你看。”

她听到男人的轻笑声，在车内狭窄的空间里显得特别诱人。

“不丑。”他说。

下一秒，洛棠的手被强制从脸上掰开，她正准备开口，发热的眼皮上却覆盖上来很温凉的触感。

洛棠像块木头一样僵住，听到他继续说——

“上次来电影院，你哭的时候，我就想这样做了。”

“……”

“眼睛肿，”苏延亲完她的左眼，又换了一边，清冽的气息喷洒在她的右眼附近，“这样亲一亲就好了。”

（未完待续）